Gwen Wyler

Der schottische Seelengefährte

Roman

W0346463

FSC
www.fsc.org
MIX
Papier aus verantwortungsvollen Quellen
Paper from responsible sources
FSC® C105338

3. Auflage
Deutsche Erstausgabe November 2011
Copyright © 2011 Gwen Wyler
Covergestaltung: Jutta Meisen
Herstellung und Verlag: Books on Demand GmbH, Norderstedt
ISBN: 978-3-842-37444-7

GWEN WYLER

Der schottische Seelengefährte

Roman

Um den letzten Wunsch ihrer Mutter zu erfüllen und mehr über ihre schottischen Wurzeln zu erfahren, reist die junge Mary Mills in die entlegenen Highlands. Doch nach der Beltane Feier muss sie feststellen, sich zwar noch in Schottland aber im 13. Jahrhundert wiederzufinden. Auch der menschgewordene Traum von Iain McAllister, auf dessen Burg sie aufwacht und versteckt gehalten wird, bringt sie ziemlich durcheinander – was auf Gegenseitigkeit beruht!

Kann Mary mit ihrem Wissensvorsprung aus der Zukunft den Verrat und die Auslöschung des Clans verhindern oder muss sie feststellen, dass man das Schicksal nicht verändern kann? Zusätzliche unvorhergesehene Hinterhalte lassen die Ereignisse überstürzen.

Für welches Leben wird sie sich entscheiden, Vergangenheit oder Zukunft?

1

„Bist du sicher, dass du das wirklich willst?“
Diese Frage konnte Mary nun aus vollem Herzen mit „Ja“ beantworten. Anders als zum damaligen Zeitpunkt, als ihre Freundin Molly ihr diese Frage besorgt gestellt hatte. Denn mittlerweile war sie seit zwei Wochen in Schottland unterwegs und genoss ihre Reise in vollen Zügen. Tief sog sie die frische kalte klare Luft ein und ließ den Blick gedankenverloren über den kleinen See unter ihr schweifen, während sie sich schwermütig an die vorangegangenen traurigen Ereignisse erinnerte.

Als sie vor sechs Wochen ihrer besten Freundin und Mitbewohnerin Molly eröffnete, dass sie ihren gutbezahlten Job im Historischen Museum von Durham gekündigt hatte, um den letzten Wunsch ihrer Mutter zu erfüllen, hatte Molly sie zwar traurig aber verständnisvoll angesehen. Der plötzliche Unfalltod ihrer Eltern hatte Mary schwer getroffen und sie in eine Art Dämmerzustand versetzt, der sie die letzten Wochen mehr recht als schlecht hat überstehen lassen. Ein depressiver älterer Mann hatte seinem Leben ein Ende setzen wollen und war als Geisterfahrer auf den Motorway gefahren. Leider hatte er bei seiner Durchführung nicht nur sich selbst, sondern auch Marys Eltern mit in den Tod gerissen. Ihr Vater John war auf der Stelle tot gewesen. Ihre Mutter Megan war mit schweren inneren Verletzungen und einigen Knochenbrüchen ins Krankenhaus gebracht worden. Aber schon die Krankenschwester hatte Mary dort behutsam beiseite genommen und ihr mitgeteilt, dass es nicht sehr gut aussehen würde. Daraufhin hatte sie sich zusammengerissen und war in das Zimmer ihrer Mutter gegangen. Unter all den Verbänden und Schläuchen war das geliebt Gesicht ihrer Mutter kaum zu erkennen gewesen. Nur ein paar rotbraune Locken, die sich auch auf Marys Kopf wellten, lugten unter dem Kopfverband hervor und bildeten einen scharfen Kontrast zu dem blassen Gesicht und dem weißen Verbandsstoff. Leise nahm sie sich einen Stuhl und setzte sich neben das Bett ihrer schlafenden Mutter. Ganz vorsichtig nahm sie ihre Hand und hielt sie in ihren Händen, so klein und zart, ganz anders als ihre großen schlanken Hände. Sie musste wohl eingeschlafen sein, denn plötzlich rüttelte sie jemand sanft an der Schulter und sie fuhr erschrocken hoch.
„Ihre Mutter ist wach“ hörte sie eine leise Stimme flüstern. Mary blickte auf und sah neben sich eine Krankenschwester, die sie

mitleidig ansah. Sofort spürte sie die leichte Bewegung in ihren Händen und wandte sich ihrer Mutter zu, während die Krankenschwester die Apparaturen und Aufzeichnungen überprüfte und wieder hinausging.
„John?“ hauchte Megan mit heiserer Stimme. Mary konnte nur leicht den Kopf schütteln, so krampfhaft versuchte sie ihre Tränen zurückzuhalten. Megan schloss verzweifelt die Augen und schwieg. Mary dachte schon, dass ihre Mutter wieder eingeschlafen war, doch plötzlich öffnete sie ihre wundervollen grauen Augen, die sie oft so liebevoll angesehen hatte und blickte Mary eindringlich an.
„Du musst versprechen..“ jedes einzelne Wort kam langsam und nur mit großer Mühe über ihre Lippen.
„Alles, was du willst, aber ruhe dich erst aus. Dann kannst du mir alles erzählen.“ Traurig blickte Megan in die grünen großen Augen, Augen die sie so sehr an ihren geliebten Mann John erinnerten. Sie spürte, dass ihr nicht mehr viel Zeit blieb und wünschte, sie hätte Mary schon früher in ihr Geheimnis eingeweiht. Doch John war dagegen gewesen. „Warum schlafende Hunde wecken“ war stets seine Antwort, als sie dieses Thema angeschnitten hatte. So harmonisch ihre Ehe auch gewesen war, so war dies der einzige Punkt, an denen sie unterschiedlicher Meinung gewesen waren. Megan fand es wichtig, dass Mary über ihre schottischen Wurzeln mütterlicherseits aufgeklärt werden sollte, doch Sassie, wie sie ihren englischen Ehemann liebevoll nannte, hatte diesen Tag immer weiter hinausgeschoben. Bis sie John letztendlich das Versprechen abgerungen hatte, es Mary an ihrem 25. Geburtstag zu erzählen. Der war nun in ein paar Wochen. *Doch nun ist es zu spät,* dachte Megan mit einem Anflug von Panik. *Ich muss es schaffen,* und trotz großer Schmerzen und vieler Pausen begann sie ihre Geschichte zu erzählen.

Mary schüttelte in Gedanken an diese Geschichte immer noch ungläubig den Kopf. Sie hatte ihrer Mutter aufmerksam zugehört, ihr aber nicht geglaubt, sondern ihre Erzählungen auf die Wirkungen der Narkose und schmerzstillenden Mitteln zurückgeführt. Denn was sie zu hören bekommen hatte, war einfach zu abwegig und absurd gewesen. Sie blickte in das unbewohnte tiefe grüne Tal vor sich und trank vorsichtig an ihrem heißen Tee, den sie sich heute Morgen im B&B in der Nähe von Inverness in einer Thermoskanne fertig gemacht hatte. Die ältere Hauswirtin hatte sie liebevoll wie eine Oma umsorgt, zumal um diese Jahreszeit Mitte April erst wenige Gäste kamen. Den Meisten war es in den Highlands noch zu kalt und ungemütlich. Doch Mary genoss die Ruhe und karge Natur. Irgendwie empfand sie es beruhigend nach den aufwühlenden Ereignissen der letzten Zeit.

Natürlich hatte sie ihrer Mutter das von ihr abverlangte Versprechen gegeben. Zumal Megan nicht zu Ruhe hatte kommen wollen und Mary bedrängt, bis sie nachgegeben hatte. Daraufhin erst hatte Megan sich erschöpft und erleichtert in das Kissen zurückgelehnt und die Augen für immer schlossen.

Die anschließende Zeit blieb Mary nur noch verschwommen in Erinnerung. Plötzlich alleine ohne Familie dazustehen war fast mehr, als sie ertragen konnte. Dazu all die Formalitäten und Behördengänge, die erledigt werden mussten. Dadurch, dass sie keinerlei Verwandtschaft weder von Seiten des Vaters noch der Mutter hatte, war sie gezwungen, sich um alles alleine zu kümmern. *Nein,* dachte sie mit einem kleinen Lächeln, *nicht alleine*. Molly war ihr wirklich eine große Stütze gewesen und hatte sie oft tröstend in die Arme genommen. Auch beim Ausräumen ihrer elterlichen Wohnung war es Molly gewesen, die sie vor allem emotional aufgefangen hatte.

Der Gedanke, das Versprechen ihrer Mutter einzulösen war ihr erst wieder gekommen, als der Direktor des Museums, in dem sie arbeitete, ihr unmissverständlich klargemacht hatte, dass sie gefälligst wieder bei der Arbeit aufzutauchen hatte. Durch ihre Mutter hatte Mary die Liebe zu Schottland und deren Geschichte geerbt und diese deshalb auch nach ihrem Schulabschluss studiert. Da sie von klein auf Gälisch mit ihrer Mutter gesprochen hatte, besaß sie außergewöhnlich gute Kenntnisse dieser alten Sprache und war schließlich eine der jüngsten Absolventinnen an der Universität gewesen. Was ihr auch den heißbegehrten Job an dem Historischen Museum in Durham eingebracht hatte. Leider war das Arbeitsklima dort alles anders als gut. Der Direktor war nur an Profit und öffentlichem Ansehen interessiert, während Megan die Geschichten der einzelnen Exponate am Herzen lagen. Da sie sich schon in kürzester Zeit durch ihre gute Arbeit ein hohes Ansehen erarbeitet hatte, es konnte schon mal passieren, dass sie die Zeit über ein neues Projekt vergaß und die Nacht durcharbeitete, war sie entsprechend gefragt. Ihre Arbeit hatte ihr immer viel Spaß gemacht und es war ihr egal gewesen, dass Studienfreunde sie verspotteten und meinten, sie würde mehr in der Vergangenheit leben als in der spannenden Gegenwart. Sie ließ die Spötteleien kommentarlos über sich ergehen, denn nach einer schmerzhaften Erfahrung war sie zu der Überzeugung gekommen: lieber ein gutes Buch als schlechte Gesellschaft.

Doch als der Direktor so kaltherzig nach dem Tod ihrer Eltern reagierte, folgte sie einem inneren Impuls heraus und kündigte. Im Nachhinein muss es ein komisches Bild gewesen sein: sie, mit ihrer stattlichen Größe von fast 1,80 m, wie sie ruhig vor dem fast einen Kopf kleineren Direktor gestanden und ihm ihren Entschluss mitgeteilte hatte, der daraufhin eine sehr ungesunde blasse Gesichtsfarbe angenommen hatte. Noch immer dachte sie zufrieden an seine geschockte Miene und seine verzweifelten Versuche, sie zum Bleiben zu bewegen.

Und nun sitze ich hier mitten in den einsamen Highlands, knabbere ein paar trockene Haferflockenkekse und spüle sie mit Tee hinunter, dachte Megan kopfschüttelnd. Gedankenverloren drehte sie am ungewohnten Siegelring. Seit ihre Mutter ihn ihr auf dem Sterbebett in die Hand gedrückt hatte, hatte sie ihn nicht mehr abgenommen. Der schwere, silberfarbene Ring war ursprünglich eindeutig für eine Männerhand angefertigt worden und eigentlich viel zu wuchtig für die grazile Hand ihrer Mutter gewesen. Doch sie hatte ihn stets getragen und auf Nachfragen nur geheimnisvoll und ein wenig melancholisch gelächelt. Mit seiner sechseckigen grünen, von Silber umfassten Platte und den Einlegearbeiten aus Perlmutt, die ein Wildschwein mit einem Knochen im Maul darstellten, ähnelte er einem alten Siegelring.

Sie schüttelte die letzten bedrückenden Gedanken ab, trank den Rest des mittlerweile kalten Tees aus und stieg wieder in ihren Mietwagen. Da sie kein eigenes Auto besaß, hatte sie sich für die Reise ein kleines Auto gemietet, das sie bisher sehr sicher und zuverlässig begleitet hatte. Den kurzen Weg zur Arbeit in Durham hatte sie lieber mit dem Fahrrad zurückgelegt und war auch sonst lieber mit ihrem Drahtesel oder zu Fuß unterwegs.

Noch schnell ein letztes Stück Schokolade zur Stärkung in den Mund gesteckt, und weiter ging es die einsame kurvige Straße entlang. Als bekennende Schokoholikerin hatte sie immer einen ausreichenden Vorrat ihrer Lieblingsschokolade bei sich. Sie konnte wer weiß was vergessen, aber nicht ihr Grundnahrungsmittel!

Die graue Wolkenwand der letzten Tage hatte sich etwas aufgehellt und laut ihrer Gastwirtin würde das Wetter sich nun schnell bessern und wärmer werden. *Genau zum richtigen Zeitpunkt* ging es Mary hoffnungsvoll durch den Kopf. Denn morgen war Beltane, das alte Fest der Kelten zum Sommeranfang. Wenn sie es richtig ausgerechnet hatte, dann sollte sie heute auch endlich ihr Ziel erreichen. Und gemäß des Wunsches ihrer Mutter genau zur richtigen Zeit.

In den nächsten zwei Stunden fuhr sie weiter nördlich auf einer einspurigen einfachen Asphaltstraße, die sich mal um die Hügel herum und mal über den Hügelkamm wand. Während der ganzen Zeit begegnete ihr keine Menschenseele und Mary schob den Gedanken an eine Panne oder Ähnliches in ihren hintersten Gehirnwinkel. An einem kleinen See hielt sie kurz an, weil das ruhige, silbrig glänzende Wasser, in dem sich die grau-braunen Hügelkuppen der Berge spiegelten, atemberaubend schön aussah. Tatsächlich blinzelte vereinzelt ein Sonnenstrahl durch die Wolkendecke und verlieh dem Anblick etwas Mystisches. Was für eine traumhafte Landschaft! *Doch auch irgendwie melancholisch,* dachte Mary, denn weit und breit waren nirgends Menschen oder deren Behausungen zu sehen. Wie traurig das Ergebnis der Clearances aus dem 18. und 19. Jahrhundert auch heute noch war, als die Lairds damals ihre eigenen Leute erbarmungslos von ihrem Land vertrieben hatten. Der Wechsel der Position des Lairds, vom sorgenden Vater für seine Familie zu einem skrupellosen Adeligen, der seine Ländereien ausschließlich als finanzielle Basis betrachtete, die ihm ein aristokratisches Leben ermöglichen sollte, machte viele fassungslos und heimatlos.

Gier hatte noch nie zu etwas Gutem geführt, sinnierte Mary und fuhr langsam weiter.

Am frühen Nachmittag erreichte Mary dann endlich das Dorf, in dem sie in einem Gasthaus ein Zimmer für eine Woche vorbestellt hatte. Mary war sofort begeistert, als sie das alte, etwas windschiefe Haus erblickte. Das mit Reed gedeckte Dach schmiegte sich direkt an eine Felswand und sah aus, als wollte es unter dem Felsen Schutz suchen. Kleine Sprossenfenster mit Fensterläden und eine alte dicke Holztür vermittelten den Eindruck, als wäre dies das Haus, in dem die Großmutter auf Rotkäppchen warten würde. Das direkt vor der Haustür die neuzeitliche Straße verlief, war diesem märchenhaften Eindruck in keinster Weise abträglich. Schnell griff sie ihren Koffer und ihre Tasche und eilte neugierig zum Haus. Als sie näher kam, waren von drinnen schon laute Stimmen und fröhliches Lachen zu hören. Kaum hatte sie an die Türe geklopft, wurde sie auch schon geöffnet. Eine junge Frau etwa in ihrem Alter und unübersehbar hochschwanger lächelte ihr freundlich entgegen.

„Guten Tag und herzlich Willkommen im Rudha-na-Craige. Ich bin Susan Spicer und Sie müssen Mary Mills sein, wir haben Sie schon erwartet. Kommen Sie, ich zeige Ihnen erst einmal Ihr Zimmer und dann können Sie sich bei einer netten Tasse Tee am Kamin aufwärmen.“

Während Mary Susan in die erste Etage über eine schmale Holztreppe folgte, war sie wieder einmal begeistert von der außergewöhnlichen Gastfreundschaft, die ihr hier entgegengebracht wurde. Egal, wo sie bisher genächtigt hatte, die Freundlichkeit der Gastgeber ließ sie sich stets sehr willkommen fühlen. *Da kann sich so manch einer eine Scheibe von abschneiden* hatte sie oft bewundernd gedacht.

„So, hier sind wir. Hier ist Ihr Zimmer und das Bad liegt gegenüber. Ich hoffe, es gefällt Ihnen und Sie haben alles, was Sie brauchen. Wenn nicht, lassen Sie es mich bitte wissen. Ich erwarte Sie dann in ein paar Minuten unten im Kaminzimmer."

Etwas außer Atem wegen Ihres Leibesumfangs öffnete Susan eine Tür und ging nach einem letzten Lächeln langsam wieder die Treppe hinunter. Mary ging vorsichtig in das Zimmer und blieb staunend stehen. Es war ein Traum! Ein kleines, aber sehr gemütlich eingerichtetes Zimmer mit einem alten massiven Holzbett und so vielen Kissen darauf, dass sie die Matratze erst suchen müsste. Eine passende alte Holzkommode, auf der eine Porzellanwaschschüssel und Wasserkanne standen, die mit feinen Distelranken verziert waren. Auch die Handtücher, die daneben lagen, waren mit den gleichen Distelranken bestickt. Unter einem kleinen Sprossenfenster, von dem man in der Ferne schon das nahegelegene Meer erahnen konnte, stand ein kleiner Tisch mit einem gemütlichen Sessel, auf dem alles da war, um sich einen Tee zuzubereiten. *Und die Shortbreads dürfen natürlich auch nicht fehlen* schmunzelte Megan, als sie die kleine Schale mit besagten Keksen erblickte. An den weiß verputzen Wänden hingen zwischen den dicken Holzbalken kleine Landschaftsbilder, die zweifellos hier aus der Gegend stammen mussten. *Bin ich froh, dass ich auf die Empfehlung meiner letzten B&B Wirtin gehört und hier ein Zimmer gebucht habe, es ist traumhaft schön.* Mary blickte sich zufrieden um.

Schnell packte sie ihren Koffer aus, verstaute ihre wenige Habe in der kleinen Kommode und machte sich mit dem Wasser aus der Kanne etwas frisch. Mary war gespannt, ob der Rest des Hauses genauso gemütlich gestaltet war und eilte neugierig mit ihrer Jacke und Tasche über der Schulter die Treppe wieder hinunter. Unten stolperte sie fast über einen vielleicht 5-jährigen Jungen, der an ihr vorbeiflitzte und sich spontan hinter ihr versteckte, dicht gefolgt von einem kleineren Mädchen, das laut kreischend seine Verfolgung aufgenommen hatte.

„Könnt ihr mir vielleicht sagen, wo das Kaminzimmer ist?“ fragte Mary die beiden Kleinen, die sich kreischend um sie herum im Kreis jagten.
„Hier lang“ rief der Junge und rannte den Flur rechts hinunter, wieder dicht gefolgt von dem kleinen Mädchen, welches Mary aufgrund der Ähnlichkeit ganz eindeutig als seine Schwester einordnete. Langsam folgte sie den beiden Wirbelwinden und betrat ein gemütliches Wohnzimmer, dessen Highlight ganz klar der offene Kamin war, in dem ein munteres, warmes Feuer prasselte. Davor standen einige rotbraune Ledersessel an einem niedrigen Tisch, auf dem schon ihr Tee zu warten schien.
„Ich hoffe, das Zimmer gefällt Ihnen“ hörte sie Susan hinter sich fragen. Mary drehte sich um und sah Susan, die ein Tablett mit kleinen Sandwiches und verschiedene Shortbreads vor sich balancierte und es vorsichtig auf dem Tisch abstellte.
„Es ist einfach ein Traum“ schwärmte Mary, „ich könnte mir nichts Gemütlicheres gewünscht haben.“
Susan strahlte. „Das freut mich. Nicht allen Gästen gefällt der einfache, rustikale Stil, aber es sind viele alte Erbstücke darunter, die von einer Generation zur Nächsten weitergegeben worden sind. Und mit ihnen natürlich auch deren Geschichten. So, nun kommen Sie aber zum Feuer und trinken einen heißen Tee, der wird sie im Nu aufwärmen.“
Mary versank in dem weichen Ledersessel und schon reicht Susan ihr eine dampfende Tasse.
„Hier, das ist eine eigene Kräutermischung aus unserem Garten, wärmt herrlich an so kalten Tagen wie heute. Und von denen haben wir ja genug hier oben“ zwinkerte Susan ihr fröhlich zu und strich sich das hellblonde glatte Haar hinter ein Ohr zurück.
„Ja, man sollte nicht meinen, dass morgen schon Ende April ist.“
„Ach, dann sind Sie auch zur Beltanefeier auf der Burg gekommen?“ fragte Susan erstaunt und lehnte sich an einen Sessel, einen Arm abstützend in ihren Rücken gestemmt.
Mary zögerte. „Nicht unbedingt.“
Susans herzliche Art ließ sie redefreudiger sein, als für sie üblich war.
„Ich erfülle den letzten Wunsch meiner Mutter, diesen Ort hier zu diesem Zeitpunkt aufzusuchen. Sie wollte, dass ich mir die Gegend hier und besonders die Burg Drumrudha ansehe, was ich auch gleich heute Nachmittag noch machen möchte.“ Marys sonst schon rauchige Stimme, die sich anhörte, als ob sie zuviel geraucht und Whisky getrunken hätte, kam einem Reibeisen gleich.
Hellblaue Augen blickte sie mitfühlend an.

„Entschuldigen Sie bitte, ich wollte keine schmerzhaften Erinnerungen wecken. Mein aufrichtiges Beileid zu Ihrem Verlust.“ Sie stellte sich schwerfällig hin. „Ich werde Sie nun ich Ruhe Ihren Tee genießen lassen. Rufen Sie nur, wenn Sie noch etwas benötigen.“ Susan legte leicht ihre Hand auf Marys Schulter, drückte sie kurz und ging trotz der Leibesfülle geschwind hinaus.
Mary starrte ins Feuer und kämpfte mit den Tränen, erstaunt und ergriffen über so viel Mitgefühl einem Fremden gegenüber. Zwar hatte auch sie die spontane Zuneigung zu Susan gespürt, doch war sie in Gefühlsdingen immer eher zurückhaltend.
Langsam nippte sie an ihrem Tee und konnte auch einem Shortbread mit Schokostücken nicht widerstehen. Schließlich raffte sie sich auf, zog ihre Jacke an und ging nach draußen. Es nieselte leicht, aber das machte Mary nichts aus. Schnellen Schrittes überquerte sie die Straße und folgte den Schildern zur Burg. Ein schmaler, mit grobem Kies gepflasterter gewundener Weg führte an die umliegenden Hügel angepasst zum Meer. Rechts und links des Weges säumten saftige grüne Wiesen den Weg, auf denen Schafe friedlich grasten. Klischeehafter war kaum möglich!
Je näher sie kam desto mehr roch sie die salzige Luft des Meeres und hörte das Rauschen der Meeresbrandung. Der schmale Fußweg führte über eine grüne, leicht hügelige Ebene, die Richtung Meer hin leicht abfiel. Die Mauerreste wurden zusehends größer bis sie an einem schmalen Grad stehenblieb und staunend die enorme Anlage betrachtete. Es war die perfekte Lage für eine Burg. Auf einem vorgelagerten Felsen erhoben sich selbst in baufälligem Zustand noch majestätisch die Burgmauern, die wie ein Ring um den ganzen Felsen gebaut worden waren. Die senkrecht ins Meer abfallende Felskante bot einen perfekten natürlichen Schutz und sah kalt und abschreckend aus. Ansonsten war die gesamte Burg vom Meer umgeben und somit fast uneinnehmbar. Nur ein schmaler Pfad führte ehemals über einen engen Grat hinüber zur Burg. Dieser war jedoch im Laufe der Jahre oder durch Belagerungen zusammengebrochen und nun unpassierbar.
Nun führte eine steile Treppe mit improvisierten Stufen hinunter durch die Senke und auf der anderen Seite wieder hoch zum Eingangstor. Langsam näherte Mary sich den schmalen Stufen und konnte sich an der herrlichen Umgebung nicht satt sehen. Zwar hingen ihre Haare mittlerweile völlig durchnässt über ihren Rücken, aber die Faszination über die vor ihr liegende Ruine ließ sie die Nässe gar nicht spürten. Vorsichtig stieg sie die unebenen Stufen hinunter und hätte sich sehr über ein Geländer gefreut, doch anscheinend hielt man die Besucher für trittsicher und hatte da-

rauf verzichtet. Leider hätte so ein Geländer aber auch den altertümlichen Gesamteindruck verändert, so dass Mary über die Abwesenheit andererseits froh war. Wie sehr erinnerte sie dies an die vielen Wanderungen, die sie mit ihren Eltern unternommen hatte, immer abseits der normalen Touristenwege, meistens querfeldein und oftmals mit überraschenden Endzielen.
Konzentriere dich auf den Weg, ermahnt Mary sich selber und setzte einen Fuß vor den anderen. Nach einem steilen Anstieg stand sie schließlich leicht außer Atem am Haupteingangstor, welches nur durch einen niedrigen steinernen Rundgang erreicht werden konnte. Geduckt ging sie ein paar Meter und folgte einigen Stufen bis sie durch eine kleine offene Tür in dem riesigen Tor durchschlüpfen konnte. *Entweder waren damals alle Zwerge oder sie haben extra so niedrig gebaut* dachte Mary. *Extra,* beantwortete Mary sich selbst die Frage, denn der Vorteil lag ganz klar in der leichten Verteidigung der Burg. Hier kam so leicht keiner ungesehen rein, und erst recht nicht viele auf einmal, dafür war der Durchlass einfach zu schmal. Sehr clever! Mary war beeindruckt.
Direkt hinter dem Tor erblickte sie das leider neumodische Kassenhäuschen, ein völliger Stilbruch, und kaufte ein Ticket. Ausgestattet mit einem kleinen Prospekt, das alle ehemaligen Gebäude erklärte, stieg sie die Steinstufen weiter hoch und landete auf dem Vorplatz der Burg. Wie riesig es hier oben war. Mary staunte nicht schlecht, als sie die Ausmaße der Innenanlage erblickte.
Wie ein abgenagtes Gerippe wirkten die verfallenen Gebäudereste des kleinen Dorfes. Und was sie noch mehr erstaunte, waren die vielen Leute, die hier emsig umherliefen. Einige normal gekleidet, aber die Meisten in mittelalterlichen Kostümen! *Ach ja, morgen wird ja Beltane gefeiert* erinnerte sich Mary und schaute zwei Männern zu, die Holz für ein riesiges Feuer aufschichteten. Ein Stückchen weiter probten drei Männer in der typischen Kleidung mit Kilt und Hemd auf ihren Dudelsäcken und Mary wippte automatisch bei der beschwingten Musik mit. Sie seufzte. Ihre Mutter hatte den Tanz geliebt und war zu Dudelsackklängen vor ihrem Vater durch die kleine Küche gewirbelt. Ihr Gesicht hatte gestrahlt und sie war Mary nie glücklicher und unbeschwerter vorgekommen. Sie hätte dies hier geliebt und wieder keimte Unverständnis in ihr auf, dass ihre Mutter nie wieder hierher gekommen war. Sie verband die traurigen Gedanken und konzentrierte sich wieder auf ihr kleines Programmheftchen und folgte dem Rundgang.
In den nächsten Stunden durchwanderte sie den Wohnturm, der früher aus drei Etagen bestanden hatte. Das Kellergewölbe, das in den Felsen gehauen worden war, erinnerte sie unbehaglich an

eine Gruft. Kalte, abgestandene modrige Luft, die an Verwesung erinnerte, kroch ihr unangenehm in die Nase und verursachte ihr einen Ekelschauer. Zwar wurde im Prospekt beschrieben, dass der Keller zur Vorratshaltung genutzt worden sei, doch ließ die muffige, alte Luft andere Assoziationen vor ihrem geistigen Auge erscheinen. Resolut schüttelte Mary ihr Unbehagen ab und kletterte so schnell es die glitschigen Stufen erlaubten, wieder an die frische Luft.
Leider standen vom Wohnturm nur noch Fragmente der Außenmauern und Andeutungen der zwei Zwischendecken, so dass man vieles nur noch erahnen konnte. Aber der zugige Wohnbereich mit dem riesigen Kamin war früher sicherlich eine große gemütliche Halle gewesen, in der sich die Burgbewohner zu den Mahlzeiten und anderen Feierlichkeiten getroffen hatten. Mary versuchte sich auszumalen, wie das Leben hier wohl gewesen sein mochte. Über der Halle die Schlafräume, damit sie die Wärme von unten mitnutzen konnten, eventuell sogar mit einem eigenen Kamin versehen. Sie seufzte, zu schade, dass die Burg nicht besser erhalten war.
Die Aussicht aus den Fenstern war einfach überwältigend. Durch die besondere Lage auf einer vorgelagerten Landzunge hatte man eine weite Sicht zu beiden Seiten entlang der Küste. Ins Landesinnere sah sie die leicht hügeligen grünen Weiden, auf denen das saftiges Gras eine willkommene Delikatesse für die Schafe nach dem langen, kalten Winter nur mit Heu war. Sie legten sich wie ein grüner Teppich über die gesamte Küstenregion und schienen sich meilenweit auszubreiten. Am Ende war sogar das Gasthaus leicht verschwommen auszumachen. Der Nieselregen hatte nachgelassen und die Natur um sie herum strahlte in kräftigen Farben wie frisch gewaschen zu ihr hoch.
Sie drehte den Kopf und ließ ihren Blick langsam über das weite Meer schweifen. Das Wasser war rau und aufgewühlt, mächtige Wellen brachen sich tosend an den Klippen. Leider konnte sie die vorgelagerten Inseln nicht sehen, dazu war die Sicht zu schlecht. Ein Stück die Küste hinunter sah sie die Mündung eines kleinen Flusses, in der sich das klare Quellwasser mit dem salzigen Meerwasser vermischte.
Mary erinnerte sich wieder an die wenigen Dinge, die ihre Mutter in seltenen Momenten aus ihrer Heimat beschrieben hatte, wenn das Heimweh besonders stark wurde.
„Du schaust in diese unendliche Weite, wo der Himmel mit dem Meer verschmilzt und fühlst nichts als friedliche Ruhe“ hörte Mary ihre Mutter verträumt sagen.

Vielleicht habe ich morgen mehr Glück, dachte Mary und musste bei dem Gedanken an den sehnsuchtsvollen Blick ihre Mutter bei diesen Worten schwer schlucken. Schnell blinzelte sie die aufkommenden Tränen weg und ließ den Blick weiter um sich schweifen. Von hier oben hatte sie auch eine hervorragende Aussicht auf den gesamten Innenhof. Sie sah die kleine Kapelle, von der nur noch die Grundmauern standen, daran anschließend die ehemalige Mühle und Backstube, weiter hinten die Tierställe für Hühner, Schweine und Pferde. In der Mitte, wie könnte es anders sein, die ehemalige Brauerei. Auf der linken Seite waren die Soldatenunterkünfte und weitere kleinere Wohnkaten, auch ein großer alter Brunnen lag in unmittelbarer Nähe. Alles was man brauchte, um völlig unabhängig zu sein, hier hatte sich jemand richtig Gedanken gemacht. So langsam wurde es dunkler und Mary wollte unbedingt noch einen der Wege auf dem Klippenkamm erkunden, bevor sie zurück zum Gasthaus ging. Auch die Vorbereitungen für das morgige große Fest gingen langsam dem Ende entgegen. Es wurde eingepackt und einige Leute liefen schon den steilen Pfad zurück in Richtung Dorf. Nach einem Blick über die Umgrenzungsmauer entschied sie jedoch, dass es sicherer war, morgen wieder herzukommen. Denn bei den rapide schlechter werdenden Lichtverhältnissen und den nassen Felsen wollte sie nicht abrutschen und als Fischfutter enden. Tief sog sie noch einmal die salzige Meeresluft ein und schloss sich gemächlich dem Strom der anderen Touristen und Schaustellern aus der Burg an und wanderte zurück zum Gasthaus.
Nach einer warmen Dusche und wieder in trockener Kleidung ging Mary hinunter zum Abendessen. Noch immer prasselte ein lebhaftes Feuer im Kamin und wärmte den Raum behaglich auf. Im Gegensatz zu ihrer Ankunft waren diesmal jedoch schon einige der Sessel direkt am Feuer belegt.
„Kommen Sie, setzten Sie sich zu mir“ rief ein älterer Herr, der Mary unschlüssig an der Tür hatte stehen sehen. Seine lustigen Augen funkelten und seine Wangen waren leicht gerötet, was entweder der Wärme des Feuers oder dem Genuss des Whiskys zugeschrieben werden konnte. Mary schmunzelte amüsiert, während sie auf das fast leere Glas in seiner Hand blickte. Sie setzte sich neben ihn in den freien Sessel und schon war auch Susan sofort an ihrer Seite.
„Ich hoffe, Sie hatten einen schönen Tag auf Drumrudha Castle und sind nicht zu nass geworden“ plauderte Susan fröhlich, während sie ein paar Schüsseln und Teller vor Mary anrichtete. „Greifen Sie ordentlich zu, dass wird Sie stärken“ ermunterte sie Mary lächelnd

und verschwand wieder in der Küche. Vier weitere Gäste befanden sich im Kaminzimmer, einige bereits mit ihrem Abendessen fertig, andere mittendrin. Zwei erkannte Mary als jene Männer, die das Holz für die Feier morgen oben auf der Burg aufgeschichtet hatten. Mary schaute möglichst unauffällig zu ihrem Nachbarn und musste feststellen, dass dieser sie aufmerksam musterte.
„Ich heiße William Spicer und bin der Schwiegervater von unserer lieben Susan, ich gehöre sozusagen zum lebenden Inventar. Und Sie waren heute auf Drumrudha Castle? Wie hat es Ihnen gefallen?"
Während Mary sich den köstlichen Eintopf schmecken ließ, berichtet sie William von ihrer Erkundungstour und Eindrücken.
„Ja, die McAllisters, sie waren schon gute Menschen und wären sie nicht einem gemeinen Hinterhalt zum Opfer gefallen, gäbe es diesen feinen Clan auch heute noch" seufzte William bedauernd.
„Was genau ist denn passiert? Aus meinem kleinen Prospektheftchen ging leider nicht hervor, warum eine so gut zu verteidigende Burg zerstört werden konnte" fragte Mary interessiert.
Auch die anderen Gäste wurden nun aufmerksam und hörten William gebannt zu, der die allgemeine Aufmerksamkeit sichtlich genoss.
„Nun, der letzte Laird war Iain McAllister. Um ein starkes Bündnis zu schließen, verheiratete er seine Schwester Elizabeth mit einem Sohn der McGregors, einem Nachbarclan im Norden. Die Feierlichkeiten fanden auf Drumrudha Castle statt. Doch die Fergussons, ein Clan aus dem Süden, hatten Angst vor der großen Macht dieses Bündnisses und spielten ein falsches Spiel. Sie schleusten fast ihre ganze Armee getarnt als Hochzeitsgäste in die Burg und noch in der Hochzeitsnacht metzelten sie den gesamten Clan nieder, dabei auch viele der McGregors. Es muss ein grausiger Anblick gewesen sein. Sie verschonten keinen, auch nicht Frauen oder Kinder. Leider waren die Fergussons ein schlechtes Beispiel für den guten Ruf der Highlander. Sturköpfe, listenreich im Kampf und zäh in der Verfolgung ihrer Ziele. Kann man so oder so deuten" und nickte Mary bedeutungsvoll zu. William schüttelte traurig den Kopf. „Aber sie haben eindeutig übertrieben. Ihre Gier hat alle ungeschriebenen Gesetze der Ehre der Highlands verletzt. Eine wahre Schande um den Clan der McAllister, der so mutige und ehrbare Krieger hervorgebrachte hatte. Nun, die Verbündeten der McAllister rächten sich jedoch, und belagerten die Burg. Es hat fast zwei Jahre gedauert und viele Menschenleben gekostet, aber sie haben nicht aufgegeben, denn das waren sie den McAllisters schuldig. Da keinem mehr die Burg rechtmäßig zustand, vernichtete man sie,

riss alles bis auf die Grundmauern nieder und ließ die Ruinen als mahnendes Beispiel für gemeine und ehrlose Hinterlist stehen. Die überlebenden Fergussons wurden vertrieben und ihr Land zwischen den benachbarten Clans aufgeteilt, so dass auch sie von der Bildfläche verschwanden."

„Warum wollten die Fergussons denn gerade Drumrudha Castle?" fragte ein anderer Gast neugierig.

„Nun, ganz einfach: die Burg war nicht nur fast uneinnehmbar, sondern lag auch strategisch unschlagbar. Die McAllisters unterhielten einen regen Handel mit den nahegelegenen Inseln. An der Flussmündung war einmal ein kleines Hafengebiet, aber das hat sich die Natur wieder zurückgeholt. Durch ihre direkte Lage am Meer und die Nähe des kleinen Flusses, über den sie ihre Waren ins Landesinnere weiter verfrachteten, kontrollierten sie den gesamten Seehandel hier in der Gegend. Demzufolge ging es ihnen immer sehr gut und wie so oft, gab es leider auch Neider. Durch ihre List wollten die Fergussons all das erlangen, die Vernichtung des Clans, die Burg und die Kontrolle über den Seeweg."

„Hatten aber nicht lange Freude dran" rief der Gast schadenfroh in die Runde und erntete beiläufige Zustimmung.

„Die Zeiten damals waren sehr hart und mit Sicherheit nicht immer gerecht" stimmte William versonnen zu.

„Will, hast du wieder die Laune meiner Gäste verdorben, indem du ihnen alte Schauermärchen erzählt hast" kam es entrüstet von der Tür. Susan blickte ihren Schwiegervater mit den Händen in den Hüften empört an.

„Nur ein wenig lokale Geschichte" schmunzelte William und blinzelte Mary zu. Sie musste ein Grinsen unterdrücken, wirkte der alte Mann doch eher wie ein kleiner Lausbub, den man mit den Fingern in der Bonbondose erwischt hatte.

„Wie wäre es mit einer Runde deiner außergewöhnlichen Spezialität? Nirgendwo in den Highlands bekommt man so etwas Köstliches!" Hoffnungsvoll blickte William seine Schwiegertochter an.

„Wie mir scheint, hast du diese Köstlichkeit schon zu Genüge gekostet" schmunzelte Susan mit einem Blick auf sein leeres Glas. Ein Blick in die Runde und die hoffnungsvollen Blicke der Anwesenden ließ sie ergeben aufseufzen. „Na gut, ein letzter Schluck kann ja nicht schaden," drehte sich um und kam nach kurzer Zeit mit einer Flasche wieder. Nachdem alle ein gefülltes Glas vor sich hatten, hoben sie es zum einstimmigen: „Slainte mha" und ließen das flüssige Gold langsam die Kehle hinunterlaufen. Mary schnupperte erst vorsichtig an ihrem Glas bevor sie nur ein wenig nippte. Sie kannte die Wirkung von Whisky nur zu gut, da ihre Mutter ihn

auch gerne getrunken hatte. Ihr Vater dagegen hatte sich nur unbehaglich geschüttelt und war lieber bei seinem Bier geblieben.
Ein Hauch von Torf und Heidekraut kroch ihr in die Nase, als sie die dunkle, bernsteinfarbene Flüssigkeit leicht schwenkte. Der würzige, leicht rauchige Geschmack glitt angenehm weich ihre Kehle hinunter. *Tut gar nicht weh* seufzte sie innerlich genießerisch und genoss den intensiven Abgang.
William stöhnte zufrieden auf, während auch er mit geschlossenen Augen das Getränk genoss.
„Einen bemerkenswerten Ring tragen Sie da" hörte sie auf einmal William sagen, der sich interessiert vorbeugte, um einen besseren Blick auf ihre Hand werfen zu können.
„Ein Erbstück meiner Mutter" antwortete Mary und blickte versonnen auf den Ring an ihrem Finger und fing aus Gewohnheit an, ihn zu drehen.
„Wusste ich es doch" triumphierte William, „dass so ein feines Mädel schottische Wurzeln hat!" Ein breites Lächeln überzog sein Gesicht. „Welchem Clan gehörte sie denn an?"
Mary zögerte kurz. *Ach was soll's,* dachte sie und schaute in das mit Spannung wartende Gesicht von William.
„Ihr Name war Megan McKinnon."
„Nein, so was aber auch! Die McKinnons leben ein Stück weiter südlich die Küste hinunter. Aber eine Megan kenne ich nicht, mh" William runzelte nachdenklich die Stirn. „Aber irgendwie klingelt etwas in mir bei diesem Namen. Ach, ich werde wohl doch alt." William seufzte theatralisch. „Vielleicht könnte ein Schlückchen meinem Erinnerungsvermögen wieder auf die Sprünge helfen?" Ganz unschuldig schielte er hoffnungsvoll unter seinen buschigen Augenbrauen in Richtung seiner Schwiegertochter, die jedoch kopfschüttelnd abwinkte.
„Dein Pensum für heute ist, glaube ich, bereits mehr als erfüllt."
Mary verfolgte amüsiert die verbale Kabbelei der beiden, während sie die wohlige Wärme des Feuers spürte und genüsslich an ihrem Whisky nippte. Es war lange her, dass sie sich so entspannt und wohl gefühlt hatte und genoss die angenehme Gesellschaft hier umso mehr.
Das war ein schöner Abend, dachte Mary, während sie sich später leicht besäuselt ins Bett kuschelte. Natürlich war es nicht das letzte Glas geblieben und noch mehr Geschichten wurden erzählt, diesmal aber eher Lustige. Es war später geworden, als Mary es geplant hatte, da sie sich morgen zeitig auf den Weg zur Burg machen wollte, bevor die Massen an Touristen einfallen würden. Susan hatte sie vorgewarnt.

Es war das erste Mal seit dem Tod ihrer Eltern, dass Mary sich abends nicht in den Schlaf weinte. Sie fühlte sich seltsam zufrieden und zur Ruhe gekommen. *Alles wird gut*, war das Letzte was Mary durch den Kopf ging, bevor sie einschlief.
Nebel, nichts als Nebel sah Mary enttäuscht beim Blick aus dem Fenster am nächsten Morgen. Es war noch sehr früh und im Gasthaus war noch nichts zu hören. Schnell wusch sie sich, zog sich an und nahm Jacke und Tasche und schlich nach unten. Intensiver Geruch von frisch gebratenem Speck und Eiern zeigten ihr, dass sie doch nicht die Erste und Einzige war, die schon auf war.
„Guten Morgen! Setzen Sie sich doch schon an den Kamin, ich bringe Ihnen gleich das Frühstück.“ Susan steckte kurz ihren Kopf aus der Küche, lächelte Mary freundlich zu, und war schon wieder verschwunden.
Wo sie nur diese Energie hernimmt wunderte sich Mary. *Na ja, schwanger wie sie ist, hat sie gestern Abend auch dem Whisky nicht so zugesprochen wie ich* dachte Mary reuevoll, als sie sich die leicht pochende Schläfe massierte. Nur ihr Vorsatz, die Burg eine kurze Zeit nicht mit so vielen Touristen teilen zu wollen, hatte sie schließlich aus dem Bett kriechen lassen.
„So, da wir gestern leider nicht mehr abgesprochen haben, was sie gerne frühstücken möchten, habe ich Ihnen einfach von allem ein bisschen gemacht, in der Hoffnung, dass etwas für sei dabei ist.“
Fassungslos schaute Mary auf die vielen Teller und Schüsseln, die Susan vor ihr aufbaute.
„Und wer kommt noch?“ fragte Mary leicht ironisch. „Das ist ja genug für einen ganzen Kegelklub.“
Susan ließ sich mit einem Lächeln etwas umständlich auf die Lehen des Sessels neben ihr nieder. „Man weiß nie, was der Tag so bringt, also sollte man ihn gut gestärkt beginnen. Außerdem können Sie ruhig ein paar Pfund mehr auf den Rippen vertragen“ fügte Susan mit einem abschätzenden Blick auf ihre schlanke Figur hinzu.
Mary hatte sich immer als sportlich schlank bezeichnet, mit Muskeln und Proportionen an den richtigen Stellen, halt kein magersüchtiges Frettchen wie die Topmodels. Doch der schwere Verlust ihrer Eltern hatte ihre Silhouette stark erschlanken lassen.
„Greifen Sie ruhig tüchtig zu.“
Es war alles da, von Porridge über gebratene Eier und Speck, geschmorte Tomaten und Champignons, über Toast und Marmelade und sogar geräucherter Fisch. Während es sich Mary schmecken ließ, plauderten beide und Mary erfuhr, dass dies Susans drittes Kind werden würde, wieder ein Junge, worüber der Vater Howard

natürlich sehr stolz war. Wenn es nach ihr ginge, wäre dann auch Schluss, aber Howard hätte am liebsten eine ganze Rugbymannschaft. Dann solle er sie doch auch bekommen, hatte Susan bei Gelegenheit einfach trocken geantwortet, worauf erst mal Ruhe gewesen wäre.
Ein undefinierbares Gefühl breitete sich in Mary aus, als sie Susans fröhlichen Erzählungen folgte. Sehnsucht? Und als ob Susan ihre Gedanken lesen konnte, kam promot die Frage.
„Und wie sieht es bei Ihnen aus? Eine so attraktive Frau wie sie ist doch sicherlich nicht alleine."
Mary hatte die direkte Art der Highlander nicht bedacht!
Während sie noch nach den richtigen Worten suchte, hakte Susan zurückhaltender nach.
„Oder gehören Sie zu den neumodischen Karrierefrauen, denen die finanzielle Unabhängigkeit wichtiger ist als eine Familie?"
Unbehaglich rutschte Mary auf ihrem Sessel von einer Ecke in die andere. Ihre verletzliche innere Seite kannte bisher nur Molly, doch spürte sie zu Susan eine seltsam vertraute Bindung, deshalb antwortete sie ihr ehrlich: „Ich habe nicht so den Bezug zu Kindern. In ihrer Gegenwart fühle ich mich oft unwohl, weil ich nicht weiß, wie ich mit ihnen umgehen soll. Sie verunsichern mich und deshalb gehe ich ihnen lieber aus dem Weg. Und außerdem braucht man notgedrungen einen Mann, um eine Familie zu gründen." Jetzt schwang offene Ironie in ihre Stimme mit. „Und bisher ist mir keiner begegnet, bei dem ich mir auch nur ansatzweise vorstellen könnte, dass er meine Einstellung zu diesem Thema ändern könnte."
Susan betrachtete Mary nachdenklich, deren Verletzlichkeit für sie so offensichtlich war. Sie spürte, dass mehr hinter dieser Geschichte steckte, doch wollte sie nicht in alten Wunden stochern.
„Wie hat schon meine Oma immer gesagt, für jeden Topf gibt es einen Deckel, und alles zu seiner Zeit." Dabei lächelte sie Mary aufmunternd zu.
Diese nickte nur lakonisch bei den offensichtlichen und schon so oft gehörten Aufmunterungen.
„Und wer weiß, vielleicht braucht es einen gestandenen, starken Highlander, der die hohen Erwartungen einer selbstbewussten und willensstarken Frau erfüllt, statt eines kleinen, mickrigen Sassenachs" zog Susan Mary weiter belustigt auf und ihre Augen funkelten übermütig.
„Vorsicht" warnte Mary betont entrüstet, „mein Vater war Engländer und alles andere als klein und mickrig. Und auf ihn lasse ich nichts kommen."

Susan wog nachdenklich den Kopf hin und her. „Vielleicht hat Ihre Mutter den einzigen, männlichen Sassenach abbekommen, der vielleicht aber doch schottische Vorfahren hatte."
Vergnügt flogen die Sätze und Argumente zwischen Susan und Mary wie beim Tennis hin und her, nur kurz unterbrochen von Marys Kauen. Sie griff ordentlich zu und als Mary sich endlich satt und zufrieden den Mund säuberte, hatte sie das Gefühl, eine neue Freundin in Susan gefunden zu haben.
„Ich werde mich gleich auf den Weg machen. Gestern habe ich leider nicht geschafft, alles anzuschauen. Deshalb möchte ich auch früh los, um wenigstens am Anfang nicht von den anderen Touristen tot getrampelt zu werden."
Susan musterte sie plötzlich nachdenklich. „Das müsste eigentlich passen", stemmte sich hoch, verschwand durch die Tür und ließ eine verdutzte Mary zurück. Nach kurzer Zeit kam sie mit einem Bündel auf dem Arm wieder.
„Wir sind zwar nicht ganz gleich groß, aber unter normalen Umständen" sie zeigte auf ihren Umfang „gleich gebaut. Vielleicht würdest du dieses Kleid und die Schuhe gerne anziehen wollen, dann fällst du selber nicht so als Touristin auf."
Mit diesen Worten reichte sie Mary ein langes dunkelgrünes, ärmelloses Leinenkleid, das mit farblich passend gemusterten Bordüren am runden Ausschnitt verziert war. Dazu gehörte ein einfaches beiges Unterkleid mit langen Ärmeln. Alles zusammen wurde mit einem braunen, abgenutzten Ledergürtel gebunden. Ein Paar einfache braune Lederschuhe und ein langer dunkelbrauner Wollmantel vervollständigten die Garderobe. Mary schaute Susan erstaunt an. „Das willst du mir wirklich ausleihen?"
Susan winkte ab. „Es ist nur ein einfaches Leinenkleid, nichts besonderes. Ich weiß aber, dass Touristen anders behandelt werden und mit diesem Aufzug fällst du weniger auf. Na los, zieh dich um und in der Zwischenzeit mache ich ein Lunchpaket fertig. Es wird bestimmt spät werden, denn wenn man erst einmal da ist, zieht es einen in seinen Bann und man vergisst die Zeit."
Mary betrachtete sich in dem kleinen Spiegel in ihrem Zimmer. Sie hatte ihre Lockenmähne zu einem geflochtenen Zopf gebändigt, was ihre eher kantigen Gesichtszüge noch hervorhob. *Eine eher herbe Schönheit* spöttelte sie über sich selber. Aber Susan hatte Recht. Ein bisschen mehr Fülle im Gesicht konnte ihr nicht schaden. Ansonsten passten die Sachen ganz gut. Nur hatte sie sich nicht überwinden können, ihre Jeans auszulassen. *So viel Freizügigkeit unter dem Kleid bei diesen Temperaturen muss nicht sein,* dachte sie entschieden und krempelte kurz entschlossen die Ho-

senbeine etwas hoch, damit sie unter dem etwas zu kurzen Rock nicht zu sehen waren.
„Du siehst prima aus“ meinte Susan später unten am Eingang nach einer kurzen Musterung. „Das Kleid bringt deine grünen Augen toll zur Geltung. Du solltest aber dein Haar lieber offen tragen. Wenn die rötlichen Locken noch dein Gesicht umrahmen, siehst du mit der hellen Haut aus wie eine Erscheinung.“ Susan seufzte begeistert.
Verlegen wehrte Mary ab. „Eher wie eine typische Hexe, das kenne ich noch aus der Schule. Rote Haare, grüne Augen, helle Haut, ganz das typische Klischee. Nicht umsonst war mein Spitzname die große Hexe.“ Übermütig grinste sie Susan an. „Wenigstens passe ich dann zu diesem Fest. Solange ich nicht als besondere Attraktion mit einem Apfel im Mund auf dem Beltanefeuer lande, soll es mir recht sein.“
Lachend stimmte Susan ihr zu.
„Du wirst viel Spaß haben, glaub mir. Wenn ich nicht schon zu behäbig wäre, würde ich auch gehen, aber es wird mir doch zu anstrengend. Nächstes Jahr wieder. Hier, ich habe ein kleines Lunchpaket zusammengestellt, so dass du nicht Hunger leiden musst. Und pass auf den Weg auf, er ist sehr schmal und wird heute überfüllt sein.“
Mit diesen Worten gab sie Mary eine schwere braune Tüte, die nach dem Gewicht und der Größe zu urteilen sicher eine ganze Kompanie versorgen könnte. Mary bedankte sich herzlich, packte sie in ihre Tasche und machte sich auf den Weg. Noch war es sehr ruhig, doch der Nebel schien selbst die kleinsten Geräusche zu verschlucken. Angestrengt schaute sie auf den Boden, um ja nicht vom Trampelpfad abzukommen. Eine schemenhafte Bewegung zu ihrer Rechte ließ sie aufblicken. Ein paar Kaninchen waren auch schon auf und futterten sich bereits durch das feuchte Gras. Je näher sie dem Meer und der Burg kam, umso mehr lichteten sich die Nebelschwaden und die Ruinen kamen in Sicht. Wie schon am Vortag war Mary ganz ergriffen beim Anblick dieses Ortes ohne genau sagen zu können, warum.
Trotz der Frühe herrschte schon reges Treiben, einige Leute hatten sogar im Innenhof der Burg in Zelten übernachtet und waren nun dabei, die alten Burgmauern für den heutigen Tag zum Leben zu erwecken.
Mary ging sofort zu dem Pfad am Klippenkamm, den sie gestern nicht mehr geschafft hatte und wanderte einmal um die gesamte Anlage herum. An einer ruppigen Felskante blieb sie stehen. Sie genoss den Wind, der mit ihren langen Haaren spielte und hielt ihr

Gesicht mit geschlossenen Augen in die Gischt. Feine salzige Wasser Tröpfchen verfingen sich in ihren Wimpern und bildeten einen weißen Kranz.
Selbst bis hier oben wird das Wasser durch die Wucht des Aufpralles an die Klippen gesprüht, dachte sie verwundert. Welch eine Kraft. Möwen flogen kreischend um die Felsen und stürzten sich auf der Suche nach Futter hinab ins Meer.
Ein starkes Gefühl der inneren Verbundenheit zu diesem Ort durchfuhr plötzlich ihren Körper, sanfte Zufriedenheit durchströmte sie und legt sich schützend über sie wie eine wärmende Decke.
Sie wusste nicht, wie lange sie dort bewegungslos gestanden hatte, aber sie hatte das Gefühl, dass sich etwas in ihr entscheidend verändert hatte. Eine unbekannte Ruhe und Sicherheit überkam sie, die ihr das Gefühl von ungeheurer Kraft gab. Nach einem letzten tiefen Atemzug machte sie sich auf den Rückweg.
An einigen Stellen war es sehr eng und der feuchte Untergrund war alles andere als ideal für ihre glatten Lederschuhe. *Ein Himmelreich für meine Wanderschuhe mit ausgeprägtem Profil* wünschte sich Mary, als sie wieder einmal seitlich ins Rutschen kam. Sie musterte mit Schaudern die senkrecht abfallende schwarz schimmernde Felsfassade. Einen Sturz von hier würde sie mit Sicherheit nicht überleben, erkannte sie erschrocken und so ging sie vorsichtig tastend weiter. Sie brauchte für den Weg zurück länger als gedacht, da sie immer wieder stehenblieb und trotz des unsicheren Untergrundes die wunderschöne Aussicht genoss.
Am frühen Nachmittag kehrte sie schließlich zurück in den Burghof, in dem sich mittlerweile viele Menschen tummelten. Touristen strömten von Stand zu Stand, probierten altertümliche Speisen und Getränke. Gaukler und Akrobaten unterhielten mit ihren Kunststücken die Besucher und eine Gruppe Musiker schlenderte fröhlich spielend über den Burghof. Mary setzte sich am Rand auf die Mauerreste der ehemaligen Kapelle und holte ihr Lunchpaket heraus. *Das kann ich ja noch nicht einmal an zwei ganzen Tagen essen,* dachte sie belustigt, als sie den Inhalt der Tüte erblickte. Genüsslich biss sie in ein dickes Sandwich und kaute gedankenverloren, während sie sich das bunte Treiben um sie herum anschaute. Man erkannte die Touristen sofort, denn die wenigsten waren zeitgemäß gekleidet. Um sie herum wuselten verschiedene Gruppen von Händlern, die ihre Waren anpriesen und sehr hartnäckig waren. Mary schickte ein stilles Dankgebet an Susan, die sie vor dieser Belagerung durch ihre passende Kleidung bewahrt hatte. Nach einem reichlichen Mahl und einer ausgedehn-

ten Pause packte Mary die Reste zusammen und gesellte sich in den Strom, der sich an den Ständen vorbei schob. Sie war neugierig, was hier so alles angeboten wurde. Sie wusste, dass sie aufgrund ihres Hintergrundwissens kein dankbarer Kunde wäre. Aber hier ging es ja schließlich nicht um eine historisch korrekte Ausstellung, sondern um ein Freizeitvergnügen. Gemütlich schlenderte sie an Töpferständen, Lederwaren und natürlich kulinarischen Köstlichkeiten wie der Fladenbäckerei und mehreren Met Buden vorbei. Letztere fanden gerade bei den Männern großen Zuspruch. In einer etwas abgelegeneren Ecke des Innenhofes tummelte sich eine große Schar von Kindern unterschiedlichen Alters vor einem Bogenschießstand. Zwei Männer zeigten dem neugierigen kleinen Publikum, wie man den Bogen richtig spannte und schoss. Selbst die Kleinsten bekamen die Gelegenheit, auf hölzerne Wildschweine, Hasen oder Rehe zu schießen. An einem Stand konnte sie der Versuchung nicht widerstehen und erstand eine kleine Honigwabe. Genüsslich schleckend, verfolgte sie das wilde Treiben der Kinder, als plötzlich ein kleiner Junge sie von hinten umrannte. Ihre erst halb aufgegessene Honigwabe landete im hohen Bogen im Gras. In Erwartung einer Schimpftirade duckte sich der kleine Kerl erschrocken. „T'schuldigung."
Doch Mary seufzte nur bedauernd.
„Macht nichts, so haben die Ameisen auch ihren Anteil am Fest und freuen sich über den Leckerbissen."
Erleichtert zuckte der Rabauke noch einmal unbeholfen mit den Schultern und rannte dann wie der Teufel wild mit seinem Holzschwert schwingend seinen Kumpels hinterher.
Die Zeit verging wirklich wie im Flug, genau wie Susan vorhergesagt hatte. Nach einer ausgedehnten Runde, in der sie die unglaublichen Fähigkeiten eines Steinmetzes und eines Wollwebers bewundert hatte, setzte sie sich an den Rand. Die Dunkelheit hatte sich schleichend über die Burg gelegt und der Zeitpunkt, um die Feuerscheite anzuzünden, war gekommen. Gedankenverloren und fast hypnotisch starrte sie in die hellen Flammen und nahm weder die fröhliche Musik noch die lebhaften Tänze, die sich um das Feuer bewegten, wirklich wahr. Ein plötzliches Knacken und Zusammenfallen einiger Holzscheite brachte sie abrupt aus ihrer Gedankenwelt zurück. Leicht fröstelnd zog sie ihren Mantel enger um sich. Plötzlich fühlte sie sich inmitten dieser lauten, fröhlichen Menschenmenge sehr einsam und allein und betrachtete melancholisch die tanzenden Paare. Seufzend beschloss sie, sich wieder auf den Weg zu machen. Vorher musste sie nur noch den letzten

Ort aufsuchen, den ihre Mutter ihr genannt hatte, dann hatte sie ihre Aufgabe hier erfüllt.
Vorsichtig balancierte Mary durch das Unterholz eines kleinen Wäldchens, welches sie auf dem Hinweg zur Burg nur aus der Ferne gesehen hatte. Laut ihrer Mutter war hier früher ein dichter Wald mit einem richtigen Trampelpfad gewesen und sie fragte sich beklommen, was sich noch alles in der Zwischenzeit verändert hatte. Zum wiederholten Male blieb sie stehen und befreite ihr Kleid aus Dornenzweigen, sie wollte doch Susan kein zerrissenes Kleid zurückgeben. Entschlossen krempelte sie das Kleid bis zur Hüfte hoch, so dass sie leichter vorwärtskam, denn an ihren dicken Jeans verfing sich nichts so leicht. Sie wollte diese Angelegenheit schnell hinter sich bringen, denn es wurde immer dunkler. Erleichtert trat sie aus dem Wald heraus und erblickte eine kleine Lichtung, in deren Mitte ein mit Gras bewachsener Hügel lag. Gott sei Dank, wenigstens gab es ihn noch. Erleichtert trat Mary näher heran. Ob es am Wetter oder an der Tageszeit lag, konnte sie nicht ausmachen, aber dieser Ort löste in ihr ein unbestimmtes Gefühl der Ruhe, ja fast des Friedens aus. Vorsichtig setzte sie sich auf den Hügel und ignoriert die Nässe, die fast augenblicklich durch ihre Kleidung drang.
Geschafft. Mary atmete befreit auf. Bald hatte sie auch den letzten Wunsch ihrer Mutter, sich zu diesem Hügel zu begeben und dort bis Mitternacht auszuharren, erfüllt. Sie schlang sich den dicken Wollmantel fester um die Schultern und dankte Susan zum wiederholten Male für ihre Umsicht. So musste sie wenigstens nicht frieren.
Und was soll ich die nächsten Stunden hier noch machen? fragte sich Mary resigniert, während sie ihre Knie fest umschlang und nach oben schaute. *Vielleicht Sterne zählen,* schmunzelte sie ironisch, denn der Abendhimmel zeigte bereits eine staatliche Anzahl der kleinen funkelnden Himmelslichter. Dies erinnerte sie schmerzlich an eine Campingtour mit ihren Eltern, in der sie nachts mit ihrem Vater den Himmel betrachtet und er ihr die verschiedenen Sternenbilder erklärt hatte. Ihre Mutter hatte beide am nächsten Morgen aufgezogen, weil sie beide völlig übermüdet und unausgeschlafen vor dem Zelt gesessen hatten. Sie dagegen war voller Tatendrang gewesen, die Gegend zu erkunden. Wie gewohnt hatte ihre Mutter es geschafft, sie beide durch Neckereien auf die Beine zu bringen und durch die Gegend zu jagen. Es war so offensichtlich, wie sehr ihre Eltern aneinander hingen und wie sehr sie ihre Tochter liebten. Megan hatte immer gesagt, sie hätte sich ihren Seelengefährten gewünscht und ihn auch gefunden, wofür sie Gott

jeden Tag danken würde. Sie wünschte sich für ihre Tochter eben dieses große Glück hatte sie Mary im Krankenhaus zugeflüsterte, und sich von ihr diesen Wunsch erbeten, den sie nun gerade erfüllte. Hier an diesem Ort, in der Nacht von Beltane zu sitzen und sich ihren Seelengefährten zu wünschen, damit sie nicht allein durchs Leben gehen sollte. Gedankenverloren drehte Mary aus Gewohnheit am Siegelring an ihrem Finger während die Worte ihrer Mutter in ihrem Kopf herumspukten.
Wieder diese für sie so typische Art und Weise sich auszudrücken. Den Partner fürs Leben zu finden als Seelengefährten zu beschreiben. Aber passend zu ihrer auch sonst eher altmodischen Lebenshaltung erinnerte sich Mary schwermütig.
Ach Ma, wenn das mal so einfach wäre! Mary kramte ein Stück Schokolade aus ihrer Tasche und ließ sich trotz der Nässe auf den Rücken sinken. Während die herbe Süße langsam in ihrem Mund schmolz, starrte sie hoch in den funkelnden Sternenhimmel.
Ob es überhaupt einen für sie gab? Wie sollte er denn überhaupt sein? Gab es jemanden, der ihre Macken ertrug und ihr die Freiheiten ließ, die sie brauchte? Ihre bisherigen Erfahrungen waren eher ernüchternd gewesen und nicht dazu angetan, dieses Thema zu vertiefen. Vielleicht war nun der richtige Augenblick, sich genauer damit zu befassen. Schließlich hatte sie ja sowieso nichts Besseres zu tun, als hier im Dunkeln im nassen Gras zu liegen und auf Mitternacht zu warten!

2

Langsam wurde Mary von einem Tropfen, der von ihrer rechten Wange weiter hinunter bis zum Hals lief, geweckt. Noch ganz benommen öffnete sie die Augen und sah – nichts! Verwirrt setzte sie sich auf und zwinkerte mehrfach mit den Augen. Nebelschleier lagen über der Lichtung und verbreiteten den anheimelnden Charme eines Friedhofs in einem Edgar Wallace Krimi. Das dämmrige Licht machte es unmöglich zu erkennen, zu welcher Tageszeit sie gerade aufgewacht war.

Ich bin wohl eingeschlafen, fröstelt sie und rieb sich die klammen Arme. Angestrengt lauschte sie, ob sie irgendetwas hören konnte. Doch das Einzige, was sie vernahm, war ihr schneller Herzschlag, der laut in ihren Ohren dröhnte.

Na prima, das kann ja ein gemütlicher Heimweg werden!

Sie rappelte sich mühsam auf, schüttelte ihr Kleid und den Mantel aus und wollte nach ihrer Tasche greifen. Doch ihre Hand griff ins Leere!

Ich hatte sie doch hier neben mich gelegt, als ich den Rest des Lunchpaketes von Susan gegessen habe. Verwundert suchte Mary die Umgebung um den kleinen Hügel ab, fand aber nichts. Verzweifelt dreht sie noch eine Runde und suchte Schritt für Schritt das feuchte Gras ab.

Ich muss sie finden, in der Tasche ist mein halbes Leben, und nicht zu vergessen meine Nervennahrung. Ihr Vater hatte sie immer damit aufgezogen, dass sie mit dem Inhalt ihrer Tasche mindestens eine Woche in der Wildnis überleben und nur sie sich in diesem Paralleluniversum zurechtfinden könnte. Aber auch nach der dritten Runde intensiver Suche blieb ihre Tasche verschwunden. Der Nebel schien sich beharrlich zu halten, deshalb entschied Mary, sich trotz der schlechten Sicht und der fehlenden Tasche auf den Rückweg zu machen. Noch einmal stellte sie sich ganz ruhig hin, schloss die Augen und versuchte sich zu orientieren – nichts. Oder doch? Sie meinte vage, Stimmen vernommen zu haben. Sie konzentrierte sich wieder, und da, eindeutig menschliche Stimmen. Sie atmete noch einmal tief durch und suchte nochmals den Boden ab in der Hoffnung, ihre Tasche doch noch zu entdecken. Fehlanzeige.

„Na dann mal los“ versuchte sie sich selber laut Mut zu machen und ging vorsichtig den kleinen Hügel hinunter und folgte der Richtung, aus der sie meinte, die Stimmen gehört zu haben. Schritt

für Schritt tastete sie sich langsam durch den undurchdringlichen Nebel.
Wie gut, dass ich meine Jeans unter dem Kleid anbehalten habe, sonst würde ich jetzt richtig frieren, dachte Mary und stieg vorsichtig über einen umgefallenen Baumstumpf. Angestrengt starrte sie in den Nebel und konnte auf einmal das kleines Wäldchen direkt vor ihr ausmachen. Gott sei Dank, das schien der richtige Weg zu sein. Langsam schritt sie weiter vor und musste sich immer wieder aus Dornenzweigen befreien.
Kommt mir irgendwie bekannt vor, ging ihr trotz Kratzern an den Händen beruhigend durch den Kopf. Erleichterung über den anscheinend richtigen Weg ließ ihren Humor wieder erwachen. Wie man sich über so etwas eigentlich Nervendes, wie an Dornen hängenzubleiben, freuen konnte. Allmählich schien sich auch der Nebel zu lichten. Da, ganz deutlich hörte sie mehrere Stimmen, genau vor ihr! Sie meinte Kinderstimmen zu erkennen und schritt erleichtert schneller aus. Sie kam an den Rand des Waldes und vor ihr öffnete sich eine kleine, helle Lichtung, auf der tatsächlich mehrere Kinder unterschiedlichen Alters ausgelassen spielten.
Würde mich nicht wundern, wenn die Rabauken sich meine Tasche näher angeschaut haben während ich geschlafen habe, grollte Mary leicht verstimmt. Na wartet! Sie beobachtete eine Weile, wie die Kinder fröhlich und ausgelassen zusammen herumtobten. Ein paar Jungen trugen mit Holzschwertern wilde Kämpfe aus, angefeuert von einem lautstarken jüngeren Publikum. Weiter vorne spielten vier Mädchen mit einem Ball und liefen flink über das Gras. Und alle trugen anscheinend noch ihre Kostüme vom Vortag! So hatte neben den altertümlichen Kleidern nicht eines von ihnen richtige Schuhe an, sondern lief in einfachen Lederschuhen oder sogar barfuß herum. Mary ordnete ihr Kleid und machte Anstalten, den großen, kräftigen Jungen, den sie aufgrund des bewundernden Verhaltens der anderen als Kopf der Gruppe ausgemacht hatte, anzusteuern. Doch bevor sie noch einen weiteren Schritt auf sie zugehen konnte, um sie zur Rede zu stellen, verspürte sie einen Schlag am Kopf und alles wurde dunkel.

Mary nahm verschwommen wahr, wie jemanden neben ihr sanft eine Strähne ihres Haares aus der Stirn schob. Ihr Kopf fühlte sich an, als ob da drinnen ein Ping Pong Spiel ohne ihre Erlaubnis abgehalten wurde und die rechte Schläfe brannte heftig. Blinzelnd öffnete sie mühsam die Augen. Erschrocken stockte ihr der Atem.
„Mom?“ rief Mary ungläubig aus. „Aber das kann doch nicht sein!“ Hastig versuchte sie sich aufzusetzen, aber ihr dröhnender Kopf zwang sie wieder, sich hinzulegen.

„Ist schon gut, Kleines. Es ist alles in Ordnung. Bleibt liegen, Ihr habt eine ordentlich Beule am Kopf.“
Erschrocken starrte Mary die vor ihr sitzende Frau an, die ihrer Mutter unglaublich ähnlich sah. Genau die gleichen kastanienroten, lockigen Haare, die auch Marys Gesicht umrahmten, nur waren die der Frau von einzelnen grauen Strähnen durchzogen. Der gleiche helle Teint und die ovale Gesichtsform.
Die Augen sind anders, bemerkte Mary, sie waren grau und nicht braun und sie blickten sie warm und irgendwie aufgeregt an.
„Wer sind Sie?“
„Wie ich sehe, hat Euch Eure Mutter unsere Sprache beigebracht, Ihr klingt genau wie Megan.“
Ohne es sich bewusst zu sein, hatte Mary automatisch auf Gälisch geantwortet, als die Frau mit ihr gesprochen hatte.
„Ich bin Mairi, eine Cousine Eurer Mutter. Sie ist doch Megan McKinnon, nicht wahr? Ihr seht aus wie sie und tragt ihren Ring.“
Fassungslos starrt Mary erst auf ihre Hand und dann auf die ältere Frau. Es dauerte eine Weile, bis Mary ihre Stimme wiedergefunden hatte.
„Mom hat gesagt, dass Ihr die beste Freundin gewesen seid, die man sich wünschen kann und hat mich deshalb nach Euch benannt, ich heiße Mary.“
Bei diesen Worten schossen Mairi sichtlich bewegt die Augen. „Ihr müsst mir alles über Megan erzählen, wie es ihr ergangen ist. Ich habe so oft an sie denken müssen und gebetet, dass sich ihr Wunsch erfüllt hat. Ich habe sie schmerzlich vermisst, denn sie war nicht nur meine Cousine sondern auch noch meine beste Freundin.“
„Aber wo bin ich und wie bin ich hierher gekommen? Mein Kopf dröhnt als hätte ihn jemand als Punchingball verwendet!“
Mairi schaute Mary irritiert an. „Ihr befindet Euch auf Drumrudha Castle. Ich weiß nichts von einem solchen Ball, aber Ihr habt einen Lederball an den Kopf bekommen, den ein Junge beim Spielen geworfen hat. Leider hat er Euch zu spät gesehen und daher an der rechten Schläfe getroffen als Ihr aus dem Wald getreten seid. Sie haben Euch auch hergebracht. In ein paar Tagen seid Ihr wieder so gut wie neu.“
Mairi zögerte kurz. „Bitte, haltet mich nicht für unhöflich und aufdringlich, aber seid Ihr in der Lage, mir etwas von Megan zu erzählen? Ich frage mich schon seit über 20 Jahre, was aus ihr geworden ist und ob es ihr wohl gut geht.“
Mary blickte in die grauen Augen, die sie so hoffnungsvoll anschauten. Allein beim Gedanken an ihre Mutter traten ihr die Trä-

nen in die Augen und fühlte, wie Mairi ihre Hand mit ihren rauen Händen umfasste.
„Sie ist tot“ bekam Mary nur flüsternd heraus, „sie ist zusammen mit meinem Vater vor nun fast zwei Monaten bei einem Unfall in England gestorben.“
Mairi drückte ihre Hand für einen Moment noch fester. „Gott sei ihrer Seele gnädig“ murmelte sie mit geschlossenen Augen und bekreuzigte sich, während ihr Gesicht mit einem Ausdruck von Trauer und Resignation in sich zusammen fiel. Einige Minuten herrschte beklommenes Schweigen, in dem nur das Knistern der Holzscheite im Kaminfeuer zu hören war, während beide in ihre eigenen Gedanken versunken waren.
„Ein Sassenach also. War sie glücklich?“ fragte Mairi ganz leise. Mary schaute ihr direkt in die tränennassen Augen und lächelte leicht. „Sehr. Sie hat immer gesagt, sie hätte sich ihren Seelengefährten gewünscht und ihn auch bekommen. Meine Eltern haben sich sehr geliebt und eine sehr harmonische Ehe geführt. Sie haben sich gegenseitig respektiert und ergänzt. Ich kann mich an kein böses Wort zwischen den Beiden erinnern, auch wenn viele das für unmöglich oder sogar langweilig halten. Ihre Gegensätze haben sie als Vorteil zu nutzen gewusst. Meine Mom war sehr musikalisch, sie konnte wunderbar singen, während Dad nie auch nur eine einzige Note traf, genau wie ich, leider. Dafür hat er es umso mehr genossen, ihren Liedern einfach nur zuzuhören, wenn sie mir etwas vorgesungen hat. Dad dagegen war sehr sportlich und hat viel mit mir unternommen. Und während wir beide uns auf dem Sportplatz ausgetobt haben, hat sie am Rand gestanden und uns angefeuert.“ Mary musste schlucken und drehte aus Gewohnheit wieder am Siegelring. „Sie haben sich einfach perfekt ergänzt.“
„Danke“ vernahm Mary leise von Mairi, die ihr kurz die Hand drückte und wieder in Schweigen verfiel. „Dann hat sich ja alle Mühe gelohnt.“
Mary war so mit ihren eigenen Gedanken beschäftigt, dass sie erst einen Moment brauchte, bis der seltsame Satz wirklich zu ihr durchgesickert war. Verwirrt schaute sie zu Mairi, die aufgestanden war, um Holz nachzulegen, und stützte sich auf ihre Ellenbogen, obwohl ihr Kopf bei dieser Bewegung heftig protestierte und ihr leicht schwindelig wurde.
„Was meinst du damit?“ Mary hatte entschieden, dass man eine Verwandte nicht siezen musste und folgte angestrengt Mairis Bewegungen.

Mairi schaute sie abschätzend an, als ob sie etwas Wichtiges abwägen müsste. „Was hat Euch Eure Mutter von ihrer Familie erzählt?“

„Das war ein schwieriges Thema“ erwiderte Mary leise. „Sie hat nicht viel erzählt, aber allein der Gedanke an ihre Familie hat sie immer sehr traurig gemacht, so dass ich das Thema gemieden habe. Einmal, zu Weihnachten, als wir spät am Abend noch zusammen saßen und etwas getrunken hatten, habe ich sie mal gefragt, wie sie denn früher mit ihrer Familie Weihnachten gefeiert hat. Sie hat so lange schwiegen, dass ich schon dachte, sie würde gar nicht antworten. Aber dann hat sie mir von den großen Festen erzählt, bei denen die ganze Verwandtschaft zusammenkam und tagelang vorbereitet und gefeiert wurde. Es hörte sich sehr schön an, Teil so einer großen Familie zu sein. Und als ich sie dann fragte, warum sie uns nicht mal besuchen kommen oder wir in die Highlands fahren würden, hat sie nur traurig geantwortet, dass es nicht möglich sei, da sie sich mit ihrer Familie zerstritten habe.“ Vorwurfsvoll schaute sie Mairi an. „Aber warum hast du sie denn nicht besucht?“

„Weil ich nicht wusste, wo sie war“ beantwortete Mairi ruhig den Vorwurf.

„Sie hat dir nie eine Nachricht geschickt? Das ist aber sehr untypisch für Mom. Wo sie dich doch so vermisst hat.“

Mairi wanderte unruhig im Zimmer auf und ab und schien plötzlich einen Entschluss gefasst zu haben, als sie sich wieder zu Mary ans Bett setzte.

„Deine Mutter war ein wunderbarer Mensch und hatte es nicht immer leicht.“ Sie holte tief Luft. „Sie war Ewan, dem ältesten Sohn vom Clan der Fergussons versprochen. Das Gebiet der Fergussons und der McKinnon grenzen aneinander, wobei das der McKinnons südlich ans Meer grenzt und das der Fergussons ganz landeinwärts liegt. Es sollte ein starkes und wehrhaftes Bündnis geschlossen werden. Außerdem würden die Fergussons dadurch endlich direkten Zugang zum Meer bekommen, worauf sie es schon immer abgesehen hatten. Doch Megan fand Ewan einfach nur abstoßend, ein kalter brutaler Mensch, der ihr das Leben zur Hölle gemacht hätte.“

Entschuldigend blickte sie Mary an. „Deine Mutter war schon immer sehr romantisch veranlagt, sie war in einem glücklichen Heim aufgewachsen und wollte nun das Gleiche für ihre eigene Zukunft. Mit Ewan wäre das völlig unmöglich gewesen. Ihre Eltern hatten aber schon ihr Wort zu dieser Verbindung gegeben und kein Bitten und Flehen deiner Mutter konnte sie umstimmen. Das einzige, was sie erreichen konnte war, den Hochzeitstermin auf einen Tag nach Beltane festzulegen. Das hatte sie sich nach einem Besuch bei der alten Rowana erbeten. Rowana war unsere Kräuterfrau und Heilerin, manche haben sie auch als Hexe bezeichnet, aber alle hatten Respekt, wenn nicht sogar Angst vor ihr."

Mary konnte nur stumm und ungläubig diesen neuen Informationen lauschen.

Nach einer kurzen Pause fuhr Mairi fort. „Rowana hatte ihr gesagt, dass ihre einzige Möglichkeit, dieser Hochzeit zu entfliehen, der folgende Plan war, zumal sie Megan ansonsten einen frühen Tod vorhergesagt hatte. Sie sollte in der Nacht zum Sommeranfang zu dem kleinen Feenhügel auf der westlichen Lichtung hinter dem Wald gehen und dort fest an das denken, was sie sich am sehnlichsten wünschen würde."

Mairi schaute Mary ernst an. „Ich habe damals nicht geglaubt, dass es wirklich funktionieren würde, aber am nächsten Tag war deine Mutter unauffindbar."

Mary starrte Mairi völlig benommen an und schaffte es nicht, auch nur ein Wort herauszubringen.

„Wie Ihr vielleicht schon bemerkt habt, sehe ich Eurer Mutter sehr ähnlich und so habe ich am Vorabend ihrer Hochzeit ihre Stelle eingenommen. Da ich mir einen dünnen Schleier übers Haar und Gesicht gezogen habe, ist es niemandem aufgefallen. Ihr könnt Euch nicht vorstellen, welche Hölle nach ihrem Verschwinden hier losbrach." Auch jetzt noch, nach all diesen Jahren kroch bei der Erinnerung an diesen Tag ein unangenehmer Schauer über Mairis Rücken.

„Beide Clans beschuldigten sich gegenseitig, die Hochzeit verhindern zu wollen. Den McKinnons wurde vorgeworfen, Megan versteckt zu haben, um die Hochzeit doch noch platzen zu lassen, keinem war die Abneigung von Megan Ewan gegenüber verborgen geblieben. Und die Fergussons wurden beschuldigt, sie entführt zu haben, um die Mitgift zu erhöhen, die nach Ewans Meinung viel zu niedrig ausgefallen war. Jeder wusste, wie raffgierig die Fergussons waren und wie oft sie schon Vereinbarungen gebrochen hatten, um im Nachhinein noch mehr Profit herauszuschlagen. Deshalb gab es von beiden Seiten wüste Kriegsandrohungen und die jeweiligen Verbündeten wurden zusammengerufen." Sie seufzte.

„Es hat ein paar kleinere Zusammenstöße gegeben, aber da kein einziger Beweis für die jeweiligen Anschuldigungen gefunden werden konnte und Megan verschwunden blieb, wurde ein Waffenstillstand ausgehandelt. Bis heute noch begegnen sich beide Clans mit offenem Misstrauen und treffen nur voll bewaffnet auf-

einander. Ewan ist mittlerweile mit Shona Morrison verheiratet, einer Tochter vom Nachbarclan weiter im Landesinneren.“
Erschöpft strich sich Mairi eine graue Strähne zurück, die ihr während der Erzählung ins Gesicht gefallen war und schaute vorsichtig zu Mary, die sich während der ganzen Zeit nicht einen Zentimeter gerührt und die Augen nicht von Mairi genommen hatte.
„Deshalb bin ich sehr froh und erleichtert zu hören, dass sie ihr Glück gefunden hat“ schloss sie ihre Geschichte ab.
Minutenlanges Schweigen breitete sich im Raum aus, während Mairi nachdenklich ins Feuer blickte und Mary diese seltsame Frau nur sprachlos anstarren konnte.
„Und was wurde aus dir?“
Es dauerte eine Weile, bevor Mairi leise antwortete. „Zuerst überlegte man, ob ich Ewan heiraten sollte, aber ich hätte nicht genug Mitgift in die Ehe gebracht. Daher lehnte er ab, ein Glück für mich.“
„Ich glaube, ich bin doch stärker am Kopf verletzt, als ich dachte“ war das Erste, was Mary schließlich hervorbrachte.
Bisher hatte sie Mairi als geistig gesunde Frau betrachtet, vielleicht etwas schrullig was Aussehen und Sprache anging, sie lief immer noch im Kostüm von der Beltanefeier herum. Aber nun zweifelte sie doch stark an ihrem Verstand. Auf der anderen Seite würde dies einiges an ihrer Mutter erklären. Je länger sie darüber nachdachte, umso wütender wurde sie und setzte sich auf, ihren pochenden Schmerz am Kopf ignorierend.
„Was sind das nur für antiquierte Ansichten, einen Ehepartner aufgrund von Bündnissen oder Zweckgemeinschaften auszuwählen? Das war vielleicht früher so üblich und an manchen Königshöfen auch heute noch, wobei auch immer mehr Bürgerliche einheiraten. Schweden ist da das beste Beispiel. Wieso haben ihre Eltern sie zu so etwas Abscheulichem gezwungen? Kein Wunder, dass sie weggelaufen ist.“ Mary redete sich richtig in Rage während Mairi sie nur mit offenem Mund völlig verwundert anstarrte. Plötzlich erschien ein Schmunzeln auf Mairis Gesicht, was Mary völlig aus dem Konzept brachte.
„Was?“ fauchte sie Mairi an, die versuchte ihre Heiterkeit zu unterdrücken.
„Ich verstehe zwar nicht alles, was Ihr da sagt, aber wie ich sehe, habt Ihr auch das Temperament Eurer Mutter geerbt.“ Mairi strich Mary eine Strähne ihres lockigen Haares zurück, die sich während ihrer empörten Rede aus ihrem Zopf gelöst hatte und ging zum Fenster, hob den Vorhang beiseite und schaute hinaus. *Sie ist kleiner als Mom, und rundlicher,* bemerkte Mary unbewusst, während sie Mairi mit den Augen folgte. Doch Marys Geduldsfaden war

eindeutig zu Ende, sie schwang ihre Beine über die Bettkante. „Ich muss wieder zurück zum Gasthaus. Susan wird sich schon Sorgen machen und sich fragen, wo ich bleibe. In ein paar Tagen, wenn ich ausgeschlafen bin und alles einigermaßen verdaut habe, können wir uns gerne noch einmal treffen. Ich würde liebend gerne noch mehr von dir über Mom erfahren, aber für heute ist mein Bedarf eindeutig gedeckt. Außerdem muss ich noch meine Tasche suchen, da sind alle meine wichtigen Papiere drin und ich brauche meine Kreditkarte, um mein Zimmer zahlen zu können. Und meine Schlüssel fürs Auto brauche ich auch, sonst sitze ich hier fest. Wer weiß, wo der nächste Autoservice ist, um mir einen Schlüssel nachzumachen."
Und wo war Schokolade, wenn man sie so dringend brauchte?
Während sie so vor sich hin lamentierte, beobachtete Mairi sie nur wortlos und verfolgte jede ihrer Bewegungen. Als Mary schwankend von dem Bett aufstand, trat sie schnell hinzu, hielt sie fest und drückte sie wieder auf die Bettkante zurück. Stirnrunzelnd betrachtete sie Mary, die mit geschlossenen Augen versuchte, die Achterbahn in ihrem Kopf zu stoppen. Gedankenverloren ließ sie ihren Blick über Marys Jeans schweifen, die unter dem Kleid hervorlugte. Ganz vorsichtig befühlte sie den Stoff.
„Sagt, wo habt Ihr diese Beinkleider her?"
Irritiert über den plötzlichen Themenwechsel öffnete Mary vorsichtig ein Auge.
„Was hat das denn mit der ganzen Geschichte zu tun?" Mary war nun mehr denn je davon überzeugt, dass Mairi nicht ganz richtig im Kopf war.
„Bitte, es ist wichtig".
„Die habe ich mir kurz vor meiner Abreise nach Schottland noch in Manchester gekauft."
„Das liegt in England, richtig?"
„Hm hm" brummelte Mary nur kurz zustimmend.
Mairi wanderte unruhig hin und her und flüsterte unverständliche Dinge vor sich hin. „Ist es denn doch möglich" konnte Mary nur zwischendurch mal verstehen. Direkt vor Mary blieb sie wieder stehen. „Warum seid Ihr hier?"
Mary versuchte den wilden Gedankensprüngen zu folgen. Sie holte tief Luft, um sich zu fassen bevor sie erwiderte: „Ich erfülle den letzten Wunsch von Mom. Ich sollte an Beltane zu diesem Hügel gehen und mir meinen Lebenspartner wünschen, *Seelengefährten* wie sie es ausgedrückt hat."
Noch während sie sprach, vielen ihr auf einmal die Parallelen zu der Geschichte auf, die Mairi ihr kurz vorher von ihrer Mutter

erzählt hatte und blickte sie ungläubig an. „Das kann doch nicht sein. So etwas funktioniert doch gar nicht. Alles nur Zufall“ wehrte sie entschieden ab, während sie sich ihre schmerzende Schläfe massierte.
Mairi ging zum Tisch, nahm einen Becher und goss etwas Flüssigkeit hinein. „Hier, trinkt das, es wird Eure Kopfschmerzen etwas lindern.“
Mary betrachtete den Inhalt mit so viel Vertrauen wie den berühmten Schierlingsbecher. Skeptisch schnupperte sie daran, konnte aber nur Gewürze und Kräuter ausmachen. Vorsichtig nahm sie einen kleinen Schluck. Das Getränk erinnerte sie an Kräutertee, den sie manchmal getrunken hatte, wenn sie erkältet gewesen war. Während Mary den Becher Schlückchen weise leerte, ließ Mairi sie nicht aus den Augen und nahm ihr am Ende den leeren Becher aus der Hand.
„Ich muss jetzt wirklich gehen, und bis zum Gasthof an der Straße ist es ja auch nicht weit. Ich hoffe nur, Susan hat noch kein Suchkommando losgeschickt.“ Mary versuchte sich wieder aufzustellen, wobei sie zufrieden feststellte, dass ihr Kopf schon weniger pochte. Doch nun ließen sie ihre Beine im Stich! Schlapp sank sie wieder auf die Bettkante und musste feststellen, dass auch Mairi nicht mehr so deutlich zu sehen war. Benommen schüttelte sie den Kopf, aber der Nebel in ihrem Kopf wurde nur noch dichter.
„Was wa da din“ konnte sie nur noch undeutlich nuscheln, während Mairi sie sanft ins Bett legte und sie zudeckte.
„Nur etwas zum Einschlafen, damit Ihr Euch ausruhen und erholen könnt“ beschwichtigte Mairi sie. „Wenn Ihr aufwacht, seid Ihr so gut wie neu.“
Doch das hörte Mary schon nicht mehr.
„Verzeiht mir, aber es ist wichtig, dass Ihr hierbleibt, Ihr wisst es nur noch nicht.“

Leicht benebelt öffnete Mary ihre schweren Lider und schaute in braune, mit dichten schwarzen Wimpern umrandete Augen, die sie ruhig musterten. *Ein Traum* dachte sie, hob ihre rechte Hand und fuhr mit den Fingern über das kantige Gesicht. Es besaß ausgeprägte Wangenknochen, eine gerade Nase und unverschämt schön gezeichnete Lippen. Ihre Finger folgten ihren Blicken und fuhren leicht über den geschwungenen Mund. *Ein Kuss von ihm würde mich wahrscheinlich in die Knie zwingen* seufzte Mary genießerisch. Ihr Blick wanderte weiter und blieb an seinem Kinn hängen. Oh, ein niedliches Grübchen! Was seiner Männlichkeit jedoch keinerlei Abbruch tat. Mit den schulterlangen schwarzen Haare fiel ihr nur ein Wort zu diesem Mann ein: „Wow!“ Sie verzog

ihren Mund zu einem sinnlichen Lächeln, bevor ihr wieder die Augen zufielen und sie weiter von diesem umwerfenden Mann träumen konnte.
Iain starrte verdrossen auf diese seltsame Frau, die allen hier Rätsel aufgab. Wer war sie und woher war sie gekommen? Nun, laut seiner ehemaligen Kinderfrau Mairi konnte wenigsten die erste Frage beantwortet werden. Angeblich war sie die Tochter ihrer bester Freundin und Cousine Megan McKinnon. Und an den Skandal um Megan McKinnon konnte er sich noch gut erinnern, obwohl er damals noch ein kleiner Junge gewesen war. Er betrachtete die schlafende Frau und tastete mit den Fingern über seinen Mund, der noch immer von ihrer zarten Berührung zu kribbeln schien. Sie war ungewöhnlich groß für eine Frau und zwei Knaben waren nötig gewesen, sie zur Burg zu tragen. Ein paar Strähnen ihrer lockigen Haare hatten sich aus dem geflochtenen Zopf gelöst und leuchteten im Kaminfeuer in vielen verschiedenen warmen Rot- und Brauntönen. Die katzenhaften smaragdgrünen Augen dazu waren eine faszinierende aber gefährliche Kombination. Er konnte der Versuchung nicht widerstehen und strich ihr ganz sanft über die leicht gebräunte Wange, deren Haut sich so weich wie das Unterfell von jungen Lämmern anfühlte. Obwohl er sie noch nie gesehen hatte, fühlte er eine seltsame innere Verbindung zu dieser wildfremden Frau. Unbehaglich bewegte er seine Schultern im Kreis. *Ich kann keine Ablenkung gebrauchen, nicht gerade jetzt.*
Iain fand Mairi im Nordturm in ihrem Zimmer, wo sie mit einem zu flickenden Kleid von Elizabeth, seiner jüngeren Schwester, auf dem Schoß am Fenster saß und gedankenverloren aus dem Fenster starrte. Ruhig blickte sie auf als Iain das Zimmer betrat und die Tür hinter sich schloss.
„Ich wusste, Ihr würdet kommen und Antworten fordern."
Iain setzte sich auf einen Stuhl und verschränkte die Arme vor der Brust. „Ich höre."
Mairi blickte wieder aus dem Fenster, aber sie nahm weder die untergehende Sonne und die vielfältigen Farbenspiele des Himmels noch den kühlen Luftzug war, der mit der Abenddämmerung hereingeweht wurde.
„Ich werde Euch erzählen, was ich kann. Es wird nicht alles sein, da ich an meinen Eid Megan gegenüber gebunden bin, auch wenn sie mittlerweile tot ist. Aber das Wichtigste sollt Ihr wissen, denn nun müssen wir Mary schützen." Sie blickte in Iains wachen Augen und wusste, sie hatte seine volle Aufmerksamkeit.
„Megan hasste Ewan Fergusson. Schon vor der Hochzeit hat er ihr immer nachgestellt, so dass sie sich nicht mehr getraut hat, sich in

ihrem eigenen Zuhause alleine zu bewegen. Ihrem Vater war nur das Bündnis wichtig, dass er mit den Fergusson geschlossen hatte. Sie sah keinen anderen Ausweg, als zu fliehen. Als einziges Zugeständnis ihres Vaters konnte sie erreichen, dass die Hochzeit nach Beltane stattfinden sollte. Ich weiß, Ihr glaubt nicht daran, aber in diesen besonderen Nächten ist vieles möglich. Daran hat auch Megan geglaubt. Sie meinte es wäre ihre einzige Chance, einem elendigen Leben mit Ewan zu entfliehen."
Mairi blickte gedankenverloren aus dem Fenster. „Sie hat so sehr an die wahre Liebe geglaubt." Mairi schnaubt abfällig. „Und das war bestimmt nicht dieser widerliche Kerl von Ewan." Sie blickte Iain direkt in die Augen. „So habe ich am letzten Abend ihren Platz eingenommen. Unsere Kammern lagen ja nebeneinander und da wir beide uns sehr ähneln, habe ich mich entschuldigt, weil es mir nicht gut ginge. In ihrer Kammer haben wir die Kleider getauscht und ich habe noch den grünen Schleier aufgesetzt. So konnte ich unerkannt am Tisch neben ihrem Vater sitzen, während Megan sich heimlich aus der Burg geschlichen hat. Das war das letzte Mal, dass ich sie gesehen habe." Eine Pause entstand, in der Mairi mit unergründlicher Miene ihren Gedanken nachhing. Gefasst erzählte sie Iain noch den Rest.
„Am nächsten Morgen war sie dann einfach verschwunden. Ich bin abends zwar in ihre Kammer zurückgegangen, und der Wachposten vor der Tür hat auch abgeriegelt."
Plötzlich überzog ein völlig unpassender, übermütiger und selbstzufriedener Ausdruck ihr Gesicht.
„Doch keiner kannte unser kleines Geheimnis mit der Verbindungstür." Stolz warf sie Iain einen selbstbewussten Blick zu.
„Frauen können sehr wohl Geheimnisse bewahren, sie müssen nur wichtig genug sein. Keiner wusste von dem präparierten unteren Haken des Riegels, der unsere Verbindungstür verschloss. Von Megans Zimmer aus konnte man den Riegel so verstellen, dass der Holzbalken aus der Halterung rutschte und die Tür sich öffnen ließ. So konnte ich ungesehen durch die Verbindungstür in meine Kammer nebenan schlüpfen. Deshalb war ich am Morgen anwesend, aber Megan nicht und keiner konnte sich erklären, was passiert war. Und sie war keineswegs mit einem andern Mann weggelaufen, wie es Lachlan Fergusson überall herum erzählt und sie als liederliche Hure beschimpft hatte. Ich weiß genau, dass sie zu diesem Zeitpunkt keinen anderen Mann kannte, den sie heiraten wollte oder mit dem sie hätte weglaufen wollen." Empörung über diese schändlichen Anschuldigungen schwang auch nach so vielen Jahren noch in ihrer Stimme mit.

Nachdenklich betrachtete Iain die ältere Frau vor sich, die er schon seit Kindertagen kannte und die ihm schon in so mancher dunklen Stunde seines jungen Lebens beigestanden hatte. Er hatte sich schon immer gefragt, warum sie nie geheiratet und selber eine Familie gegründet hatte. Sie kam aus einem angesehenen Clan, war sichtlich hübsch gewesen in jungen Jahren und hätte eigentlich eine gute Verbindung eingehen können. Bisher hatte er diese Tatsache als gegeben hingenommen, nun wollte er Antworten.
„Was ist damals passiert?"
Seinen sanften und doch hartnäckigen Tonfall kannte Mairi nur zu gut. Er würde nicht nachlassen, bis er zufrieden gestellt war.
„Meine Eltern haben mich verstoßen, da ich durch die Beteiligung an Megans Flucht Schande über sie gebracht hätte. Deine Mutter war damals so gütig, mich hier als Kinderfrau für dich und deine Geschwister aufzunehmen. Sie stand damals kurz vor der Niederkunft mit Elizabeth und überzeugte deinen Vater, dass sie meine Hilfe benötigte. Sie hat mich vor einem schlimmen Schicksal bewahrt und dafür bin ich ihr unendlich dankbar. So hatte ich wenigstens mit euch Kinder, um die ich mich kümmern konnte, auch wenn es nicht meine eigenen waren."
Sie blickte Iain direkt in die Augen. „Das Schicksal hat es gut mit mir gemeint. Wissend, was mich erwartet, würde ich Megan immer wieder helfen."
Iain fixierte sie mit leicht zusammengekniffenen Augen. „Aber wo ist sie hin? Was ist mit ihr passiert?"
„Ihr werdet es mir ja doch nicht glauben, wenn ich es Euch sage" antwortete Mairi resigniert.
„Versucht es."
Wieder sah sie Iain ruhig an und erzählte ihm, welchen ungewöhnlichen Plan sich Megan ausgedacht hatte. Iain schwieg immer noch und man konnte in seinem Gesicht keinerlei Gefühlsregungen ausmachen.
„Das sind doch alles nur Ammenmärchen, um die wahre Geschichte zu verschleiern. Und wie kommt dann auf einmal ihre Tochter hierher?"
Mairi berichtete ihm in kurzen Sätzen, was sie von Mary erfahren hatte und auch Iain konnte sich der Parallelen nicht verschließen, die so offensichtlich waren.
„Teufel noch mal" fluchte er und fuhr sich verärgert durch seine schwarzen Haare. „Und was machen wir jetzt mit ihr? Gerade jetzt kann ich keine Unruhe gebrauchen, meine Position ist noch nicht gefestigt, da ich mich noch nicht bewährt habe. Für die Zweifler

wäre es ein gefundenes Fressen, mich doch gegen meinen Cousin Hamish auszutauschen, sollte ich diese Hexengeschichte befürworten. Und genau als das würden sie es bezeichnen, wenn sie davon erführen. Marys weiteres Schicksal brauche ich Euch ja wohl nicht zu erläutern."
„Ihr seid hier der einzige Zweifler" kam die erstaunlich direkte und unverblümte Antwort, worauf Iain Mairi scharf ansah.
„Und wie sollen wir ihre Anwesenheit erklären?" kam es ironisch von der anderen Seite des Raumes, während er den Einwurf einfach überging. Iain war mittlerweile aufgesprungen und lief wie ein gereizter Tiger auf und ab. Vor Mairi musste er seine nach außen getragene Ruhe und Gelassenheit nicht aufrechterhalten. Sie kannte ihn schon von klein auf und er musste ihr nichts mehr beweisen, anders als den Clanmitgliedern. „Selbst ich konnte feststellen, dass sie rein äußerlich die offensichtlichen Merkmale der McKinnons aufweist. Dann werden es die Anderen auch bemerken und schon haben wir den größten Skandal. Und das im Hinblick auf Elizabeths Hochzeit in ein paar Wochen ist keine gute Idee. Heute konnte sie nur so unbemerkt auf die Burg gebracht werden, weil die Meisten ihren dicken Schädel von der Beltanefeier gestern auskurieren und noch in irgendeiner Ecke liegen."
„Da wäre noch etwas" vernahm er leise Mairis Stimme. „Na, viel schlimmer kann es ja nicht mehr werden" kam Iains sarkastische Antwort.
„Was?" hakte er forsch nach, nachdem Mairi weiterhin unsicher schwieg.
„Ich glaube, sie passt auch nicht ganz in unsere Zeit."

Mary seufzte und öffnete verschlafen die Augen. Die Handwerker in ihrem Kopf schienen gerade Pause zu machen, denn sie spürte nur noch ein dumpfes Pochen an ihrer rechten Schläfe. Verwirrt blickte sie sich um, bis sie sich wieder erinnerte, wie Mairi sie mit einem Schlaftrunk außer Gefecht gesetzt hatte.
Na warte! Ungehalten schwang Mary ihre Beine langsam aus dem Bett. Zwar war sie mehr als glücklich, Mairi zufällig hier auf dem Mittelalterfest getroffen zu haben, doch die unfreiwillige Zwangspause im Bett ging eindeutig zu weit. Zum ersten Mal blickte sie sich richtig um und was sie sah, ließ sie mit einem Ruck hellwach werden.
Die Wände waren aus grob gehauenen grauen Steinblöcken, teilweise mit düsteren Wandteppichen behangen. Der Boden aus rotbraunen Holzdielen erinnerte sie unwillkürlich an ihre Haarfarbe. Ein Kamin befand sich gegenüber ihres Bettes, das, wie sie nach kurzer Kontrolle feststellte, eine Matratze aus Stroh hatte.

Ein kleiner Holztisch mit zwei Stühlen stand am Fenster, ganz undekorativ ohne Tischdecke oder andere Accessoires. Daneben stand noch eine große hölzerne Truhe, wie sie früher auf Reisen mitgenommen worden war. Anscheinend hatte man anlässlich des Sommersonnenfestes auch die noch erhaltenen Räume der Burg zu Anschauungszwecken spärlich eingerichtet. Mary schwankte vorsichtig Richtung Fenster und verfluchte Mairi. Die Mauer fühlte sich eiskalt an und ihre bestrumpften Füße waren schon nach den paar Schritten wahre Eisklumpen. Suchend sah sie sich nach ihren Lederschuhen um, die sie schließlich ordentlich aufgeräumt unter dem Bett hervorzog und nur eilig hineinschlüpfte, ohne die komplizierte Verschnürung zu binden. Gerade ging sie wieder zum Fenster und wollte den Vorhang zur Seite schieben, als die Tür hinter ihr langsam geöffnet wurde.
Vor ihr stand ein junges zierliches Mädchen, deren lange schwarzen Haare in einer kunstvollen Flechtfrisur ihren Kopf schmückten. Sie trug ein Tablett mit Essen, bei dessen Anblick sich Marys Magen lautstark meldete. Das Mädchen unterdrückte ein Lächeln. „Kommt an den Tisch, ich habe genug mitgebracht." Mary schaute stumm zu, wie das Mädchen eilig Brot und Käse auf den Tische stellte, dazu noch einen tönernen Krug und Becher und ging langsam zum Tisch. Erst jetzt bemerkte sie, wie hungrig sie war, betrachtete aber das Mahl eher misstrauisch.
„Mairi hat mir schon gesagt, dass Ihr nach gestern nicht so ohne weiteres zugreifen werdet" lächelte das Mädchen verständnisvoll und nahm sich von allem etwas und verspeiste es vor Marys Augen. Nach kurzem Zögern griff Mary dankbar zu und biss herzhaft in ein Stück Brot mit Käse. Es würde ihren Zuckerhaushalt zwar nicht auf ihr Normalmaß bringen, aber immerhin besser als gar nichts.
„Ich hoffe es stört Euch nicht, wenn ich Euch ein wenig Gesellschaft leiste. Mairi ist gerade in der Küche beschäftigt, deshalb habe ich angeboten, Euch das Essen hochzubringen. Außerdem war ich viel zu neugierig, Euch kennenzulernen und da mein Bruder gerade ausgeritten ist, habe ich die Gelegenheit genutzt, bevor er es mir wieder verbieten konnte."
„Und warum sollte dein Bruder dir einen Besuch bei mir verbieten?" unterbrach Mary verwundert kauend den Redefluss des Mädchens.
„Nun, er sagt, ich rede immer zu viel und bin viel zu neugierig und dass sich das nicht ziemt. Und da Ihr auch noch eine Fremde seit, sollte ich mich in Zurückhaltung üben." Bei diesen Worten verzog sie missmutig das Gesicht und Mary musste unwillkürlich

schmunzeln. „Außerdem war er heute Morgen in wirklich sehr schlechter Stimmung, was eigentlich eher selten vorkommt."

„Nur wer neugierig ist, lernt etwas, hat mein Vater immer gesagt" stimmte sie dem jungen Mädchen zu. Sie schien ein aufgewecktes nettes Mädchen zu sein. Und außerordentlich hübsch dazu mit ihrem fein geschnittenen Gesicht und den blausten Augen, die Mary jemals gesehen hatte. Die schwarzen langen Wimpern, die im starken Kontrast zu dem strahlenden Blau der Augen standen, waren eine absolute Sensation entschied Mary.

„Sagst du mir denn auch deinen Namen?"

„Ich bin Elizabeth. Und wer Ihr seit, habe ich schon von Mairi erfahren." Elizabeth stockte kurz. „Ist es wirklich wahr, dass Eure Mutter Megan McKinnon war? Und dass sie mit der Liebe ihres Lebens davongelaufen ist?"

Unbehaglich rutschte Mary auf ihrem Stuhl hin und her. Sie wollte keine romantischen Ideen im Kopf des Mädchens bestätigen und womöglich irgendeine unbedachte Tat auslösen.

„Nun, ja, so in etwa. Ich wusste bis vor kurzem gar nicht, dass meine Mutter mit einem anderen Mann verlobt gewesen ist, als sie meinen Vater kennengelernt hat. Doch die beiden müssen sich wohl nur angesehen und sich sofort ineinander verliebt haben. Meine Mutter meinte einmal, dass sie beim ersten Blick in die Augen meines Vaters erkannt hätte, dass er der Mann war, mit dem sie den Rest ihres Lebens verbringen wollte."

Elizabeth seufzte verträumt. „Ich wünschte, ich hätte auch so ein Glück und könnte mir meinen Ehemann aussuchen. Aber ich bin schon Adam McGregor versprochen. Mein Bruder meint, es ist ein sehr gutes Bündnis, weil es uns damit die Fergussons vom Hals hält. Mit den McGregors als Verbündete werden sie uns wohl endlich in Ruhe lassen."

Mary schüttelte irritiert den Kopf. Gestern hat Mairi ihr von dem Bündnis ihrer Mutter erzählt, was ihr schon steinzeitmäßig vorgekommen war. Aber heute von einem jungen Mädchen das Gleiche zu hören, war ihr völlig unverständlich. Plötzlich nahm sie das äußerer Erscheinungsbild des Mädchens erst richtig war. Auch sie trug ein mittelalterliches Gewand, das aus blauem Stoff genäht war, aber reichhaltig mit Bändern und Bordüren verziert worden war. Mairis Kleid gestern war dagegen eher schlicht gehalten gewesen, so wie Marys. Anscheinend wollte sie eine höherrangige Persönlichkeit darstellen. Aber genau wie bei Mairi fiel ihr Elizabeths altmodische Sprachweise auf. Vielleicht gehörte das alles ja noch zum Mittelalterspektakel. Dann hätten sich die Organisatoren aber wirklich sehr viel Mühe gemacht.

„Sind denn die großen Feierlichkeiten draußen noch nicht vorbei? Oder hast du mit den anderen wieder im Zelt übernachtet wie am Vortag? Susan, meine Gastwirtin, hatte erwähnt, dass die Veranstaltung nur am Sonntag stattfindet. Ich muss unbedingt gleich zurücklaufen. Ich hoffe, sie wird nicht allzu besorgt sein, dass ich länger fortgeblieben bin." Mary spülte mit einem letzten Schluck Gewürzwein ihren Bissen herunter.
Wein am Morgen, wie dekadent war das denn, schmunzelte sie und stand auf, um ihren Mantel zu suchen.
Elizabeth dagegen runzelte nur die Stirn.
„Soweit ich weiß, schlafen noch einige ihren Rausch von gestern aus. Aber ich dachte, Ihr würdet bis zu meiner Hochzeit bleiben, die ist in drei Wochen. Es laufen auch schon die Vorbereitungen, um alles so perfekt wie möglich zu machen."
Na gut, dann spiele ich dieses Spiel mal mit, dachte Mary leicht genervt, während sie sich hinsetzte und sich umständlich an der ungewöhnlichen Schnürung ihrer Schuhe zu schaffen machte. Susan hatte ihr gestern - oder vorgestern? - die Schuhe gebunden, damit es schneller gegangen war, aber nun musste sie selber Hand anlegen.
„Also, du sollst einen Mann heiraten, den dein Bruder für dich ausgesucht hat?"
Elizabeth nickte.
„Magst du diesen Adam denn?" Leise vor sich hin fluchend versuchte sie, das dicke Ende eines ledernen Schnürsenkels durch ein viel zu kleines Loch zu ziehen. Welcher Idiot hatte ihr nur die Schuhe und dabei den Schnürsenkel mit ausgezogen?
„Ich weiß nicht, denn ich habe ihn erst einmal gesehen, da war ich erst zehn Jahre alt. So genau kann ich mich nicht mehr an ihn erinnern" unterbrach Elizabeth ihre Gedanken.
Verdutzt hielt Mary in ihren Bewegungen inne. Wollte Elizabeth sie auf den Arm nehmen? Ach ja, das Mittelalterspiel! Irritiert werkelte sie an den verflixten Lederschnüren weiter.
„Findest du nicht, dass du noch viel zu jung zum heiraten bist? Wie alt bist du eigentlich?" Wollen doch mal sehen, wie weit Elizabeth gehen würde. Ah, endlich, ein Schuh war geschafft.
„Du hast ja noch jede Menge Zeit, bevor du dich endgültig entscheiden musst. Vielleicht lernst du Adam in der Zwischenzeit ja noch besser kennen oder jemand anderen, den du richtig magst."
Elizabeth schaute sie entsetzt an. „Aber das geht doch nicht! Mein Bruder hat es so mit den McGregors vereinbart und ich würde mich niemals dem Befehl meines Bruders widersetzen. Und mit meinen 16 Jahren bin ich genau im richtigen Alter."

Sehr authentisch, gut gelernt. Mary fluchte leise, weil der zweite Schuh sich genauso bockig anstellte, wie der erste.
„Auch wenn das bedeuten würde, für den Rest deines Lebens unglücklich zu sein?" Elizabeth zuckte nur mit ihren zierlichen Schultern. „Ich werde beten und versuchen, Adam eine gute Ehefrau zu sein. Den Mut Eurer Mutter würde ich nie aufbringen. Aber vielleicht gelingt es mir ja, eine harmonische Ehe zu führen und ein paar gesunde Kinder zu bekommen. Das alleine würde mich schon sehr glücklich machen."
So langsam bekam Mary erneut Kopfschmerzen von diesem anstrengenden Gespräch und war froh, als sie auch den zweiten Schuh endlich festgeschnürt hatte. Man kam sich ja vor wie vor hunderten von Jahren, als ob der Fortschritt hier spurlos vorüber gegangen wäre. Außerdem schrie ihr Körper nach der längst überfälligen Dosis Zucker und entsprechend gereizt reagierte sie nun.
„Ich kann nur für dich hoffen, dass dies alles zum Spiel gehört und du in Wirklichkeit ein selbstbewusstes, eigenständig denkendes Mädchen bist, das sich nicht von irgendeinem Machogehabe eines mittelalterlichen Neandertalers in irgendwelche Zwänge pressen lässt. Dafür ist das Leben wahrlich zu kurz."
Elizabeth starrte Mary an, als ob ihr plötzlich Hörner wachsen würden. Während ihrer Ausführungen war Mary im Zimmer auf und ab gelaufen und hatte sich vergewisserte, dass sie nichts mehr liegengelassen hatte. Gerade drehte sie sich um, um sich von Elizabeth zu verabschieden, als sie abrupt stehen blieb.
In der Tür stand der Mann aus ihrem Traum, die Arme verschränkt am Türrahmen gelehnt und schaute sie mit ausdruckslosem Blick unverwandt an. Seine dunklen scharfsinnigen Augen schweiften nicht einen Moment von ihr ab. Mit klarem Kopf sah er noch besser aus als er ihr schon im schläfrigen Zustand erschienen war. Obwohl Mary vom Äußeren viel von ihrer Mutter geerbt hatte, kam sie der Größe nach eindeutig auf ihren Vater und war keineswegs klein. Doch dieser Mann überragt sie trotzdem noch um gut einen halben Kopf. Seine breiten Schultern und Arme waren muskelbepackt, was selbst das weiße Hemd, das er darüber trug, nicht verbergen konnte. Alles in allem schien er sehr durchtrainiert zu sein. Seine Haut hatte einen gesunden, leicht gebräunten Teint, als ob er viel Zeit im Freien verbringen würde. Ein Blick nach unten bestätigte ihre Vermutung, denn er trug einen Kilt in einem lebhaft rot-grün gemusterten Tartan, den ein feiner weißer und hellblauer Streifen durchzog.
Nicht noch einer, stöhnte Mary innerlich. Ihr Bedarf an altmodischen Ansichten und Rollenspielen war mehr als gedeckt! Obwohl

seine Erscheinung definitiv einen zweiten Blick wert war, entschied sie, während sie ihn weiterhin einfach nur anstarren konnte. Peinlich berührt dachte sie an ihre erste Begegnung, was ihr eine zarte Röte in die Wangen trieb. Sein schulterlanges schwarzes Haar war noch nass und glänzte trotz des matten Lichtes wie die Schwingen eines Raben in der Sonne.

„Elizabeth, lass uns allein." Seine klare tiefe Stimme ließ Mary Schauer über den Rücken laufen während sie ihn immer noch nicht den Blick von ihm reißen konnte. Sobald Elizabeth die Tür von außen geschlossen hatte, überkam Mary ein Anflug von Panik. Aha, der schlecht gelaunte diktatorische Bruder.

Nur nichts anmerken lassen, machte sie sich selber Mut, richtete sich zu ihrer stolzen Größe von fast 1,80 m auf und straffte die Schultern. Ihre hohe Gestalt hatte schon so manchen jungen Mann eingeschüchtert. Angriff war doch die beste Verteidigung, oder?

„Wie schön, dass ich noch die Gelegenheit habe, Sie zu treffen, denn ich befinde mich gerade im Aufbruch. Ich wollte mich noch bei Ihnen bedanken, dass man sich nach meinem kleinen Unfall um mich gekümmert hat. Jetzt bin ich wieder wohlauf und muss unbedingt zurück zum Gasthof. Man wird mich sicherlich schon vermissen und nach mir suchen." Während ihrer Ausführungen bewegte sie sich langsam immer näher zur Tür.

„Nochmals vielen Dank und auf Wiedersehen." Mit diesen Worten griff sie nach dem Türriegel, doch ihre Hand erstarrt in der Luft, als sie seine ruhige Stimme vernahm.

„Ihr geht nirgendwohin."

Jetzt reicht's! Mary unterdrückte ihre überreizten Nerven und drehte sich langsam um und funkelte ihn an. Der Kerl hatte sich nicht einen Zentimeter gerührt und stand immer noch breitbeinig und mit verschränkten Armen im Raum. Er schien sogar etwas belustigt zu sein, denn eine seiner Augenbrauen hatte sich ironisch fragend erhoben. Das war der berühmte letzte Tropfen und Mary legte los.

„Ich glaube, wir müssen hier mal etwas klären. Sie haben mir netterweise geholfen, aber das gibt es Ihnen noch lange nicht das Recht, hier solche Befehle zu erteilen. Nur weil Sie vielleicht ein maßgeblicher Organisator dieser Veranstaltung sind, können Sie gerne ihre Mitarbeiter so herumkommandieren, aber ich bin ein Gast. Somit nehme ich keine Befehle entgegen, und schon gar nicht von einem Testosteron gesteuerten Macho, der sich in seiner Freizeit mit mittelalterlichen Highland Games vergnügt. Ich werde mich über Ihre anmaßende Art bei Ihrem Vorgesetzen beschweren."

Zeit zu gehen, schoss ihr durch den Kopf, als sein Gesicht während ihres Ausbruchs immer finsterer wurde und er nun einen Schritt auf sie zukam.
Schwungvoll drehte sie sich um, riss die Tür auf und stürmte auf einen dunklen Flur, der nur mit ein paar Fackeln beleuchtet war. Panisch schaute sie nach rechts und links, aber kein Weg ließ erkennen, wohin er führte. Da, von links waren Stimmen zu hören und automatisch lenkte sie ihre Schritte in diese Richtung. Menschen waren gut, da konnte sie im Getümmel untertauchen.
Schnell lief sie den schmalen Gang entlang und eine gewundene Treppe hinunter. Ihr Verfolger war dicht hinter ihr, sie meinte schon seine Hände auf ihren Schultern zu spüren. Der Gang mündete plötzlich auf einer Art Galerie, von der eine weitere Treppe nach unten in eine große Halle führte. Kurz vor der Brüstung wurde sie schlingernd langsamer und blieb erstarrt stehen. Ihre Hände krallten sich in den kalten Stein. Ungläubig sah sie in eine große rechteckige Halle unter sich, in der es rege zuging. An Tischen, die in einem großen U angeordnet waren, saßen Männer in alten traditionellen Kostümen, aßen mit kleinen Dolchen von Brettern und tranken aus Tonbechern. Ein paar Frauen liefen emsig hin und her und versorgten die Männer mit Nachschub. An einer Längsseite befand sich ein großer Kamin, vor dem ein paar ältere Männer sich niedergelassen hatten und erzählten, während ein paar Kinder zuhörten und dabei Hunde kraulten, die sich auch an der Wärme des Feuers erfreuten. Auf der Stirnseite gab es ein großes, zweiflügeliges Tor, an der zwei Männer Wache zu stehen schienen. Der Geruch von feuchtem Stroh, das auf dem Boden lag, gemischt mit Essensgerüchen und ungewaschenen Körpern drang empfindlich an Marys Nase. Sie schluckte hart und fühlte sich völlig benommen. Auch ohne sich umzudrehen, spürte sie seine Nähe in ihrem Rücken.
„Wo in drei Teufels Namen bin ich hier“ kam es erstickt aus Marys Kehle. Ihr Herz schlug wie wild sowohl durch ihre Flucht als auch von der Panik, die sie unvermittelt ergriff. Sie war noch nie ängstlich gewesen, aber dies hier ließen ihr sämtliche Körperhaare zu Berge stehen.
„Ihr befindet Euch auf Drumrudha Castle, auf dem Land der McAllister“ hörte sie seine Stimme leise an ihrem Ohr. Es dauerte eine Weile, bis das Gehörte in ihren Verstand eingesunken war. Ihre Beine schwankten und diesmal war es nicht auf die Wirkung von Mairis Tee zurückzuführen. Sie lehnte sich schwer gegen die kalte Mauer, um Halt zu finden und spürte, wie Hände sich mit schwerem Druck auf ihre Schultern legten.

„Aber das ist nicht möglich“ stotterte sie völlig verwirrt und blickte immer noch regungslos in die Halle unter sich und platzte mit dem Erstbesten heraus, was ihr in den Sinn kam. „Es gibt ja ein Dach.“
Sie fuhr sich mit einer Hand über die Stirn und massierte ihre wieder schmerzhaft pochende Schläfe. „Das muss alles ein schreckliches Missverständnis sein oder ein schlechter Traum.“
„Kommt, ich bringe Euch zurück in Eure Kammer, dann können wir uns in Ruhe unterhalten.“ Sanft aber bestimmt wurde sie herumgedreht und wie in Trance ließ sich Mary wortlos wieder zurückführen. Sie war völlig geschockt und nahm nichts von ihrer Umgebung wirklich wahr. Erst als sie einen Becher in ihrer Hand spürte, merkte sie, dass sie wieder auf einem Stuhl in ihrem Zimmer saß, aus dem sie ein paar Minuten zuvor noch geflüchtet war. Benommen schwankte sie hin und her wie ein betrunkener Matrose auf hoher See.
„Trinkt, es wird helfen, Euch zu fassen.“
Sprach der Teufel zur armen Seele, schoss es ihr durch den Kopf. Ohne ein Wort schüttete sie den Inhalt des Bechers in einem Zug hinunter, worauf ihr unvermittelt Tränen in die Augen schossen und sie wie ein Fisch auf dem Trockenen nach Luft schnappte.
„Himmel, ist der stark“ krächzte sie und schüttelte sich. In der Annahme, es handele sich um den Gewürzwein vom Essen, hatte sie den Inhalt des Bechers in einem Zug hinuntergeschluckt. Der Kerl vor ihr zog kurz amüsiert einen Mundwinkel nach oben, doch das verschwand so schnell, dass Mary es sich auch eingebildet haben konnte. Seine dunklen Augen blickten wachsam auf sie hinunter.
„Ihr müsst nicht so gierig trinken. Whisky muss man genießen und nicht einfach nur runterkippen.“
Der scharfe Geschmack in ihrem Mund und das nachhaltige Brennen in ihren Eingeweiden rüttelten sie wieder wach.
„Wer zum Henker sind Sie eigentlich?“ fuhr sie ihn rau an, nachdem sie endlich wieder in der Lage war, einigermaßen gleichmäßig zu atmen. Leider bemerkte sie, dass er auch noch Recht hatte und der Whisky seine versprochene Wirkung tat, und sie langsam wieder ruhiger wurde.
„Ich bin Iain McAllister, Laird von Drumrudha Castle und Ihr seid auf meinem Land gefunden worden.“
Das Schweigen, das daraufhin folgte, hing schwer in der Luft. Mary schaute mit ausdruckslosen Augen in Iains Gesicht, der ihren Blick ernst erwiderte. Langsam schüttelte sie den Kopf und schloss die Augen, lehnte sich in ihrem Stuhl zurück und legte den Kopf in den

Nacken. Mehr vor sich hinmurmelnd dachte Mary über ihre Situation nach.
„Das kann nicht sein. Unmöglich. Hätte ich die Halle unten nicht mit meinen eigenen Augen gesehen, würde ich denken Sie wollen mich für dumm verkaufen. Nichts desto trotz ist das hier einfach nicht möglich. Mmh, gibt es vielleicht eine weitere Burg mit dem gleichen Namen hier in Schottland? Vielleicht ein zweiter Wohnsitz? Aber wie wäre ich dann dahin gekommen?" Nachdenklich betrachtete sie Iains ausdrucksloses Gesicht. Ein plötzlicher Gedanke ließ sie sich abrupt aufsetzten.
„Was haben Sie mit mir gemacht, als ich geschlafen habe? Haben Sie mich etwa hierher verschleppt? Wollen Sie Lösegeld für mich einfordern? Da werden Sie kein Glück haben, es gibt niemanden, der zahlen wird."
Iain schüttelte nur den Kopf.
Argwöhnisch betrachtete sie den stummen Koloss, der wie eine steinerne Statue mit verschränkten Armen einfach nur ruhig dastand und kein Ton sagte.
„Ist das hier vielleicht so eine verrückte Sekte, die wie im schottischen Mittelalter lebt, um die guten alten Zeiten aufrechtzuerhalten?"
Die einzige Reaktion darauf war Iains rechte Augenbraue, die hochfuhr.
Nervös tippte sie unbewusst mit ihrem Fuß immer wieder auf den Boden. *Denk nach, denk nach.*
Mary sprang auf. Sie konnte nicht mehr still sitzen, sie musste sich einfach bewegen, am Liebsten aus der Tür und weit fort. Doch wusste sie, dass sie keine zwei Schritte kommen würde. Auf Hilfe warten? Wen denn? Mairi würde ihr keine Hilfe sein, und Elizabeth erst recht nicht. Ihn niederschlagen? Sie schielte kurz in seine Richtung. Mission impossible! Schreien? Sinnlos, keiner würde sie aufgrund der dicken Mauern hören. Verflixt, es musste doch eine Lösung geben. Umgarnen? *Wir erweicht man denn einen Marmorblock,* fragte sie sich sarkastisch.
Wie hatte sie nur in so eine vertrackte Situation geraten können? Nur wegen dieses verflixten Versprechens. *Vielen Dank, Mom*! Sofort schämte sie sich für ihre unschönen Gedanken und bat ihre Mutter mental um Verzeihung. Aber ihre Nerven waren auf ein Minimum zusammengeschrumpft und ihr wollte partout keine zündende Idee einfallen.
Mary überkam auf einmal ein furchtbarer Gedanke. Sie traute sich fast nicht zu fragen, weil es zu abenteuerlich und verrückt klang und kaltes Grauen stieg ihr den Rücken hoch. Langsam spulte sie

hoch einmal alles vor ihren geistigen Augen ab, was sie seit ihrem Erwachen auf dem Hügel erlebt hatte. Ein Puzzleteil fügte sich ins andere, doch ihr Verstand lehnte es kategorisch ab. Doch wenn sie alle Indizien unter diesem Aspekte betrachtete, war auf einmal alles stimmig. Ihre analytische Denkweise war nicht zu täuschen. Benommen rebellierte ihr Verstand gegen die Wahrheit. Wie vor den Kopf geschlagen ließ sie sich schwankend wieder auf dem Stuhl nieder. In ihren Ohren rauschte es wie bei einem schlecht eingestellten Radiosender und kalter Schweiß bildete feine Tröpfen auf ihrer Stirn.

„Welches Jahr?" schoss sie vorsichtig ihren Versuchsballon ab.

„1253" kam es ruhig von der anderen Seite des Raumes.

Mary fühlte, wie alles Blut aus ihrem Gesicht wich. Schnell steckte sie ihren Kopf zwischen die Knie, weil sie das unbändige Bedürfnis spürte, sich vor lauter Übelkeit zu übergeben. In ihrem Kopf wirbelten die Gedanken wie Schneeflocken im Wirbelsturm umher und ließen sie vor lauter Schwindel die Augen schließen.

Oh mein Gott, oh mein Gott wiederholte sie immer wieder, ohne sich bewusst zu sein, dass sie den Singsang laut sprach. *Ich glaub' das einfach nicht* löste die Gottesanbetung ab, während sie sich mit den Armen umfasste und vor- und zurückwiegte. Plötzlich fühlte sie, wie sie vom Stuhl hochgerissen und ihr links und rechts eine saftige Ohrfeige verpasst wurde.

„Was zum Teufel fällt Ihnen eigentlich ein" schnauzte sie Iain lautstark an während sie ihn von sich stieß und sich die brennenden Wangen hielt.

„Ich wollte lediglich vermeiden, dass Ihr hysterisch werdet und Euch immer weiter in Euer Gejammer hineinsteigert" erwiderte Iain regungslos.

„Was sind Sie doch für ein gefühlloser Klotz" fauchte sie ihn an, doch schon strömten ihr die Tränen wie eine Sintflut über die Wangen, so dass sie nichts mehr klar sehen konnte. Ihr Körper wurde von unkontrollierten Schluchzern geschüttelt und ihre Beine versagten ihren Dienst. Doch noch bevor sie zu Boden gehen konnte, wurde sie von starken Armen aufgefangen, die sie sanft hochhoben und an eine warme Brust drückten.

Iain setzte sich auf das Bett und hielt die heftig schluchzende Frau in seinen Armen. Sein Hemd war schon nach kürzester Zeit durchweicht, aber das interessiert ihn nicht. Nach dem Gespräch mit Mairi hatte er versucht, wieder einen klaren Kopf zu bekommen und war mit seinem Pferd gnadenlos über die Hügel gejagt. Allein diese seltsamen Dinge hier in Betracht zu ziehen, geschweige denn sie zu akzeptieren, hatte ihn einige Überwindung gekostet.

Den Ausschlag hatte Marys Reaktion und ihr Verhalten ihm gegenüber gegeben. Ursprünglich hatte er sich nur mit ihr unterhalten wollen, um sie zu prüfen und sich selber eine Meinung zu bilden. Doch allein beim Gedanken, wie sie ihn angefahren und zurechtgestutzt hatte ließ ihn innerlich schmunzeln. Keine andere Frau aus seinem Umfeld, geschweige denn aus seiner Zeit, hätte es gewagt, so mit ihm zu sprechen. Weitere Indizien, wie ihre Beinkleider aus dem ungewöhnlichen Stoff oder ihre Wortwahl, von denen er einiges nicht verstanden hatte, fügten das Puzzle zu einem Ganzen. Auch er hatte lange mit Mairi gestritten und argumentiert, musste sich aber letztendlich den Tatsachen beugen. Marys Glück war, dass Iain durch seine zahlreichen Reisen auf seinen Schiffen viel gesehen hatte und aufgeschlossener war, als die meisten seiner Nachbarclans. Hätte jemand anderer sie früher gefunden als seine jungen Burschen, wäre es ihr sehr schlecht ergangen. Manche waren viel zu schnell mit einer Verurteilung dabei, wenn etwas ungewöhnlich oder fremdartig war. Oftmals aus Angst und Unwissenheit geboren, verdammten sie die betroffenen Menschen. Viele wurden gefoltert und getötet, und gerade Hexenverfolgungen waren noch immer ein großes Thema. Und hier hielte er ein besonders schönes Exemplar dieser Gattung in den Armen, das er aus für ihn unerklärlichen Gründen nicht auf dem Scheiterhaufen sehen wollte.
Beim Gespräch mit Mairi waren sie übereingekommen, Mary in Ruhe kennenzulernen, um dann zu entscheiden, wie sie weiter verfahren wollten. Sie würde Zeit brauchen, diese Unfassbarkeit zu verarbeiten. Er hoffte, sie würde es ohne geistigen Schaden überstehen, aber das würde erst die Zeit zeigen. Leider war ihm ihr kleiner Ausbruch zuvorgekommen. Er seufzte und legte sein Kinn auf ihren Kopf und fuhr ihr beruhigend über den Rücken. Wenn er nur wüsste, was er mit ihr anfangen sollte. Sie war eindeutig eine Ablenkung, sogar eine sehr köstliche, die er aber gerade jetzt nicht gebrauchen konnte. Sie sprach eine Seite in ihm an, die er lieber verschlossen halten wollte. Iain war überwältigt von dem starken Wunsch, sie zu beschützen und zu trösten, so stark, dass es ihm fast Angst machte. Trotzdem fühlte er sich für sie verantwortlich und wenn er ehrlich war, auch sehr zu ihr hingezogen. Zwar war sie eindeutig frecher als alle seine bisherigen Frauenbekanntschaften, aber er hatte noch nie etwas für unterwürfige und ängstliche Frauen übrig gehabt. Schon ihre ersten zarten Berührungen seines Gesichtes, als sie dachte sie würde träumte, hatte einen Riss in seine innerlich sorgfältig aufgerichtete Mauer verursacht. *Das wird verdammt kompliziert werden,* dachte er resigniert,

und strich doch weiter unbeholfen zur Beruhigung über Marys Rücken.
Diese hing ihren eigenen Gedanken nach, nachdem die Tränen endlich versiegt waren. Völlig erschöpft war es ihr total egal, sich auf dem Schoß eines wildfremden Mannes verteilt zu haben. Vollkommen betäubt und aus der Bahn geworfen starrte sie vor sich hin. Ihr Gesicht fühlte sich heiß und verquollen an und ihre schweren Augenlider drückten ihr immer wieder die Augen zu.
Das sanfte Streicheln lullte sie träge ein und sie empfand die Berührungen als erstaunlich tröstend. *Was mache ich denn jetzt nur?* Sie überkam ein Gefühl der völligen Hilflosigkeit, welches sie noch nicht einmal gespürt hatte, als ihre Eltern so plötzlich verstorben waren. Selbst in der damaligen schmerzlichen Situation hatte sie sich unter Kontrolle gehabt und gewusst was zu tun war, auch wenn es ihr schwergefallen war. Ihr logisch arbeitendes Gehirn schien einen Festplattenabsturz zu haben, denn sie konnte keinen vernünftigen Gedanken fassen.
Mary wusste nicht, wie lange sie so zusammengekauert an Iains Brust gelegen hatte, bis es auf einmal leise an der Tür klopfte und sie vorsichtig einen kleinen Spalt weit geöffnet wurde. Iain nickte Mairi hinein, welche mit einem dampfenden Becher nähertrat.
„Mein armes Lämmchen, alles wird wieder gut. Hier, trink das, es wird Euch helfen" und hielt Mary den Becher hin.
Bei diesen Worten stieg eine unglaubliche Wut unvermittelt wie ein Vulkanausbruch in Mary hoch. Bevor er überhaupt reagieren konnte, schoss sie dem verdutzten Iain vom Schoß und schlug Mairi den Becher aus der Hand.
„Helfen? So wie dein anderes Getränk, was mich umgehauen und hier festgehalten hat? Vielleicht wenn ich sofort zurückgegangen wäre, statt hier noch weiter festzuhängen, wäre ich wieder in meine Zeit zurückgekehrt."
Mairi versuchte ihr begütigend die Hand auf den Arm zu legen, doch Mary stieß sie weg. „Lass mich. Fass mich nicht an. Lasst mich alle in Ruhe! Ich will endlich hier raus und nur noch nach Hause. Ich habe die Nase voll von euch und euren Geschichten!" Plötzlich hielt sie mit einem Ruck inne, weil ihr ein ganz anderer Gedanke gekommen war und nagelte Mairi mit eisigem Blick fest.
„Mom. War sie aus eurer Zeit?"
Doch noch bevor Mairi zustimmend nicken konnte, wusste Mary es eigentlich schon. Die Familie, die man angeblich wegen Streitigkeiten nicht besuchen konnte. Ihre Liebe und ihr erstaunliches Wissen über die Highlands und deren Geschichte, ihre manchmal

altmodischen Einstellungen. Ihr Bestreben, Mary stark und unabhängig zu machen. All das ergab nun einen völlig neuen Sinn. Langsam sackte sie in sich zusammen, nur durch eine Hand an der kalten Wand abgestützt. Doch diese Kälte war nichts im Vergleich zu der, die ihren gesamten Körper überzog. Auf dem Boden kauernd umschlang sie sich fest mit beiden Armen und wiegte wie ein Junkie auf Entzug vor und zurück. Ihr ganzes Leben schien eine einzige Lüge gewesen zu sein. Und Dad? Hatte er es gewusst? Sie konnte es nicht sagen. Verzweiflung in einem ihr bisher unbekannten Ausmaß stieg in ihr hoch.
Es schmerzte Iain mit anzusehen, wie verzweifelt und hilflos Mary war und wie ein kleines Häufchen Elend auf dem Boden vor dem Fenster kauerte. Doch er wusste, dass sie Zeit brauchte, um das Unglaubliche zu akzeptieren. Er selbst hatte schon mit sich kämpfen müssen, eine Zeitreise überhaupt in Erwägung zu ziehen. Er wollte sich auch gar nicht vorstellen, wie er in ihrer Situation reagieren würde, so grausam käme es ihm vor, von seinem Clan plötzlich getrennt und in einer völlig unglaubwürdigen Situation zu landen. Er musste sehr geduldig sein und würde versuchen, ihre Wunden zu heilen, allein über diese Gedanken wunderte er sich selber, schob seine Beweggründe aber resolut beiseite. Jetzt nicht!
Er schaute zu Mairi, die unruhig mit den Händen rang und betroffen Mary nicht aus den Augen ließ.
„Hole ein paar Decken und warme Steine, wir müssen die Kälte des Schocks aus ihr vertreiben."
Während Mairi das Gewünschte holen ging, trat Iain langsam zu Mary und hob sie wieder in seine Arme. Mary wehrte sich nicht, sie spürte gar nichts mehr. Sie fühlte sich innerlich so leer und war emotional und körperlich total erschöpft. Iain überlegt kurz, dann ließ er sich wieder mit ihr auf dem Bett nieder, setzte sich an das Kopfende und Mary rollte sich wie eine Katze auf seinem Schoß zusammen. Mairi kam mit den Decken und heißen Steinen und beide packten Mary warm ein. Mary ließ alles wortlos mit sich geschehen und starrte mit leerem Blick vor sich hin. Iain zwang sie, noch ein paar Schlucke Whisky zu trinken, wobei sie das Brennen in ihrem Hals gar nicht wirklich spürte. Doch als Iain nach einiger Zeit Anstalten machte, sie auf das Bett umzubetten und aufzustehen, krallte sie sich in seinen Armen fest.
Iain stockte in der Bewegung. Sein Herz wollte ihm schier zerbersten, als er das verzweifelte Knäuel auf ihm betrachtete und es erschien ihm unmenschlich, ihrer wortlosen Bitte zu bleiben, nicht nach zukommen. Sanft strich Iain immer wieder über die wider-

spenstigen Locken, was eine sehr beruhigende und einschläfernde Wirkung hatte, die sie endlich in den erlösenden Schlaf sinken ließ.

Sie hatte jegliches Zeitgefühl verloren, als sie steif und nach wie vor völlig ermattet aufwachte. Mit geschlossenen Augen blieb sie weiterhin ruhig liegen und versuchte ihre Umgebung wahrzunehmen. Allein der fremde Geruch von Wolle und der Hand, die schwer auf ihrem Rücken ruhte, machten ihr schnell klar, dass sie leider nicht nur einen bösen Traum gehabt hatte. Körperliches und seelisches Wrack beschrieb ihre Stimmungslage knapp aber präzise. *Und was jetzt? Denk nach, es gibt immer eine Lösung* hatte ihr Vater ihr immer eingetrichtert, wenn sie mal nicht weitergewusst hatte. Manchmal muss man eben um acht Ecken denken, um an die Lösung zu gelangen. *Ha, wohl eher um ein paar Jahrhunderte!*
Seltsamerweise fühlte sie sich gerade jetzt wunderbar warm und geborgen und spürte nicht den geringsten Drang, auch nur den kleinsten Muskel zu bewegen. Der kräftige und gleichmäßige Herzschlag an ihrem Ohr beruhigte sie mehr, als sie zugeben wollte. Über die genauen Umstände wollte sie sich jetzt aber keine Sorgen machen, dazu fehlte ihr einfach die Kraft.
Leider wurde sie aus ihren Gedankengängen gerissen, als sich ein ganz menschliches Bedürfnis ziemlich dringend in den Vordergrund schob. Langsam entrollte sie sich wie eine aufgewickelte Schlange und registrierte da erst bewusst, dass sie sich komplett auf Iain verteilt hatte. Verschämt und unsicher blinzelte sie zu ihm auf, traf aber nur seinen intensiven Blick, mit dem er sie unverwandt musterte.
„Ich brauche eine Toilette. Einen Abort“ fügte sie nach einem unsicheren Blick von Iain hinzu. Ihre Stimme krächzte wie ein heiserer Rabe und sie schluckte schwer.
Wortlos nickte Iain und stand auf. Er führte sie auf den Gang, jederzeit bereit sie zu stützen. Auf wackeligen Beinen folgte sie Iain nach rechts und blieb kurze Zeit später an einer Holztür stehen.
Mary graute sich vor dem, was sie hinter dieser Tür vorfinden würde, hatte sie doch schon genug über Aborte in ihrem Studium und während ihrer Arbeit erfahren. Doch der innere Druck ließ ihr keine andere Wahl und so holte sie tief Luft, hielt den Atem an und öffnete die Tür, damit sie es so schnell wie möglich hinter sich bringe konnte. Sie betrat einen kleinen Raum, der im Prinzip einem alten Plumpsklo ähnelte. Vorsichtig beäugte sie die Sitzgelegenheit und musste erstaunt feststellen, dass es gar nicht so schlimm aussah. Schnell hockte sie sich hin und gab erleichtert dem Druck nach. Langsam fing ihr Blut im Kopf aufgrund des Sau-

erstoffmangels an zu pochen und sie beeilte sich, fertig zu werden. Gerade noch in letzter Sekunde riss sie die Tür wieder auf, sprang auf den Flur und sog begierig Sauerstoff in ihre armen Lungen, nur um sich einem höchst erstaunten Iain gegenüber zu finden. Seine linke Augenbraue flog in die Luft.
„Frag' nicht!"
Iains Wange zuckte verräterisch, worauf Mary ihn nur böse anfunkelte. Schweigend gingen sie zurück zur Kammer. Auf dem Tisch stand etwas Brot und Käse, Haferbrei und ein Krug mit Gewürzwein. Marys knurrender Magen erübrigte die Frage ihres Appetites. So machte sie sich über die Sachen her, während Iain ihr beim Essen zusah.
Es war eine seltsam beklemmende und doch wieder vertraute Atmosphäre. Da ihr Gegenüber keine Anstalten machte, ein Gespräch zu beginnen, brach Mary schließlich das Schweigen.
„Ihr redet nicht viel, oder?"
Ein achtloses Schulterzucken folgte. „Oft erfährt man mehr, wenn man aufmerksam beobachtet."
„Warum seid Ihr eigentlich so ruhig bei der ganzen Angelegenheit? Es dürfte doch nicht alltäglich sein, dass Euch ein Wesen aus einer anderen Zeit vor die Füße fällt." Genüsslich biss sie ein dickes Stück herzhaften Käses ab und kaute nachdenklich, selbst erstaunt über ihren Appetit angesichts ihrer ungewöhnlichen Situation. Hoffnungsvoll schaute sie auf das Tablett, aber etwas Süßes war leider nicht zu erkennen. Resigniert brach sie ein weiteres Stück Brot ab.
„Ich hatte ein langes Gespräch mit Mairi, die mich auf diese Möglichkeit hingewiesen hat. Ihr sind all die Ungereimtheiten aufgefallen. Ihr könnt froh sein, dass ich nicht an Hexenwerk glaube, obwohl ich ja gerade eines besseren belehrt werde. Ich hatte vielleicht auch einfach etwas mehr Zeit, mich mit dem Gedanken auseinanderzusetzen. Ein langer harter Ritt hat schon so manches Mal den Kopf geklärt."
„Und wie soll es nun weitergehen?" fragte Mary zwischen zwei Bissen.
„Vor allen Dingen läge es in Eurem eigenen Interesse, Eure tatsächliche zeitliche Herkunft nicht zu erwähnen. Nicht alle Clanmitglieder sind so aufgeklärt wie ich, besonders die Frauen. Sollten sie böse Gerüchte über Euch verbreiten, könnte es brenzlig werden, im wahrsten Sinne des Wortes. Wir müssen uns noch eine vernünftige Erklärung einfallen lassen, warum Ihr hier seid. Da Ihr leider genau wie eine McKinnon ausseht, würde jedem sofort auffallen, wo Ihr eigentlich hingehört und Fragen stellen. Deshalb

wäre es das Beste, wenn Ihr für die nächsten Tage noch hier in Eurer Kammer bleibt."

Mary runzelte die Stirn. Die Zeit, in der sie zu Stubenarrest verdonnert worden war, war eigentlich schon lange vorbei. „Warum wäre es so schlimm, wenn man mich als eine McKinnon erkennen würde?"

„Zum einen sind wir beide unverheiratet." Mary nickte bestätigend als Iain sie fragend ansah. „Und zum anderen würde Euer Clan Euch einfordern wollen."

„Warum, um Himmels Willen, sollte er so etwas tun? Sie kennen mich doch gar nicht" entrüstete sich Mary.

„Ganz einfach, Ihr seid eines ihrer Clanmitglieder, sogar ein Wichtiges als Megans Tochter. Sie werden versuchen, Euch bestmöglich zu verheiraten, um wertvolle Verbündete zu bekommen."

Mary blieb der Bissen im Hals stecken und musste hart schlucken. „Nur über meine Leiche" spuckte sie giftig aus und sprang auf.

Iain verkniff sich ein Grinsen, froh darüber, dass sie sich wehrte statt zu weinen. Ihm gefiel diese Frau mit dem starken Willen immer besser. Erleichtert nahm er wahr, dass sie ihre Teilnahmslosigkeit von gestern abgeschüttelt hatte und wieder voller Energie strotzte, sich ihrem Schicksal zu stellen. Er fand es bewundernswert wenn man bedachte, was sie gerade hinter sich hatte. Es war gut zu sehen, dass sie in schwierigen Situationen einen klaren Kopf bewahren konnte. Offensichtlich aufgewühlt lief sie aufgebracht schimpfend im Zimmer hin und her, wodurch ihr lebhaftes Temperament deutlich ans Tageslicht kam. Er betrachtete ihre schlanke Gestalt, die mit festen Schritten umherlief und fragte sich, ob sie in anderen Bereichen auch so ein Feuer an den Tag legen würde. Die letzte Nacht mit ihr in den Armen hatte längst verborgene Gefühle in ihm geweckt. Sofort schossen ihm lebhafte Bilder durch den Kopf, doch entschlossen schüttelte er sie ab, um wieder einen klaren Gedanken zufassen. Er brauchte seine sieben Sinne, um sich eine Lösung für diese vertrackte Situation zu überlegen.

Mary schaute ihn erwartungsvoll an, als ob sie auf etwas warten würde.

„Was?"

Sie richtete sich steif auf und schaute Iain vorwurfsvoll an.

„Ihr habt mir gar nicht zugehört!" Iain zuckte nur mit den Schultern, was so alles heißen konnte. „Also, lasst es mich mal kurz zusammenfassen. Dies hier ist Drumrudha Castle, Ihr seid der Laird Iain McAllister und ich sitze hier im 13. Jahrhundert fest. Die McKinnons wollen mich an den Meistbietenden verschachern,

sollten sie meiner habhaft werden, weshalb ich mich hier verstecken muss, richtig?“
Iain nickte bestätigend.
„Das passt mir ganz und gar nicht!“ Wieder lief sie vor dem Fenster auf und ab. „Es muss doch noch einen anderen Ausweg geben.“ Verzweifelt rieb sie sich die Schläfen. „Denk nach, denk nach“ murmelte sie vor sich hin.
„Wenn Ihr weiter so herumlauft müssen die Zimmerleute die Bohlen bald austauschen, weil sie durchgelaufen sind“ erklang trocken Iains Stimme hinter ihr.
Mary wirbelte herum und fuhr ihn hitzig an. „Ihr habt gut Reden. Ihr steckt ja nicht in dieser verflixten Patsche. Statt sich über mich lustig zu machen, solltet Ihr Euer dickschädeliges Hirn benutzen, um Euch etwas einfallen zu lassen, was genau wir unternehmen können.“
Iain stand langsam auf und blickte sie nun hart an.
„Ihr habt keinen Grund mich zu beleidigen. Wenn man die Umstände betrachtet, seid Ihr mehr als freundlich willkommen geheißen worden. Dafür verdienen wir Dank, keine Beleidigungen.“
Bei diesen harten, aber wahren Worten sackte Mary zusammen und blieb schuldbewusst stehen. Er hatte ganz eindeutig Recht und sie schämte sich für ihre harschen Worte. Sie erkannte sich selbst nicht wieder, eigentlich war sie keine kreischende Furie, die ihre Umgebung terrorisierte. Zerknirscht blickte sie Iain an. Er hatte ganz eindeutig eine Entschuldigung verdient.
„Es tut mir leid, Ihr habt Recht“ und zur Versöhnung hielt sie ihm die Hand hin. Nicht wissend, was sie mit dieser neuzeitlichen Geste bezweckte, starrte er erst die Hand, dann Mary an. Als diese aber ruhig stehenblieb und ihn nur erwartungsvoll ansah, ergriff er ihre Hand, zog sie an seine Lippen und drückte einen heftigen Kuss auf ihren Handrücken.
Ein prickelnder Schauer durchzuckte Mary und erschrocken zog sie ihre Hand abrupt zurück. Verwirrt starrten beide sich unverwandt an. Marys Herz klopft aufgeregt in ihrer Brust. Irgendetwas war gerade geschehen, was sie noch nicht einordnen konnte. Für kurze Zeit war in Iains Augen der Vorhang gelüftet worden und heißes Begehren hatte ihr entgegengestrahlt. Sie schluckte hart. Von wegen gefühlloser Klotz, nur verdammt kontrolliert! Was er wohl sonst noch alles hinter seiner teilnahmslosen Maske verbarg? Sein bisheriges Verhalten war einwandfrei, ja fast ritterlich gewesen. Erstaunlich aufgeschlossen für seine Zeit, und wenn sie an gestern dachte, sogar sehr fürsorglich. Trotz ihrer prekären Situation wuchs auf einmal ihre Neugierde, den Mann hinter der

Maske kennenzulernen. Natürlich nur aus geschichtlichen Gründen!
Belüg dich nicht selber rügte sie sich, *der Mann zieht dich an wie Honig die Bienen*. Und welch süße Versuchung er darstellte. Zwar hatte sie bisher nur geringe Erfahrungen mit dem anderen Geschlecht, doch dass ein Handkuss so eine starke Reaktion auslösen konnte, hätte sie nie gedacht.
Mary räusperte sich vernehmlich.
„Ich muss mich auch noch bei Mairi entschuldigen. Ich war gestern nicht sehr nett zu ihr, obwohl sie sich so rührend um mich gekümmert hat."
Auch Iain hatte sich wieder gefangen, richtete sich straff auf und drehte sich zur Tür.
„Sie wird sicher gleich kommen, um nach Euch zu sehen."
Und bevor Mary noch irgendetwas sagen konnte, war er schon verschwunden.
Das nennt man wohl Fluch nach vorn, dachte Mary ironisch und setzte sich nachdenklich hin.

3

„Mir ist sehr wohl bewusst, in welcher Situation wir stecken, wenn bekannt wird, wen wir hier seit ein paar Tagen zu Gast haben."
Iain saß im Garten und schaute Mairi zu, die einige Kräuter für das Abendmahl abschnitt. Hier konnte er ungestört mit ihr über diese fremde Frau reden, die sich mittlerweile als fester Bestandteil in seine Gedanken eingenistet hatte. Alle Überlegungen hinsichtlich ihrer Zukunft waren bisher meist zum Nachteil für Mary, sodass er sie wieder verwarf. Inzwischen lag ihm das Wohl dieser Frau sehr am Herzen, was er sich selber nicht erklären konnte, kannte er diese Frau doch erst seit ein paar Tagen. Noch immer sah er vor seinen Augen, wie sie sich verzweifelt und doch vertrauensvoll auf seinem Schoß zusammengerollt hatte, nachdem sie die unglaubliche Wahrheit realisiert hatte. Das hatte eine längst vergessene und begrabene Seite in ihm zum Klingen gebracht, worüber er aber nicht allzu glücklich war.
Leider war nicht viel Zeit, denn je länger Mary oben versteckt gehalten wurde, desto eher könnte sie entdeckt werden. Einige seiner Leute wunderten sich schon, warum er so viel Zeit drinnen in der Kammer statt beim Waffentraining verbrachte. Aber bisher hatte sich noch niemand getraut, ihn direkt zu fragen. Nur sein Onkel Rory hatte in seiner üblichen lauten Art derbe Sprüche über die verweichlichte Jugend von heute geklopft und sein bester Freund Callum hatte ihn fragend angesehen, aber nichts gesagt.
„Es ist gut möglich, dass die Fergussons auf der Einhaltung des damaligen Bündnisses bestehen, so dass Mary an Stelle von Megan in den Clan Fergusson einheiraten soll" brachte er die vertrackte Situation auf einen Punkt.
„Aber Ewan ist doch mittlerweile verheiratet und wenn ich richtig informiert bin, hat sein ältester Sohn Graham erst vor zwei Monaten ein Mädchen vom Nachbarclan der Morrison geheiratet. Und da er sonst nur noch zwei Töchter hat, ist eine Verbindung nicht mehr möglich."
„Ihr vergesst jemanden."
Mairi runzelte die Stirn „An wen denkt Ihr?"
„Donald Fergusson."
„Das kann doch nicht Euer Ernst sein! Dieser Widerling ist doch viel zu alt." Mairi starrte Iain ungläubig an. „Donald ist der jüngste der Brüder und zwar schon etwas älter, aber wieder frei. Vor Kurzem hat er seine Frau im Kindbett verloren, als sie ihm das dritte

Mädchen geschenkt hat. Natürlich müsste eine angemessene Trauerzeit abgewartet werden, aber diese Möglichkeit besteht."
Mairi starrte blicklos über den Garten. „Dann könnten wir Mary selber ein Messer direkt ins Herz rammen, wenn wir diese Verbindung zulassen würden. Donald ist ein brutaler und grausamer Mann. Gerüchten zufolge ist seine Frau nicht an den Folgen der Niederkunft gestorben. Die Amme ist abends mit dem kleinen Mädchen noch bei ihr gewesen, sie hatte sogar schon wieder etwas Brühe getrunken und war soweit wohlauf. Am nächsten Morgen, als sie ihr das Kleine bringen wollte, lag sie kalt und starr im Bett."
Sie schauderte.
„Man sagt, Donald soll getobt haben, dass es wieder *nur* ein Mädchen geworden ist und nicht der heißersehnte Sohn. Keiner spricht es natürlich laut aus, aber viele denken, dass Donald vor lauter Wut seine Frau selber getötet hat. Er ist unberechenbar und zu allem fähig."
„Aber um dieses alte Bündnis einzufordern, müsste Lachlan Fergusson, der immer noch Laird ist und schon das erste Bündnis ausgehandelt hatte, bei den McKinnons vorstellig werden. Marys Onkel Kyle, der Bruder von Megan, führt jetzt den Clan an, nachdem sein Vater kurze Zeit nach seiner Frau verstorben ist. Es ist ungewiss, wie er auf diese Forderung reagieren wird. Genau wie unsere anderen Nachbarn ist er eher friedfertig und um ein harmonisches Zusammenleben bemüht. Wer weiß, wie er sich entscheiden würde, wenn die Fergussons ihn unter Druck setzen." Nachdenklich schob Iain einen kleinen Stein mit seinem Fuß hin und her.
Mairi schnaubt abfällig.
„Die Fergussons sind die reinsten Blutsauger. Ihr wisst, dass es sie unheimlich ärgert, dass sie der einzige Clan hier weit und breit sind, der keinen direkten Zugang zum Meer hat. Das war schon damals der einzige Grund, warum Ewan überhaupt Megan heiraten wollte. Ihr Ziel war die Kontrolle über den Seehandel und die Macht, Abgaben für die anderen Clans einzuführen, die den Seeweg nutzen wollten. Ihr wisst selber, wie habgierig sie sind, wenn sie Profit riechen."
„Woher wisst Ihr dass alles?" fragte Iain erstaunt.
„Ich hatte damals eine Tante, die bei den Fergussons lebte, und sie hat mir so einiges erzählt, um Megan vor dieser Verbindung zu warnen. Sie hat sogar von einem geplanten „Unfall" gehört, dem Megan kurz nach der Hochzeit zum Opfer hätte fallen sollen. Aber

der Aussage einer Frau hätte ja keiner geglaubt. Megan musste einfach gehen, es war ihre einzige Chance zu überleben."
Iain verschränkte die Arme vor der Brust und starrte hinter Mairi aufs Meer.
„Eine schwierige Situation." Denn auch ihm gefiel es ganz und gar nicht sich vorzustellen, wie Mary diesen Bastard von Donald heiraten sollte. Er kannte ihn von verschiedenen Begegnungen und war abgestoßen von seiner Gewaltbereitschaft, sogar Kindern und Frauen gegenüber. Das wäre in der Tat eine schlechte Wahl. Diesem widerwärtigem Kerl wollte er Mary auf gar keinen Fall ausliefern.
„Es gäbe eine Lösung" murmelte Mairi ganz leise und schaute vorsichtig zu Iain auf.
Dieser blickte sie bei diesen Worten aufmerksam an. Als Mairi nichts weiter sagte und nur direkt in seine braunen Augen blickte, verhärteten sich seine Gesichtszüge. „Niemals" raunte er mit so kalter Stimme, dass fließendes Wasser zu Eis erstarrt wäre, drehte sich um und stampfte mit weit ausholenden Schritten in Richtung Burg. Mairi seufzte auf und blickte ihm traurig hinterher.
Iain brauchte eine Abkühlung und lief die Treppe zum Wehrgang hinauf. Tief atmete er die frische salzige Luft ein und spürte die starke Meeresbrise, die seine hohe Gestalt umwehte. Hier hatte er schon oft gestanden, wenn ein Problem ihn beunruhigte und immer war er mit einer guten Lösung wieder hinabgestiegen. Er schaute sich in der Abenddämmerung um. Er liebte dieses Land, die sanften grünen Hügel, die sich hinter der Küste erhoben, den tosenden Lärm der Wellen, die sich an den Klippen brachen.
Noch vor kurzem war er als jüngerer Sohn unwichtig gewesen, alle hatten sich nur auf Liam, den Erstgeborenen konzentriert, den erklärten Liebling und Nachfolger seines Vaters. Schon seit seiner frühsten Kindheit hatte Iain äußerst schmerzhaft zu spüren bekommen, dass sein Vater ihn nur wie Luft behandelte und völlig ignorierte. Allen Anstrengungen Iains zum Trotz wurde Liam immer bevorzugt und mit Aufmerksamkeiten und Lob überschüttet. Da dieser nicht nur äußerlich sondern auch charakterlich ganz nach seinem Vater geriet, war dieser entsprechend stolz. Für Iain dagegen hatte er nicht mehr als einen flüchtigen Blick übrig. Zwar konnte auch er seinen Vater vom Aussehen her nicht verleugnen, doch hatte er das viel sanftere Wesen seiner Mutter geerbt. Einmal hatte er sogar mitbekommen, wie sein Vater einem Cousin gegenüber abfällig meinte, dass sein jüngster Sohn zwar vom Aussehen ein Mann, aber vom Verhalten eher eine verweichlichte Frau sein. Er wäre so stolz auf seinen älteren Sohn, weil der ein richtiger

Mann sei und dass er den Clan in seinem Sinne weiterführen würde. Unter Iains Leitung dagegen würde alles in kürzester Zeit zugrunde gehen, da er keinerlei Führungsqualitäten besäße. Zwar hatte Iain immer gespürt, dass sein Vater seinen Bruder vorzog, aber dass er so eine geringe Meinung von ihm hatte, war ihm nicht bewusst gewesen und hatte ihn zutiefst verletzt.
Daraufhin hatte Iain aus Ehrgeiz doppelt so hart trainiert und war in kürzester Zeit im Schwertkampf sogar besser als sein Bruder geworden. Eine Anerkennung von seinem Vater hatte er allerdings dafür nicht bekommen und er hatte gelitten wie ein geprügelter Hund. Irgendwann hat er schmerzhaft verstehen müssen, dass sein Vater nur an Liam interessiert war, um den Fortbestand des Clans in seinem Sinne zu sichern. Daraufhin hatte er sich immer mehr seiner Mutter zugewandt, mit der er in der Tat ein sehr enges Verhältnis hatte. Diese besaß von Natur aus ein sanftes und gütiges Wesen, aber im Laufe ihrer Ehe mit diesem hartherzigen Mann hatte sie resigniert und sich in ihr Schicksal gefügt. Nie würde Iain die Schmähungen vergessen, die sein Vater im vollen Saal über seine Frau ausgeschüttet hatte, nur weil er gerade mal wieder schlechter Stimmung war. Oder ihre unterdrückten Schreie und Schluchzer, die oft nach einer durchzechten Nacht seines Vaters anschließend aus ihrer Kammer zu hören waren. Liam zeigte genauso wenig Respekt und Achtung seiner Mutter gegenüber wie der Vater. Iain fühlte sich hilflos mit ansehen zu müssen, wie seine Mutter immer wieder erniedrigt wurde. Beim letzten Mal hatte er sich vor sie gestellt, als sein Vater sie wieder schlagen wollte. Doch statt einzuhalten, hatte er die Wucht des Schlages nicht gemildert, so dass Iain quer durch den Saal geschleudert worden war. Sein Vater hatte ihn nur kalt angesehen und gemeint: „Beim nächsten Mal bringe ich dich um."
Am nächsten Tag war er mit seiner jüngeren Schwester Elizabeth zu seinem Onkel Rory geschickt worden, dem älteren Bruder seiner Mutter. Er war verletzt wegen der offensichtlichen Abschiebung und die Demütigung brannte sich tief ein. Er schwor sich, es niemandem mehr zu gestatten, ihm so nahe zu kommen, dass es ihn derart verletzen konnte und legte sich eine Maske der Regungslosigkeit zu. Er hatte Zeit seines Lebens versucht, den Erwartungen seines Vaters zu entsprechen. Doch damit war von nun an Schluss. Er hatte endlich schmerzhaft begriffen, dass sein Vater in seiner eigenen Wertvorstellung lebte, die nichts und niemand verrücken konnte. An dem Tag, als er seine Mutter schlagen wollte und stattdessen ihn zu Boden geprügelt hatte, stand für Iain fest, dass er seine Anerkennung nicht mehr wollte. Ein Mann, der sein

eigen Fleisch und Blut so schändlich behandelt war es nicht wert, von ihm beachtet und geehrt zu werden.
Im Nachhinein stellte sich die erzwungene Abwesenheit jedoch als Segen heraus. Denn während Iain bei seinem Onkel innerlich genas und reifte, entgingen er und seine Schwester dem Fieber, das den Rest seiner Familie ein paar Monate später dahinraffte. So kehrte er nach Drumrudha Castle zurück, plötzlich mit der Aufgabe als Laird konfrontiert, für die eigentlich Liam vorbereitet und ausgebildet worden war. Nur widerwillig und auf Drängen seines Onkels Rory hatte er die Herausforderung schließlich angenommen.
Sein erstes Ziel war es dann auch, den bisherigen Führungsstil seines Vaters zu ändern und den Clan gerechter und trotzdem stark zu leiten. Statt aus Angst und Furcht sollten seine Clanmitglieder ihm aus Respekt folgen. Nicht alle waren über diese Änderung erfreut, gerade die Älteren wollten Probleme immer noch lieber mit dem Schwert als mit Worten regeln. Doch so langsam wurde seine Geduld und Hartnäckigkeit belohnt und es zeigten sich immer mehr zufriedene Gesichter.
Iain seufzte, es würde noch eine Menge Zeit und Überzeugungskraft kosten, aber er war nicht gewillt, diesbezüglich Kompromisse zu machen. Und da er nicht sicher sein konnte, sich im Laufe einer Ehe in nicht genauso einen Tyrannen zu verwandeln, wie es sein Vater gewesen war, wollte er bisher auch nicht heiraten. Es floss seines Vaters Blut in seinen Adern, das konnte er nicht leugnen. Zu deutlich waren ihm die Verletzungen seiner Mutter noch vor Augen. Auch wenn er jetzt ganz anders war, hieß es nicht, dass sich das noch ändern konnte. Denn laut seiner Mutter war der Beginn ihrer Ehe noch harmonisch gewesen und hatte sich erst im Laufe der Zeit so dramatisch verschlechtert.
Bisher hatte für ihn als Zweitgeborener auch keine Notwendigkeit einer Vermählung bestanden, deshalb hatte er sich auch noch keinerlei ernsthafte Gedanken über dieses Thema gemacht. Zwar war er auch kein Kostverächter gewesen und hatte die körperlichen Freuden gerne und oft genossen, aber er hatte immer auf den nötigen emotionalen Abstand geachtet. Aber nun war es seine Pflicht, einen Erben und Nachfolger zu zeugen. Nur verspürte er bisher keinen Drang, dieser Pflicht nachzukommen. Es gab mehr als genug willige Anwärterinnen, die gerne die Frau eines Lairds werden wollten, doch Iain hielt sich eisern zurück und passte höllisch auf, nicht in eine weibliche Falle zu tappen. Doch da war nun Mary. Frustriert sog er tief die salzige Luft ein und starrte an den Hori-

zont. Er konnte nicht leugnen, dass er sie sehr anziehend fand und etwas in ihm zum Klingen brachte.
Auf der anderen Seite schien das Schicksal ihm eine zweite Chance zu geben. Seine Mutter hatte er nicht beschützen können, was noch immer sein Gewissen belastete. Doch jetzt hatte er die Möglichkeit, Mary vor dem gleichen Elend, eine erniedrigende und schmerzhafte Ehe einzugehen, zu bewahren. Allein der Gedanke, Donald könnte Mary misshandeln, brachte sein Blut zum Kochen. Er musste einfach etwas unternehmen.
Iain verfolgte, wie die Wellen aus dem Meer geboren wurden und sich beständig verkleinernd der Küste näherten und schließlich im Ufersand ausliefen. Der Lauf der Natur, vorgegeben und von den Menschen nicht beeinflussbar. Er konnte Marys Schicksal beeinflussen und würde es, entschied er schließlich, zu ihrem Wohle.
Nach und nach reifte ein Plan in seinem Kopf, der immer konkretere Gestalt annahm. Er würde Mary heiraten, damit sie für die Dauer ihres Aufenthaltes hier sicher war. Denn ihrer Reaktion nach zu urteilen, wollte sie verständlicherweise so schnell wie möglich wieder zurück. Ob es möglich war, wusste er nicht. Aber er hatte inzwischen selber lernen müssen, dass es mehr zwischen Himmel und Erde gab, als es den Anschein hatte. Wenn sie dann in ihre Zeit zurückging, war er wieder frei und jeder konnte sein altes Leben wieder aufnehmen.
Wie sah Marys Leben eigentlich aus? fragte er sich plötzlich. Bisher war hauptsächlich über ihre Mutter und deren Schicksal gesprochen worden, Marys war bisher im Hintergrund geblieben. War sie vielleicht schon jemandem versprochen? Dass sie unverheiratet war, hatte sie ihm schon bestätigt, aber vielleicht gab es ja jemanden, den sie schmerzlich vermisste? Dieser Gedanken behagte ihm gar nicht, obwohl seine Heiratsabsicht eine reine Vernunftentscheidung hinsichtlich ihrer Sicherheit war, versuchte er sich wenigstens selber einzureden. Entschlossen schüttelte er die unangenehmen Gedanken beiseite und machte sich auf den Weg nach unten. Morgen würde er zu ihr gehen, er brauchte mehr Informationen, um seine Pläne weiter auszuarbeiten. Leichten Schrittes ging er die Treppen hinunter. Egal, wie kompliziert das alles werden würde, seine depressiven Gedanken waren neuer Energie und Vorfreude gewichen auf das, was vor ihm lag.

Mary saß auf ihrer mittlerweile zum Lieblingsplatz erkorenen breiten Bank am Fenster in ihrer Kammer. Zwecks Polsterung hatte sie eine Decke mehrfach gefaltet, so dass sie warm und weich saß, und den herrlichen Blick nach draußen genießen konnte. Je nach Stimmung blickte sie entweder auf die sanft geschwun-

genen grünen Hügel oder aufs stürmische Meer hinaus. Gerade jetzt schaute sie über die beruhigende Landschaft landeinwärts und hörte nur schwach das Tosen des Meeres unter sich an den Felsenklippen. Die Aussicht war wirklich ein Traum. Als ob ein Maler seine komplette grüne Farbpalette mit allen Mischkombinationen ausprobiert und die Wiesen und Hügel angemalt hatte. So kitschig wie eine retuschierte Postkarte, aber dennoch real.
Sie lechzte nach ihrer Schokoladendosis, am Besten in Kombination mit einem Latte Macciato. Sie träumte schon von einer langen Theke mit ihren liebsten Schokoladensorten, unterbrochen von kleinen Espressi zum nachspülen. Irgendwie war es noch immer unfassbar, in welchen Schlamassel der letzte Wunsch ihrer Mutter sie gebracht hatte. Ob Mom damit gerechnet hatte? *Sicherlich,* dachte Mary resigniert, sie wird sich gedacht haben, wenn sie, Megan, es geschafft hatte sich ein einem anderen Jahrhundert zurechtzufinden, dann könnte Mary es auch. Zumal der Preis - einen perfekten Lebensgefährten - wohl Belohnung genug wäre. Sie sah ihre Mutter wieder vor sich, wie sie ihr wieder einmal zu verstehen gab, wie wichtig eine Ehe mit dem richtigen Partner sei. Nun konnte Mary nachvollziehen, warum ihre Mutter immer so altmodische Ansichten vertreten hatte.
Ach Mom, warum hast du mir denn nicht früher etwas davon erzählt? Wahrscheinlich weil ich dich dann für verrückt gehalten hätte beantwortete Mary sich selbst die Frage.
Mary sinniert, das 13. Jahrhundert. Was wusste sie eigentlich darüber aus ihren Büchern? Es war die Zeit vor der Stewart-Dynastie, die erst im späten 14. Jahrhundert begann und 1542 mit dem Tod von James V. nach der vernichteten Schlacht von Solway endete. Zur Zeit müsste Alexander III. als Zwölfjähriger auf dem Thron sitzen, zusammen mit seiner Frau Margarete, der Tochter des englischen Königs Heinrich III. *Eine vergleichsweise ruhige Zeit,* dachte Mary, wenn man an die Unruhe der kommenden Jahrhunderte dachte. Zwar sind die Norweger, vor allem König Haakon IV. sehr angriffslustig, aber alles in gewissen Grenzen. Außerdem waren sie hier weit weg von Edinburgh und seinen politischen Ränkespielen.
Nachdenklich drehte Mary wieder am Siegelring. Mairi hatte ihr erzählt, dass es der Clanring der McKinnons, also von Megans Vater war. Dieser hatte ihn Megan am Vortag ihrer Hochzeit zum Reinigen gegeben. Megan hatte ihn als Andenken mitgenommen, sich passend ändern lassen und bis zu ihrem Tod nicht mehr abgenommen. Wut stieg wieder in ihr auf, wenn sie an das Verschachern der Frauen in diesem Zeitalter dachte. Natürlich hatte sie

genug darüber während ihres Studiums gelesen, aber persönlich betroffen zu sein lies alles in einem ganz andern Licht erscheinen. Nach einer weiteren Nacht mit wenig Schlaf und viel Grübeln war Mary zu dem Entschluss gekommen, dass Beste aus ihrer Situation zu machen. Wer bekam schon die Möglichkeit, Geschichte hautnah mitzuerleben? Nichtsdestotrotz arbeitete sie an einer Möglichkeit, in ihr altes Leben zurück zu kehren. Sie hatte da auch schon eine Idee, die sie noch genauer überprüfen musste. Es hing alles mit den alten keltischen Feiertagen zusammen, denen man von jeher besondere Macht zuschrieb. Nach ihrer Erinnerung war der nächste wichtige Feiertag der 21. Juni, der Tag der Sommersonnenwende. Bis dahin waren es noch gut sechs Wochen, in denen sie hier nur unbeschadet überleben musste.
Leise wurde an ihre Tür geklopft und auf ihr Rufen hin trat Elizabeth vorsichtig balancierend mit einen Tablett ein. Sie und Mairi hatten sich in den letzten Tagen abgewechselt, Mary mit allem zu versorgen, was sie brauchte und sich wünschte.
„Ich habe etwas zu essen für Euch" kam sie fröhlich in die Kammer geeilt und stellte das Tablett auf den Tisch. Mary und Iain waren übereingekommen, Elizabeth nichts von ihrer wahren Herkunft zu erzählen, so dass der Kreis der Eingeweihten sich auf sie, Iain und Mairi beschränkte. Deshalb musste Mary immer besonders vorsichtig sein, wenn sie sich mit Elizabeth unterhielt. Sie mochte das Gefühl gar nicht, sie zu hintergehen. Denn mittlerweile mochte sie Elizabeth richtig gerne, wie die jüngere Schwester, die sie sich gewünscht aber nie gehabt hatte. Elizabeths Augen strahlten mit dem Blau des heutigen sonnigen Tages um die Wette, als sie Mary stolz und zufrieden verkündete:
„Ich habe auch einen Tiegel Creme von mir mitgebracht, sowie eine ganz feine Seife mit Rosenblättern. Die Haut duftet damit herrlich nach einem Bad, welches ich auch schon angewiesen habe. Das Wasser wird in der Küche gerade erhitzt, und zwei Burschen bringen gleich den Bottich hoch."
Sie schüttelte verständnislos den Kopf.
„Ich begreife zwar nicht, warum Ihr unbedingt baden wollt, denn so schmutzig seht Ihr gar nicht aus, aber Iain hat befohlen, alle Eure Wünsche zu erfüllen. Ach ja, hier ist auch die feine Wolle, nach der Ihr gefragt habt. Obwohl ich wirklich neugierig bin, was Ihr damit wollt, wenn nicht sticken."
Der beste Ersatz für Zahnseide, antwortete Mary gedanklich und lächelte dankbar, während sie sich mit der Zunge über ihre wie sie fand, schon pelzigen Zähne fuhr.

Mary, die es gewohnt war, jeden Morgen zu duschen und manchmal abends ein zweites Mal, wenn sie Sport getrieben hatte, fühlte sich nach fünf Tagen ohne richtige Dusche, nur mit provisorischem Waschen, mehr als unwohl und reif für ein Bad. Ihr Kopfhaut juckte und angeekelt fasste sie sich ins fettige Haar.
„Wie kannst du es nur ohne regelmäßiges Waschen aushalten“ fragte sie Elizabeth verständnislos, während sie sich am Kopf kratzte. Sie hoffte, dass dies nicht schon ein Anzeichen von Mitbewohnern auf ihrem Kopf war.
„Och, ich binde mir einfach meine Haare zusammen oder trage eine Haube, dann fällt es nicht so auf. Warum ist Euch das denn so wichtig?“
Mary seufzte ergeben, die erste Lektion in Hygiene war wohl fällig. „Da wo ich aufgewachsen bin, hat man herausgefunden, dass mangelnde Sauberkeit sehr häufig der Grund für viele Krankheiten ist. Deshalb bade ich möglichst täglich, um mich davor zu schützen.“
Entgeistert starrte Elizabeth sie an. „Täglich? Aber davon wird die Haut doch ganz dünn und die schützende Schmutzschicht wird entfernt!“
„Ich sage ja nur, wie wir es bei uns gehandhabt haben, und wenn man bedenkt, dass viele Menschen bei uns das hohe Alter von über 70, 80 oder sogar 90 Jahren erreichen, muss wohl etwas Wahres dran sein.“
Es war nicht richtig und auch ein bisschen gemein, allein die körperliche Pflege mit dem hohen Alter zu rechtfertigen, aber eine Darlegung der medizinischen Fortschritte im 21. Jahrhundert hätten hier wohl den geistigen Rahmen gesprengt. Außerdem wollte sie nicht immer wieder argumentieren, wenn sie ein Bad nehmen wollte. Hier ging es um eine Grundsatzentscheidung!
Nach wie vor nicht überzeugt schüttelte Elizabeth den Kopf. „Wie Ihr wollt, mal sehen wie Ihr den nächsten Winter übersteht, ob Ihr Euch bei der beißenden Kälte immer noch ins Wasser setzen wollt.“
Dann bin ich hoffentlich nicht mehr hier frohlockte Mary innerlich, behielt es aber wohlweislich für sich.
Auf ein kräftiges Klopfen hin wurde die Tür geöffnet und zwei junge Burschen trugen eine riesige hölzerne Sitzbadewanne herein, wie sie es schon oft in Büchern oder auch schon mal in einem Museum gesehen hatte.
„Stellt sie dort ans Feuer“ dirigierte Elizabeth die Beiden, worauf sie die Wanne ächzend absetzten und sofort wieder verschwanden, um kurze Zeit später jeweils mit zwei dampfenden Eimern Wasser zurückzukehren. Dies wiederholte sich so oft, bis die Wanne gut

dreiviertel voll war. Dann stellten sie noch einen Eimer neben die Wanne und verschwanden schließlich. Währenddessen inspizierte Mary das Tablett mit dem Essen und entdeckte zu ihrer großen Freude ein Stück süßen Honigkuchen, den sie sofort in ihrem Mund verschwinden ließ. Genüsslich kaute sie ihn ganz langsam, endlich Zucker! Der Kuchen war zwar kein hundertprozentiger Ersatz für ihre heiß geliebte Schokolade, aber immerhin.
„So, nun aber schnell, bevor das Wasser wieder kalt wird“ scheuchte Elizabeth und wollte ihr beim Entkleiden helfen.
„Äh, das schaffe ich schon alleine“ wich Mary peinlich berührt zurück.
„Ach Unsinn, wie wollt Ihr denn an die Bänder in Eurem Rücken kommen?“
Die hatte Mary ganz vergessen. Susan hatte sie ja damals verschnürt, als sie das Kleid angezogen hatte und bisher hatte sie sogar darin geschlafen. Zum einen, weil sie nichts anderes hatte und zum anderen, weil sie sich hier beim Schlafen angezogen doch erheblich sicherer fühlte. Resigniert drehte sie Elizabeth den Rücken zu und flink wurde die Verschnürung gelöst, so dass Mary sich das Kleid über den Kopf ziehen konnte. Die plötzliche Ruhe hinter ihr ließ sie herumfahren und erblickte Elizabeth, die sie völlig überrascht musterte. Als auch sie an sich herunterschaute, bemerkte sie, dass sie nur noch in ihrer Jeans und ihrem BH vor Elizabeth stand.
„Was sind das denn für seltsame Beinkleider? Und was ist das da um Eure Brüste?“ Elizabeth schaute sie fasziniert von oben bis unten an.
Mary konnte nicht verhindern, dass sie errötete.
„Ah, mh, nun ja. Das ist ein Büstenhalter, der soll verhindern, dass sie mit der Zeit herunterhängen und schlaff aussehen. Und das ist eine Hose, die sehr warm hält. Deshalb habe ich sie unter das Kleid angezogen. Ahm, ich komme nun ganz gut alleine zurecht, vielen Dank für deine Hilfe“ versuchte sie taktvoll Elizabeth loszuwerden, die sie immer noch unverwandt anstarrte. Wenn Mary nun noch den Reißverschluss ihrer Jeans aufmachen würde, wäre es wahrscheinlich völlig um Elizabeth geschehen. Da diese sich aber nicht rührte, ergriff Mary sie am Arm und dirigierte sie bestimmt zur Tür.
„Vielen Dank, auch für das Bad, ich werde mich beeilen“ und schlug der noch immer benommenen Elizabeth im wahrsten Sinne des Wortes die Tür vor der Nase zu.
Aufatmend lehnte Mary sich gegen die Tür. Geschafft! Schnell zog sie ihre restliche Kleidung aus. Vor Behagen aufstöhnend ließ sie

sich langsam bis zum Hals ins Wasser gleiten. So blieb sie einige Zeit ruhig liegen und genoss das Gefühl von warmem, sauberem Wasser um ihren Körper. Dann griff sie nach ihrer Unterwäsche und wusch sie im Wasser aus und legte sie auf einen Stuhl in der Nähe der Wanne.
Endlich, jauchzte Mary während sie sich genüsslich überall abseifte und den zarten Duft von Rosen wahrnahm. Gerade wollte sie mit dem Ersatzwasser ihre Haare auswaschen und hielt den Eimer über ihren Kopf, als plötzlich die Tür aufgerissen wurde und Iain herein stürmte.
„Was habt Ihr nur....." Abrupt blieb ihm der Rest im Hals stecken, als er Mary nackt in der Wanne erblickte. „Raus" fauchte sie sofort und ließ den Eimer in die Wanne fallen, so dass das Wasser überall hin spritzte. Sie zog ihre Beine an und verschränkte einen Arme vor der Brust, während sie mit der anderen Hand versuchte, sich die Haare aus dem Gesicht zu streichen.
Iain reagiert nicht und trat wie in Trance sogar noch näher heran.
„Ich sagte raus mit Euch" wiederholte Mary fluchend, da sie kaum etwas sehen konnte, weil sie Seife aus ihren Haaren in die Augen bekommen hatte und es nun fürchterlich brannte.
Ohne Vorwarnung ergoss sich auf einmal ein Schwall Wasser über ihren Kopf, so dass sie prustend Luft holte und versuchte, sich das Wasser aus den Augen zu wischen. Sie spürte, wie ein weicher Lappen ihr behutsam das Gesicht reinigte und sie wieder deutlich sehen konnte. Auch die Seife war verschwunden und erleichtert blickte sie auf, was sie wohl besser nicht hätte machen sollen. Iain starrte sie derart intensiv an, dass ihr ganz anders wurde. Seine sonst so ernsten braunen Augen schienen wie zwei heiße Kohlestücke zu glühen. Langsam hob er eine Hand und fuhr ihr sanft über den linken Arm, hoch zum Hals bis zu ihren Lippen, die er zärtlich nachfuhr. Mary war so gebannt von seinem Blick, dass sie sich nicht rühren konnte, um zu protestieren. Als er langsam seinen Kopf senkte, wusste sie genau, was passieren würde, konnte oder wollte es auch gar nicht verhindern. Schon damals, als sie gedacht hatte zu träumen, war sie von ihm fasziniert gewesen, und wollte endlich wissen, ob der hinreißende Mund das hielt was er versprach. Erwartungsvoll schloss sie die Augen, als sie die erste zarte Berührung auf ihren Lippen spürte. Zärtlich strich er über ihren Mund und hauchte ihr kleine Küsse auf die Lippen. Sie spürte seinen Atem über ihr Gesicht wehen, als er ihre Augen mit weiteren Küssen bedeckte. Mary krampfte ihre freie Hand an dem Wannenrand fest und drehte ungeduldig den Kopf, sie wollte endlich einen richtigen Kuss! Er schien ihren Wunsch zu spüren und

kehrte aufreizend langsam zu ihren Lippen zurück. Gerade senkte er seinen Mund auf ihre Lippen und sie kam ihm erwartungsvoll entgegen, als die Tür aufging und Mairi mit einem Bündel neuer Kleider auf der Schwelle stand.
„Ich glaube nicht, dass dies die angemessene Art ist, ein Bad zu nehmen" bemerkte sie trocken und schloss die Tür. Mary zuckte erschrocken zurück und bedeckte sich so weit wie möglich mit den Armen, während Iain regungslos verharrt. Mit hochroten Wangen blickte sie frustriert zu Mairi, die nun ungeniert ins Zimmer kam. Mary hatte sich einen Tag nach ihrem Wutausbruch bei Mairi entschuldigt und seitdem war sie wie eine Tante für Mary geworden, die nun ihre Aufsichtspflicht ihrem neuen Schützling gegenüber sehr ernst nahm. So blickte sie nun nicht Mary, sondern Iain strafend an, der, nachdem er sich wieder gefasst hatte, aufgestanden und mit verschränkten Armen ans Fenster getreten war.
„Habt Ihr nicht Wichtigeres im Hof zu tun? Zum Beispiel mit Euren Leuten trainieren oder etwas fürs Abendmahl jagen?" fragte Mairi ganz unbekümmert aber entschieden. Iain warf ihr nur einen wütenden Blick zu. Die leichte Röte auf seinem Gesicht verriet sein Unbehagen und so stürmte er ohne einen weiteren Blick auf Mary zu werfen hinaus. Unsicher schaute diese zu Mairi, die, als wenn Mary nicht völlig nackt in der Wanne sitzen würde, einfach weiterplauderte und die mitgebrachte Kleidung bereitlegte. „Kommt, das Wasser wird langsam zu kalt, nicht, dass Ihr Euch verkühlt. Da Elizabeth einige unverständliche Sachen über Eure Kleidung gesagt hat, glaube ich dass es besser ist, wenn Ihr ein paar angemessenere Kleider anziehen würdet."
Das konnte Mary gut nachvollziehen und nickte nur stumm. „Aber meine Unterwäsche ziehe ich wieder an, wenn sie trocken ist, ohne sie würde ich mich irgendwie nackt und unwohl fühlen. Und meine Jeans will ich auch behalten, auch wenn ich sie im Moment nicht tragen werde" fügte sie entschlossen hinzu.
„Also gut, ich lege sie hier in die Truhe" willigte Mairi ein und verstaute das verräterische Kleidungsstück unter ein paar Kissen und Decken. Mary fühlte sich ein wenig unbehaglich, sich so nackt vor fremden Menschen zu zeigen, aber sie wusste, dass sie sich nicht für ihren Körper schämen musste. Nachdem sie schließlich abgetrocknet und in neuen Kleidern wieder zufrieden am Tisch saß und sich das Essen schmecken ließ, das Elizabeth ihr vorher gebracht hatte, begann Mairi leise zu sprechen.
„Er ist ein guter Mann, leider hatte er es nicht leicht. Sein Vater hatte nur Augen für seinen älteren Bruder Liam und seine Mutter konnte ihn nicht unterstützen, obwohl sich beide sehr nahe stan-

den. Früher war er ein fröhlicher Lausbub, der keinen Streich ausließ. Heute fehlt die Freude in seinem Leben. Er denkt nur noch pflichtbewusst an seinen Clan."
„Wie meinst du das?"
Nach einer kurzen Pause begann Mairi nachdenklich zu berichten.
„Iain war der typische jüngere Bruder, der den älteren als starken Helden verehrt und nachgeeifert hat. Es gab viele Ähnlichkeiten, aber auch genauso viele Unterschiede zwischen den beiden. So dunkel wie Iain war, so hell war Liam. Während Iains warme braune Augen vor Lebendigkeit strotzten, so kalt blickten Liams blauen Augen, wie tot, seelenlos." Mairi schauderte bei der Erinnerung daran.
„Als Erstgeborener bekam Liam alle Aufmerksamkeiten und alle Zuwendung, ohne etwas dafür tun zu müssen. Iains Leistungen dagegen wurden ignoriert, geschweige denn gewürdigt. Liam bekam bei seinem ersten gewonnen Kampf ein gutes Pferd, Iains erster Sieg wurde gar nicht erst kommentiert. Liam erhielt eine sehr gute Ausrüstung und Ausbildung, Iain musste sich selber besorgen, wenn er etwas wollte. Liams Erfolge wurden gefeiert, Iains waren eine Selbstverständlichkeit. Iain hat sich angestrengt, die Anerkennung seines Vaters zu bekommen. Er war kämpferisch besser und hat so mehr Turniere gewonnen als Liam. Auch charakterlich waren sie sehr verschieden. Liam auf den ersten Blick freundlich und zuvorkommend, aber leider hinterhältig und nachtragend. Iain dagegen war wegen seiner fairen und gerechten Art beliebter im Clan, was die Clanmitglieder aber nicht offen zeigen durften, da sie sonst die Niedertracht von Liam zu spüren bekamen."
Mairi seufzte bedrückt.
„Deshalb zog sich Iain immer mehr zurück. Nicht, weil er keinen Kontakt mit seine Leuten haben wollte, sondern weil er sie vor Liams Machenschaften beschützen wollte. Einige haben das aber falsch verstanden und fühlten sich von ihm im Stich gelassen. Daher war sein Antritt als Laird nach dem Tod seines Vaters und Bruders nicht ganz reibungslos. Die Zweifler hatten Bedenken, ob Iain den Clan nach außen hin standhaft verteidigen würde, wenn er schon nicht in der Lage war, einen innerfamiliären Konflikt anders als mit „Flucht" zu lösen. Aber die meisten Leute waren sehr froh, ihn nun als Laird zu haben. Sein Bruder hatte schon im Vorfeld seinen zukünftigen Führungsstil oft drastisch durchblicken lassen, so dass alle um ein langes Leben des alten Laird gebetet haben. Denn trotz aller Beachtung und Bevorzugung war Liam eifersüchtig auf seinen kleinen Bruder. Er bemerkte, dass die Men-

schen Iain mochten und mit Respekt bedachten, die, wie er fand, eigentlich ihm zustand.
Iain hat oft, ohne besondere Aufforderung anderen geholfen, sobald er Bedürftigkeit oder Not sah. Es war eine Selbstverständlichkeit für ihn, für die er keinen Dank erwartete oder wollte. Leider hat er von seinem Wesenszug auf andere geschlossen und nie um etwas gebeten. Doch leider handelte sein Vater eher nach dem Motto, wer den Mund nicht aufmacht, braucht auch nichts."
Wieder entwich ein trauriger Seufzer Mairis Lippen.
„Ich könnte noch viele Begebenheiten aufzählen, bei denen Iain alles versucht hat, den Stolz seines Vaters zu erringen. Doch nach so vielen Jahren und unendlichen Zurückweisungen und Demütigungen und schließlich der Abschiebung zu seinem Onkel entschied er, dass er es lange genug versucht hatte und ihn nicht mehr wollte. Sein Vater war von da an nicht mehr sein Vater sondern nur noch sein Clanoberhaupt, dem er Gehorsam entgegenzubringen hatte, aber keine familiären Gefühle mehr. Seid dem Tag ist er pflichtbewusst, aber verschlossen wie eine siebenfach verstärkte Ringmauer."
Mary war empört über das ungerechte Verhalten des Vaters.
„Ich weiß nicht welche Bestrafung schlimmer ist, eine Tracht Prügel oder nicht beachtet zu werden, aber das erklärt so Einiges."
Mary kochte innerlich und bedachte den ignoranten und herzlosen Vater gedanklich mit einigen Kraftausdrücken. Vor ihrem geistigen Auge erschien ein kleiner Iain, der sich abkämpfte und bemühte, und doch immer wieder zurückgewiesen wurde. Ihr Herz quoll über vor Mitleid mit diesem so tief verletzten Kind, und der Wunsch es zu trösten war überwältigend. Wie konnten Eltern nur so grausam zu ihrem eigenen Kind sein? Eigenes Fleisch und Blut so unterschiedlich und herzlos behandeln? Durch ihre eigenen liebevollen Kindheitserfahrungen war ihr so ein niederträchtiges Verhalten völlig unverständlich. Egal, ob diese Zeit hier härter und rauer war, und die Menschen stärker um ihr Überleben kämpfen mussten, änderte es doch nichts an der Fürsorgepflicht der Eltern, für seine Kinder nur das Beste zu wollen und jedes Kind so zu nehmen wie es war.
„Wie war eigentlich meine Mom, als sie jung war" fragte Mary zaghaft. Sie war so neugierig, alles über die Kindheit ihrer Mutter zu erfahren, dass sie für den Moment Iains Geschichte beiseite schob, denn eine bessere Gelegenheit würde sie wahrscheinlich nie wieder bekommen. Mairi hatte ihre Mutter so gut wie keine andere Person gekannt. Diese lächelte verschmitzt und machte es sich auf einem Stuhl am Feuer bequem.

„Ich habe mich schon gefragt, wann Ihr endlich diese Frage stellt“ und begann, über Megan zu berichten, angefangen von der Kindheit bis zu dem Zeitpunkt, als sie verschwand. Mairi bestätigte vieles, was Mary schon aus Büchern über dieses Jahrhundert wusste und war nicht überrascht, dass der Stand der Frauen so niedrig war und, wie wir sagen würden, es eine klassische Rollenverteilung gab. Mairi war ganz klar eine Ausnahme. Durch ihr enges Verhältnis zu Iain genoss sie einen Sonderstatus, ansonsten hätte sie sich nie die direkten und nicht immer angenehmen Kommentare erlauben dürfen.
„Megan hat sich ihr Eheleben immer sehr romantisch vorgestellt. Sie wollte einen liebevollen Ehemann, der gut für sie sorgt und eine große Familie, um die sie sich kümmern konnte.“ Fragend blickte sie Mary an.
Diese überlegte kurz, wie sie die schwierige Situation des Verdachtes einer Schwangerschaftsvergiftung und deren Konsequenzen verständlich erklären konnte.
„Mom hatte keine leichte Schwangerschaft mit mir. Es kam der Verdacht auf, dass mit mir etwas nicht in Ordnung war und ich nicht gesund zur Welt kommen würde. Das wurde sechs Wochen vor dem Geburtstermin festgestellt. Deshalb musste sie die restliche Zeit nur liegen. Als ich dann als gesundes Kind geboren wurde, waren meine Eltern sehr froh und dankbar und wollten das Schicksal mit einem weiteren Kind nicht herausfordern.“ Leise fügte sie hinzu „Ich habe immer gewusst, dass sie gerne noch mehr Kinder gehabt hätte, aber sie haben sich anders entschieden.“
Mairi drückte ihr kurz die Hand und lächelte ihr aufmunternd zu. „Eine sehr vernünftige Entscheidung. Dafür seid Ihr umso besser gelungen“, was eine zarte verlegene Röte auf Marys Wangen zauberte.
„Nun, ich muss wieder nach unten nach dem Rechten sehen, sonst gibt es nichts zu Essen. Ruht Euch noch ein wenig aus, ich komme später noch einmal wieder.“
Obwohl gerade erst aufgestanden, fühlte sich Mary schon wieder bettreif. Kein Wunder, nach den Aufregungen der letzten Tage.
„Ach Mairi, bitte könnten wir uns etwas weniger förmlich anreden? Ich bin es nicht gewohnt und irgendwie gehörst du ja zur Familie, wie die Tante, die ich nie hatte.“
Gerührt nickte Mairi und scheuchte sie resolut ins Bett. „Ab mit dir.“
Gesättigt und frisch gewaschen kuschelte sich Mary auf ihr Bett und schloss die Augen. Nur ein paar Minuten nahm sie sich vor. Ihre Gedanken kreisten um ihre Mutter und ihre Geschichte, doch

nach und nach schlich sich immer wieder ein großer, dunkler Kerl ein, dessen braune Augen sie nicht losließen. Wäre Mairi nicht hereingeplatzt, hätte sie endlich ihren heißersehnten Kuss von Iain bekommen. Und wer weiß was noch mehr! Was sie verunsicherte war die Tatsache, dass sie so starke Gefühle nach so kurzer Zeit empfand, für sie absolut untypisch. Mit diesen beunruhigenden und doch sehnsuchtsvollen Gedanken schlummerte sie schließlich ein.

Iain hatte sich seit gestern von Mary ferngehalten, zu sehr hatten ihn die Gefühle aufgewühlt, die er bei den Küssen in der Wanne empfunden hatte. Leider hatte nicht einmal ein anstrengender Ritt, noch eine Extratrainingsrunde mit dem Schwert es geschafft, Mary aus seinen Gedanken zu vertreiben. Sein bester Freund Callum und Onkel Rory, die er mittlerweile in die Vorkommnisse eingeweiht hatte, machten sich schon über ihn lustig. Auch seine standhafte Weigerung, sie Mary besuchen zu lassen, brachte ihm so manchen derben Spruch ein.

Während er nun die Stufen zum Obergeschoß hinauf sprang, redete er sich selber ein, dass er sich nur vergewissern wollte, ob sie auch alles hatte oder noch etwas benötigte. Außerdem brauchte er mehr Informationen für seine Pläne rechtfertigte er seine schnellen Schritte.

Ob sie ihre Haare wieder offen trägt oder sie diesmal in einem Zopf gebändigt hatte? schoss ihm durch den Kopf. *Ob sie wieder am Fenster sitzt oder noch beim Essen ist?*

Abrupt verlangsamte er seine Schritte, als er um die letzte Ecke bog. Hinten vor der Tür zum Abort auf dem Flur entdeckte er das Objekt seiner Gedanken.

Mary stand vor der Tür und atmete tief ein und aus, immer wieder. Iain ging langsam näher und schaute sie verständnislos an und zog fragend eine Augenbraue hoch. Mary schaute ihn nur unwillig an, unterbrach ihre Atemübungen aber nicht. Erst nach einem verwirrten „Was in Gottes Namen macht Ihr da?“ von Iain gab sie knapp zurück „Luft holen.“

„Warum?“

„Sorry, aber ich muss jetzt dringend da rein“ gab Mary kurz angebunden zurück. Mit einem letzten tiefen Atemzug riss sie die Tür zum Abort auf und zog sie schnell hinter sich zu.

Iain lehnte sich mit verschränkten Armen an die Wand. Dieses merkwürdige Verhalten wollte er nun doch geklärt wissen, obwohl er schon so eine Ahnung hatte und verbarg nur mühsam seine Belustigung.

Plötzlich schoss Mary mit hochrotem Kopf wieder heraus und lehnte sich an die gegenüberliegende Wand. Sie schnappte nach Luft, als hätte sie gerade nicht die Tür des Aborts sondern die Ziellinie nach einem Marathon überquert. Iain konnte sich ein Schmunzeln nicht verkneifen, erntete dafür aber nur ein stürmisches Funkeln in Marys Augen. Irgendwie kam er ihr entspannter, lockerer vor.

So sieht er noch unwiderstehlicher aus, dachte Mary verdrossen, während sie versuchte, wieder ruhiger zu atmen. Selbst das kleinste Lächeln ließ sein Gesicht weniger hart aussehen, fast schon spitzbübisch. *Nur nicht ablenken lassen.*

Wieder zog er die Augenbraue hoch und schaute sie fragend an, und gab ihr somit zu verstehen, dass er noch auf eine Antwort wartete.

„Frag..... nicht“ knurrte Mary nur stoßweise, während sie noch immer versuchte, ihren Sauerstoffgehalt im Körper zu normalisieren. Iain fasste sie leicht am Arm und führte sie zurück in ihr Zimmer, das ihr allmählich wie ein Gefängnis vorkam. Erleichtert setzte sie sich auf einen Stuhl und wartete darauf, dass sich ihr Herzschlag wieder beruhigen würde. Währenddessen schenkte Iain zwei Becher Gewürzwein ein und reichte Mary einen davon.

„Und Ihr wollt mir wirklich nicht sagen, was das da eben sollte?“

„Das war doch wohl offensichtlich, oder?“ gab Mary nur peinlich berührt zurück. Als sie nach wie vor Iains fragenden Blick sah, obwohl sie meinte, kleine Teufelchen in seinen Augen tanzen zu sehen, seufzte sie resigniert. Ihr blieb auch keine Peinlichkeit erspart.

„Damit ich während der Dauer meines Aufenthaltes da drin nicht Luft holen muss.“

„So schlimm?“

Mary wand sich unbehaglich. Sie war ein ehrlicher Mensch und sie wollte Iain nicht anlügen, auch nicht wegen einer zugegebenermaßen ihr sehr peinlichen Angelegenheit.

„Ich denke schon“ murmelte sie undeutlich in ihren Becher, während sie einen tiefen Schluck nahm.

„Ihr denkt, aha. Also wisst Ihr es nicht?“ hakte Iain gnadenlos nach.

Warum verfolgt er das Thema nur so hartnäcki,g fragte sich Mary verdrossen.

„Da ich genug über diese Sache in den Geschichtsbüchern gelesen habe, weiß ich, dass die hygienischen Verhältnisse sich bis in unsere Zeit deutlich gebessert haben, um es mal höflich auszudrücken! Darum wollte ich einfach nur vorbeugen und mir und mei-

ner Nase dieses fragwürdige Erlebnis ersparen“ rechtfertigte sie sich entschieden.
„Und was seid Ihr gewohnt?“
Iain lehnt sich entspannt in seinem Stuhl zurück und streckte die Beine aus.
Das sieht nach einer längeren Sitzung aus, argwöhnte Mary. Nach dem Vorfall in der Wanne gestern hatte sie Iain nicht mehr gesehen. Von Elizabeth hatte sie erfahren, dass er den Rest des Tages ausgeritten war und sich auf dem Übungsplatz ausgetobt hatte. Sie fühlte sich unsicher und wusste nicht, wie sie sich Iain gegenüber verhalten sollte. Irgendwie hatte sich ihr Verhältnis von freundschaftlich in etwas viel Engeres verändert. Doch in Iains Gesichtsausdruck konnte sie nicht erkennen, ob es ihm genauso ging wie ihr. *Ihn scheint das anscheinend nicht zu berühren,* dachte sie verstimmt, so lässig und entspannt wie der sich auf dem Stuhl räkelt.
„Untätig und den ganzen Tag eingesperrt zu sein“ platzte sie deshalb mit dem Ersten heraus, was ihr durch den Kopf ging.
Iain nickte zustimmend mit dem Kopf.
„Das kann ich mir bei Euch gut vorstellen und es muss für Euch sehr schwer zu ertragen sein, hier so festzusitzen. Haltet durch“ bat er sie entschuldigend, „es wird bestimmt nicht mehr lange dauern.“
„Habt Ihr eine Idee?“ fragte sie hoffnungsvoll.
Iain wägte den Kopf langsam nach rechts und links, wich aber ihrem Blick aus, was sie stutzig machte. Bisher hatte sie ihn als sehr direkten Mann kennengelernt, der keinem Problem geschweige denn einem Blick auswich.
„Die Einzelheiten müssen noch ausgearbeitet werden. Wir werden es Euch so bald wie möglich mitteilen, wenn der Plan ausgeführt werden kann.“
Was für eine kryptische Antwort, das konnte alles und gar nicht heißen. Frustriert sprang sie auf und baute sich vor Iain auf.
„Ich will ehrlich zu Euch sein Iain. Ihr habt mich alle so selbstverständlich hier aufgenommen, obwohl ich eine völlig Fremde war, die Euch vor die Füße gefallen ist.“ Gedankenverloren blickte sie vor sich hin, dann hob sie den Blick und schaute ihn warm an.
„Diese besondere Gastfreundschaft wird überdauern, wisst Ihr. Selbst in meinem Jahrhundert sind die Highlander noch so. Sie heißen einen Gast in ihren Häusern so herzlich willkommen, dass man sich sofort wohl und wie ein Teil der Familie fühlt.“
Sie lächelte versonnen und etwas schwermütig, als sie sich an ihren Aufenthalt bei Susan und ihrer Familie erinnerte. Dann wur-

de sie wieder ernst. Heute Morgen hatte sie nach langem Hin und Her eine Entscheidung getroffen.
„Aber ich kann nicht hierbleiben, dies ist nicht meine Zeit und ich wüsste gar nicht, was ich hier machen sollte. Ich werde wieder zurückgehen, um mein altes Leben aufzunehmen."
Lange Zeit sagte Iain nichts darauf und musterte nur die vor ihm stehende aufgebrachte und resolute Frau. Ihre Haare waren zerzaust und er stellte sich vor, wie er sie mit seinen Händen bändigen würde. Würden sie sich so seidig anfühlen wie sie aussahen? Ihre rauchige Stimme bewirkte bei ihm eine Gänsehaut, die sich danach sehnte, von ihren zarten Händen wieder glattgestrichen zu werden. Oder wie ein Kater, der sich buckelnd um ihre Beine windet und seine Streicheleinheiten einfordert. Sein Herzschlag erhöhte sich allein bei diesen Gedanken.
„Und wie genau wollt Ihr das bewerkstelligen?" fragte er äußerlich ruhig.
Mary wand sich innerlich, sie wusste nicht, wie viel sie ihm schon über ihre Theorie verraten sollte. Schließlich entschied sie sich dagegen.
„Nun, das wird die Zeit zeigen, ich arbeite noch an einer Lösung" erwiderte sie ausweichend. Sie wollte nicht daran denken, ihn dann nie mehr wiederzusehen. Aber hierzubleiben erschien ihr einfach unmöglich. Sie gehörte nicht hierher. Wenn ihre Überlegungen richtig waren, hätte sie noch ein paar Wochen Zeit, das Leben dieses Jahrhunderts kennenzulernen. Ihre Entscheidung beinhaltete auch, gemäß carpe diem das zu genießen, was ihre geboten wurde. An das Danach wollte sie noch nicht denken. Mary haderte mit sich selbst während Iain sie aufmerksam beobachtete. In ihrem ausdruckstarken Gesicht konnte er die Zwiesprache mitverfolgen, die sie innerlich hielt.
Erleichtert erkannte er, dass Mary sich ihres Entschlusses nicht absolut sicher war. Denn die widerstreitenden Gefühle, die er abwechselnd in ihrem Gesicht erkennen konnte, zeigten ihm, wie unsicher und hin und hergerissen sie wirklich war.
„Was würdet Ihr denn hier am Meisten vermissen?" fragte Iain behutsam und riss sie so aus ihren eigenen wirren Überlegungen.
„Oh, da weiß ich gar nicht, wo ich beginnen soll" rief Mary ungestüm aus.
„Angefangen von meiner täglich notwendigen Ration Schokolade, um meine geistige Gesundheit und die Unversehrtheit meiner Umgebung zu erhalten, einer herrlichen heißen Dusche, über duftende Körpercreme, Pflegeshampoo und natürlich eine saubere, frisch riechende Toilette! Ein gutes Glas Rotwein mit cremigem

Brie und einem frisch gebackenen Baguette! Oder ein köstlicher Salat mit Schafskäse, Oliven und gerösteten Sonnenblumenkernen! Meine Jeans, die mich sicherer und wärmer fühlen lässt als alle Röcke der Welt. Meine Sneakers, mit denen ich bequem und trockenen Fußes überall lang laufen kann, ohne dass ich jeden kleinsten Stein in der Fußsohle spüre und das Gefühl habe, eine ungewollte Fußreflexzonenmassage zu erhalten. Meine Unterwäsche, ohne die ich mich fast nackt fühle!"
Mary redete sich richtig in Rage und Iain hörte aufmerksam zu. Nachdem Mary sich ausgetobt hatte und all ihren Frust der letzten Tage losgeworden war, fügte sie am Ende leise und deutlich ruhiger hinzu „und das Grab meiner Eltern."
Versonnen schwiegen beide eine Weile. Iain ergriff schließlich als Erster wieder das Wort.
„Ich kann verstehen, wie schwierig alles für Euch sein muss, aber bitte habt noch ein wenig Geduld. Ihr müsst mir versprechen, nichts Unüberlegtes zu unternehmen" bat er sie eindringlich.
Mary dachte kurz nach.
„Gut, ich verspreche Euch, nichts ohne vorherige Absprache mit Euch zu unternehmen. Dafür will ich aber Euer Wort, dass Ihr mir helfen werdet, wieder nach Hause zurückzukehren, wenn es soweit ist."
Iain sah die Entschlossenheit in Marys Augen und schluckte schwer. Sein Herz hämmerte fast schmerzhaft in seiner Brust. Dennoch, er war es ihr schuldig.
„Ihr habt mein Wort" und ging resolut zur Tür hinaus. Irgendwie war das Gespräch völlig anders verlaufen, als er geplant hatte und das frustrierte Iain. Er hatte nicht mal eine einzige Frage über ihre Kindheit oder ihr sonstiges Leben stellen können. Sie hatte ihn völlig aus dem Konzept gebracht. Plötzlich blieb er stehen und lehnt sich mit dem Rücken an die Wand im Treppenabgang. Ein nicht zu unterdrückender Drang zu lachen brach sich seinen Weg frei und er prustete los. Wie sie da so kämpferisch vor ihm gestanden und ihre Entscheidung vertreten hatte. Zurückhaltend? Sanftmütig? Von wegen! Etwas hatte er doch in Erfahrung gebracht: Mary war klug, sehr selbstständig und es gewohnt, eigene Entscheidungen zu treffen. Sie würde nie gegen ihren Willen etwas zustimmen, wovon sie nicht überzeugt war. Deshalb gab es nun eine kleine Planänderung.

4

Iain war auf der Suche nach Mairi. *Ich werde ihre Hilfe brauchen,* dachte er missgestimmt. Nicht, dass er sie nicht bekommen würde, aber sie würde davor noch viele lästige und unangenehme Fragen stellen, dazu kannte er sie gut genug.
„Habt Ihr Mairi gesehen?“ fragte er eine Magd mit einem Wäschekorb auf den Arm, die von der hinteren Wiese zu kommen schien.
„Sie ist in ihrem Kräutergarten, Mylord“ kam die schüchterne Antwort, während die Magd in die entsprechende Richtung zeigte.
Mit einem kurzen Kopfnicken setzte er seinen Weg fort und hing seinen Gedanken nach.
Mairi hockte wie erwartet zwischen ihren Beeten, neben sich einen kleinen Korb mit bereits abgeschnittenen Kräutern.
„Mairi, auf ein Wort“ grüßte Iain.
Mit einem Blick in Iains Gesicht erkannte sie sofort, dass es wichtig war und raffte ihre Röcke, um ihm entgegen zu gehen.
„Lasst uns noch ein Stück tiefer in den Garten gehen“ schlug sie vor und steuerte eine hintere Ecke des Gartens an, die mit dichten Beerenbüschen bewachsen war und setzte sich auf einen Felsvorsprung in der Mauer. Erwartungsvoll sah sie ihn an.
„Ich brauche Eure Hilfe“ kam Iain direkt zur Sache.
„Natürlich. Was kann ich für Euch tun?“
Ihre sofortige Zustimmung beruhigte Iain ein wenig.
„Ich habe beunruhigende Neuigkeiten erhalten und werde deshalb Mary morgen heiraten“ brach es aus Iain heraus.
„Ach, werdet Ihr? Und wie wollt Ihr das anstellen? Ich glaube nicht, dass Mary ihre Zustimmung geben wird“ kam es trocken zurück.
Verflixt, er hatte es gewusst, jetzt wurde es kompliziert. Ungeduldig fuhr er sich durch seine Haare.
„Sie hat mir erzählt, dass sie eine Möglichkeit wüsste, wie sie zurück in ihre Zeit kommen könnte. Aber ihrer Meinung nach schafft sie es erst in ein paar Wochen. So lange können wir sie nicht unbemerkt in ihrer Kammer verstecken. Durch die Heirat kann sie sich ungezwungen bewegen und an meiner Seite sein.“ Er merkte selber, wie Besitz ergreifend er sich anhörte und wurde noch ungehaltener, zumal er sehr wohl Mairis unterdrückte Skepsis sehen konnte. „Ihr habt mir doch selber gesagt, ich soll diese Möglichkeit in Betracht ziehen und nach meinem Besuch gestern bei den McKinnons halte ich es nun für das Beste.“
„Ihr ward bei ihren Verwandten? Was habt Ihr gesagt?“ rief Mairi erstaunt.

„Nichts über Mary, aber ich wollte die allgemeine Stimmung erkunden, besonders im Zusammenhang mit den Fergussons, deren Land ja auch im Süden an ihres grenzt." Nachdenklich schaute er so vor sich hin.
„Ihr Onkel Kyle scheint ein sehr vernünftiger Mann zu sein und seine Frau Morgana machte auch einen sympathischen Eindruck. Leider sind sie bisher kinderlos, so dass seine Nachfolge ungewiss ist. Er deutete an, dass die Fergussons schon verschiedene Vorstöße unternommen haben, um an sein Land zu kommen. Bisher konnte er sie noch immer wieder zurückhalten. Aber er ist des Kämpfens müde, zumal, für wen? Deshalb glaube ich, dass er mit der Heirat eines McAllisters und einer McKinnon einverstanden sein würde. Leider macht es Marys Hintergrund wie du weißt schwierig, die Sache offiziell laufen zu lassen. Wenn ich die McKinnons vor vollendete Tatsachen stelle, kann Kyle gegenüber den Fergussons immer noch ruhigen Gewissens behaupten, es nicht gewusst zu haben. Außerdem würden sie es dann nicht mehr wagen, die McKinnons anzugreifen, da sie genau wüssten, dass das Land durch die Hochzeit und nach Kyles Tod mir zufallend wird und ich sie mit meinen Verbündeten dem Erdboden gleich machen würde."
Iain ballte grimmig die Fäuste, als er an die unverschämten Versuche der Fergussons dachte. Sie wären gut beraten, sich nicht auf einen Kampf mit ihm einzulassen. Leider war Klugheit nicht einer ihrer Stärken, List und Tücke jedoch wohl. Er würde sehr gut aufpassen müssen.
„Ist das Bündnis mit den McKinnons der einzige Grund, Mary zu heiraten?" wurde er in seinen Gedanken unterbrochen.
„Nein".
Schweigen.
„Wie genau soll ich Euch denn helfen?" hackte Mairi nach.
Iain seufzte. „Leider schätze ich auch, dass Mary nicht freiwillig die Worte des Priesters wiederholen wird. Deshalb muss sie in einer Verfassung sein, in der sie zwar wach aber gefügig ist." Er wand sich innerlich unter Mairis missbilligen Blicken, die seinen Worten folgten.
„An was genau habt Ihr denn genau gedacht?" fragte Mairi misstrauisch.
„Das überlasse ich Euren fähigen Händen, vielleicht ein paar Kräuter, die sie schläfrig machen. Irgendetwas in der Art, dass wir den Brautschwur hinbekommen."
„Und danach?"

Iain richtete sich zu seiner ganzen Größe auf und schaute nun Mairi eisig an.
„Ich habe mich bisher keinem Weib aufzwingen müssen und werde nun erst recht nicht damit anfangen. Ich bin nicht wie mein Vater!"
„Nein, das ist wahr, verzeiht meine Frage" entschuldigte sich Mairi sofort reumütig.
„Es wäre ein schwerer Vertrauensmissbrauch gegenüber Mary. Sie hat mir gerade erst meinen ersten Schlummertrunk verziehen. Doch ein zweiter, mit diesen Konsequenzen, würde viel schwerer wiegen. Wenn ich Euch helfen soll, müsst Ihr mir schon mehr bieten, als ein Bündnis mit einem Clan, wodurch nur Ihr Vorteile haben werdet."
Finster blickte Iain auf Mairi hinab, die seinen Blick gelassen erwiderte.
„Ihr wisst genau, dass ich Mary dadurch vor einer unliebsamen Verbindung mit Donald bewahre, solange sie hier ist."
„Und wenn sie nicht zurückkehren kann?" Mairis leise Worte hingen bedeutungsvoll zwischen ihnen.
Das ist genau, was du eigentlich willst und dir erhoffst, flüsterte ihm eine leise Stimme ins Ohr. Die Hochzeit war nur der erste Schritt zu diesem Ziel.
Nach kurzem Schweigen erwiderte er dagegen laut: „Ich würde für sie sorgen und sie beschützen, wie ich es für meine Mutter hätte tun müssen."
Mit leicht zusammengekniffenen Augen betrachtete Mairi den hochgewachsenen stolzen Mann vor sich, den sie schon von Kindesbeinen an kannte.
„Das ist sicherlich nicht die Verbindung, die ihre Eltern sich für sie gewünscht hätten, eine reine Vernunftehe. Besonders nach Megans eigener mutigen Tat. Was passiert, wenn Mary im Laufe der Zeit hier ihrem Seelengefährten begegnet, aber an Euch gebunden ist? Werdet Ihr sie dann freigeben?"
Allein der Gedanke, dass ein anderer Mann sie berühren, sie küssen würde, ließ Iain die Hände zu Fäusten ballen. Auf keinen Fall!
So in Gedanken versunken übersah er das listige Lächeln, das kurz über Mairis Gesicht huschte. Sie wollte, dass er sich seiner Gefühle bewusst wurde und dazu stand und sich nicht hinter der bisherigen kontrollierten Maske der Vernunft versteckte. Seine heftige Reaktion bestätigte Mairis Eindruck, dass Iain mehr an Mary lag, als er bisher bereit war, offen zuzugeben.
„Und würde es eine Ehe nur auf dem Papier sein oder so wie die Kirche es vorschreibt?" hakte sie unerbittlich nach.

Iain funkelte sie wütend an. Seine Gefühlswelt war völlig auf den Kopf gestellt und diese alte Frau bohrte noch gnadenlos darin herum. Er wusste selber nicht, wie er die starken Gefühle für diese faszinierende Frau einordnen sollte und nun verlangte Mairi auch noch von ihm, sie laut vor ihr auszubreiten. Wäre sie nicht seine Kinderfrau gewesen, hätte sie sich niemals solche Freiheiten herausnehmen dürfen.
„Ich mag ihren Mut, ihren Kampfgeist und ihre Klugheit. Sie hat ein ansprechendes Äußeres und sie plappert nicht nur Blödsinn, wenn sie den Mund aufmacht. Ich werde sie zu nichts zwingen, doch wenn es sich ergeben sollte, werde ich die Gelegenheit nutzen" spuckte Iain förmlich aus. Marys bisherige körperliche Reaktion auf ihn war vielversprechend, so dass er diesbezüglich eigentlich keine Bedenken hatte.
„Aber sollte ihr Seelengefährte auftauchen, wäre sie ruiniert." Wie ein Pitbull biss Mairi sich an dem Thema fest.
„Egal was passiert, ich werde immer gut für sie sorgen und mit meinem eigenen Leib beschützen" knurrte er sie erbost an.
Mairi musste ein Grinsen unterdrücken, wusste sie doch, wie unangenehm es für Iain war, dies alles laut zu äußern. Aber um Marys Wohl war sie bereit zu kämpfen.
Sie blickte ihn warnend an.
„Ich werde Euch helfen, aber ich werde auch aufpassen, dass es Mary gut gehen wird" und mit diesen Worten ging sie zurück zu ihren Kräutern. Auf halbem Weg drehte sie sich noch einmal um.
„Morgen also?"
Iain nickte.
„Habt Ihr schon mit dem Priester gesprochen?"
„Nein, das ist das nächste unangenehme Gespräch, das ich nun führen muss" seufzte Iain gequält.
Der Weg zur Kapelle dauerte länger als geplant, weil er immer wieder von Kriegern angesprochen wurde, die etwas mit ihm klären mussten. So kam er genau zur Mittagsandacht. Er setzte sich ruhig in die hinterste Bank und hörte seinem Onkel Graham zu. Dieser war ebenfalls der zweitgeborene Sohn gewesen und hatte sich schon früh für das Priestertum entschieden. Außerdem war es praktisch, einen eigenen Priester aus der Familie in der Burg zu haben. Anders als sein Bruder, Iains Vater, war er eher ruhig und ernst, aber man konnte sehen, dass er ein McAllister war. Seine ehemals schwarzen Haare waren mit den Jahren fast ergraut und trotz seines hohen Alters war er noch großgewachsen und blickte eindrucksvoll auf seine kleine Gemeinde.

Ich werde ihm mehr Essen schicken müssen, dachte Iain besorgt, als er sah, wie die Kutte am Körper seines Onkels schlabberte, der sich vorne am Altar bewegte. Zum ersten Mal seit langer Zeit nahm er seinen Onkel wieder bewusst wahr und stellte erschrocken fest, wie hager und alt er geworden war.
Nach der Messe ging Iain zu Graham in die Sakristei und wartete, bis er sich wieder umgezogen hatte.
„Welch seltener Gast in meiner bescheidenen Kirche“ begrüßte ihn Graham und drückte kurz seine Schulter. Er hatte seinen Onkel schon immer gemocht, vielleicht, weil sie das gleiche Schicksal der Geburtenfolge teilten. Aber auch Grahams ausgeglichenes Wesen und seine offene Art, trotz der Tatsache, dass er ein Kirchenmann war, hatten ihn oft seine Nähe suchen lassen.
„Ich habe ein etwas ungewöhnliches Anliegen und brauche dabei Eure Hilfe.“
Innerlich widerstrebte es Iain, andere um Hilfe zu bitten, er war es eher gewohnt, seine Probleme alleine zu regeln. Aber zu einer Vermählung benötigte er nun mal einen Geistlichen.
„Was kann ich für Euch tun?“ fragte Graham und deutete auf eine kleine Bank.
„Danke, ich stehe lieber, aber setzt Ihr Euch doch“ bat Iain, „ich muss mich bewegen.“
„Ah, etwas Wichtiges also!“
Verdutzt blickte er seinen Onkel fragend an.
„Nun, wenn immer Ihr etwas Wichtiges zu sagen habt, so erledigt Ihr es im Stehen. Sei es im großen Saal, auf dem Übungsplatz oder halt hier“ antwortete Graham nüchtern. „Also, was ist es?“
Noch etwas abgelenkt durch die ungewöhnliche Feststellung ging Iain vor seinem Onkel auf und ab. „Ich möchte, dass Ihr eine Heirat abhaltet.“
„Natürlich. Wessen?“
„Meine. Morgen“ kam die abgehakte Antwort und in diesem Moment wusste Iain, dass er es wirklich wollte.
Graham musterte ihn scharf. „Aber?“
„Nun ja, die Braut ist nicht ganz so willig“ druckste Iain herum.
„Spuckt es aus, und zwar so, dass ich es verstehen kann“ kam es völlig untypisch für einen Geistlichen. Iain seufzte und erzählte ihm die ganze Geschichte über Mary, ihrer Mutter Megan und den Fergussons. Währenddessen lief er immer wieder auf und ab und Graham hörte sich alles ohne zu unterbrechen an. Als er geendet hatte, schwieg Graham einige Zeit.
„Aber wenn sie zurück will und kann, was dann?“ hakte er nach.

Wieso kamen eigentlich alle mit der gleichen unangenehmen Frage um die Ecke? Hielten sie ihn etwa für einen Tyrannen, der Mary seinen Willen aufzwingen würde? Iain war völlig genervt.
„Dann werde ich ihr wie versprochen helfen. Aber vielleicht kann ich sie bis dahin zum Bleiben überreden“ fügte er leise hinzu. Er war im Gotteshaus und sollte sich gebührlich verhalten und nur die Wahrheit sagen.
Wieder entstand eine längere Pause, in der beide Männer den eigenen Gedanken nachgingen. Schließlich stand Graham auf.
„Ich werde Euch morgen trauen, aber es muss alles genau nach den kirchlichen Bestimmungen erfüllt werden. Das heißt, ich will ihr „Ja ich will“ wortwörtlich hören.“ Ernst blickte er in Iains braune Augen, die Graham im ersten Moment an seinen älteren Bruder erinnerten. Er wusste von Iains Weigerung zu heiraten aus Angst, sich zu einem tyrannischen Ehemann zu entwickeln wie sein Vater. Doch er kannte Iain seit seiner Geburt und wusste, dass in ihm die Güte seiner Mutter schlummerte. Wenn er nun zu diesem Schritt bereit war, musste diese Frau wichtiger für ihn sein, als er jetzt bereit war zuzugeben.
„Ich helfe Euch nur, weil ich spüre, dass Euch etwas an ihr liegt. Wir sehen uns morgen.“ Damit drehte er sich um und ließ Iain alleine zurück. Erleichtert atmete Iain durch, ein weiterer Schritt war geschafft.

Wie immer saß Mary in ihrem Zimmer und wieder einmal leistete Elizabeth ihr Gesellschaft. Während Elizabeth an einem Tuch für ihre Hochzeit stickte, las Mary glücklich aus einem Buch vor. Nach ihrem Gespräch mit Iain, dass sie sich so langweilte was sie langsam in den Wahnsinn trieb, war kurz danach eine große Kiste mit Büchern in ihr Zimmer gebracht worden. Es war eine Mischung aus kirchlichen Büchern, ein paar historische und sogar eines über Kräuter. Gerade las sie ein Buch, das angeblich die Geschichten von den McAllisters Vorfahren behandelte. Manchmal kam sie ins Stocken, weil ein paar Wörter in einem ihr fremden Dialekt niedergeschrieben waren, aber dann schaffte sie es wenigstens den Sinn zu erfassen. Es waren traurige und schaurige Geschichten, über Schlachten und deren Verluste, aber auch sehr fröhliche oder nüchterne, wie die Angaben über die Mengen der nächsten Aussaat und die Einnahmen durch die Pächter oder große Festberichte. Beide hielten sich gerade den Bauch vor Lachen, da eine Seite die Brautwerbung eines Flechters an eine McAllister beschrieb. In der Woche vor der Hochzeit hatte er ihr unter anderem einen ganzen Sack voll getrockneter Schweineohren für ihre Hunde geschickt.

Prustend meinte Elizabeth: „Wehe, Adam lässt sich auch so etwas Widerliches einfallen, das werde ich sofort zurückschicken und etwas Neues für den Tag verlangen." Auf Marys verständnislosen Blick hatte Elizabeth ihr von dem Brauch erzählte, dass der Bräutigam in der letzten Woche vor der Hochzeit der Braut jeden Tag ein kleines Geschenk zu schicken hatte. Dies sollte sie wohlwollend auf die Vermählung einstimmen. Nachdenklich betrachtete Mary das junge Mädchen.
„Bist du glücklich?" fragte sie leise in einer kurzen Pause, als Elizabeth gerade etwas trank. Elizabeth blickte zuerst erstaunt auf, dann erwiderte sie ruhig:
„Ich denke schon. Iain hat mir vor kurzem in einem privaten Gespräch erzählt, dass er vor ein paar Tagen noch einmal bei den McGregors gewesen ist und mit ihnen gesprochen hat. Er hat deutlich gemacht, dass es ihm wichtig ist, dass Adam und ich uns gut verstehen und deshalb wird er schon ein paar Tage vor der Hochzeit herkommen, damit wir uns ein wenig kennenlernen können."
Sie lächelte verschmitzt.
„Ich denke, dass ihn deine Schimpftirade über herzlose Bündnisse dazu bewegt hat. Vielleicht auch sein vorheriges Gespräch mit mir, als ich ehrlich meinte, dass ich schon unsicher wäre, da Adam eigentlich ein völlig Fremder für mich ist und es schön wäre, am Hochzeitstag nicht vor lauter Entsetzen in Ohnmacht zu fallen, wenn mein Bräutigam völlig unakzeptabel wäre."
Leise vor sich hin kichernd gab sie zu: „Ich habe mich an das erinnert, was du mir bei unserem ersten Treffen gesagt hast und gedacht, wer nicht gewagt, der nicht gewinnt. Aber mein Herz ist mir dabei fast aus der Brust gesprungen, so aufgeregt war ich. Ich wusste nicht, wie Iain darauf reagieren würde. Aber er war schon immer ein großartiger Bruder, ganz anders als Liam" seufzte sie leise.
Ich muss wohl noch besser aufpassen, was ich sage, dachte Mary erschrocken. Erst die Entdeckung ihrer ungewöhnlichen Unterwäsche, von der Elizabeth so fasziniert gewesen war, dass sie Iain gesagt hatte, dass sie auch solche wollte, was verständlicherweise zu einem großen Aufruhr und ihn an ihre Badewanne geführt hatte. Und nun, durch ihre neuzeitliche Einstellung hinsichtlich Partnerschaften, saß hier nun eine fordernde statt gefügige Braut. Himmel, was für ein Durcheinander! Aber Iain hatte ihr versprochen, wahrscheinlich auf Elizabeths Drängen hin, dass Mary spätestens zu ihrer Hochzeit ihr kleines Gefängnis verlassen und mitfeiern durfte und so zählte sie schon die Tage.

„Wer kommt denn eigentlich alles?“ fragte Mary nun doch neugierig geworden. Mit der Aussicht, an einer für sie wirklich historischen Hochzeit in den schottischen Highlands teilzunehmen, verspürte sie ein aufgeregtes Kribbeln. Würde es genau wie in den Büchern sein, von denen sie schon so viele gelesen hatte? Aber direkt und persönlich dabei zu sein, war noch einmal eine ganz andere Sache. Gespannt lauschte sie Elizabeth, die ihr jede Menge Clannamen um die Ohren warf, und was es alles zu essen geben würde. Plötzlich erstarrte Mary innerlich zu Eis. Konnte es sein? Nein, das war doch nicht möglich, oder?
„Sag mir noch einmal, wer eure Nachbarn sind und wer davon kommt!“ unterbrach sie Elizabeth mitten im Satz. Diese blickte erstaunt und auf und zählte noch einmal die direkten Clans auf, die an den Feierlichkeiten teilnehmen würden. Unvermittelt sprang Mary auf. „Ich muss sofort Iain sprechen“ rief sie und umfasste aufgeregt Elizabeths Schulter, „es ist extrem wichtig, Elizabeth! Kannst du ihn bitte holen? Jetzt? Bitte!“
Elizabeth, ganz verwirrt durch Marys heftiges Verhalten, stand erschrocken auf.
„Ich weiß nicht genau, wo er ist, vielleicht übt er mit seinen Männern hinten an der Mauer, aber dabei will er nie gestört werden.“
„Es ist aber sehr *sehr* wichtig! Bitte!“ beschwor sie das junge Mädchen eindringlich.
„Gut, ich gehe ihn suchen.“ Entschlossen raffte Elizabeth ihr Kleid und stürzte zur Tür.
Unruhig tigerte Mary im Zimmer hin und her nachdem Elizabeth hinausgestürmt war. Wie sie es hasste, so eingesperrt zu sein! Besonders wenn es so dringend war. Am liebsten wäre sie selbst losgestürmt, doch sie hätte sich hier nicht so schnell zurechtgefunden und wäre außerdem Iains Leuten aufgefallen. *Obwohl,* ging es ihr ironisch durch den Kopf, *eine Entdeckung besser wäre als das andere, weitaus schwerwiegendere Ergebnis.* Gott sei Dank brauchte sie nicht allzu lange warten, als Iain durch die Tür stürmte und sich schwer atmend erkundigte: „Was ist los?“
„Schließt die Tür, es ist wichtig!“
Mary wusste nicht genau, wie sie anfangen sollte, damit er sie nicht für völlig überdreht hielt. Iain musterte sie besorgt. Er kannte sie mittlerweile so weit, dass er sie nicht für ängstlich oder hysterisch hielt. Aber gerade jetzt sah sie mit ihren zerzausten Haaren und dem nervösen Blick aus wie ein junges Füllen, dass kurz vor dem Austreten war. Er holte ein paar mal tief Luft um seinen Herzschlag wieder zu normalisieren, der rapide in die Höhe ge-

schossen war, als seine Schwester mitten in die Kampfübungen gestürmt war, um ihn sofort zu Mary zu bringen.
Im Geiste hatte er sich ausgemalt, ob sie von seinen morgigen Plänen erfahren hatte, zumal Elizabeth ihm nicht sagen konnte, worum es ging. Doch dann wäre sie ihm eher wütend als ängstlich gegenüber getreten. Beruhigt setzt er sich und war gespannt, was denn so wichtig war. Ermunternd sprach er sie an, da sie immer noch hin und her lief und keine Anstalten machte, etwas zu sagen.
„Elizabeth hat mir gerade von ihrer Hochzeit erzählte, die in etwa zwölf Tagen stattfinden soll" begann Mary vorsichtig.
Ah, dachte Iain erleichtert, nur ein erneuter Versuch, Elizabeth frei wählen zu lassen und die Hochzeit hinauszuzögern.
„Adam kommt etwas früher, damit die beiden sich besser kennenlernen können" gab er nur kurz zurück und machte Anstalten, wieder zu gehen.
„Aber darum geht es doch gar nicht! Setzt Euch hin, wenn Ihr etwas über die Zukunft Eures Clans wissen wollt" faucht sie Iain wie eine wild gewordene Katze an. Iain drehte sich abrupt um und blickte sie nun aufmerksam an. „Sprich."
Wieder lief Mary hin und her und spielte nervös mit den Bändern an ihrem Kleid. *Augen zu und durch,* machte sie sich selber Mut, *einfach ganz direkt alles sagen*.
„Kurz bevor ich zu Euch gekommen bin, habe ich einen älteren Mann kennengelernt. Er war der Schwiegervater meiner Gastwirtin und sehr mit der Geschichte der Clans hier aus der Gegend vertraut." Sie stockte kurz.
„Wir haben abends am Kamin gesessen, ich war den ganzen Tag umhergelaufen und sehr müde, zusätzlich hatte ich den einen oder anderen Whisky getrunken" rechtfertigte sie sich. „Deshalb habe ich nicht so genau hingehört, was William erzählt hat." Entschuldigend blickte sie Iain an und er konnte sehen, wie verzweifelt sie darüber war.
„Was hat dieser William denn erzählt?"
Mary holte tief Luft. „Er berichtete von einer Hochzeit der McAllisters. Elizabeths Hochzeit, wie mir heute bewusst geworden ist, während Elizabeth darüber erzählte. Die Fakten stimmen alle überein. William nannte es die letzte Hochzeit der McAllisters." Sie schluckte schwer und blickte Iain beschwörend an, in der Hoffnung, dass er ihr glauben würde.
„Die Fergussons haben durch einen hinterhältigen Plan noch in der Hochzeitsnacht alle McAllisters getötet, so dass der gesamte Clan ausgelöscht war. William hat damals keine Jahreszahl genannt, aber erst als Elizabeth mir von den Feierlichkeiten erzählte

und ich diesmal genauer hinhörte, bemerkte ich die Parallelen. Es ist diese Hochzeit, an dem der Verrat geschehen wird, Iain, da bin ich mir ganz sicher. Wir müssen etwas unternehmen, damit diese Mistkerle dazu keine Chance bekommen."
Aufgeregt und mit roten Wangen stand sie beschwörend vor Iain. Ihre Hände waren zu Fäusten geballt und ihre grünen Augen funkelten vor unterdrückter Anspannung. Noch geschockt von dem soeben Gehörten, konnte er nicht umhin, sie einfach nur anzustarren. Sie war einfach großartig. Voller Wut und überschäumender Energie wegen einer solchen Schandtat wollte sie seinen Clan verteidigen. Er hätte in diesem Moment nicht stolzer auf sie sein können. Mary dagegen missverstand sein Schweigen und schloss die Augen zu Schlitzen.
„Du glaubst mir nicht? Aber warum sollte ich lügen?" Vor lauter Aufregung wechselte sie in die persönliche Anrede und ihre rauchige Stimme klang bedrohlich verärgert.
Er musste sich räuspern, um seine belegte Stimme zu befreien und sich selbst zu ermahnen, sich zu konzentrieren.
„Warum sollten die Fergussons so etwas Abscheuliches tun? Wir haben keine offene Fehde mit ihnen."
„Worum geht es denn meistens? Um Macht! Wenn ich es noch richtig im Kopf habe, wären durch die Heirat zwei starke Clans mit Meer Lage eng verbunden, so dass kaum ein anderer sie besiegen könnte. Außerdem wollten die Fergussons schon immer Verbündete mit direkter Lage am Meer. Bei der Hochzeit meiner Mutter war das auch das eigentliche Motiv." Plötzlich kam ihr ein neuer Gedanken. „Hat denn keiner der Fergussons um Elizabeths Hand angehalten?"
„Doch" musste Iain widerwillig zustimmen, „aber da ich den sogenannten „Ehrenkodex" der Fergussons nicht mochte, und den möglichen Bräutigam noch weniger, war ich froh, einen andern Bewerber zu haben, so dass ich reinen Gewissens ablehnen konnte."
„Aber sie sind trotzdem zur Hochzeit eingeladen worden?" Fassungslosigkeit machte sich auf Marys Gesicht breit.
Iain zuckte nur die Schultern.
„Es sind direkte Nachbarn landeinwärts. Genau wie die McKinnons im Süden, die auch zugesagt haben." Bei diesen Worten beobachtete er Mary aufmerksam, doch die war in Gedanken immer noch bei dem gemeinen Verrat, und was man dagegen unternehmen konnte, so dass sie den Clannamen ihrer Mutter nicht wirklich wahrnahm.

Iain stand auf und ging zu Mary, drehte sie zu sich um und legte ihr beide Hände auf die Schultern. Mary, die zum einen mit den Gedanken weit weg gewesen war und zum andern über Ians ungewöhnliches Verhalten erstaunt war, schaute fragend zu ihm auf.
„Ihr wisst, dass Ihr mir vertrauen könnt."
Es war mehr eine Feststellung als eine Frage. Trotzdem nickte Mary bestätigend, denn sie vertraute ihm wirklich. Er war kein Mann der vielen Worte, doch in den letzten Tagen hatte sie bemerkt, dass er ihr durch Gesten zeigte, dass er um ihr Wohl besorgt war. Da waren die Bücher, die er geschickt hatte, damit sie sich nicht langweilte. Ihr tägliches Bad, was von allen anderen als völlig übertrieben betrachtet wurde, er ihr aber ohne Worte gestattete. Die Kleider, die sie mittlerweile in großer Anzahl hatte, die, wie sie von Mairi erfahren hatte, einst seiner Mutter gehört hatten und extra für sie umgeändert worden waren. Zudem hatte sie das Gefühl, dass er gerne mit ihr zusammen war. Ihre Gesprächsthemen waren sehr vielfältig, und Mary nutzte die Gelegenheit, vieles bisher nur Gelesene zu hinterfragen. Und Iain gab ihr immer bereitwillig und ausführlich Antwort. Sie hatte den Eindruck, dass sich Iain mittlerweile viel entspannter in ihrer Gegenwart verhielt. Oft huschte kurz ein Lächeln über sein Gesicht und er lachte sogar ab und zu, was sie sich noch vor ein paar Tagen bei dem Pokerface nie hätte träumen lassen.
Viele Kleinigkeiten, die für sie ein sehr verführerisches Ganzes ergaben. Sie blickte in seine braunen Augen, die so aus der Nähe betrachtet sogar noch mit einem feinen schwarzen Rand umgeben waren. Gemäß ihrem Entschluss, die Zeit hier zu genießen, wollte sie auch endlich ihren Kuss, und zwar einen richtigen. Der, nachdem sie sich nun schon seit ihrem ersten Blick auf seine wundervollen Lippen sehnte. Beim letzten Mal war Mairi dazwischen gekommen, doch nun war die Gelegenheit günstig. Wann sonst würde sie ihm wieder so nahe kommen? Vergessen war der Verrat, sie starrte unverhohlen auf seine sich bewegenden Lippen, aber in ihren Ohren kam nichts wirklich an. Langsam näherte sie sich ihm, völlig fokussiert auf seinen Mund. Iain holte sie abrupt aus ihren Gedanken zurück, indem er den Druck seiner Hände verstärkte und sie wieder auf Abstand schob.
„Ich möchte, dass Ihr wisst, dass egal was passiert, mir Euer Wohl wichtig ist."
Bei diesen Worten schaute er ihr eindringlich in die Augen. Mary, noch völlig aus ihrer eigenen Gedankenwelt gefangen, verstand diese Worte im Zusammenhang mit dem Hinterhalt und nickte.

Peinlich berührt über ihr schamloses Verhalten schoss ihr heiße Röte ins Gesicht und sie ermahnt sich selber zur Konzentration.
„Ich weiß, dass du gut auf mich aufpassen wirst, aber trotzdem werde ich dir helfen."
Verwirrung machte sich kurz auf Iains Gesicht breit, bevor ein übermütiges Funkeln in seine Augen trat.
„Das wäre ganz hervorragend, wenn Ihr mir helfen würdet, es würde die Angelegenheit wesentlich vereinfachen" erwiderte er trocken.
Warum habe ich gerade das Gefühl, dass wir nicht von ein und demselben Thema reden, fragte sich Mary misstrauisch.
Doch ihre Augen weiteten sich, als Iain sie plötzlich ganz nahe an sich heranzog und in einer fließenden Bewegung seine Arme um sie schloss. Ohne ein weiteres Wort spürte sie auf einmal seine Lippen auf ihrem Mund. Es wurde ein langer, genießerischer, stürmischer Kuss, der ihre Vorstellungskraft über einen „richtigen" Kuss weit übertraf. Seine Zunge umschmeichelte ihre Lippen während seine Arme sie immer fester an seinen Körper pressten. Unterbewusst spürte sie seine harte Reaktion an ihrem Unterleib, was einen weiteren Stromstoß durch ihren Körper fahren ließ. Bereitwillig gab sie seiner drängenden Zunge nach und stöhnte wohlig auf, als diese einen zärtlichen Tanz mit ihrer spielte. Sein Kuss wurde fordernder und Mary schlang ihre Arme um seinen Hals. Sie brauchte seine Nähe, aber auch seinen Halt, denn ihre Beine drohten einzuknicken. Genüsslich kostete Iain ihren weichen Mund und ließ eine Hand langsam ihren Rücken hinuntergleiten. Perfekt! Ihr Pobacke passte genau in seine Hand, mit der er sie nun fest an seine erwachte Männlichkeit drückte. Ihre Antwort war unmissverständlich, denn das Kreisen ihres Beckens verursachte plötzliche Hitzewallungen, die durch seinen Körper wogen.
Schwer atmend löst er sich widerstrebend und schaute auf Mary hinunter. Noch immer hielt sie sich mit geschlossenen Augen an seinem Hals fest und machte keinerlei Anstalten sich zu rühren. Zufrieden betrachtete er ihre feuchten, leicht geschwollenen Lippen und ihren eindeutig verzückten Gesichtsausdruck. Wie wunderschön sie war! *Es wird funktionieren,* dachte Iain herzklopfend und plötzlich konnte er die Hochzeit gar nicht mehr abwarten. Nachbeben überzogen Marys Körper und Iain musste sich stark zusammenreißen, sie nicht wieder an sich zu ziehen und wieder von ihren Lippen zu kosten. *Oh ja, wir werden gut zusammenpassen.* Bedauernd löste er sich von Mary und räusperte sich vernehmlich.

„Habt Dank für Eure Warnung, ich werde versuchen, ein paar Späher bei den Fergussons einzuschmuggeln, vielleicht erfahren wir dann noch Genaueres. Ich werde mit ein paar vertrauenswürdigen Kriegern überlegen, was wir vorbereiten können. Da wir nun vorgewarnt sind und den Vorteil auf unserer Seite haben, sollte uns auch etwas einfallen."
Er wandte sich zur Tür, drehte sich aber kurz vorher noch einmal um und blickte sie intensiv an.
„Ich danke Euch" und verschwand durch die Tür.

Was war das denn gerade gewesen? Mary blieb wie benommen stehen und starrte die Tür an, die Iain gerade schwungvoll hinter sich geschlossen hatte.
„Wow" entschlüpfte es ihren Lippen. Was für ein Kuss! Mit bebenden Fingern tastete sie noch immer ziemlich benommen über ihre Lippen und fragte sich, ob ihr Gehirn durch die Zeitreise Schaden genommen hatte. So eine heftige Reaktion auf einen einzigen Kuss hatte sie nicht erwartet.
Mary schüttelte verwirrt den Kopf. Trotz ihres hohen Alters von fast 25 Jahren, hatte sie nicht viel Erfahrung was die körperliche Liebe betraf. Vielleicht war sie durch die äußerst konservative Einstellung ihrer Mutter stark geprägt worden, so dass sie als Teenager nicht sofort mit ihren Verabredungen ins Bett gehüpft war. Das wiederum lies sie auf Dauer für das männliche Geschlecht langweilig erscheinen, so dass selten eine Beziehung länger als einen Monat dauerte. Später hatte sie sich in ihren Büchern vergraben, weil es ihr sinnvoller und erfüllender erschien, ihre Zeit der alten Sprache Schottlands und ihrer Geschichte zu widmen. Sie hörte heute noch die abfälligen Bemerkungen ihrer Kommilitonen, die ihr vorwarfen, mehr in der Vergangenheit zu leben als im Hier und Jetzt. Es war ihr damals egal gewesen, besonders nachdem sie herausgefunden hatte, dass George Hunter seinem Namen alle Ehre machen wollte und eine Wette abgeschlossen hatte, sie rumzukriegen. Nur durch ihre Freundin Molly, die sie damals noch rechtzeitig warnen konnte, war ihr große Schmach und Liebeskummer erspart geblieben. Doch hier hatte sie einen Mann gefunden, der sie nicht nur körperlich, sondern auch intellektuell ansprach, ganz zu schweigen von seinem umwerfenden Äußeren und seinem Charakter. Denn hinter der Fassade der eisernen Maske befand sich ein loyaler Mann, der zwar sehr verschlossen war, was seine Gefühle anging, aber seine Taten um so deutlicher für sich sprechen ließ.
Egal, was letztendlich dabei herauskommen würde, sie war entschlossen, mehr von Iain zu bekommen als nur einen Kuss, der sie

in die Knie gehen ließ. Allein bei dem Gedanke daran krabbelten tausend Ameisen freudig erschaudernd über ihren Rücken. Nur, wie geht man eine Verführung an, wenn die eigene Erfahrung gleich null war? Musste sie Iain überhaupt verführen? Seine Reaktion war deutlich zu spüren gewesen, er schien wirklich gut ausgestattet zu sein. Vielleicht brauchte sie nur ein paar subtile Hinweise.
Natürlich! Mary lächelte leicht vor sich hin. Mairi kannte Iain von klein auf, sie könnte ihr bestimmt etwas sagen, was hilfreich sein würde. Zufrieden mit diesem Entschluss und mit neuer Energie erfüllt, wartete sie ungeduldig, dass ihre Verschwörerin endlich bei ihr hereinschauen würde. Aber sie musste sich leider bis abends gedulden. Um sich abzulenken, zermarterte sie sich in der Zwischenzeit den Kopf, wie man den Fergussons ein Schnippchen schlagen konnte. Sie versuchte sich an all die Tricks und Schachzüge zu erinnern, die sie in Büchern über Schlachten gelesen hatte, aber keine schienen wirklich anwendbar. Selbst noch nach dem Abendessen kreisten Marys Gedanken um einen Ausweg. Mairi konnte ihr diesmal keine Gesellschaft leisten, weil sie angeblich so viel zu tun hatte und deshalb konnte sie das Thema Iain auch nicht ansprechen. Das frustrierte sie zwar, aber ein weiterer Tag machte ja wirklich nichts aus.
Heute war ein Tag voller Offenbarungen, ging es Mary bereits im Bett liegend abends durch den Kopf. Sie kuschelte sich noch tiefer unter die Decke und dachte an die Szene nach dem Abendessen. Beim Abholen ihres Essenstabletts hatte Mairi sie plötzlich in den Arm genommen und ihr versichert, dass sie sich immer um sie kümmern würde, genau wie bei ihrer Mutter, und war dann eilig aus dem Raum gestürmt.
Iain hatte sie bestimmt über Marys Verdacht und den Verrat der Fergussons informiert, dachte sie schon ganz schläfrig, denn auf wen sonst konnte man sich mehr verlassen als auf Mairi? Doch ihre letzten Gedanken kreisten um einen hochgewachsenen Highlander, der so atemberaubend küssen konnte und sie zum Zittern brachte. Und sie malte sich aus, was er denn noch so alles mit diesem talentierten Mund anstellen konnte...... .

Am nächsten Morgen wurde sie durch ein kurzes Klopfen an ihrer Tür geweckt. Bevor sie noch richtig wach war und etwas sagen konnte, wurde bereits ihre Badewanne und Wasser hereingetragen. Mairi scheuchte die Knaben wieder raus und legte für Mary neue Kleider zurecht, die sie mitgebracht hatte. Mary rieb sich verwundert die Augen. „Habe ich verschlafen oder bist du heute früher dran?“

„Wir haben heute noch etwas vorzubereiten, deshalb sind wir etwas früher dran. Also los, raus aus den Federn und ins Wasser mit dir, so lange es noch heiß ist.“ Resolut zog Mairi ihr die Decke weg und scheuchte sie aus dem Bett. „Hier, ich habe dir heute eine besondere Seife mitgebracht, sie enthält Veilchen, die hier nur schwer zu bekommen sind. Es war der Lieblingsduft von Iains Mutter“ fügte sie noch beiläufig hinzu. Mary, die noch gar nicht richtig wach war, setzte sich langsam in die Wanne und stöhnte behaglich auf.
„Das lasse ich fast als Ersatz für eine Dusche durchgehen“ murmelte sie genussvoll mit geschlossenen Augen. Abrupt wurde sie aus ihren Träumen gerissen, als Mairi ihr Wasser über den Kopf goss und begann, ihre Haare zu waschen.
„Was soll das?“ prustete Mary entrüstet und hielt sich am Wannenrand fest, damit sie nicht durch Mairis Rubbeln unter Wasser gedrückt wurde.
„Heute ist Großreinemachen und wir haben keine Zeit zum Trödeln“ erwiderte Mairi nur entschlossen und schon kam der nächsten Eimer, der über ihrem Haupt ausgeleert wurde, um die Seife auszuwaschen.
„Ich kann mich auch alleine waschen“ gab Mary schnaubend zurück.
„Wir brauchen aber die Wanne.“
„Oh“ entschlüpfe es Mary nun peinlich berührt. Sie hatte sich nie Gedanken darüber gemacht, ob ihre Wanne auch noch von anderen zum Baden benutzt wurde, geschweige denn, für welche anderen Zwecke. „Natürlich, tut mir leid, ich beeile mich“ entschuldigte sie sich und schrubbte so schnell es ging ihren Körper ab. Nachdem sie sich abgetrocknet hatte, hielt Mairi ihr ein neues, wunderschönes Kleid hin. Es war aus grünem Samt, der sie an die frischen saftigen Hügel hier in den Highlands erinnerte und mit goldfarbenen Bordüren bestickt war. Es hatte einen eckigen Ausschnitt und wurde hinten mit gleichfarbigen Bändern gebunden. Am Saum konnte man sehen, dass ein gutes Stück angesetzt worden war, was bedeutete, dass die Vorbesitzerin wesentlich kleiner gewesen sein musste. Auch an den Ärmeln hatte man farblich passend ein gutes Stück angenäht, so dass die weiten Enden nun bis zur Hüfte reichten.
„Was für ein herrliches Kleid!“ Mary war ganz begeistert. „Aber das ist doch viel zu schade, um hier in der Kammer getragen zu werden.“
Mairi zog es ihr wortlos über den Kopf und schnürte ihr im Rücken die Bänder zu, es passte perfekt!

„Man kann sich doch auch einfach mal so hübsch machen, oder? Nur weil du hier oben sitzt, heiß das noch lange nicht, dass du im letzten Hemd herumlaufen musst. So, und nun noch die Bänder in die Haare“ sagte sie und begann, Marys widerspenstige nassen Locken mit goldenen Bändern und Klammern einzufangen und einzuflechten. Mary strich bedächtig über den Stoff.
„Von wem war dieses Kleid? Elizabeth?“
„Nein, es gehörte Iains Mutter“ gab sie Mary zu wissen und arbeitete schweigend weiter.
„So.“ Zufrieden betrachtet sie ihr Werk, „und nun wird gefrühstückt.“
Mairi eilte zur Tür hinaus und gab Bescheid, dass die Wanne wieder abgeholt werden konnte und kam mit einem gefüllten Tablett zurück.
„Oh, das duftet aber lecker“ rief Mary aus und eilte zum Tisch. Normalerweise gab es morgens Haferbrei, etwas Brot mit Käse und Gewürzwein. Doch heute lagen zusätzlich auf einem Teller Eier mit Schinken, dazu kleine Würstchen und Fleischstücke. Und zu ihrer größten Freude ein Stück süßer Honigkuchen, der auch direkt als erstes in ihrem Mund verschwand.
„Beim Hausputz benötigt man wohl mehr Energie“ schmunzelte Mary und griff herzhaft zu. Abwechslung im Essen gab es hier nicht wirklich, aber sie war froh, überhaupt ordentliches Essen zu bekommen. Sie hätte es wirklich wesentlich schlimmer treffen können. Während Mary ihr Essen genoss, räumte Mairi auf und Mary fragte sich, ob das eine gute Gelegenheit wäre, sie über Iains Vorlieben zu befragen. Nachdenklich kaute sie vor sich hin und überlegte, wie sie wohl am Geschicktesten anfangen könnte, als Mairi noch mehr Wein in ihren bereits leeren Becher füllte.
„Bitte nicht“ versuchte sie zu widersprechen, „sonst bin ich schon am frühen Morgen angeschickert. Da ich sonst nur Wasser oder Tee trinke, bin ich Alkohol am Morgen nicht gewohnt.“
„Aber du musst doch das Essen runterspülen, du brauchst es doch nicht trocken herunterzuwürgen“ kam es resolut von der andern Tischseite, wohin Mairi sich inzwischen gesetzt hatte. Nachgebend trank Mary auch noch den zweiten Becher aus und wurde dabei nicht von Mairi aus den Augen gelassen. Sie versuchte gerade ihre erste Frage über Iain zu formulieren, als sie auf einmal gähnen musste. Anscheinend machte sich das frühere Aufstehen bemerkbar.
„Sag mal Mairi, wie war Iain denn so als Kind?“
„Warum willst du das denn wissen?“ hakte unschuldig Mairi nach.

„Reine Neugier“ wiegelte Mary betont gleichgültig ab und gähnte herzhaft.
„Das kommt davon, wenn man zuviel gutes Essen und Alkohol in sich hinein schiebt, man wird schon direkt nach dem Aufstehen wieder müde.“
Sie hatte Schwierigkeiten, die Augen offenzuhalten und blinzelte wie ein blindes Kaninchen. *Ein Königreich für einen doppelten Espresso*, dachte sie benommen.
„Leg dich doch noch eine Weile hin“ hörte sie Mairi wie durch Watte in den Ohren sagen und spürte, wie sie vom Stuhl hochgezogen und ins Bett gebracht wurde. Da ihre Beine sie kaum zu tragen schienen, musste sie sich schwer auf Mairi abstützen.
„Nur ein kleines Nickerchen, bin wohl das reichhaltige Essen nicht mehr gewohnt“ nuschelte sie kaum verständlich und kuschelte sich in ihr Kissen. Das Letzte, was sie vernahm war Mairis Stimme. „Vergib mir! Aber alles wird gut“ und eine sanfte Hand, die ihr die Wange streichelte.

„Alle da?“ flüsternd Graham und blickte fragend auf die kleine Ansammlung, die um Marys Bett stand, während diese selig schlief. Die Hände unter die Wange gelegt lag sie auf der Seite und wirkte wie ein unschuldiges kleines Kind, das sich schützend eingerollt hatte. Ihre Haare lagen noch immer ordentlich geflochten um ihren Kopf. Sie musste sich kaum bewegt haben, nachdem Mairi sie ins Bett gebracht hatte.
Besorgt betrachtete Iain die friedlich schlafende Frau vor sich und betete, dass alles mit ihr in Ordnung war. Wenn sie wieder erwachen wird, wäre sie alles andere als friedlich, da war er sich sicher! Angespannt lauschte er ihrem ruhigen und gleichmäßigen Atem und verdrängte sein schlechtes Gewissen, das sich lautstark und hartnäckig in seinem Hinterkopf bemerkbar machte. Er war sich der Tragweite der kommenden Ereignisse nur zu bewusst, aber gleichzeitig auch fest entschlossen.
„Trauzeugen?“
„Hier“ kam die Antwort von Callum und Rory, die beide fasziniert Mary anstarrten, die sie vor ein paar Minuten zum ersten Mal zu sehen bekommen hatten. Nachdem Iain sie in seinen Plan einweihen musste, da er Trauzeugen brauchte, hatten beide ihm sofortige Unterstützung zugesagt. Natürlich hatte sich Rory seine anzüglichen Sprüche nicht verkneifen können, doch Callum hatte ihm zurückhaltend gratuliert. Er kannte Iain genau und wusste, dass er so eine Entscheidung nicht leichtfertig getroffen hatte und mehr dahinter stecken musste. Bei Marys Anblick konnte er ihn nun sehr gut verstehen.

Außerdem waren noch Mairi und Elizabeth anwesend, wobei Letztere mehr als moralische Unterstützung für Mary nach dem Aufwachen gedacht war, da sie von den Vorbereitungen im Gegensatz zu Mairi nichts gewusst hatte. Nur die Versicherung ihres Bruders, dass er Mary mochte und sie ehrenhaft behandeln würde, hatte sie dem Plan zustimmen lassen.
Es herrschte eine gespannte Atmosphäre und Iain wischte sich die schweißnassen Hände an seinem Kilt ab. Obwohl Mary es wahrscheinlich gar nicht bemerken würde, hatte auch er sich zur Feier des Tages herausgeputzt und stand in vollem Ornat am Bett. Er nickte Graham zu, mit der Zeremonie zu beginnen und während Graham die nötigen Texte und Gebete sprach, standen alle andächtig um Marys Bett herum, die friedlich alles verschlief.
An seiner Stelle angekommen, nahm Iain vorsichtig Marys Hand und sprach sein Treuegelöbnis, versprach sie zu ehren und zu beschützen. Mit einem zustimmenden Gemurmel der Anwesenden streifte er Mary ganz sacht den Ehering über ihren Finger. Einen herrlich funkelnden Smaragden in einem Kranz aus Diamanten, die in Form einer Distel gefasst waren. Seine Hand zitterte leicht, als er Marys Hand nahm und an seine Lippen führte und ihr einen Kuss auf den Ring gab. Elizabeth schnäuzte sich gerührt in ein Tuch und Mairi wischte mit einer unwilligen Geste ihre Tränen aus den Augen. Nie hätte sie hierbei mitgemacht, wenn sie nicht gewusst hätte, dass Iain tiefere Gefühle für Mary hegte. Und der Ringkuss bestätigte ihre Vermutung, denn er wurde nur gegeben, wenn wahre Gefühle im Spiel waren.
Fragend blickte Graham nun zu Iain auf, als die Reihe an Mary kam. Sanft nahm er Mary bei den Schultern und schüttelte sie leicht, aber Mary schlief reglos weiter. Noch einmal versuchte er es, diesmal etwas stärker. Wieder nichts.
„Wie viel habt Ihr ihr gegeben?“ knurrte er Mairi an. Diese zuckte nur mit den Schultern. „Zuwenig hätte uns auch nicht geholfen.“ Sie überlegte kurz.
„Vielleicht solltet Ihr sie küssen?“ schlug sie schließlich vor. Iain blickte nachdenklich auf Mary und beugte sich schließlich langsam zu ihr herab. Zärtlich strich er ihr mit den Lippen über den Mund, doch sie rührte sich nicht.
„Vielleicht etwas fester?“ drang ein Vorschlag hinter seinem Rücken hervor. Völlig entnervt richtete er sich wieder auf und sah sich fünf interessierten Augenpaaren gegenüber, die alles genauestens beobachteten.
„So geht das nicht“ knurrte er sie an und fühlte, wie sich eine heiße Röte vom Hals über sein Gesicht ausbreitete.

„Ähm", die Männer räusperten sich und drehte sich um, so dass nur noch ihre Rücken zu sehen waren. Doch die beiden Frauen schauten bloß angelegentlich auf ihre Hände oder fegten einen nicht vorhandenen Fussel vom Kleid. Böse blinzelte er sie an, doch sie ignorierten ihn.
„Wenn wir die Sache hinter uns bringen wollen, sollten wir uns beeilen, sonst lässt die Wirkung der Kräuter nach und wir stehen hier ziemlich dumm da" meinte Mairi nur trocken. „Und noch einmal mache ich das nicht!"
Iain funkelte sie ein letztes Mal an, holte tief Luft und drehte sich ergeben wieder zu Mary um. Diesmal ließ er seine Zunge über ihre Lippen gleiten und verstärkte den Druck. Er hatte selten etwas Unerotischeres getan, als vor allen Leuten zu versuchen, ein Weib durch einen Kuss aufzuwecken! Callum begann leise ein Lied zu pfeifen, was ihm einen Rippenstoß von Rory einbrachte, aber beide grinsten wie Idioten. Zum Glück konnte Iain das nicht sehen, sonst hätte er sie auf der Stelle umgebracht!
Iain hatte sich nun vom Mund zum Ohr vorgearbeitet, und das schien endlich in Marys Bewusstsein zu dringen. Sie stöhnte leicht und bewegte ihren Kopf so, dass Iain besser an ihre empfindliche Stelle hinterm Ohr kommen konnte.
„Wach auf Mary" flüsterte Iain ihr direkt ins Ohr und schüttelte sie zusätzlich leicht.
„No ma" nuschelte Mary nur und drehte ihm mit geschlossenen Augen ihren Hals hin. „Was?" fragte Iain verständnislos.
„Ihr sollt sie noch mal am Hals küssen" belehrte Callum ihn von hinten, seiner Stimme war das unterdrückte Grinsen nur zu deutlich anzuhören, „anscheinend mag sie das."
Wie gut, dass keiner ein Schwert dabei hatte, sonst wäre Callum nun einen Kopf kürzer.
Wieder rüttelte er Mary und versuchte sie aufzuwecken, und endlich öffnete sie flatternd ihre Augen.
„Ach, Iain, no ma, mmh."
Sie versuchte sich wieder auf die Seite zu drehen, doch sie wurde von Iain zurückgehalten.
„Morgen muss ich dich unbedingt küssen, aber jetzt muss ich schlafen, bin so müde" nuschelte sie vor sich hin, während Iains Gesichtsfarbe noch einen Hauch dunkler wurde. Hinter sich vernahm er unterdrücktes Kichern und belustigtes Hüsteln.
„Macht voran" drängte Graham ihn, „wir haben nicht ewig Zeit."
„Mary, sag einfach Ja ich will" versuchte Iain die dösende Mary zu überreden. Keine Antwort.

Wieder küsste er sie leicht auf den Mund, worauf sie diesmal sofort reagierte, indem sie ihm die Arme um den Hals schlug, mit erstaunlicher Kraft an sich zog und seinen Kuss freudig erwiderte. Widerstrebend löste er sich von Mary und musste sich konzentrieren, was er eigentlich sagen wollte.
Mary hingegen dachte sie träumte und war ungehalten, dass man sie aus dem Schlaf riß. Sie wollte weiterschlafen, um sich ganz dem schönen Traum hinzugeben, in dem Iain sie so zärtlich küsste.
„Sag, ja ich will“ hörte sie nur durch den Schleier ihrer Benommenheit.
Natürlich wollte sie schlafen.
„Hm hm“ kam es nur zustimmend genuschelt von ihren Lippen.
„Das reicht nicht“ drängte eine tiefe Stimme, „Ihr müsst es schon alles sagen.“
„Alles“ wiederholte Mary gehorsam verschlafen, in der Hoffnung nun Ruhe zu haben.
Im Hintergrund nahm sie schwach belustigtes Getuschel und eine ärgerliche Stimme wahr. Wer waren die Leute in ihrer Kammer? Konnte man sie denn nicht einfach nur in Ruhe schlafen lassen und Morgen wiederkommen?
„Liebes, sag bitte komplett: Ja, ich will, nur einmal, dann lassen wir dich auch in Ruhe“ vernahm sie Iains beschwörende Stimme.
Die Aussicht auf endlich ungestörten Schlaf, schien sehr verlockend, und so kam „Kompl Ja, ich will nu eima“ stockend nuschelnd über ihre Lippen.
„Das wird genügen“ meldete sich die tiefe Stimme wieder und übertönte das vereinzelte Gekicher, das ihren Worten gefolgt war.
Den darauffolgenden besiegelnden Kuss und den Abschlusssegen bekam sie schon nicht mehr mit.

5

Langsam drangen die Geräusche aus ihrer Umgebung in Marys Bewusstsein und sie wurde wach. *Was für ein verrückter Traum* dachte sie, während sie sich warm und wohlig noch tiefer unter die Decke kuschelt, um noch ein bisschen zu dösen. Ein genussvolles tiefes Stöhnen hinter ihrem Rücken beendete dieses Vorhaben abrupt. Erschrocken riss sie ihre Augen auf und erstarrt.

An ihrem Rücken spürt sie warme Haut, die Hitze wie ein Backöfchen auf Hochtouren abgab. Nein, nicht nur an ihrem Rücken! Es war, als hätte man ihr eine Heizdecke entlang ihres kompletten Körpers gelegt! Sie spürte sogar Hitzestrahlen an ihren Waden! Aber es war eine verdammt haarige Heizdecke. Entsetzt realisierte sie, dass sie selber keinen Faden am Leib trug und deshalb alles genauestens spürte, und damit meinte sie wirklich alles!

„Das wurde aber auch langsam Zeit, Eheweib, es ist bereits später Nachmittag!" ertönt eine tiefe sonore Stimme hinter ihr.

Iain! *Ich werde ihn erwürgen* grollte Mary, drehte sich langsam um und zog dabei die Decke mit sich. Mit zu Schlitzen zusammengekniffenen Augen blitzte sie ihn an. „Raus! Aber sofort!"

Iain lächelte nur leicht und legt sich gemütlich auf den Rücken und verschränkte die Arme hinter dem Kopf.

„Nein, hier ist es viel zu gemütlich und die Aussicht ist hervorragend." Frech blinzelte er in ihre Richtung.

Was war nur in ihn gefahren? Träumte sie etwa noch? So einen entspannten Iain kannte sie gar nicht. Seine Miene war gelöst, seine Augen blickten wach und frech. Wo war das harte Pokerface geblieben?

„Los, raus aus meinem Bett, aber ein bisschen plötzlich" funkelte Mary ihn völlig erbost an.

„Nur der Ordnung halber möchte ich festhalten, dass dies hier *mein* Bett ist" erwiderte Iain enervierend amüsiert.

„Na gut, dann gehe ich eben."

Empört schwang Mary ihre Beine aus dem Bett. Leider gab es nur eine Decke, und wenn sie sich diese um ihren Körper wickeln würde, läge Iain in all seiner Pracht für sie sichtbar da. Denn dass auch er keinen Fetzen am Leib trug, hatte sie bereits zu genau an ihrer Haut gespürt. Sie wusste nicht, ob sie diesen Anblick auf nüchternen Magen vertragen konnte. *Was soll's* dachte sie, sprang auf und zog sich hastig die Decke um den Körper. Dabei vermied sie es geflissentlich in seine Richtung zu schauen. Sie hastete zu

einem Stuhl, auf dem seine Kleider lagen und warf sie Iain blindlings aufs Bett.
„Was soll das Ganze hier?“ empörte Mary sich und funkelte Iain wütend an, während sie gleichzeitig versuchte ihr Herz zu überreden, nicht so heftig zu klopfen.
„Was für eine herzliche Begrüßung nach unserer Hochzeit, meine Liebe“ meine Iain nur seelenruhig und wartete gespannt auf ihren Ausbruch, der auch nicht lange auf sich warten ließ.
„Hochzeit? Davon träumst du vielleicht! Ich wüsste ja wohl, wenn ich geheiratet hätte.“
„Nun, um ehrlich zu sein, warst du auch ein wenig, hm, indisponiert“ kam die ruhige Antwort, „aber wir sind gesetzlich rechtmäßig und vor Zeugen mit Gottes Segen vermählt worden.“
„Ich verstehe gar nicht wovon du redest.“ Verzweifelt rieb sie sich die pochenden Schläfen. „Los, erkläre es!“
Bruchstücke aus ihrem angeblichen Traum schossen ihr durch den Kopf. Zeugen? Na, warte!
„Es ist eigentlich ganz einfach. Wir sind gestern mit dem Segen der Kirche getraut worden und nun vor Gott und der Welt Mann und Frau.“
Iain lag noch immer gemütlich im Bett, knapp verhüllt mit seinem Hemd, dass er sich achtlos auf die Hüfte gelegt hatte, und machte auch keinerlei Anstalten, daran etwas zu ändern.
Aus ihren Augen funkelte ihm pure Wut entgegen, fassungslos starrte Mary ihn an.
„Das kann gar nicht sein. Das wüsste ich doch. Und ich kann mich nicht daran erinnern. Und man erinnert sich immer an seine eigene Hochzeit, schließlich soll es ja der schönste Tag im Leben einer Braut sein.“
Ungläubig stand sie wie festgenagelt vor dem Bett, aus dem Iain sie mit aller Seelenruhe aufmerksam musterte. Seine stoische Gelassenheit machte sie wahnsinnig! Iain genoss innerlich Marys temperamentvollen Ausbruch. Zeigte es doch, dass sie keine Angst vor ihm hatte, sondern nur furchtbar wütend über die Situation war. Sie war so anders als die Frauen, die er bisher kennengelernt hatte. Diese hätten eher verschreckt oder ängstlich reagiert, doch nicht so Mary!
Iain setzte sich im Bett auf, worauf Mary automatisch einen Schritt zurück wich. Sofort hielt Iain inne.
„Du brauchst dich vor mir nicht zu fürchten“ sagte er plötzlich todernst. „Niemals. Ich würde dir nie etwas antun.“
„Aber warum denn diese Scharade?“ Aufgelöst und verwirrt schob Mary sich eine zerzauste Locke aus dem Gesicht, die sich aus dem

Zopf gelöst hatte. „Ich verstehe das alles nicht." Verzweifelt durchforstet Mary ihr Gehirn nach irgendwelchen hilfreichen Anhaltspunkten.
Ian stand auf und band sich seinen Kilt um, worauf Mary sich hastig mit roten Wangen umdreht. Aber nicht schnell genug, um nicht doch noch einen kurzen Blick auf seinen Allerwertesten zu erhaschte. Sie schluckte schwer, was für ein knackiger Hintern!
Iain musste sich ebenfalls stark darauf konzentrieren, seinen Kilt in ordentliche Falten zu legen, so sehr zitterten seine Hände. Am Liebsten hätte er Mary die Decke weggezogen und sie wieder ins Bett gezerrt. Es hatte all seine Kräfte gekostet, nackt neben ihr zu liegen und sie nicht anzurühren. Und als sie sich dann auch noch in seinen Schoß gekuschelt hatte, wäre es beinahe mit seiner Beherrschung vorbei gewesen. Aber er wollte, dass sie freiwillig zu ihm kam. Er hatte bisher noch keine Frau zwingen müssen und würde gerade bei Mary nicht damit anfangen.
„Komm setz dich, dann können wir reden" bat Iain beruhigend und deutete auf eine Sitzgruppe mit einem Tisch, auf dem Speisen und Getränke standen. Verwundert schaute Mary sich um und bemerkte erst jetzt, dass sie wirklich nicht in ihrer Kammer war, in der sie die letzte Zeit isoliert wie in einem Gefängnis verbracht hatte.
Dieser Raum war größer und bedeutend besser ausgestattet. Vorhänge im lebhaften rot-grünen Clantartan und die passenden Decken gaben dem Zimmer eine wohnliche Atmosphäre. Die Wände waren mit gestickten Bildern behangen und die Sitzgruppe vor dem großen Kamin lud zum Aufwärmen ein. Das große Bett mit Holzpfosten wurde durch Stoffbahnen zu einer Art Himmelbett und sah sehr einladend aus. Alles in allem ein sehr gemütlicher und heimeliger Raum. Irgendwie passte die Einrichtung jedoch nicht ganz zu einem Mann und Mary schaute ihn deshalb fragend an.
„Dies war das Zimmer meiner Mutter" erklärte er knapp. „Nachdem meine Eltern verstorben waren und ich Laird geworden bin, hatte ich kein Bedürfnis, das Zimmer meines Vaters zu übernehmen. Dieses hier gefiel mir weitaus besser."
Sie erinnerte sich an Mairis Erzählungen über Iains Vater und verstand sofort. Aber nun musste sie sich um ihre eigene prekäre Lage kümmern. Misstrauisch betrachtete sie die Sachen auf dem Tisch.
„Du glaubst doch wohl nicht im Ernst, dass ich auch nur den kleinsten Krümel hiervon anrühren werde. Wer weiß, was beim nächsten Mal passiert ist, wenn ich wieder aufwache. Vielleicht

hast du mich dann ja meistbietend an einen anderen Clan verschachert."
Sie wusste, sie war unfair aber Mary war nicht nur wütend, sie war fuchsteufelswild. Aufgebracht funkelte sie ihn mit verschränkten Armen an, immer noch krampfhaft bemüht, ihre Blöße bestmöglich zu bedecken. Ein Hauch von Schuldbewusstsein flog kurz über Iains Gesicht, was Mary nur noch zorniger machte.
„Gut, dann ohne Essen, auch wenn ich selber zulangen werde, aber bitte setze dich" bat Iain sie eindringlich.
Widerstrebend schlurfte sie zu einem großen Sessel und rollte sich ein, so dass sie ordentlich bedeckt war. Iain setzte sich ihr gegenüber und begann über ihre Mutter zu erzählen. Größtenteils kannte sie den Bericht bereits von Mairi. Doch diesmal gab er ihr noch mehr Details, besonders über den Clan der Fergussons. Welch unangenehme und habgierigen Nachbarn sie waren und welche Möglichkeiten sie hätten, Mary zu einer Ersatzheirat als Wiedergutmachung für ihre Mutter zu zwingen. Er ließ auch den Kandidaten, Donald, nicht aus und berichtete über seine erste Ehe und deren Ende. Das Mindeste, was Iain Mary schuldete, war, ihr die ganze ungeschönte Wahrheit zu sagen. Nur unterbrochen von einigen Bissen, er hatte am Morgen vor lauter Nervosität keinen Bissen herunterbekommen, berichtete er über den Plan, sie zu beschützen.
Währenddessen blieb Mary stumm, hörte ohne zu Unterbrechen aufmerksam zu. An manchen Stellen runzelte sie die Stirn, etwa als Iain über Donald berichtete. Als sie von Mairis Schlaftrunk erfuhr, verengten sich ihre Augen wütend zu kleine Schlitze. Und als Iain von der Versammlung an ihrem Bett berichtete, bewegte sie sich unbehaglich hin und her und ihr Blick wurde mörderisch, sagte aber weiterhin kein Wort. Iain konnte ihre Selbstkontrolle nur bewundern.
Als ihr Magen sich lautstark bemerkbar machte, nahm sie notgedrungen die Schüssel entgegen, die Iain ihr ohne Kommentar reichte. Dabei konnte er nur mühsam seine Belustigung über ihre missmutige Miene verbergen. Mary beäugte misstrauisch den Inhalt. Es war ein Eintopf, von dem sie lieber nicht wissen wollte, was darin war. Doch der würzige Geruch und ihr anhaltend knurrender Magen ließen sie zugreifen. Es schmeckte erstaunlich gut und trotz der unangenehmen Informationen, mit denen Iain sie weiter fütterte und bei denen sie fast den Appetit verlor, aß sie auch noch eine zweite Schüssel.
Als Iain mit seinem Bericht fertig war, wartete er gespannt auf ihre Reaktion. Bei einem Blick in ihre Augen war er sich nicht si-

cher, ob sie einen schnellen Mord oder lieber eine langsame Folter bevorzugte, wahrscheinlich Letzteres. Er wagte jedoch nicht, seine amüsanten Gedanken nach außen dringen zu lassen, er wollte schließlich noch eine Weile leben.
Mary kochte innerlich und sie war sich nicht sicher, was sie am meisten in Rage versetzte. Doch, sie wusste es genau. Es war die Tatsache, dass man sie einfach übergangen hatte, nicht eingeweiht, nicht gefragt hatte. Auch wenn sie die gut gemeinten Hintergründe verstand, so war das etwas, was Mary überhaupt nicht haben konnte: dass über ihren Kopf ungefragt Entscheidungen gefällt wurden. So nicht!
„Haltet ihr mich alle für völlig gehirnamputiert? Wie wär es mal mit Vertrauen? Ich habe dir vertraut, als ich dir von meiner richtigen Herkunft erzählt habe, auch auf die Gefahr hin, mit einem Apfel im Mund wie ein Spanferkel als Hexe geröstet zu werden! Ich habe dir vertraut, als ich dir von dem bevorstehenden Schicksal deines Clans erzählt habe, damit du Maßnahmen ergreifen kannst! Und wie dankst du mir das? Indem du mich hintergehst!"
Mary konnte sich nicht mehr ruhig halten und sprang auf, sehr darauf bedacht, ihre Decke nicht ins Rutschen zu bringen. Wütend und enttäuscht baute sie sich vor Iain auf. „Du mittelalterlicher, zurückgebliebener Neandertaler. Was glaubst du eigentlich, wer du bist? Mit welchem Recht verfügst du über mich als wäre ich ein Möbelstück? Du weißt genau, dass ich andere Pläne habe, du hast mir sogar versprochen, mir zu helfen. Alles nur Lügen?"
Äußerlich gelassen ließ Iain die Schimpftirade über sich ergehen, konnte er Marys Gefühle doch nachvollziehen. Zwar verstand er mal wieder nicht alles, was sie über ihn ausgoss. Doch wurde er von ihrer großen, nur in eine Decke gehüllten Gestalt einfach viel zu sehr abgelenkt. Ihre Haare hatten sich aus der kunstvoll geflochtenen Frisur gelöst und fielen ihr in wilden Locken um die Schulter. Das Licht ließ sie wie rötliche Flammen funkeln, als ihr Temperament aus ihr herausbrach. Sie sah aus wie ein in Wut geratender Racheengel. Gott, war sie großartig! Wie eine Löwin stand sie kampfbereit vor ihm, um ihre Interessen zu vertreten und sich durchzusetzen. Bisher hatte es noch keine andere Frau gewagt, ihn so anzufahren und zusammenzustauchen, auch wenn er es verdient gehabt hätte. Sie schien sich gar nicht bewusst zu sein, wie die enganliegende Decke ihre Brüste betonten, die sich vor Wut nun heftig hoben und senkten, und ihn völlig ablenkten. Mary bemerkte, dass Iain ihr nicht in die Augen blickte sondern eine Etage tiefer, und gar nicht zuzuhören schien.

„Uagh“ stieß sie frustriert und wütend aus und drehte sich zum Fenster um. „Männer!“
Iain unterbrach die darauffolgende Stille, indem er zu ihr ging und sie sanft mit beiden Händen umdrehte. Ernst blickte er Mary direkt in die Augen.
„Wäre es so schrecklich für dich, mit mir verheiratet zu sein? Du musst doch gemerkt haben, wie begehrenswert ich dich finde.“
Mary, erschöpft nach dem Wutanfall, trat unruhig von einem Fuß auf den anderen. „Darum geht es gar nicht, und das weißt du auch. Was ist mit meinen Plänen? Bedeuten sie denn gar nichts?“
„Ich halte immer meine Versprechen und du brauchst nur zu sagen was du möchtest. Sollte es in meiner Macht liegen, werde ich dir deine Wünsche erfüllen.“
Solche Worte von einem Mann, den sie als ehrenwert kennengelernt hatte, ließen Marys Beine schwach werden. Was wollte man als Frau denn noch? *Vorher gefragt werden* dachte Mary nach wie vor sauer, wobei ihr Widerstand zusehends schmolz. Denn trotz aller Wut über diesen gemeinen Trick verspürte sie das mittlerweile vertraute Kribbeln in ihrem Nacken, das immer auftrat, wenn Iain in ihrer Nähe war.
„Ich kenne dich doch erst eine Woche“ versuchte sie eine Ausrede, merkte aber selber, wie lahm sie klang und sich zudem noch selber widersprach. Noch gestern hatte sie sich selber vorgenommen, Iain zu verführen, nun hatte sie plötzlich wesentlich mehr bekommen! Plötzlich meinte sie die Stimme ihrer Mutter zu hören, als sie ihr von der ersten Begegnung mit ihrem Vater erzählte. Ein Blick in Johns Augen und sie hatte sofort gewusst, dass dies ihr erträumter Gefährte war und sie ihm deshalb ohne zu zögern gefolgt war.
Mary musste zugeben, dass, als sie Iain damals das erste Mal noch ganz benommen in die Augen gesehen hatte, sie völlig hingerissen gewesen war und sich unwillkürlich zu ihm hingezogen gefühlt hatte. Körperliche Anziehung? Wie zwei Magnete! Aber mehr? Sie wusste es nicht. Außerdem wollte sie ihren Plan, zurück nach Hause zu gelangen, nicht aufgeben. Also was tun?
Mary holte noch mal tief Luft. Carpe diem! Sie war noch nie ein Feigling gewesen, der schwierige Entscheidungen vor sich herschob. *Eins nach dem anderen* machte sie sich selber Mut.
„Wenn ich dich richtig verstanden habe, wolltest du mich vor einer erzwungenen Heirat mit Donald bewahren.“
Iain nickte bestätigend.
„Warum denn gerade jetzt? So überstürzt und“ sie suchte nach Worten „so heimlich?“

Entschuldigend zuckte er mit den Schultern. „Da in knapp einer Woche alle Clans hier zu Elisabeths Hochzeit eintreffen, können wir dich nicht länger verstecken. Wir brauchen dich bei den Vorbereitungen, um den geplanten Verrat der Fergussons zu vereiteln. Und die einfachste Erklärung deiner Anwesenheit ist die als meine Frau."
„War das der einzige Grund?" hakte sie beharrlich nach und Iain wusste genau, worauf sie hinauswollte. Unbehaglich zwang er sich zur Wahrheit, wenigstens das war er ihr schuldig.
„Ich finde dich sehr schön, klug und äußerst begehrenswert. Ich würde nur zu gerne das Bett mit dir teilen, aber ich habe noch nie eine Frau gezwungen und werde bei meiner Ehefrau erst recht nicht damit anfangen."
Seine Worte, knapp aber zutreffend wie immer, verursachten ein erwartungsvolles Prickeln auf ihrem Körper. Etwas zu denken war doch etwas anderes als etwas klar zu hören und es sich dann auszumalen. Noch immer nicht ganz besänftigt bohrte sie weiter nach.
„Werden sie diese Vermählung denn ohne weiteres akzeptieren? Sowohl dein Clan, als auch die Fergussons?"
„Die Fergussons könnten sich vielleicht vergewissern wollen, ob die Ehe auch vollzogen wurde, um nach einer Möglichkeit der Annullierung zu suchen. Aber nach einer Woche offiziell in meiner Burg würde wahrscheinlich keiner mehr annehmen, dass du noch unberührt bist" gab er trocken zurück. Und mit sanfter Stimme fügte er hinzu: „Meine Leute werden dich lieben und auf Händen tragen. Sie drängen mich schon seit geraumer Zeit zu einer Ehe."
Mary hatte den zweiten Teil des Satzes gar nicht wirklich mitbekommen, ihre Gedanken waren bei der möglichen Untersuchung hängengeblieben. Sie hatte davon gelesen, dass manchmal vor einer Ehe die Jungfräulichkeit der Braut durch einen Heiler festgestellt werden sollte, um die Unberührtheit zu bestätigen und um auf Nummer sicher zu gehen, keinen Bastard untergeschoben zu bekommen. Sie schüttelte sich angeekelt bei der Vorstellung, dass irgendein Wicht sich an ihr zu schaffen machte. Iain missverstand ihren Schauer und nahm sie vorsichtig in die Arme.
„Glaub mir, sie werden dich anbeten und dir jeden Wunsch von den Augen ablesen."
Sein Kinn ruhte auf ihrem Haar und er spürte, wie sich Mary zuerst versteifte und dann langsam an ihn lehnte und stumm verharrte. Er meinte fast ihre Gedanken kreisen zu hören, und blieb ganz ruhig stehen, um ihr Zeit zum Nachdenken zu geben. Lange Zeit standen sie so in einer losen Umarmung und Iain betete, dass Mary ihn und seine Motive verstand.

Mary seufzte. Das Wirrwarr in ihrem Kopf drehte sich immer wieder um die gleichen Fragen, die sie jetzt sowieso nicht beantworten konnte. Deshalb löste sie sich schließlich zaghaft aus Iains Armen, der sie nur widerwillig freigab und holte tief Luft, um sich vor dem Bevorstehenden Mut zu machen.

„Zuerst wäre es gut, wenn du dich um die Beseitigung eines anderen Problems kümmern würdest. Du willst doch nicht als Lügner dastehen, oder?"

Sie warf Iain einen herausfordernden Blick zu, den er aber nicht zu verstehen schien. Sein Gesicht drückte Ratlosigkeit aus und er runzelte die Stirn.

„Nun, wir wollen doch nicht, dass die Fergussons auch nur den Hauch einer Chance haben, mich in ihre Finger zu bekommen. Deshalb sollten wir Fakten schaffen."

Iain blickte sie immer noch verständnislos an.

„Sie werden dich nicht bekommen. Dafür müssten sie es erst einmal in deine Nähe schaffen, was ihnen nicht gelingen wird" versprach er ihr ernsthaft.

Mary seufzte frustriert auf. Wie begriffsstutzig konnte *Mann* denn nur sein? Ok, dann auf die direkte Art. Langsam ließ sie ihre schützende Decke los, die an ihrem Körper leicht herab glitt und sich als kleiner Stoffberg um ihre Füße legte.

„Du wirst als Lügner dastehen, wenn sie herausfinden, dass ich noch Jungfrau bin" platzte sie mit hochrotem Kopf heraus.

Da, es war gesagt, wie peinlich!

Mit stolzer Haltung stand sie völlig nackt vor ihm und betete eindringlich, dass er doch etwas sagen oder unternehmen möge. Ihr Gesicht brannte vor Scham und Unsicherheit, doch wollte sie nun keinen Rückzieher mehr machen. Iain fiel im wahrsten Sinne des Wortes die Kinnlade herunter. Er war völlig sprachlos und starrte sie mit vor Staunen aufgerissenen Augen ungläubig an. Genüsslich ließ er seinen Blick über ihre große schlanke Gestalt gleiten. Sie hatte unglaublich lange Beine und allein die Vorstellung, wie sie sie um seine Hüften schlingen würden, machten ihn atemlos. Ihre Haut schimmerte zart wie helles Elfenbein. Er konnte es kaum erwarten herauszufinden, ob sie sich so weich anfühlen würde, wie sie aussah. Ihre wohl gerundeten vollen Brüste hoben und senkten sich mit jedem nervösen Atemzug und brachten ihn ganz aus der Fassung. Sein Blick wanderte wieder tiefer über ihre schmale Taille zu den dunklen rötlichen Locken, die auf einen schmalen Streifen reduziert, ihre Weiblichkeit verbargen. Fasziniert starrte er auf diese Frisur. So etwas hatte er noch nie gese-

hen, das würde er sich auf jeden Fall genauer ansehen! Sie war einfach perfekt!
Langsam zog sich ein Strahlen über sein gesamtes Gesicht.
Endlich dachte Mary erleichtert, deren Handinnenflächen durch die nervös zu Fäusten geballten Hände und den Fingernägeln einer mittlerweile schmerzhaften Akupunktur unterzogen wurden.
„Das können wir natürlich nicht zulassen, dass der Laird der McAllister als Lügner entlarvt wird." Mit diesen Worten hob er sie mit einem kräftigen Schwung in seine Arme, trug sie zum Bett und legte sie sanft auf das Laken, als wäre sie ein zerbrechlicher Schmetterling.
„Ich werde dich ehren, so wie du mich ehrst, indem ich dein erster Mann sein werde." *Und dein Einziger* schoss ihm ohne es zu wollen durch den Kopf. Bei diesem emotionalen Versprechen, trat sein rollender schottischer Akzent noch stärker hervor und ließ Mary vor Vorfreude erzittern. Ihr Herz hämmerte in ihrer Brust und schlug vor Aufregung hart gegen ihre Rippen. *Endlich* schrie alles in ihr, endlich würde sie erfahren, wie es war, geliebt zu werden. Sie konnte sich keinen besseren Mann als Iain für ihre erste Erfahrung vorstellen.
Nie hätte sie gedacht, dass man sich so schnell eines Kilts entledigen konnte und riss vor Bewunderung die Augen auf.
„Lieber Himmel."
Ein beinahe zwei Meter großer, muskulöser Krieger stand unbefangen in seiner ganzen Nacktheit stolz vor ihr. Er wirkte unvergleichlich männlich und kraftvoll, was man auch von seiner männlichen Anatomie sagen konnte! Aus einem Nest aus dunklen Locken sprang sein bestes Teil eindrucksvoll hervor und ließ keinen Zweifel über seinen Gefühlszustand. Seine mächtige Brust bewegte sich im heftigen Atemrhythmus und Mary stellte nebenbei erleichtert fest, dass sie sich nicht durch einen Pelz von Haaren wühlen musste, um seine straffe Haut und die harten Muskeln zu erforschen. Glatt und klar ausgeprägt zeichneten sich seine Muskelpakete deutlich unter seiner leicht gebräunten Haut ab.
Er entsprach eindeutig dem Bild eines wilden, gut gebauten Highlanders, das in der Neuzeit im Allgemeinen gepflegt wurde und von dem Mary angenommen hatte, das es nur als ein Marketinggag von Herausgebern der Kitschromane benutzt wurde. Mary schluckte schwer und bekam einen trockenen Mund vor Aufregung, obwohl ihr bei diesem Anblick eher das Wasser im Mund zusammenlaufen sollte!
Iain betrachtete Mary zärtlich und sein Herz schwoll ihm in der Brust. Ihr herrliches Haar war wie ein Fächer auf dem Kissen aus-

gebreitet und ihre ausdrucksvollen grünen Augen leuchteten vor freudiger Erwartung, obwohl auch ein Hauch Unsicherheit durchschimmerte. Ihre helle Haut schimmerte wie Perlmutt und ließ seine Erregung vor Ungeduld zucken.
„Keine Sorge, alles wird gut“ versprach er ihr rau, als er ihren etwas sorgenvollen Blick auf seine großzügige Ausstattung bemerkte.
Er senkte seinen Kopf und die Wärme seiner Lippen traf sie wie ein sengender Blitz. Seine Zunge streichelte ihre Lippen, und das Glücksgefühl war so eindringlich, dass alles was sie wollte war, seinen Kuss genauso leidenschaftlich zu erwidern. Heiße Wellen durchliefen ihren Körper und ließen sie genussvoll aufstöhnen. Himmel, konnte er küssen!
Er stöhnte auf, als ihre seidigen Brüste seinen Körper berührten, und sie seufzte, als sie die Hitze seines Körpers auf ihrem fühlte. Sie bewegte sich ruhelos in seinen Armen, das gab ihm all die Ermunterung, die er brauchte. Er setzte seinen zärtlichen Angriff auf ihre Sinne fort, er küsste und streichelte sie, bis sie meinte vor Lust zu vergehen. Seine heiße Zunge glitt von ihrem Hals zu ihren Brüsten und widmete sich mit großer Aufmerksamkeit ihren dunklen harten Knospen, die danach verlangten, angeknabbert und gerieben zu werden. Mary reagierte, als hätte sie der Blitz getroffen. Scharf zog sie den Atem ein, stöhnte tief auf und grub ihre Fingernägel in seine Schultern. Sie wölbte den Rücken durch und reckte ihm ihre Brüste entgegen. Erregt lachte Iain auf und fuhr mit seinen Bemühungen, sie bei ihrem ersten Mal würdig zu verwöhnen, fort. Er zeichnete eine Spur von Küssen über ihren festen Brüsten hinunter zu ihrem flachen Bauch und spielte mit ihrem süßen Nabel. Mary hätte beinahe vor Wonne laut geschrien. Seine schwieligen Hände strichen von ihrer Taille hinab über ihre Schenkel und offenbarten erogene Zonen, von denen sie nie etwas geahnt hatte. Als er mit zitternden Händen die Innenseite ihrer Schenkel entlangfuhr öffnete sie sich ihm unwillkürlich. Seine Finger zeichneten die zu einem schmalen Streifen reduzierten Löckchen nach.
„Was hast du hier gemacht?“ Raue Erregung schwang in seiner neugierigen Stimme mit.
„Später“ keucht Mary und presste sich ungeduldig an seine tastenden Finger. Sie wollte sich jetzt nicht mit Epilieren sondern mit Deflorieren beschäftigen!
Sein gutturales Lachen vibrierte in ihrem Körper wider wie in einem Resonanzkörper. Seine kundigen Finger wanderten *endlich* weiter und ein tiefes Stöhnen entrang sich Marys Kehle. Gekonnt

spielten sie mit ihrer kleinen empfindlichen Perle, so dass Mary das Gefühl hatte zu zerfließen.
„Da.... ja.... da, ...nicht aufhören..." stammelte sie zwischen starken Wellen der Erregung, die ihren Körper überrollten.
Sie war so feucht und heiß und mehr als bereit für ihn. Er schob sich über sie und erschauderte. Ihre glatte weiche Haut zu fühlen war beinahe mehr als er ertragen konnte und sein Körper bebte vor Verlangen. Er küsste ihr Gesicht, ihren Hals und ihre wundervollen Lippen. Ihr Mund öffnete sich hungrig und ihre Zungen tanzten einen wilden Reigen.
Seine Hände umfassten ihre Hüften und er versuchte langsam in sie einzudringen, damit es weniger schmerzhaft für sie war. Doch dann schob sie ihm ihre Hüften entgegen und der Kampf, langsam und vorsichtig zu sein, war verloren. Mit einem einzigen Stoß drang er tief ihn sie ein und erstickte mit einem leidenschaftlichen Kuss ihren leisen Schmerzenslaut. Gott, sie war so eng. Er hielt sich vollkommen still, obwohl seine Kontrolle am seidenen Faden hing. Sein Atem ging stoßweise und er widerstand dem Drang, sich in ihr zu bewegen. Aber verdammt, es brachte ihn fast um. Sie war so heiß und so eng und so feucht, so musste sich der Himmel anfühlen. Er betete, dass sie sich möglichst schnell erholen würde, denn lange konnte er seine Zurückhaltung nicht mehr aufrechterhalten.
Der Schmerz war nur erstaunlich kurz gewesen und wurde fast sofort von diesem unglaublichen Gefühl, ihn in sich zu spüren verdrängt. Ihre kurze Anspannung ließ nach und weckte das pulsierende Verlangen nach mehr. Unbewusst drückte sie ihn mit ihren inneren Beckenmuskeln und genoss die Fülle.
Ein langgezogenes Stöhnen gefolgte von einem Fluch war die Antwort.
„Langsam, langsam, wir wollen es doch nicht über-stürzen" presste er mühsam beherrscht hervor, während seine Hände wieder begannen, magische Dinge mit ihrem Körper anzustellen.
Er nahm ihre Arme und breitete sie waagerecht neben ihr aus. Dann fuhren seine Hände sacht von ihren Händen an der Innenseite der Arme einen Pfad entlang, vorbei an den Achseln, ihren Brüsten bis hin zu ihrer Hüfte und zurück und hinterließen eine erregende, prickelnde Spur. Mary wand sich wohlig unter seinem Gewicht und den neuen, intensiven Empfindungen, die das Pochen zwischen ihren Beinen noch verstärkten.
Wie konnte jemand der körperlich so stark war, nur so erstaunlich zärtlich sein?

Iains Lippen folgten der vorherigen Spur seiner Hände während er gleichzeitig eine Hand über eine Brust legte und sie sanft aber druckvoll massierte. Er nahm die dunkle Knospe zwischen zwei Fingern und rollte sie hin und her. Marys verstärkter Druck an seinen Lenden und ihr entrücktes Aufstöhnen zeigte ihm deutlich, wie sehr sie das mochte. Er verlagerte sein Gewicht und widmete sich nun auch ausgiebig der anderen Seite. Marys leidenschaftliche Reaktion ermutigte ihn und vorsichtig bewegte er seine Hüften um zu sehen, ob sie sich vom ersten Schmerz erholt hatte. Ihre Reaktion kam prompt und heftig und überwältigt verlor er fast die Kontrolle!
Langsam zog er sich aus ihr heraus, wobei Mary einen protestierenden Laut von sich gab.
„Nicht“ stöhnte sie abwehrend.
Sie packte seine Hüften, vergrub ihre Finger in seiner Haut und presste ihm ihr Becken entgegen, als wollte sie ihn nicht herauslassen.
Heiße Befriedigung durchströmte Iain und kraftvoll glitt er wieder tiefer in sie hinein.
„Jaaah“ atemlose Zustimmung entglitt zufrieden Marys Lippen. Sie hielt seine Pobacken fest an ihre Hüfte gepresst und knetete sie mit erstaunlich kräftigen Fingern.
Iain wiederholte die Bewegung und Mary kam ihm eifrig entgegen. Wieder und immer wieder. Verdammt, das fühlte sich so gut an! Und seine Kontrolle schwand dahin. Seine Sorge, ihr wehzutun verschwand im Nebel der Leidenschaft.
Instinktiv hob Mary ihre Hüfte an, um ihn noch tiefer in sich aufzunehmen. Je heftiger er in sie eindrang, umso hemmungsloser wurde sie. Als die Wellen der Erfüllung sich in ihr lösten, konnte Mary nicht mehr an sich halten.
„Oh mein Gott, oh mein Gott“ schrie sie wie ein Gebet immer wieder, während unkontrolliert Zuckungen ihren Körper erbeben ließen. Sie verlor jegliches Zeitgefühl.
Mit einem letzten Aufbäumen seines Körpers drang Iain noch einmal tief in sie ein und erlebte seinen Höhepunkt so intensiv wie noch nie zuvor. Marys hemmungslose Leidenschaft zu fühlen, zu sehen und zu hören erhöhte seine eigene Lust ins Unermessliche. Die Augen fest zusammengepresst sah er ein Feuerwerk an Sternenregen explodieren. Ein feiner Schweißfilm überzog seine gesamte Haut und sein Herz raste in seiner Brust. Ermattet sank er zur Seite und zog Mary befriedigt in seine Arme.
Die einzigen darauffolgenden Geräusche waren sein rasselnder schneller Atem und ihr gelegentliches mattes aber glückliches

Seufzen. Überwältigt und irgendwie fassungslos lag Mary mit dem Rücken wie ein Löffelchen an Iains Brust geschmiegt. Sie passte perfekt an seine Proportionen und hatte das merkwürdige Gefühl, angekommen zu sein.

Also stimmt es doch. Mary konnte es nicht fassen, dass es diese immer von Kommilitoninnen oder in Filmen beschriebenen Gefühle wirklich gab. Bisher hatte sie das Erzählte immer als Übertreibung oder Erfindung abgetan, aber Iain hatte sie eines Besseren belehrt. *Und er war beim Liebesspiel genauso wortkarg wie sonst auch,* ging es ihr unvermittelt belustigt durch den Kopf. Trotzdem spürte sie, dass ihn das eben Erlebte genauso tief berührt hatte wie sie.

Iains Hand lag immer noch auf ihrer Brust, sie schien genau dort hinzugehörten. Sie nahm sie, umschloss sie mit beiden Händen und drückte sie sich ans Herz. Iain barg sein Gesicht an ihrem Hals, atmete tief ihren Duft ein und war davon überzeugt, dem Himmel noch nie so nahe gewesen zu sein. Er gab ihr einen zärtlichen Kuss in den Nacken, es waren keine Worte nötig, beide waren tief bewegt. Trotz der neuen Situation kam keine Peinlichkeit auf, es war, als müsste alles so sein.

Iain macht sich dennoch Sorgen. Noch nie zuvor hatte er dermaßen die Kontrolle verloren und sich so hemmungslos gehen lassen. Verlor er etwa seine hart antrainierte Disziplin wegen einer einfachen Frau? *Aber sie ist keine einfache Frau, sie ist etwas Besonderes* widersprach er sich sofort. Und trotz der intimen Erfahrung gerade doch noch so fremd. Das musste er ändern, auch ein ungewöhnliches Bedürfnis seinerseits. Bisher hatten ihn die Gedanken und Hintergründe seiner Bettgefährtinnen nicht besonders interessiert.

„Wie kommt es eigentlich, dass du noch nicht verheiratet bist?“ unterbrach Iain schließlich die Stille. „Hat sich in deiner Zeit so viel verändert, was Ehe und Familie angeht?“

Nicht nur in dem Bereich. Mary streichelte versonnen mit den Fingern seine Hand und überlegte, wie sie ihm die Entwicklungen der letzten Jahrzehnte am einfachsten erklären konnte.

„Die Familienstruktur ist stark aufgebrochen, Eheleute bekommen weniger Kinder und leben später auch nicht mehr mit ihnen unter einem Dach. Die Kinder verlassen früher das Heim, um selbstständig zu sein und Erfolg zu haben. Dafür müssen sie viel Zeit in Ausbildung und Beruf stecken. Gerade Mädchen werden stärker gefördert, um nicht von einem Mann abhängig zu sein. Sie sollten in der Lage sein, für sich selber sorgen zu können. Das wird Gleichberechtigung der Frauen genannt. Es soll die Unterdrückung und Ausbeutung der Frauen verhindern. Deshalb haben meine Eltern mir eine hervorragende Ausbildung ermöglicht und meine Arbeit hat mir viel Spaß gemacht. Manche meinten, ich würde meine Nase mehr in verstaubte Bücher stecken als das aufregende Leben um mich herum zu genießen. Aber kein Mann hat mich bisher so stark fasziniert, dass ich ihn näher kennenlernen, geschweige denn heiraten wollte."

Iain runzelte die Stirn. „Aber wer kümmert sich dann um die Alten und Kranken? Wer führt den Haushalt? Wer näht die Kleidung und kocht?"

Mary versuchte ihm geduldig und so verständlich wie möglich, die Entwicklung der Industrialisierung und die verschiedenen Berufsgruppen zu erklären. Iain lauschte gebannt mit gerunzelter Stirn ihren Ausführungen.

„Das finde ich schrecklich. Wenn man keine Familie mehr hat, die zusammenhält, die füreinander da ist und sich unterstützt, was macht das dann noch für einen Sinn? Sich Selbstverwirklichen, das hört sich für mich sehr eigennützig an, wo bleibt da der Gedanke an die anderen?" Iain schien richtig entsetzt zu sein, sich vorzustellen, keine Clanleute mehr um sich zu haben, um die er sich kümmern konnte.

Seufzend gestand sie sich ein, dass sie die alleinstehenden älteren Menschen oft bedauert hat, wenn sie ganz alleine in ihren kleinen Wohnungen lebten und deren Höhepunkt des Tages der Besuch der Essenslieferung war. Oder die Menschen, die ihre letzten Tage in einem Altenheim verbrachten, wo sie zwar medizinisch gut versorgt waren, aber oft aus Einsamkeit nur noch dahinvegetierten. Aber darüber konnte man unterschiedlicher Meinung sein. Für Mary war klar gewesen, dass sie sich im Alter auf jeden Fall um ihre Eltern gekümmert hätte. Deshalb konnte sie Iains Unverständnis nachvollziehen. Außerdem war sie froh, als Frau eine umfassende Ausbildung erhalten zu haben, was zu Iains Zeit nie möglich gewesen wäre. Erst jetzt verstand sie das Drängen ihrer Mutter nach Selbstständigkeit für Mary wirklich.

Noch während Mary über weitere Argumente nachdachte, klopfte es kurz und die Tür wurde geöffnet und eine Magd trat herein. Mit einem leisen Aufschrei und aus einem Reflex heraus, zog Mary sich die Bettdecke über den Kopf und versteckte sich tief unter dem Laken.

Schon mal was von Privatsphäre gehört? Völlig genervt stöhnte Mary vor sich hin. Wie peinlich! Kann denn hier keiner warten, ob er hereingerufen wird bevor er ins Zimmer platzt? *Ich werde ein Schild anfertigen, das draußen an die Tür kommt, bitte nicht stören, oder so. Oder am besten einen riesigen Riegel an der Innenseite der*

Tür, damit ungebetene Gäste gar nicht erst hereinkönnen schimpfte sie leise vor sich hin. Neben sich spürte sie Iains Oberkörper leicht zucken und bewegte ihren Kopf vorsichtig, so dass sie seinen muskulösen Brustkorb sehen konnte, der sich tatsächlich krampfhaft bewegte. Er lacht mich aus! Empört hörte sie Iain etwas sagen, aber so gedämpft unter der Decke konnte sie nichts verstehen. Na warte! Langsam schob sie ihre rechte Hand zu seinem Bein und riss ihm mit einem Ruck ein paar krause schwarze Haare aus.

„Autsch!" Iain hob entrüstet die Decke und schaute sie vorwurfsvoll an, während er sich die schmerzende Stelle rieb. Mary blinzelte nur unschuldig wie ein Kaninchen aus ihrer Höhle und lächelte lieblich.

„Dafür das du mich ausgelacht hast!"

Sie befreite sich aus ihrem Deckenkokon, setzte sich auf und strich sich die zerzausten und verschwitzen Haare aus dem Gesicht. „Puh, war das warm. Aber mal ernsthaft. Wir müssen etwas gegen das ständige Reinplatzen unternehmen. Stell dir doch vor, sie wäre nur ein paar Minuten früher gekommen, dann hätte sie interessanten Anschauungsunterricht hinsichtlich der Anatomie ihres Lairds erhalten, von mir ganz zu schweigen. Was soll sie denn darüber denken?"

Iain versuchte ernst zu bleiben, was ihm nicht so recht gelang, denn sein unterdrücktes Grinsen wurde mit einem erneuten empörten Blick quittiert. „Ich glaube, für genügend Gesprächsstoff hast du schon selber gesorgt." Er schafft es einfach nicht und lachte plötzlich aus vollem Hals los.

„Wieso das denn?" Mary war völlig perplex und betrachtete den hemmungslos lachenden Iain. So entspannt und fröhlich sah er unwiderstehlich aus. Seine Augen funkelten vor Freude, sein Mund war zu einem breiten Lachen verzogen und er strahlte Lebensfreude pur aus. Kein Vergleich zum bisher wortkargen, kontrollierten Laird, mit undurchdringlichen Gesichtszügen. Welch ein Wandel, und wie unglaublich anziehend. Mary war wie hypnotisiert, so dass Iains Worte erst nach und nach in ihr Bewusstsein drangen.

„Was meinst du wohl, was Muireall denkt, denn du dich unter der Decke bewegst und verdächtige Geräusche von dir gibst, während ich nackt daneben liege?" Er konnte sich nicht zurückhalten und warf den Kopf zurück und lachte wieder aus vollem Hals, während Mary hochrot anlief und ihn entsetzt anstarrte. Aufstöhnend ließ sie sich resigniert zurückfallen.

„Das wars. Ich werde nicht einen Fuß aus diesem Zimmer setzen. Deine Leute werden mich für ein schamloses Frauenzimmer hal-

ten und über mich lästern. Ich kann ihnen unmöglich ins Gesicht sehen, wenn ich weiß, woran sie denken."
Stöhnend verbarg sie ihr Gesicht im Kissen.
Iain grinste und drehte sie um.
„Nein. Sie werden mich beneiden" widersprach er und gab ihr einen feurigen Kuss.
„Wir sollten uns langsam ankleiden."
Iain riss sich nur widerwillig von Mary los und stand auf. „Das Abendmahl wird bald im großen Saal serviert und man erwarte uns." Beim Gedanken an all die fremden Leute wurde ihr ganz mulmig im Magen, zusätzlich noch verstärkt durch die peinliche Situation mit der Magd eben. Denn das diese ihre Geschichte brühwarm weitergegeben hatte, darauf verwettete Mary ihren Hintern.
„Wir müssen noch über ein paar wichtige Dinge reden" erinnerte Mary ihn in dem Versuch, das unangenehme Thema zu wechseln.
„Natürlich, aber erst müssen wir den Clan informieren. Die Gerüchteküche hat sicherlich schon gut funktioniert, deshalb sollten wir dich so bald wie möglich offiziell als meine Frau vorstellen."
„Bist du sicher, dass du das willst?" Ungewöhnlich unsicher blickte Mary ihn nervös an.
Mit einem großen Schritt war er sofort bei ihr und blickte sie ernst an.
„Nie war ich mir in einer Sache sicherer als dieser" beruhigte er sie und zog sie aus dem Bett in seine Arme. Sacht streichelte er ihr über den Kopf und Rücken, was sofort ein wohliges Schauern bei Mary zur Folge hatte.
Verschmitzt blickte er sie an. „Wie ziehen uns besser etwas an, sonst bekommen sie uns nicht vor morgen früh zu sehen" und drückte ihr einen zarten Kuss auf die Lippen. Mary schwankte zwischen der Versuchung hin und her, die Begegnung seiner Leute durch eine Verführung hinauszuzögern oder sich ihnen zu stellen. *Schäme dich* schalt sie sich im Stillen, *du warst doch noch nie ein Feigling*! Bedauernd löst sie sich von Iain und wickelte sich erst einmal wieder in eine Decke, da sie nicht genau wusste, was sie anziehen sollte.
„Was wirst du ihnen denn genau über mich sagen? Werden sie sich nicht wundern, dass du dir so klammheimlich eine Frau genommen hast, ohne es mit ihnen vorher abzustimmen?"
Sie betrachtete Iain gedankenverloren, während er sich rasch anzog.
„Sei unbesorgt, ich bin Laird und nicht über alles Rechenschaft schuldig. Außerdem werde ich ihnen die offiziellen Gründe nen-

nen, dass ich ein Bündnis zu unseren Nachbarn im Süden stärken wollte. Das werden sie verstehen."
„Aber werden sie sich nicht wundern, wo ich auf einmal hergekommen bin?"
Iain band sich den Kilt um. „Wir werden so nah an der Wahrheit bleiben wie möglich. Du bist mit deinen Eltern in England aufgewachsen, sie sind tot und du wolltest die Verwandtschaft deiner Mutter kennenlernen. Punkt."
Plötzlich kam ihr ein ganz anderer Gedanke.
„Was passiert, wenn ich wieder gehe? Wie willst du das dann erklären?"
Iain erstarrte abrupt in seinen Bewegungen.
„Darüber werde ich mir dann Gedanken machen." Er hielt sie mit beiden Händen an den Schultern fest und sah sie ernst an. „Versprich mir, dass du mir vorher Bescheid geben und dich nicht einfach in Luft auflösen wirst" bat er sie eindringlich. „Hast du denn schon Genaueres im Kopf?" bohrte er weiter, als Mary eisern schwieg.
Plötzlich unsicher geworden, schüttelte Mary nur den Kopf. „Erst müssen wir deinen Clan vor der Vernichtung bewahren, dann sehen wir weiter."
„Unseren."
Mary stutzte. „Was meinst du?"
„Es ist nun unser Clan, nicht meiner. Du gehörst jetzt dazu."
Mary kämpfte bei diesen Worten plötzlich mit den Tränen, als es wieder an die Tür klopfte und Mary automatisch hinter Iain sprang, um sich zu verstecken. Hier war ja mehr los als auf dem Oktoberfest! Hinter seinem Rücken hervorlinsend sah sie Mairi eintreten.
„Es wir Zeit, die ersten Männer sitzen schon am Tisch und warten auf euch."
„Haben Callum und Onkel Rory allen Bescheid gegeben?" vergewisserte sich Iain kurz. Mairi nickte.
„Alle Familien werden da sein, auch wenn sie nicht alle einen Sitzplatz in der Halle finden werden, so sind doch alle neugierig auf Eure Frau." Etwas unsicher lächelte sie Mary an. Diese hatte ihr den Verrat längst vergeben und nahm sie herzlich in den Arm. „Das war aber das letzte Mal, hörst du! Ich verlange, dass du mir schwörst, mich nie wieder zu betäuben, weder im Essen noch in einem Getränk noch sonst wie" forderte Mary entschlossen. Mairi drückte sie kurz und schaute sie erleichtert an. „Versprochen."

Mary drehte sich zu Iain um. „Und morgen wird hier an der Tür ein Riegel von innen angebracht“, worauf dieser nur belustigt nickte.
„Ich gehe kurz runter, komme dich aber gleich holen“ verabschiedete Iain sich und wollte zur Tür hinaus.
„Stopp“ rief Mary und lief hinter ihm her. Iain blieb stehen und blickte erstaunt auf Mary, die sich vor ihm aufgebaute hatte.
„Wir werden ein paar Regeln einführen müssen, damit wir beide uns an den Umstand unserer Ehe gewöhnen und damit zurechtkommen.“ Iains Augenbrauen flogen in die Höhe.
„Regel Nr. 1: „Keiner verlässt den anderen ohne ihn zum Abschied zu küssen.“ Herausfordernd reckte Mary das Kinn. Wollen doch mal sehen, ob wir nicht ein bisschen Benehmen hier einführen können.
Iain stutzte kurz, nahm sie dann aber mit einem diabolischen Blick in die Arme. „Dein Wunsch ist mir Befehl“ und küsste sie heiß, so dass sie noch immer wie betäubt und mit schwachen Knien dastand, als er schon längst zur Tür hinaus war. Ein entrückter Seufzer entwich ihrem Mund und sie strich sich mit zittrigen Fingern über ihre bebenden Lippen.
„Nun aber Beeilung“ trieb Mairi sie an und holte sie aus ihrem Gefühlstraum zurück. „Die Leute warten schon“, was einem Eimer kalten Wassers gleich kam, der unvermittelt über Mary ausgeschüttet worden war und sie abrupt wieder in die Gegenwart holte.
„Leider ist keine Zeit mehr für ein linderndes Bad, aber ich habe etwas Kamille in das Waschwasser gerührt, das wird fürs erste helfen.“
Mit hochrotem Kopf wusch sich Mary vorsichtig ihre wunden Stellen, und beeilte sich, peinlich berührt bei dem Gedanken, dass Mairi wusste, wie sie vor kurzem noch mit Iain ihre Zeit verbracht hatte. Aber so etwas wie Privat- oder Intimsphäre gab es ja hier sowieso nicht, wie sie schon mehrfach zu ihrem Leidwesen feststellen musste.
Sehr zufrieden, wie sich die Dinge entwickelt hatten, half Mairi Mary anschließend in das grüne Kleid, das sie auch schon am Morgen getragen hatte und zu ihrem Hochzeitskleid geworden war. Mary strich das schöne Kleid glatt und ihr Blick blieb an ihrem Ehering hängen. Nun trug sie an der einen Hand den Clanring ihrer Mutter und an der andere Iains. *Vergangenheit und Zukunft* schoss ihr unvermittelt durch den Kopf.
Mairi, die ihren Blick bemerkte, nahm ihre Hände. „Es wird alles gut werden.“

Leichte Panik überkam Mary und sie holte tief Luft, um sich zu beruhigen.
„Erzähl mir etwas von Iain. Ich weiß, es ist vielleicht ein wenig zu spät, aber ich wollte dich gestern schon über ihn ausfragen. Ich weiß bereits von Elizabeth, dass der Rest der Familie an einem Fieber verstorben ist und dass der ältere Bruder Laird hätte werden sollen. Wie war er als Kind? Was mag er besonders essen? Wie waren seine Eltern? Wir können uns wirklich gut über verschiedene Themen unterhalten, aber wenn es ihn persönlich betrifft, macht er die Schotten dicht wie eine Auster."
Händeringend rief sie: „Ich weiß nicht wirklich viel über ihn, kenne ihn kaum, bin aber nun mit ihm verheiratet." *Und wer weiß wie lange* fügte sie gedanklich hinzu.
Was willst du eigentlich? meldete sich ein kleines Teufelchen auf ihrer Schulter. *Gestern hast du noch überlegt, wie du ihn verführen könntest, heute hast du doch bekommen was du wolltest, oder?*
Aber ich habe nicht mit diesen starken Gefühlen gerechnet fauchte sie es innerlich an. *Diese Intensität, dieser Einklang, diese Stärke.*
Sei vorsichtig mit dem was du dir wünschst, es könnte in Erfüllung gehen sagt schon ein altes Sprichwort klang es ironisch an ihrem rechten Ohr.
Erbost zuckte sie heftig mit den Schultern und schubste das Teufelchen runter.
„Vertraue deinen Gefühlen" riet Mairi sanft und drückte ein letztes Mal aufmunternd ihre Hände.
„Er ist ein guter Mann, gerecht und loyal seinem Clan gegenüber, sowie Freunden und Verbündeten. Er besitzt ein ausgeglichenes Temperament und handelt nicht unbedacht. Zwar ist er sehr verschlossen, was seine Gefühle angeht, aber er ist zu sehr tiefen Gefühlen fähig, wenn er sich einmal geöffnet hat."
Sie strich Mary leicht über die Wange.
„Achte auf das, was er tut. Das verrät oft mehr, als das was nicht gesagt wird. Schau dir den Ring an. Er stammt von den Ahnen seiner Mutter und wurde immer an die älteste Tochter weitergegeben. Er hat dir nicht den Ehering seiner Mutter gegeben, den sie von seinem Vater bekommen hat."
Sie seufzte bedauernd. „Diese Ehe war nicht glücklich. Sein Vater war sehr herrisch und seine Mutter eine sehr sanfte, zarte Frau. Diese Ehe war für ihn leider kein gutes Vorbild."
Sie schaute Mary eindringlich an. „Als gutes Omen hat er dir stattdessen ihren Ring gegeben. Denk mal darüber nach."

Mary strich ehrfürchtig über das grün funkelnde Kleinod. Nie in ihrem Leben war sie so unsicher gewesen, was sie wirklich wollte und knabberte unentschlossen an ihrer Unterlippe.

6

Mary krallte sich fester in Iains Arm, je näher sie der großen Halle kamen. Iain zuckte kurz zusammen, doch ertrug er taktvoll und kommentarlos seine Schmerzen, während sich Marys Fingernägel in sein Fleisch bohrten.
Der Lärm wurde immer lauter und die unterschiedlichsten Gerüche intensiver. Es roch nach Essen und menschlichen Ausdünstungen, die sie in ihrer Zeit dazu veranlasst hätten, sich sofort naserümpfend umzudrehen und zu gehen. Doch Iain führte sie ungerührt den Weg entlang, auf dem sie unlängst flüchten wollte und blieb genau auf der Galerie stehen, von der aus sie das erste Mal ungläubig in die Halle gesehen hatte. Ihre Knie schienen aus Gummi zu sein und ein Eigenleben zu führen, sie konnte sich kaum aufrecht halten. Ihr Herz klopfte wie verrückt und sie zitterte am ganzen Körper vor Nervosität. Mary schluckte schwer und schaute Iain verzweifelt und doch hoffnungsvoll an. „Du hast nicht zufällig ein Stück Honigkuchen bei dir? Nur ein Klitzekleines? Ein Krümelchen?“
Iain musste sich stark zusammenreißen, seine Mundwinkel kontrolliert in einer ernsten Miene zu halten. Er hatte ihre Sucht nach etwas Süßem mittlerweile als das erkannt, was es war: Beruhigung ihrer Nerven, wenn sie nervös war.
„Ich kann das nicht. Ich werde bestimmt alles falsch machen und sie werden über mich lachen. Bitte, lass uns wieder zurück ins Zimmer gehen“ flehte Mary neben ihm und stemmte die Beine wie ein bockiger Esel in den Boden.
Iain drückte kurz ihren Arm. „Vertraue mir, es wird alles gut.“ Dann nahm er ihre eiskalte Hand und zog sie unbeirrt weiter die Treppe hinunter in die Halle.
Reiß dich zusammen, reiß dich zusammen wiederholte sie wie ein Gebet.
Alles kann man dir nehmen, nur nicht deinen Stolz, glaubte sie auf einmal die Stimme ihres Vaters zu hören. Das hatte er zu ihr gesagt, als sie einmal weinend aus der Schule gekommen war, weil man sie gehänselt hatte. Er hatte sich mit ihr auf dem Schoß hingesetzt und sie getröstet und ihr etwas von Ehre und Stolz erzählt. Dieser Satz aber war bei ihr hängen geblieben und in Gedanken daran gab sie sich einen Ruck und drückte ihr Kreuz durch, so dass sie kerzengerade neben Iain in die Halle trat. Sie setzte ein leicht freundliches Gesicht auf und blickte mit einem tiefen Atemzug in die fremden Gesichter vor ihr.

Sobald man das Paar erblickt hatte, standen alle auf. Es war mucksmäuschen still, das Summen einer Biene hätte sich wie der Lärm einer Bohrmaschine angehört, als sich beide auf den Weg zur Stirnseite der Tafel machten. Iain hielt an einem großen Stuhl mit hoher Lehne, der eindeutig der Platz des Lairds war. In die Rückenlehne war sehr detailliert und grazil das Wappen und das Motto der McAllisters eingeschnitzt. Eine rechte Hand, die einen Dolch wie ein Kreuz hochhielt, umschlossen von einem Kiltgürtel auf dem stand: „Fortiter."
Wie passend, dachte Mary, denn seine Verwegenheit hatte Iain schon mehrfach unter Beweis gestellt. Er platzierte Mary zu seiner Rechten, die dankbar ihre zittrigen Knie nicht weiter strapazieren wollte, und erleichtert auf den Stuhl sank. Links neben Iain saß ein stämmiger älterer Mann, der unverkennbar die Züge eines McAllisters trug. Trotz seiner dichten struppigen Augenbrauen konnte sie das gutmütige Funkeln in seinen Augen erkennen, während er Mary beobachtete. Auf dem Platz neben Mary saß bereits Elizabeth, die sie vor Freude anstrahlte. Das beruhigte ihr Nerven leicht, jedoch nur für einen kurzen Moment. „Ich möchte Euch meine Frau Mary McAllister vorstellen. Ihr werdet sie mit Respekt behandeln und in Eurer Mitte willkommen heißen." Er nahm einen Becher vom Tisch und prostete in die Halle. „Auf unsere neue Lady McAllister."
„Auf Lady McAllister" scholl es laut durch die Halle, als alle Anwesenden ihren Becher hoben und auf ihr Wohl tranken. Rasch erhob Mary sich ebenfalls wieder und stand mit geradem Rücken neben Iain und blickte in die überfüllte Halle. Wie unwirklich ihr das alles vorkam. Unsicher, ob irgendetwas von ihr erwartet wurde, schielte sie vorsichtig zu Iain. Der reichte ihr den Becher und nickte. Sollte sie daraus trinken oder musste sie auch etwas sagen? Warum hatte er ihr nicht vorher gesagt, wie sie sich verhalten sollte? Männer!
Der Becher entglitt fast ihren vor Aufregung nassen Händen. *Nur Mut,* sprach sie sich selber zu, trank einen Schluck, hob den Becher an und rief genau wie Iain: „Auf Iain, den Laird der McAllisters."
Verwundert blickten sich einige ratlos an, doch der ältere Mann neben Iain rettete die Situation und tönte laut durch die Halle: „Auf den Laird McAllister" und prostete ihr übermütig zu. Ihm folgte daraufhin der Rest der Halle und von überallher erklangen Hochrufe. Mary sah sich verlegen zu Iain um. Der aber nahm ihre Hand, drückte sie und nur Mary konnte das leichte Funkeln in seinen Augen in dem sonst ernsten Gesicht sehen. Gemeinsam setzten sie sich hin. Verlegen und mit brennenden roten Wangen

sah Mary nur auf den Tisch vor sich als sie sich leise vergewisserte: „Das ist wohl sonst nicht üblich?“
Auf Iains leichtes Kopfschütteln hin stöhnte sie innerlich auf. *Na prima, Fettnäpfchen tu dich auf. Und wer weiß, wie viele im Laufe des Abends noch folgen werden!*
Die Gespräche an den Tischen begannen wieder lebhafter zu werden und mehrere Frauen trugen Bretter mit Essen auf. Iain flüsterte einer Magd etwas zu, worauf diese sofort die Halle verließ und wenige Minuten später mit einem Brett voller Honigkuchen wiederkam. Gerührt über Iains Aufmerksamkeit, griff Mary sich ein kleines Stück und schloss beim süßen Geschmack selig die Augen.
„Wegen dir müssen wir unsere Bienenstöcke noch erweitern“ flüsterte Iain ihr neckend ins Ohr. Schuldbewusst schluckte sie den letzten Bissen hinunter und schaute Iain verlegen an. Dieser schnitt ihr saftige Stücke vom Hasen ab und hielt es ihr hin.
„Vom Messer mit dem Mund nehmen?“ flüsterte sie leise skeptisch und auf Iains Zustimmung zupfte sie vorsichtig das Fleisch von der Klinge. Es fehlte ihr noch, sich den Mund mit einem Schnitt zu verbreitern und für immer so zu grinsen wie Jack Nicholson als Joker in Batman!
Elizabeth beugte sich zu ihr hinüber. „Du siehst wunderschön aus und ich bin so froh, dass du nun bei uns bleibst.“ Mary hatte sie gebeten, da sie ja nun zur Familie gehörte, sich doch informeller anzureden, worauf Elizabeth ihr um den Hals gefallen und vor Freude geweint hatte. „Endlich eine große Schwester, die ich auch noch mag“ woraufhin diesmal Mary mit den Tränen zu kämpfen hatte. Marys Freude wurde nur durch das Unbehagen gedämpft, dass sie Elizabeth nicht die ganze Wahrheit sagen konnte und sie in Kürze wieder verschwunden sein würde. Doch sie zwang sich, das nagende Gefühl zu ignorieren, sie wollte sich diesen schönen Tag dadurch nicht verderben lassen.
Vertraulich flüsterte das aufgeregte Mädchen weiter: „Hast du schon Iains Überraschung gesehen?“ Sie kicherte leise. „Viele halten ihn für verrückt, verrückt vor Liebe zu dir.“
Mary schüttelte unwissend den Kopf und drehte sich fragend zu Iain um. Dieser schaute Elizabeth strafend an und schob Mary ein weiteres Stück Fleisch in den Mund, bevor sie ihn danach fragen konnte. Elizabeth setzte sich wieder richtig auf ihren Stuhl, nicht ohne Mary noch einmal kichernd zuzuzwinkern.
Kaum hatte sie den Mund so weit geleert, dass sie bei Iain nachhaken konnte, wurde sie schon von dem stämmigen bärtigen Mann neben ihm angesprochen.
„Sagt Euch Euer Hochzeitsmahl zu, Mylady?“

Mary beugte sich an Iain vorbei und lächelte dem alten Mann freundlich zu.
„Danke, es ist ganz ausgezeichnet."
„Uiih, man kann sie ja doch verstehen! Und ich dachte schon, dass sie immer wie eine beschwipste Drossel reden und wir Schwierigkeiten hätten, sie zu verstehen. So wie neulich" fügte er bedeutungsvoll hinzu und ließ seine beiden buschigen Augenbrauen auf und ab tanzen. Es dauerte einen Moment, doch als Mary die Andeutung endlich verstanden hatte, drehte sie sich gereizt zu Iain um.
„Wer war eigentlich noch bei diesem denkwürdigen Ereignis an meinem Bett? Halb Schottland?"
Belustigt musterte Iain ihre leicht rosigen Wagen.
„Natürlich nicht. Dies ist übrigens mein Onkel Rory, der Bruder meines Vaters" stellt er den älteren Mann vor, als er endlich bemerkte, dass er dies bisher versäumt hatte. Die Anspannung im Vorfeld hatten ihn seine guten Manieren vergessen lassen, so dass er verpasst hatte, sie beide offiziell miteinander bekannt zu machen.
„Es war nur der engste Familienkreis anwesend, Onkel Rory, Elizabeth und natürlich Mairi und Callum."
„Wer ist Callum?"
„Callum ist mein ältester und bester Freund" erwiderte er und winkte dabei den Mann heran, der sie schon die ganze Zeit von seinem Platz aus freundlich aber doch zurückhaltend gemustert hatte. Mary betrachtete den gutaussehenden Mann, der nun an ihren Tisch trat. Kleiner als Iain wirkte er mit seinen ausgeprägten Muskeln wie ein Rugbyspieler. Auch seine braunen Haare trug er viel kürzer geschnitten, fast wie einen modischen Kurzhaarschnitt aus ihrer Zeit. Sein Gesicht war feiner geschnitten und trotz der ausgeprägten Gesichtskonturen wirkte er irgendwie weicher, als es seine Körpermuskelstruktur vermuten lies.
„Lass dich nicht durch sein Puppengesicht täuschen, im Kampf ist er gnadenlos" flüsterte Iain ihr leise ins Ohr, als ob er ihre Gedanken erraten hätte.
„Mylady" wurde sie auch schon von Callum begrüßt. Seine Augen hatten eine undefinierbare Farbmischung aus grün, grau und blau, die sie nun freundlich, aber auch prüfend betrachteten.
„Es freut mich sehr, Euch endlich persönlich kennenzulernen, nachdem ich schon so viel von Euch gehört habe."
„Ach?" Marys Blick schweifte genervt zu Iain.
Dieser durchbohrte seinen Freund mit einem warnenden Blick, doch das schien Callum nicht zu stören.

„Wie ich mitbekommen habe, habt Ihr ein hohes, hm, sagen wir mal Schlafbedürfnis, so viel Zeit wie Ihr in Eurer Kammer und in Eurem Bett verbringt."
Obwohl sie wusste, dass es nur Spaß sein sollte, musterte sie Callum verdrießlich. Stimmt, sie war ohnmächtig hierhergebracht worden, aber genau wie die langen Schlafphasen nach den beiden Schlaftränken von Mairi war alles ohne ihr Verschulden geschehen. Außerdem war es nicht schön, an ihre Unpässlichkeiten erinnert zu werden, gerade jetzt, während ihres Hochzeitsmahls. Sie dachte noch über eine passende spitze Antwort nach, als Iain Callum warnend anknurrte. Doch Mary legte beruhigend eine Hand auf seinen Ärmel.
„Jemand der so niedlich und hübsch wie eine Frau aussieht, kennt sich mit Schönheitsschlaf bestimmt Bestens aus. Vielleicht kann er mir ja noch ein paar Tipps geben, was meinst du?" fragte sie Iain und schaute ihn unschuldig an.
Zuerst verblüfft erschien langsam ein kleines Lächeln in Iains Mundwinkel und er schaute feixend seinen Freund an.
„Vielleicht, wenn du ganz höflich fragst."
„Touche" brachte Callum trocken hervor, der Marys Schlagfertigkeit nur bewundern konnte.
Doch sein Blick wurde wieder erst. „Iain hat nur das Beste verdient. Ich wünsche ihm alles Glück der Welt und wer immer dieses zerstören will, muss mit meiner Einmischung rechnen."
Diese Warnung war unmissverständlich und klar bei Mary angekommen. Hin und her gerissen überlegte Mary eine passende Antwort. Einerseits empört über seine Worte, ihr böse Absichten zu unterstellen war sie doch beeindruckt über die Loyalität seinem Freund gegenüber.
Ruhig erwiderte sie seinen forschenden Blick. „Dann sind wir schon zu zweit. Das sollte uns in die Lage versetzten, ihn gut zu beschützen." Sie beugte sich so weit vor, dass nur Callum sie noch verstehen konnte und flüsterte mit unterdrücktem Ärger. „Und wenn ich Euch daran erinnern darf, kam der Vorschlag einer Hochzeit nicht von mir, ich bin noch nicht einmal gefragt worden."
Callum musterte sie aufmerksam und was er sah, schien ihn zu beruhigen. Denn plötzlich trat ein freches Grinsen in seine Augen auf sein sonst unbewegliches Gesicht, so dass nur Mary das übermütige Funkeln sehen konnte.
„Ich weiß, ich war dabei. Und ich hatte schon lange nicht mehr so viel Spaß!" Mit diesen Worten griff er nach einem Becher und prostete ihr nun breit grinsend zu.

Mary kniff vor Entrüstung die Augen zusammen und setzte sich kerzengrade hin. Sie musste sich auf die Zunge beißen, um nicht mit unbedachten scharfen Worten herauszuplatzen und noch mehr Aufmerksamkeit auf sich zu ziehen. Eine große Hand stahl sich auf ihre zu Fäusten geballten Hände in ihrem Schoß.
„Er mag dich."
Mary schnaubte abfällig. „Dann hat er aber eine seltsame Art, es zu zeigen."
Iain grinste ein wenig schief. „Highlander-Humor."
Doch dann wurde er wieder ernst.
„Callum war mir oft mehr als ein Freund, wir haben beide viel zusammen erlebt und uns gegenseitig beschützt. Es gibt kaum jemandem, dem ich mehr vertraue und dessen Meinung mir wichtiger ist."
Mary dachte an ihre Freundin Molly, mit der sie ein ähnlich enges Verhältnis gehabt hatte und konnte ihn gut verstehen.
„Wahre Freunde sind schwer zu finden und unbezahlbar" bestätigte sie und gab sich einen Ruck. „Und Vertrauen muss man sich erst verdienen. Na gut, er wird seine Chance bekommen, aber ich werde nicht alles stumm schlucken" fügte sie hinzu und warf Callum einen herausfordernden Blick zu. Iain unterdrückte ein Auflachen, fast tat ihm Callum schon wieder leid, aber er liebte die mutige Art seiner Frau, sich Herausforderungen zu stellen. Er stockte. Was dachte er denn da? Hatte er gerade wirklich „liebte" gedacht? Schnell schob er den beunruhigenden Gedanken beiseite und erlaubt sich lieber, einem anderen Drang nachzugeben. Er konnte der Versuchung einfach nicht widerstehen und küsste Mary unvermittelt auf den verlockenden Mund. Überrascht über die öffentliche Intimität, verharrte sie starr. Doch die heiße Glut des feurigen Kusses stachelte auch ihre Lust an und ungeachtet des Publikums presste sie ihren Mund mit gleicher Leidenschaft auf Iains Lippen. Sie vernahm nur noch ein lautes Rauschen in ihren Ohren und Iains Zunge, die sich in ihrem Mund gütlich tat. Der Geschmack von Wein gepaart mit Iains ganz eigener Note berauschte sie mehr als jeder Alkohol es hätte schaffen können. Entsprechend benommen fühlte sie sich, als Iain sie plötzlich wieder abrupt freigab und sie ihn aufgewühlt musterte.
Weil sie nicht alleine waren, hatte Iain den Kuss nicht vertieft und sich genauso plötzlich wieder zurück gezogen, als wäre ihm wieder bewusst geworden, wo sie sich befanden. Er versuchte seinen heftigen Atem unter Kontrolle zu bekommen und das unbefriedigende Gefühl zu unterdrücken.

„Nehmt Euch eine Kammer" brüllte jemand ungeniert lautstark durch die Halle, als ob jemand seine Gedanken gelesen hatte. Marys schienen in die ähnliche Richtung gegangen zu sein, denn eine heiße Röte stieg ihr unvermittelt ins Gesicht und ihre Wangen vor Verlegenheit brennen. Iains Gesichtsausdruck schwankte zwischen Ärger und Lachen. Wütend über sich und seine unbedachte Tat und die nun derben Kommentare seiner Leute, die ihnen um die Ohren flogen, war er erstaunt über das unbeschreibliche Glücksgefühl in seiner Brust, wenn er in das eindeutig aufgewühlte und benommene Gesicht seiner Frau neben sich blickte.
„Lasst uns auf das glückliche Brautpaar anstoßen" rief Callum laut und rettete damit sowohl Iain als auch Mary aus dieser peinlichen Situation.
„Muireall, noch etwas Wein bitte" rief Callum eine in der Nähe stehende Magd herbei.
Diese eilte schnell heran und bediente Mary und Iain. Innerlich aufstöhnend erkannte Mary in ihr die Frau, vor der Mary sich unter der Bettdecke versteckt hatte und wünschte sich sofort das berühmte Mauseloch. Nahmen denn die Fettnäpfchen heute gar kein Ende mehr? Unsagbar peinlich berührt nahm sie den Becher und trank einen großen Schluck Wein, doch vor lauter Aufregung verschluckte sie sich und hustete keuchend. Amüsiert verfolgte Iain ihre Bemühungen, wieder normal zu atmen.
„An einem Festtag wie heute wird nur der gute Tropfen ausgeschenkt" und prostete ihr grinsend zu. Notgedrungen nahm sie noch einen weiteren, diesmal jedoch nur ganz kleinen Schluck aus ihrem Becher. Das war kein Wein, sondern eher ein starker, süßer Likör, an dem sie nun ganz vorsichtig nippte und fühlte, wie er ihr warm die Kehle hinunter brannte und ihren Magen erwärmte.
Das reichhaltige Essen und der viele Wein, gepaart mit der gemütlichen Wärme des Feuers und den zahlreichen Aufregungen der letzten Tage forderten ihren Tribut und Mary konnte ihre Augen immer schwerer offenhalten. Direkt wie immer posaunte Onkel Rory laut durch die Halle: „Schaff dein Weib nach oben, sonst landet es noch mit dem Gesicht auf der Tischplatte."
Trotz Müdigkeit warf Mary ihm einen vernichtenden Blick zu und straffte die Schultern, sie wollte nicht als Weichei gelten und versuchte krampfhaft, ihre Augen offen zu halten und das hartnäckige Gähnen zu unterdrücken. Doch Iain bemerkte ihre Erschöpftheit und zog sie vom Stuhl hoch und wandte sich an die Gäste.
„Wir danken Euch allen für Euer Kommen und die guten Wünsche. Für uns ist es nun an der Zeit, sich zurückzuziehen." Ohne eine Antwort abzuwarten, zog er Mary rasch hoch und hinter sich her

aus der Halle, so dass sie fast laufen musste. Ihre Müdigkeit war wie weggeblasen, während sie hinter Iain herhastete, der erst an der Treppe nach oben das Tempo drosselte.

Iain führte Mary, der noch immer die Wangen glühten von den zotigen Sprüchen, die ihnen hinterher gerufen worden waren, hinauf in ihre gemeinsame Kammer. Kurz vor der Tür blieb Mary stehen.

„Es tut mit leid, aber ich muss noch mal Atemübungen machen" kam es genervt aus ihrem Mund. Iain musste sich zusammenreißen, um nicht übers ganze Gesicht zu grinsen. Er lächelte nicht, doch der Drang war beinahe überwältigend. Wie süß sie war, wenn sie ihn so mürrisch wie jetzt anfunkelte.

Wortlos zog er sie nur eine Tür weiter. Erstaunt blickte sie Iain an. „Ich dachte, es gibt nur den einen Abort weiter oben, wo ich bisher war."

Iain deutete nur stumm auf die Tür und Mary trat langsam näher. Da entdeckte sie das kleine hölzerne Schild: *Marys Refugium.* Ungläubig starrte sie zuerst auf das Schild, dann auf Iain. Sollte es wirklich das sein, was sie dachte?

Iain räusperte sich. „Um dir weitere Atemübungen zu ersparen, die meines Erachtens auch nicht wirklich gesundheitsförderlich sind, haben wir dir einen eigenen Abort eingerichtet. Er darf nur von dir genutzt werden und wird täglich gereinigt. Ich warte auf dich nebenan" fügte er noch knapp hinzu, bevor er sich umdrehte und mit weit ausholenden Schritten zurück ging.

Wie benommen starrte Mary noch immer auf dieses Schild, was aber durch die aufsteigenden Tränen in ihren Augen schwer wurde zu erkennen. Mit zittrigen Fingern zog sie die Tür auf und befand sich in einem fast identischen Raum wie dem, den sie bisher benutzt hatte. Sie blinzelte die Tränen weg und ihr dringendes Bedürfnis ließ ihr keine Wahl, sich zuerst noch alles genau anzuschauen. Anschließend saß sie auf einem kleinen Hocker und betrachtete den kleinen Raum, in dem sich jemand zweifellos sehr viel Gedanken und Mühe gemacht hatte. Hier konnte sie getrost tief Luft holen, denn fast überall waren getrocknete Kräuter verteilt, sogar auf dem Boden. Es duftete intensiv nach Heidekraut und Lavendel. Die Toilettenkonstruktion erinnerte sie an eine Art Plumpsklo, mit einer hölzernen Sitzbank und er entsprechenden Öffnung, die aber mit einem Deckel verschlossen wurde. Darunter befand sich ein mit Sägespänen und Kräutern ausgestreuter Eimer, in den man anschließend mit der Kanne Wasser, die rechts in einer Nische stand, nachgießen konnte. Daneben lagen in kleine Stücke geschnittene Stofftücher zum abwischen, die sie in den unten am Boden stehen Korb werfen konnte. Zusätzlich zu einem winzigen Fenster, eher ein Schießschacht, erleuchteten mehrere Kerzen den kleinen Raum und verbreiteten sogar fast eine heimelige Atmosphäre. Mary war zu Tränen gerührt. Dieser Raum zeigte ganz deutlich, dass Iain ihr sehr genau zugehört hatte, als sie ihm von den Bequemlichkeiten ihrer Zeit erzählt hatte. Viel mehr noch zeigte es, dass er sich bemühte, es ihr so behaglich wie möglich zu machen, trotz des Gespötts seiner Leute. Ihr fiel Elizabeths Kommentar am Tisch wieder ein. Wie wahr, was für eine rührende Überraschung. Aber verrückt vor Liebe? Mary wurde ganz warm ums Herz, wenn sie sich umschaute und sah, wie rücksichtsvoll Iain gewesen war. Ohne dass sie etwas gefordert hatte, war er von sich aus hingegangen und hatte ihr einen Gefallen getan. Er musste in der Tat Einiges für sie empfinden. Entschlossen wischte sie die Tränen aus ihrem Gesicht, es war Zeit, ihn nicht länger warten zu lassen. Sie wollte ihre Hochzeitsnacht nicht auf dem Abort verbringen, so luxuriös er auch für diese Zeit sein mochte, zog sie Iains Gesellschaft doch bei Weitem vor.

Iain hatte im Kamin Holz nachgelegt und lag bereits im Bett unter der Decke, als Mary schließlich eintrat. Mittlerweile wusste sie, dass Iain immer nackt schlief, was der Kleiderhaufen auf dem Stuhl auch bestätigte. Sie bekam ganz feuchte Hände vor Aufregung, wenn sie an ihren Vorsatz dachte, wie ein unerfahrener Teenager. Nun ja, sie war zwar kein Teenager mehr, aber doch noch sehr unerfahren. Langsam ging sie zum Bett hinüber und sah in Iains dunkle Augen, denen keine ihrer Bewegungen entging. Sie beugte sich zu ihm und gab ihm einen zärtlichen Kuss.

„Danke. Es ist wundervoll.“

Iain brummelte nur etwas Unverständliches vor sich hin, ihr Dank war ihm offensichtlich peinlich. Sie wollte sich schon wieder aufrichten, als er seine Hand in ihren Nacken legte und sie wieder an sich zog.

„Dann ist es also genehm?“

„Mehr als genehm.“

Seine Antwort war ein heißer, hungriger Kuss, mit dem er sie auf sich zog. Sie bemerkte gar nicht, wie geschwind er sie aus ihrer Kleidung befreite. Erst als er ihre Brust umfasste und sie leicht knetete, keuchte sie auf und ein eindringliches Glücksgefühl durchfuhr ihren Körper. Behutsam löste sie sich von ihm und setzte sich auf, Iain ließ sie nur widerwillig los und seufzte bedauernd.

„Es tut mir leid, du bist sicher noch wund.“

„Nicht sehr“ erwiderte Mary, drückte ihn entschlossen zurück aufs Bett und riss mit einem Ruck die Decke weg. Erstaunt fuhren Iains

Augenbrauen in die Höhe und er blickte sie groß an. Ein schelmischer Ausdruck erschien auf Marys Gesicht. „Wir wollen doch, dass alles fair zugeht, oder?"
Iain kniff leicht die Augen zusammen, sagte aber nichts. „Deshalb bin ich nun an der Reihe. Und du darfst dich nicht bewegen."
Iains Wangemuskeln zuckten. „Sich zu bewegen ist dabei aber wirklich notwendig." Und als Beweis, dass er es kaum erwarten konnte, reckte sich ihr seine hoch aufgerichtet Männlichkeit bereits entgegen. Sinnlich lächelnd betrachtete Mary das nackte Prachtexemplar Mann vor ihr.
„Aber erst, wenn ich es erlaube."
Sie sah, wie Iain schwer schluckte und ihre eigene Erregung wuchs. Sie konnte es kaum erwarten, Iain zu erkunden.
„Dreh dich auf den Bauch" forderte sie ihn mit rauer Stimme auf. Allein diese Aufforderung verursachte eine Gänsehaut bei Iain und er drehte sich wortlos um. Ein Stöhnen entwich seinen Lippen als er Marys weiche Haut spürte, als sie sich rittlings auf seine Beine setzte.
Mary betrachtet seinen muskulösen Körper und war hingerissen von der Kraft, die sein Körper ausstrahlte. Ihre Leidenschaft war durch Iain entfesselt worden und nun wollte sie sie ungehemmt ausleben.
Sie fuhr mit bebenden Händen sanft über seinen Rücken und fühlte, wie angespannt er war. Sie lächelte leicht und begann seine Muskeln zu kneten und zu massieren, was Iain lustvoll aufstöhnen ließ. Die Wärme ihrer Schenkel, die sich an ihn schmiegten, waren schon Folter genug, doch ihre Berührungen erhöhten den Druck noch mehr.
Nun folgten Marys Lippen ihren Händen und Küsse so leicht wie Schmetterlingsflügel flatterten über seinen Rücken. Iain durchlief ein Wonneschauer. Sie beugte sich vor und ihre nackten Brüste strichen aufreizend über seine heiße Haut, Iain krallte sich mit den Händen in dem Kissen fest, sonst hätte er sich nicht zurückhalten können. Da streckte sich Mary komplett auf ihm aus und legte den Kopf an seine Schulter.
„Du bringst mich um, Mary" stöhnte Iain.
„Bin ich dir zu schwer?" fragte Mary provozierend und rieb ihre Haut fester an ihm.
Ein tiefes Stöhnen grollte durch den Raum.
Mary richtete sich wieder auf. „Umdrehen." Behände und nur zu gern folgte Iain dieser Aufforderung. Mary ließ ihm nur so viel Freiraum, dass er sich eben auf den Rücken drehen konnte und sie nun genau vor seiner hoch aufgerichteten Männlichkeit saß.

„Mhm, vorwitzig wie immer“ und betrachtete das gute Stück genauer, worauf es noch mehr anschwoll. Sie gluckste leicht, doch das Lachen blieb ihr im Hals stecken, als sie Iains begehrlichen und hungrigen Blick sah. Dieser hielt seine Hände nur mit Mühe zu Fäusten geballt ruhig an seiner Seite liegen.
Ohne den Blick von seinen Augen zu wenden, ließ sie seiner Brust die gleiche Zuwendung zukommen, den sein Rücken bereits erfahren hatte. Immer wieder fuhr sie die harten Muskelstränge entlang, als könnte sie nicht genug davon bekommen.
„Du bist so schön“ hauchte sie und betrachteten ihn ehrfurchtsvoll. Sie könnte schwören, dass ein Hauch Röte sich in seinem Gesicht ausbreitete, doch war sie nicht sicher ob aus Verlegenheit oder aus Lust. Spielerisch strich sie um seine Brustwarzen und war erstaunt zu sehen, dass sie sich genauso verhärteten wie bei einer Frau. Sie blickte auf und unvermittelt in Iains glühenden Augen. Seine Brust hob und senkte sich vor Anspannung und Mary wollte es einfach ausprobieren. Sie beugte sich vor und nahm eine Spitze sacht in den Mund und saugte leicht daran.
Iain bäumt sich auf, ihren Mund zu spüren und ihre Brüste, die sich an seiner rieben, ließen ihn fast platzen. Unvermittelt hob er die Hände und packte sie an der Taille.
„Ts Ts Ts“ rügte Mary und legte sie brav wieder neben ihn. Ein ungeduldiges Knurren ertönte.
„Ich habe noch längst nicht alles erforscht“ und mit einem bedeutungsvollen Blick wandte sie sich an seine herausragende Männlichkeit. Vorsichtig fuhr sie die Länge seines Schaftes nach. So hart und doch so weich und glatt wie Seide. Sie umfasste ihn und schob ihn leicht auf und ab, wodurch ein Beben der Richterskala 10 durch Iains Körper fuhr.
Ihr Necken endete und die Leidenschaft übernahm. Durch ihr eigenes Handeln selber angeheizt, konnte sie das Feuer, was in ihr loderte nicht länger unter Kontrolle halten. Langsam erhob sie sich und senkt sich genüsslich auf Iain herab. Vor Wonne schloss sie die Augen und fühlte ihn mit allen Sinnen.
„Berühre mich“ raunte sie abgehakt, was Iain sich nicht zweimal sagen ließ. Seine Hände schossen hervor und streichelten jeden Zentimeter ihrer köstlichen Haut. Er legte beide Hände auf ihre Brüste und massierte sie zärtlich. Sie passten genau in seine Handform
„Perfekt. Eine gute Handvoll“ brachte Iain stockend und schwer atmend hervor.
Seine Stimme war nur noch ein Raunen und heißes Verlangen rann durch ihren Körper, während heiße Wellen durch ihren Kör-

per liefen. Als er sich vorbeugte und ihre rosigen Spitzen mit dem Mund verwöhnte, bäumte sich ihm entgegen. Ihre Hüften schienen ein Eigenleben zu führen und wussten genau, wie sie sich zu bewegen hatten.

Deshalb reiten schoss ihr unvermittelt durch den Kopf, während sie sich vor und zurück wiegte. Der innere Druck wurde immer größer und sie hob und senkte sich rhythmisch im Einklang mit Iains heftigen Stößen. Ihre Hände krallten sich in Iains schweißnasser Brust und trieben ihn noch mehr an. Mary spürte den Höhepunkt nahen und warf den Kopf in den Nacken. Ein lautes, langgezogenes Stöhnen ging durch den Raum, gemischt mit Iains abgehakten Atemzügen und ihren wilden Bewegungen. Mary zuckte unkontrolliert unter den Schauern der Erlösung, die durch ihren Körper rannen und schrie ihre Lust laut heraus. Iains Zurückhaltung war gebrochen und er brüllte auf wie ein brünftiger Hirsch.

Völlig verausgabt brach Mary schwer atmend auf ihm zusammen. Iains Hände hielten noch immer ihre Pobacken umfasst und drückten sie auf seine Lenden. Mit geschlossenen Augen genoss er die Nachwellen der Lust und das unbeschreibliche Gefühl der Befriedigung.

Mühsam entwirrt Mary ihre Knochen und ließ sich seitlich neben Iain sinken. Ihr Kopf ruhte erschöpft aber glücklich auf Iains Schulter und ihr linkes Bein lag angewinkelt über seinen Beinen. Sie brauchte unbedingt noch Körperkontakt. Während seine linke Hand gemächlich über ihren Arm glitt, hörte sie sein Herz unter ihrem Ohr wild und kräftig schlagen.

Plötzlich wanderte Iains Hand weiter hinunter und fuhr fast andächtig über ihre Beine.

„So weich und zart. Wie kommt das?“

Männer sind doch in allen Jahrhunderten gleich dachte sie belustigt und erklärte ihm die kleine Maschine, die ihre Haare mit den Wurzeln entfernt und für wochenlange haarlose Beine sorgte.

„Leider werde ich mich hier mit einem Messer zum Rasieren begnügen müssen“ meinte sie bedauernd und Iain strich weiter genüsslich über ihre Schenkel.

Versonnen hingen beide ihren Gedanken nach, bis Mary unbedingt noch etwas wissen wollte.

„Warum hat eigentlich keiner irgendwelche Fragen bezüglich meiner Herkunft gestellt? Haben sie sich nicht getraut oder war es mangelndes Interesse?“

Gedankenverloren betrachtete sie die Stoffbahnen über sich.

„Weder noch. Ich weiß, dass viele nachgefragt haben, besonders die Frauen bei Mairi. Und sie hat ihnen das erzählt, was wir vereinbart haben, also fast die Wahrheit bis auf den zeitlichen Aspekt."
Er schmunzelte. „Wenn ich Mairi richtig einschätze, wird sie die Geschichte sicherlich mit romantischen Anekdoten gespickt haben, was bei Frauen ja immer gut ankommt." Er streifte kurz ihre Schläfe. „Natürlich bin ich auch gefragt worden, aber meine Krieger waren eher an den politischen Aspekten interessiert. Und unsere Verbindung ist für beide Seiten vorteilhaft. Deshalb haben sie mir zu diesem geschickten Schachzug, dich sofort zu heiraten bevor allgemein bekannt wird, dass du noch nicht versprochen bist, gratuliert."
Männer schnaubt Mary verhalten. Manches ändert sich auch nach Jahrhunderten nicht. Frauen wollen Romantik und Liebe in ihrer Beziehung, Männer dagegen denken nur an ihre wie auch immer gearteten Vorteile. Aber wenn sie ehrlich war, konnte sie auch eine Reihe von Frauen aus ihrem bisherigen Umfeld aufzählen, die sehr berechnend ihre Ziele verfolgt hatten. Bevor sie jedoch ihre eigene Situation weiter analysieren konnte, fielen ihr vor lauter Müdigkeit endgültig die Augen zu.
Am nächsten Morgen, nach dem Mary gebadet und mit Iain unten im Saal gefrühstückt hatte, brannte sie darauf, endlich die ganze Burganlage zu erkunden. Iain hatte ihr versprochen, sie selber herumzuführen und war deshalb schon vor ihr aufgestanden, um vorher noch irgendwelche wichtigen Dinge zu erledigen. Mary war es ganz recht gewesen, da sie noch ganz ermattet und wund von ihrem gestrigen Liebesspiel war. Und da sie Iains Appetit mittlerweile kannte, wäre sie mit Sicherheit nicht ohne wenigstens einem kleinen Intermezzo aus der Wanne gekommen.
Iain führte sie durch das Tor der großen Halle nach draußen auf den Hof. Mary musste erstmal gegen die Helligkeit blinzeln, wie ein Maulwurf, der plötzlich Tageslicht erblickt. Da sie ihre gesamt Zeit bisher in der Kammer verbracht hatte, die nur einen Ausblick aus dem Fenster nach draußen gewährte, mussten sich ihre Augen erst an die ungewohnte Helligkeit gewöhnen. Ergriffen blieb sie oben an den Stufen stehen und schaute über das Innere der Burganlage.
Was für ein Unterschied!
Iain hielt sie fest am Arm und sah sie aufmerksam an. Er gab ihr Zeit, sich an den ungewohnten Anblick zu gewöhnen.
„Ist es wirklich erst ein paar Tagen her, dass ich hier an genau der gleichen Stelle gestanden habe, nur in einem anderen Zeitalter?"

Unfassbar schüttelte Mary sich unwillkürlich über die nach wie vor unglaublichen Ereignisse. Iain umfing sie mit beiden Armen und drückte ihren Rücken an seine Brust. Gemeinsam schauten sie über die Anlage, die intakten kleinen Häuser, die kleine Kapelle direkt am Wohnturm und weiter hinten die Soldatenunterkünfte, vor der sich ein großer Übungsplatz ausbreitete. Rauch kräuselte sich aus einigen Schornsteinen in den ungewöhnlich wolkenlosen Himmel. Es war viel größer, als sie sich vorgestellt hatte und sie erkannte bewundernd, dass der Platz auf dem Plateau durch die Anordnung der Gebäude optimal ausgenutzt worden war.
Iains Wärme beruhigte sie und langsam kam ihre gewohnte Neugierde und Unternehmungslust zurück. Nach ein paar Minuten drehte sie sich zu Iain um.
„Lass uns auf Erkundungstour gehen, ich möchte mir alles ganz genau anschauen."
Iain gab ihr einen Kuss auf die Stirn. „Dann los" und zog sie die Stufen hinunter.
Iain führte sie stolz durch sein komplettes Heim. Mary war beeindruckt von dem was sie sah, denn es war viel mehr, als sie damals anhand der Mauerreste hatte erkennen können. Die kleine Kapelle war einfach, aber wunderschön. Die bunten Glasfenster tauchten die einfachen Holzbänke in farbiges Licht und ließen die blanken Wände wärmer erscheinen. Neben die Kapelle reihten sich, wie schon damals vermutet, die verschiedenen handwerklichen Gewerke. Die Luft roch nach Rauch, Pferd, Schwein und Mensch, was noch intensiver wurde, als sie an der Mühle vorbeigingen und sich den Ställen näherten. Sie hielt an der Burgmauer an und blieb ergriffen stehen.
„Wie wunderschön" hauchte sie atemlos.
Diesen Teil der Küste hatte sie aus ihrem Fenster bisher nicht sehen können.
Zu ihrer linken lag das Meer, heute sehr ruhig mit langsam ausrollenden Wellen. Wovon damals keine einzige Spur zu sehen gewesen war, war ein kleiner Hafen, der sich unweit der Burg an einer Flussmündung befand. Na ja, Hafen war vielleicht zuviel gesagt, aber lange Bohlen führten einen schmalen Steg ins Meer, an dessen Ende ein paar Boote unterschiedlicher Größe befestigt waren. Betriebsam eilten Menschen hin und her, luden Waren ein und auf einem andern Boot aus. Andere reparierten oder säuberten weitere Boote und machten sie zur Weiterfahrt bereit.
Ihr Blick schweifte über die lebhafte Ansammlung und folgte dann dem schmalen Flusslauf, der sich vom Meer dunkel an den Wäldern vorbei schlängelte, die bis ans Ufer reichten. Wie eine glit-

zernde Schlange wand er sich zwischen den Bergtälern hindurch und verschwand schließlich hinter der nächsten Biegung. Einige Berge wurden von dunklen Wäldern in unterschiedlichen Grüntönen bedeckt, weiter hinten am Horizont waren dagegen saftige grüne Wiesen zu erkennen. Das Wetter war Mitte Mai sehr gnädig und ließ durch den hellen Sonnenschein alles wie frisch gewaschen glänzen.
Iain betrachtete Marys verträumten Blick, mit der sie sein Land betrachtete und fühlte sich mächtig stolz. Er freute sich, dass es ihr so gut gefiel und konnte sich an ihrer Begeisterung nicht satt sehen. Würde er es jemals? Konnte er sie je wieder gehen lassen? Um seine unschönen Gedanken zu verbannen, räusperte er sich und berichtete nüchtern.
„Wir haben einen gut florierenden Handel mit den Inseln, dem Inland und auch dem Grenzgebiet zu England. Berwick ist einer unserer wichtigsten Umschlagshafen für schottische Waren, hauptsächlich Wolle. Dafür erzielen wir gute Preise. Unsere kleinen schnittigen Boote sind sowohl für Fahrten auf dem Fluss als auch für das Meer geeignet. Wir holen die Wolle oder andere Waren über den Fluss aus dem Inland und transportieren sie direkt weiter nach Berwick. Das erspart uns Umpacken und Zeit. Das Schiff ist nach wie vor das schnellste Transportmittel, denn die Berge sind mit dichtem Wald durchzogen, mit nur wenigen schmalen Wegen. Je nach Wetter werden sie zu schwer zugänglichen Schlammpisten, im Winter sogar unpassierbar. Es gibt auch nur wenige Brücken über die zahlreichen Flüsse, das macht Reisenden zusätzlich das Leben schwer.
Und ich fand die Infrastruktur zu meiner Zeit schon marginal dachte Mary versonnen und wandte sich ab, um weiterzugehen. Sie schüttelte ihre leichte Melancholie ab und blickte sich weiter um.
„Da ist ja auch der Grad, und intakt“ rief sie plötzlich begeistert aus und beobachtete eine kleine Prozession, die sich auf dem nur knapp zwei Meter breiten Zugang, langsam der Burg näherte. Bei dem Gedanken, wie steil es dort an beiden Seiten in die Tiefe fiel, überkam sie ein ungemütliches Schaudern.
„Wie clever“ rief sie aus, als sie Einzelheiten ausmachen konnte und Iain erklärte sachlich: „Wir transportieren alles mit Eseln hin und her, sie sind sehr ruhig und trittsicher. Es ist zwar etwas umständlich, aber die Sicherheit meines Clans geht vor Bequemlichkeit. Von den umliegenden Dörfern erhalten wir die Dinge, die wir benötigen, wie Fasanen, Rebhühner oder Wild. Die tauschen wir gegen Waren, die wir von unseren Seereisen mitbringen.“ Mary verfolgte noch eine Weile den waghalsigen Weg der kleinen kräf-

tigen Tiere, bis Iain sie schließlich weiterzog. Sie kamen in den rechten hinteren Bereich, von dem laute, metallische Geräusche zu hören waren.
„Ach, einen Schmied habt ihr auch hier, das konnte man damals nicht mehr erkennen“ rief Mary erfreut und lief zu einem Haus, in dem ein muskelbepackter schweißnasser Mann rhythmisch auf heißes Eisen einschlug. Neugierig blieb sie davor stehen und schaute eine Weile fasziniert zu, wie aus einem unförmigen glühenden Stück Metall langsam ein Hufeisen entstand. Nach einem kurzen Wortwechsel mit dem Mann gingen sie weiter und schauten sich die Tierställe an. Während sie gerade einem süßen kleinen Fohlen die Nase kraulte, kam ihr plötzlich eine Idee.
„Iain, wenn ich den Schmied bitte, würde er mir etwas anfertigen?“
Interessiert schaute Iain in Marys erwartungsvolles Gesicht.
„Woran denkst du?“
„Glaubst du, er kann mir etwas Kleines, Fragiles anfertigen? Vielleicht wenn ich es ihm aufzeichne?“
„Woran denkst du?“ wiederholte Iain.
Mary wand sich ein wenig unbehaglich. Natürlich wollte sie nicht den Lauf der Geschichte zu arg verändern, aber dies war doch nur eine Kleinigkeit.
„Ich hätte so gerne eine Gabel zum Essen“ brach es schließlich aus ihr heraus und schaute ihn herausfordernd an.
„Eine Gabel? Wozu?“
„Damit ich nicht vom Messer essen und immer Angst haben muss, mir den Mund bis zu den Ohren aufzuschlitzen. Außerdem ist es viel hygienischer“ fügte sie indigniert hinzu.
„Hü... was?“
Mary konnte amüsiert die Fragezeichen in Iains Augen sehen.
„Hygienischer, das heißt sauberer. Durch die gemeinsame Benutzung des Messers können Bakterien, also kleine Lebewesen, die krank machen, von einem zum anderen wandern und die Krankheit verbreiten“ erklärte Mary so ruhig wie möglich.
Iain fuhr sich ratlos mit der Hand durch die Haare.
„Und das kommt nur daher, dass wir das gleiche Messer benutzen?“ vergewisserte er sich ungläubig.
„Genauer gesagt durch Körperflüssigkeiten, hier also der Speichel, der an dem Messer hängenbleibt und so zum nächsten weiterwandert“ ergänzte Mary ungehalten.
Iains Augenbrauen fuhren in die Höhe. „Körperflüssigkeiten. Aha“ Und schon zeigte sich das ihr mittlerweile vertraute schelmische Funkeln in seinen Augen.

„Und willst du andere Dinge auch noch hygienischer machen?"
Sein unschuldiger Tonfall passte so gar nicht zu dem übermütigen Ausdruck seiner Augen, während er sie in seine Arme zog. Mary musste selber grinsen, als sie Iains Gedankengang erkannte und schmiegte sich in seine Arme.
„So gerne wie ich es habe, dass sich unsere Körperflüssigkeiten vereinen, so bevorzuge ich es dennoch ohne Essensreste" antwortete sie trocken.
„Dann wird dir das hier ja gefallen." Noch mit einem frechen Zucken seiner Mundwinkel küsste er sie heftig und schob seine vorwitzige Zunge zwischen ihre Lippen. Unwillkürlich öffnete Mary den Mund und genoss das Spiel ihrer Zungen, die sich gegenseitig sanft neckten. Schon stieg ihr die angenehme Wärme vom Bauch aus hoch und sie erwiderte den Kuss mit gleicher Intensität.
Ein auffälliges lautes Hüsteln hinter ihnen ließ beide erschrocken auseinanderfahren. „Ein wahrlich schöner Tag, um das Wetter und die gute Aussicht zu genießen."
Onkel Rory wippte vergnügt auf seinen Füßen hin und her während Iain und Mary versuchten, möglichst unbeteiligt auszusehen. Iain gelang es dank seiner lang antrainierten Disziplin recht gut, doch Mary fühlte, dass ihre Wangen hochrot sein mussten, so sehr glühten sie vor Verlegenheit.
Na super, dachte sie voller Unmut. Sicher galt es als völlig unschicklich und schamlos, sich mitten im Burginnenhof vor allen Leuten so leidenschaftlich zu küssen.
Ist doch egal, was sie von dir denken, du bist doch nur vorübergehend hier ging ihr durch den Kopf. Doch wie Engelchen und Teufelchen auf je einer Schulter sitzen zu haben, kam sofort ein anderer Gedanke: *Aber eigentlich möchte ich schon, dass sie mich akzeptieren, denn irgendwie mag ich die einfachen, aber ehrliche Leute hier sehr gerne und möchte sie nicht enttäuschen. Außerdem möchte ich Iain nicht in Verlegenheit bringen, das hat er nach all seinen Bemühungen nicht verdient.*
Vorsichtig schaute sich Mary unter halb geöffneten Augenlidern um. Iain und Onkel Rory unterhielten sich über den Ankauf eines Zuchtbocks eines benachbarten Clans, zwei Stallburschen misteten eifrig die Ställe aus, aber von denen konnte sie nur die Rückenansicht sehen. Misstrauisch starrte sie einen Moment auf ihre Rücken, und tatsächlich, einer lugte breit grinsend unter seinem Arm zu ihnen herüber. Als er jedoch ihren Blick bemerkte, drehte er sich erschrocken schnell wieder um und schleuderte hastig die volle Mistgabel auf den Karren. Mary schloss peinlich berührt die Augen. Doch erwischt worden! Erneut öffnete sie die

Augen, um das weiter Ausmaßes ihres Faupaux zu erkunden. Auch die anderen Menschen gingen wie gewohnt ihrer Arbeit nach. Doch trafen sich ihre Blicke, sah sie nur freundliche Mienen, von leicht amüsiert bis offen lächelnd. Keiner schien ihr Verhalten zu missbilligen oder sie zu verurteilen. Langsam beruhigte sich Marys Herzschlag wieder und bemerkte erst dann, dass sowohl Iain als auch Onkel Rory sie erwartungsvoll ansahen.

„Entschuldigung, ich war abgelenkt."

Onkel Rory strich sich vergnügt über seinen ergrauten Bart.

„In der Tat, so schien es. Iain war schon immer für eine gute Ablenkung gut." Verschmitzt zwinkerte er ihr zu und lachte auf, als Mary ihn böse anfunkelte.

„Können wir uns bitte auf wichtigere Dinge konzentrieren?" fuhr Iain seinen Onkel genauso böse an. Erstaunt bemerkte Mary, wie Iain eine leichte Röte über den Hals bis in die Ohren gestiegen war. Obwohl es nicht höflich war, musste sie nun selber grinsen.

„Wir müssen überlegen, was wir gegen die Fergussons unternehmen wollen. Onkel Rory, suche Callum und komme mit ihm in den Kräutergarten. Ich denke, dass Mairi auch schon dort ist, dann können wir in Ruhe einen Plan ausarbeiten. Es wird Zeit."

Rory nickte und mit einem leichten Gruß an Mary ging er davon. Iain nahm Mary am Arm und führte sie Richtung Garten. Er konnte immer noch nicht verstehen, was ihn geritten hatte, Mary so offen vor seinen Clanleuten zu küssen. Er hatte sie nicht in Verlegenheit bringen wollen, aber sie hatte so süß ausgesehen und ihr Gespräch über Körperflüssigkeiten hatte ihn sofort erregt, so dass er sich einfach einen Kuss stehlen musste, wenn er schon nicht mehr haben konnte. Trotzdem schuldete er ihr eine Entschuldigung.

„Verzeih, dass ich mich vorhin habe gehen lassen. Es wird nicht wieder vorkommen" bat er hölzern.

„Schade."

Es dauerte einen Moment, bis Iain begriff und verblüfft stehenblieb.

„Wie meinst du das?"

Mary seufzte bedauernd. „Iain, ich küsse dich sehr gerne, und wenn es in deiner Zeit nur ziemlich ist, sich unbeobachtet in geschlossenen Räumen zu küssen, dann werde ich das akzeptieren. Ich möchte dich nicht vor deinen Leuten in Verlegenheit bringen oder dass du dich wegen deiner Frau schämen oder rechtfertigen musst."

Iain starrte sie wortlos an. Und noch ehe Mary begreifen konnte, lag sie wieder in Iains Armen und wurde eng an seinen Körper gepresst.

„Dann sollen sie doch reden“ hörte sie noch bevor Iain seinen Mund heftig auf ihre Lippen presste. Marys Herzschlag setzte aus und sie erwiderte seinen Kuss mit der gleichen Leidenschaft. Sie stöhnte vor Wonne und schlang ihre Arme um seinen Hals und drückte sich noch fester an seinen herrlich muskulösen Körper. Ihre Hände fuhren durch seine Haare und bleiben auf seinen Wangen liegen, sie wollte auf keinen Fall diesen himmlischen Kuss beenden. Iain stöhnt auf und fuhr mit seinen Händen über ihren Rücken bis zu ihren Pobacken und drückte sie heftig gegen seine Leiste. Deutlich spürte sie seine starke Erregung und sie war versucht, ihre Beine um seine Mitte zu schlingen. Wieder einmal verfluchte sie ihr Kleid, das ihr dabei im Weg war. So begnügte sie sich damit, ihm mit ihrem Mund und ihrem Körper zu zeigen, wie sehr sie ihn begehrte. Iain musste sich zusammenreißen, um sie nicht sofort hier auf der Stelle zu nehmen. Sie war so heiß, sie reagierte so heftig auf seine Berührungen, dass er sofort bereit war. Sein Glied pochte vor heftiger Erregung, dass es schmerzte. Er musste aufhören, bevor er sich nicht mehr zurückhalten konnte. Nur noch einmal küsste er sie heftig bevor er sich zwang, sich von ihr loszureißen.
Wie in Trance öffnete Mary die Augen und sah in die großen, nun fast schwarzen Augen Iains, die vor Leidenschaft brannten.
„Oh mein Gott“ konnte sie nur erschüttert flüstern. Iain hielt sie noch einen Moment fest an sich gedrückt und ließ sie dann langsam an sich hinab gleiten. Mary musste sich an seinem Arm festhalten, um nicht einzuknicken, ihre Beine zitterten völlig unkontrolliert.
Es war passiert. Schockiert musste es sich Mary eingestehen. Sie liebte Iain. Dieses Gefühl, was in ihrem Inneren glühte, war heißer und stärker als alles, was sie bisher empfunden hatte. Es ging weit über Freundschaft oder Verliebtheit hinaus und machte sie ganz benommen. Ihre ungewohnte Vertrautheit miteinander, das Gefühl, den anderen zu kennen und zu vertrauen, und das alles in so kurzer Zeit, erschreckte sie am Meisten.
So war das nicht geplant, schrie sie innerlich erschrocken. Verzweifelt starrte sie vor sich hin. Iain, der Marys Reaktion missverstand und glaubte, sie schockiert zu haben, zog sie, über sich selber entsetzt, eilig weiter Richtung Garten. Mary konnte nur hinterher stolpern und versuchen, mit ihm mitzuhalten. *Was mache ich bloß, was mache ich bloß* ratterte immer wieder durch ihren Kopf. *So war das doch nicht geplant!*
Mairis Stimme riss sie aus ihren Gedanken.

„Was stürmt ihr denn wie zwei wild gewordene Pferde durch den Garten?“ und schaute dabei aufmerksam von einem zum anderen. Mary war noch viel zu geschockt von ihrer Entdeckung, als dass sie mehr als nur Mairi stumm anstarren konnte.
„Wir müssen dringend einen Plan ausarbeiten, wie wir in knapp einer Woche überleben wollen.“ Iains Stimme war brüsk und knapp. Mairi zog nur eine Augenbraue in die Höhe und legte in aller Ruhe ihre Kräuter in den Korb.
„Hier ist ja mehr los als auf dem letzten Ceilidh“ bemerkte sie trocken, als sie Callum und Rory erblickte, die eilig auf sie zukamen. Zusammen zogen sie sich in die hintere geschützte Ecke des Gartens zurück und beratschlagten, was sie tun konnten.
Mairi berichtete von den bisherigen Vorbereitungen und über den Unmut einiger Soldaten, ihr eigenes Quartier für Gäste räumen zu müssen. Die hohe Anzahl an Gästen ließ aber keine andere Möglichkeit zu. Deshalb würden sie in Zelten, die noch im Innenhof aufgebaut werden mussten übernachten.
Mary hatte sich am Anfang nicht konzentrieren können und sich wenig am Gespräch beteiligt, da sie ihre neueingestandenen Gefühle völlig in Beschlag nahmen. Doch dann zwang sie sich zuzuhören, es ging hier schließlich um Iains Zukunft. Sie lauschte den anderen und versuchte, deren Überlegungen nachzuvollziehen.
„Aber ja, genau das ist es. Das ist die Lösung.“ Marys plötzlicher Ausbruch ließ alle erstaunt aufblicken. Mary sprang auf und umarmte die verdutzte Mairi bevor sie sich an Iain wandte. „Das ist die Lösung.“
„Was meinst du?“
„Das Problem ist doch, die Fergussons nicht in die Burg zu lassen, damit sie ihren perfiden Plan ausführen können. Die Gastfreundschaft erfordert es aber, sie hier unterzubringen, richtig?“
Auf Iains Nicken fuhr sie fort. „Wenn aber in der Burg kein Platz mehr ist, kann man dir daraus keinen Vorwurf machen, so dass sie draußen auf der Wiese ihr Lager aufschlagen müssen.“
Iain kniff die Augen zusammen und versuchte ihren Gedankengängen zu folgen.
„Wie soll das denn gehen“ fragte Onkel Rory und kratzte sich verwundert den Bart.
„Indem wir den gesamten Innenhof mit Zelten voll stellen, so dass es aussieht, als wäre hier alles belegt“ antwortete Iain an Marys Stelle. Diese strahlte ihn an, weil er ihren Plan begriffen hatte.
„Genau. Wir können sagen, dass mehr Besucher gekommen sind als erwartet, so dass wir nur den Herrschaften ein Zimmer in der

Burg anbieten können, der restliche Anhang aber *bedauerlicherweise* auf der Wiese vor dem Grat lagern muss."
„Das ist genial" rief Callum begeistert. „So haben seine Soldaten nur kontrolliert Zugang und wir können sie im Auge behalten."
Während die Männer noch an den Feinheiten feilten, ging Mary noch ein anderer Gedanke durch den Kopf.
„Iain" unterbrach sie einfach unhöflich sein Gespräch und zupfte ihn am Ärmel. Sofort hatte sie seine Aufmerksamkeit.
„Wäre es wohl möglich, die Hochzeit innoffiziell einen Tag vorzuverlegen?"
„Warum?" Verständnislos runzelte Iain die Stirn.
„Nun, wenn die Fergussons sehen, dass sie ihre ursprünglichen Pläne nicht durchführen können, werden sie sicher versuchen, sich schnell etwas anderes einfallen zu lassen. Doch wenn wir die Hochzeit einen Tag vorziehen, und sie nur im engsten Familienkreis abhalten, können wir für eine ungestörte Hochzeit und Hochzeitsnacht sorgen. Dann wird keiner die Verbindung mehr anfechten können" fügte sie noch erklärend hinzu.
Es war Callum der die darauffolgende Stille unterbrach. „Nicht nur wunderschön, sondern auch noch klug. Eine seltene Kombination. Du bist zu beneiden Iain."
„Oder auch nicht" unkte Onkel Rory und schlug Iain belustigt auf die Schulter. Dieser war aber noch nicht ganz überzeugt.
„Aber die Hochzeitgäste werden enttäuscht sein, keiner Zeremonie beiwohnen zu können, wie es sonst üblich ist."
„Dann lass uns doch einfach eine festliche Hochzeitsmesse für alle am nächsten Tag abhalten. Nur ohne den eigentlichen Teil der Trauung. Und danach wie üblich die große Feier in der Halle. Denn sei mal ehrlich, die Meisten kommen doch sowieso nur wegen des anschließenden Gelages" fügte sie noch spöttisch hinzu. „Oder um zu sehen und gesehen zu werden. So viel wird sich im Laufe der Jahre wahrscheinlich nicht geändert haben."
Iain schaute sie einen Augenblick verdutzt an, warf dann den Kopf amüsiert in den Nacken und brüllte. Callum und Onkel Rory starrten erst auf das ungewohnte Bild, Iain so ausgelassen lachen zu sehen, stimmten aber nach der ersten Überraschung fröhlich mit ein. Nur Mairi begnügte sich mit einem unterdrückten Glucksen. Mary schaute peinlich berührt in die Runde, ihre direkte Art hatte sie schon oft in Schwierigkeiten gebracht.
„Ist doch wahr" murmelte sie leise trotzig mit glühenden Wangen vor sich hin. Iain wischte sich die Tränen aus den Augen, nahm sie schwungvoll in die Arme und gab ihr vor allen Augen einen herzhaften Kuss.

„Du bist einfach unglaublich."
Mary entschied, das mal als Kompliment zu nehmen.

7

Mary saß in ihrer Kammer und wünschte sich weit weg. Eingerollt auf ihrem Lieblingsplatz im Erker kuschelte sie sich tiefer in die warme Decke, die sie um ihre Schultern gewickelt hatte. Selbst der heiße Becher Tee in ihren klammen Händen konnte die andauernde Kälte in ihren Knochen nicht vertreiben. Würde sie jemals wieder auftauen? Draußen demonstrierte die Natur, dass es selbst im Mai noch winterlich sein konnte. Dauerregen und starke Windböen heulten um das dunkle Gemäuer, dass Mary allein von diesem Geräusch Kälteschauer über den Körper zogen. Dunkle Wolken hingen tief über der Erde, so dass man die Berge im Hinterland nicht mehr sehen konnte und nur vor eine graue ungemütliche Masse starren konnte. Das Gras auf den Weiden bewegte sich geschmeidig im starken Wind, als ob Wellen über das Land wogten. Das Unwetter spiegelte genau Marys inneren Zwiespalt wider, der sie nicht zur Ruhe kommen ließ.

War es wirklich erst gut zwei Wochen her, dass sie hier zwischen den Ruinen von Drumrudha Castle umhergelaufen war und sich vorzustellen versucht hatte, wie alles intakt ausgesehen hatte? Nun wusste sie es nur zu genau. Viel gravierender war jedoch die Entwicklung ihrer Beziehung zu Iain. Auf solche intensiven Gefühle war sie nicht vorbereitet gewesen, ihre Aufenthalt hier war doch nur befristet geplant. Verzweifelt fragte sie sich, was sie nur machen sollte. Sie war hin und hergerissen zwischen zwei Welten, zwei Zeiten, die ihren vernünftigen Entschluss zur baldmöglichsten Rückkehr ins Wanken brachten. Warum nur erschien es ihr mittlerweile ganz und gar nicht mehr vernünftig? Doch sie verdrängte ihre Gedanken, eine Entscheidung zu treffen. Zu neu und ungewohnt waren ihre Gefühle, als dass sie sich intensiv damit auseinandersetzen wollte. Später, vertröstete sie sich selber, erst einmal mussten sie den Clan retten. Sie war mittlerweile zu der Überzeugung gekommen, dass das der eigentliche Sinn ihres Hierseins war. Die Vernichtung des McAllister Clans zu verhindern. *Konzentriere dich darauf, das ist wichtig. Später kannst du dir dann Gedanken über dein dummes Herz machen,* ermahnt sie sich selber resolut. Doch die Unschlüssigkeit hing hartnäckig in ihren Gehirnwindungen.

Langsam drehte sie ihren Kopf zur Tür, als diese plötzlich mit Schwung aufgerissen und wieder zugeknallt wurde. Elizabeth stand schwer atmend und mit beiden Händen in den Hüften vor

ihr. „Du wirst mir jetzt ein paar Fragen beantworten, ich werde diesen Raum nicht eher wieder verlassen bis ich zufrieden bin!"
Wie es schien, tobte nicht nur draußen ein Unwetter.
Erstaunt über diesen temperamentvollen Auftritt schaute Mary sie überrascht an. „Worüber denn?"
„Na, über die Ehe!"
Aha, daher wehte der Wind! Früh an diesem Morgen hatte Mairi beiläufig erwähnt, Elizabeth würde sie bitten, sie in ihrer Kammer aufzusuchen. Auf Marys Frage warum, hatte sie nur unschuldig und angeblich unwissend mit den Schultern gezuckt. Sie hätte es besser wissen müssen. Diese alte Frau hatte es faustdick hinter den Ohren! Mary hatte später zu Elizabeth gehen wollen, war aber durch ihre eigenen unglücklichen Gedanken abgelenkt worden.
Morgen sollte nun wie vereinbart Adam mit seiner Familie früher als zuerst geplant anreisen, damit die Brautleute sich etwas besser kennenlernen und die Trauung einen Tag vorgezogen werden konnte. Iain war nach ihrem Treffen im Garten sofort losgeritten, um die McGregors einzuweihen. Sie waren sich einig gewesen, dass sie deren Unterstützung benötigten, also musste Iain ihnen von dem bevorstehenden Verrat erzählen und in ihren Plan einweihen. Und wie erwartet, waren sie sofort bereit, sich gegen die Fergussons mit ihnen zu verbünden. Denn Alison, ihre älteste Tochter, war Donalds erste Frau gewesen, die angeblich nach der Geburt ihres dritten Mädchens im Kindbett gestorben war.
Daher nun also Elizabeths Nervosität! Adams Ankunft nahte.
Elizabeth hatte sich ihr gegenüber hingesetzt, aus ihrer Rocktasche ein kleines Bündel hervorgezaubert und es vorsichtig ausgepackt. Zum Vorschein kamen zwei etwas zerknautschte Stücke Honigkuchen.
Wie peinlich, wenn man feststellen musste, dass die eigene Schwäche enttarnt und man bestechlich geworden war. Ihre Schokoladensucht war vom Laster zu Honigkuchen verdrängt worden. Na ja, besser als gar kein Zucker!
Elizabeth schaute sie nun ungeduldig mit ihren großen, erwartungsvollen blauen Augen an.
Mary wand sich innerlich peinlich berührt. „Ähm, meinst du nicht, dass Mairi dir da besser weiterhelfen kann? Ihr zwei kennt euch schon ein Leben lang und ..... ."
„Und genau das ist das Problem" unterbrach Elizabeth sie verzweifelt. „Sie vertröstet mich immer nur, es werde schon alles gut werden. Aber ich möchte nicht unvorbereitet sein und wie eine Närrin aussehen, kannst du das denn nicht verstehen?"
Konnte Mary nur zu gut.

„Hm, was weißt du denn überhaupt?"
„Dass es schmutzig und schmerzhaft ist, nicht lange dauert, aber notwendig ist, wenn man Kinder haben möchte, und die Kirche es aus genau diesem Grund gestattet" leierte Elizabeth monoton herunter, als ob sie diese Litanei schon oft zu hören bekommen hatte. Innerlich musste sich Mary zusammenreißen. Zum einen wegen Elizabeths genervten Gesichtsausdruck, und zum anderen wegen der altmodischen und lächerlichen Aufzählung. Doch schnell ermahnt sie sich, in welchem Zeitalter sie sich gerade befand und dass Elizabeth es verdient hatte, ernst genommen zu werden.
Mary schweifte in Gedanken ab und dachte an ihr letztes Zusammensein mit Iain. Wie zärtlich er gewesen war. Sie meinte noch immer die Spur seiner Küsse zu spüren, die vom Mund über den Hals weiter zu ihren Brüsten....
„Autsch" verwundert hielt sie sich die Seite, in die Elizabeth sie geboxt hatte.
„Wo warst du denn gerade? Du hast gar nicht mehr auf meine Fragen reagiert und so komisch geschaut?" empörte sich diese.
Verlegen rieb Mary sich ihre malträtierte Stelle. „Entschuldige bitte, du hast Recht, ich war kurz abgelenkt." Sie setzte sich Elizabeth gegenüber. Sie war sich ziemlich sicher, dass sie zwar keineswegs eine Expertin in Sachen Aufklärung war, schließlich war sie selber von Freundinnen und Zeitschriften aufgeklärt worden, da das Thema für ihre Mutter irgendwie tabu gewesen war. Außerdem ging sie auch nicht konform mit der Kirche, sich zum alleinigen Zweck der Empfängnis zu lieben. Aber sie wollte Elizabeth helfen und beruhigen.
„Wenn sich zwei Menschen lieben, kann es eine wunderschöne Sache sein. Es geht darum, den anderen nicht nur vom Wesen her kennenzulernen, sondern auch körperlich. Und es geht ganz sicher nicht nur darum, Kinder zu bekommen" schnaubt sie verächtlich.
„Ich kenne Adam nicht und weiß nicht, welcher Typ Mann er ist. Aber ich glaube, dass es beiden Partnern besser gefällt, wenn man neugierig und aufgeschlossen an die Sache herangeht." Sie stockte kurz. „Ich weiß, es gibt viele grausame und auch idiotische Ratschläge. Man kann auch nicht alles verallgemeinern, denn bei jedem ist es anderes. Ihr zwei solltet eure eigene Geschichte schreiben, und das kann man nur, indem man ausprobiert und redet. Sag, wenn du etwas nicht magst oder etwas sehr magst und versuchte das Gleiche bei ihm herauszufinden. Der größte Fehler wäre, alles stumm und unbeteiligt über sich ergehen zu lassen. Aha, ich sehe, diesen Ratschlag hast du auch schon bekommen" deutete sie Elizabeths plötzliches Erröten. Diese nickte zaghaft.

Mary drückte ihr ermunternd die Hände. „Das erste Mal wird in der Tat schmerzhaft sein, aber wenn er einfühlsam ist, wird er dich den Schmerz schnell vergessen lassen. Und alle weiteren Male können wunderschön werden, wenn ihr euch aufeinander einlasst und lernt, mit dem Körper des andern zu spielen."

Mary konnte an Elizabeth Blick erkennen, dass sie völlig verwirrt und verunsichert war. *Bravo Mary, statt beruhigt ist sie nun völlig verunsichert* schalt sie sich innerlich.

„Was genau möchtest du denn eigentlich wissen?" Bevor sie noch mehr Blödsinn redete, wollte sie lieber auf konkrete Frage eingehen.

„Wie küsst man richtig?" kam es prompt, wobei Elizabeths Gesichtsfarbe immer noch an eine überreife Tomate erinnerte.

Erstaunt über diese doch eher harmlose Frage, überlegte Mary kurz bevor sie zögerlich antwortete: „Nun, es gibt den harmlosen Kuss, bei dem man nur die Lippen aufeinanderdrückt, oder mit seinen Lippen die des anderen ertastet. Ich denke damit fängt man im Allgemeinen an."

Elizabeth hing gebannt an Marys Lippen und saugte alles auf wie ein Schwamm.

„Aber da sind noch andere, oder? Ich habe gesehen, wie du und Iain euch geküsst habt und das sah anders aus."

Unbehaglich wand sich Mary hin und her und diesmal war es an ihr, ihre Gesichtsfarbe zu ändern. Seit Iain seine Hemmungen immer mehr fallen ließ, küsste er sie wo, wann und wie immer er wollte, völlig unbeeindruckt, wer es mitbekam. Wie sollte sie einen Zungenkuss beschreiben? Tja, Elizabeth hatte gefragt, nun musste sie mit einer verständlichen Antwort aufwarten. Das Beste war bisher immer der direkte Weg.

„Man benutzt auch die Zungen, nicht nur die Lippen, um den anderen kennenzulernen."

Elizabeths angeekelter Gesichtsausdruck sagte alles.

„Und zwar nicht nur im Mund" fügte sie trocken hinzu, selbstverständlich nur der Vollständigkeit halber, und nicht etwa um Elizabeth noch mehr zu schocken.

Sie sah Elizabeths ungläubigen Gesichtsausdruck und nickte bekräftigend mit dem Kopf.

„Wie gesagt, ihr müsst beide selber herausfinden, was ihr mögt und was nicht. Je länger ihr euch jedoch im Vorfeld Zeit nehmt, um euch zu erkunden, desto angenehmer wird es für dich gerade beim ersten Mal."

Mit diesen Worten stand sie resolut auf. „So, mehr gibt's nicht, den Rest musst du selber mit Adam erforschen." Sie nahm Elizabeth noch einmal kurz in die Arme, drückte sie fest und lächelte sie verschmitzt an. „Habe keine Angst, sei einfach neugierig und offen, wie immer."

„Höre sofort auf, Adam so anzustarren" schimpfte Iain und drückte ihr unter dem Tisch unauffällig fest das Knie.
„Ich will nur sehen, was für ein Typ Mann er ist" rechtfertigte Mary sich, ohne auch nur einen Moment ihren Blick von Adam und Elizabeth zu nehmen, die ihr schräg gegenüber nebeneinander saßen und sich unterhielten. Adam war gestern am späten Vormittag mit seiner Familie und wie abgesprochen mit einer außerordentlich großen Anzahl an Soldaten auf Drumrudha Castle eingetroffen. Nun saßen alle beim Essen und die Stimmung war trotz des Wissens um den bevorstehenden Anschlag ausgesprochen gut und ausgelassen. Die Einstellung der Highlander, das Leben und die fröhlichen Anlässe trotz Widrigkeiten zu feiern, war bewundernswert. Was hatte Iain ihr dazu noch gesagt? Man weiß nie, was noch passiert, und man sollte seine Zeit nicht nur mit Grübeln und Sorgen verschwenden, die kämen von alleine. Hörte sich genau wie Carpe diem an, erstaunlich. Und wie Recht er hatte!
„Er ist ein guter Mann, sonst hätte ich der Verbindung nicht zugestimmt" entrüstete sich Iain.
Dann heirate du ihn doch lag ihr schon frech auf der Zunge, doch verkniff sie es sich lieber. Iain war schon so angespannt genug.
„Elizabeth muss aber den Rest ihres Lebens mit ihm verbringen, deshalb sollte er ihr gefallen" gab sie zurück und beobachtete das Paar weiterhin.
„Und warum musst du ihn dann fixieren wie eine Schlange das Kaninchen?"
„Ein außenstehender Beobachter sieht oftmals mehr als die Betroffenen, ich habe den nötigen emotionalen Abstand."
„Ha, von wegen. Du umflatterst Elizabeth wie eine eifersüchtige Glucke."
„Ich will nur ihr Bestes" zischte Mary zurück.
Iain nahm ihr Kinn und drehte ihr Gesicht zu sich. „Ich auch. Vertraue mir."
Mary blickte in sein ernstes Gesicht und musste schlucken. Er hatte Recht, sein Instinkt und seine Menschenkenntnis hatte ihn bisher nicht betrogen und wenn es um Elizabeth ging, war er besonders vorsichtig. Sie entspannte sich etwas und lächelte ihn entschuldigend an. „Es tut mit leid. Ich bin nur so nervös. Ich will unbedingt, dass alles gut wird."
„Das wird es" erwiderte Iain sanft und drückte ihr noch mal zur Beruhigung die Hand.

Mary drehte sich wieder gerade hin und schaute diesmal unter den Augenliedern verstohlen zu dem Brautpaar. Elizabeth strahlte Adam an und hing an seinen Lippen während er ihr etwas erzählte. Sie hatte gerötete Wangen und es war so offensichtlich, dass Adam ihr gefiel, dass Mary erleichtert durchatmete. Auch Adam schien Elizabeth anziehend zu finden, denn der junge Mann bemühte sich sehr, sich gut um sie zu kümmern. Er schien nicht der typische raue Krieger zu sein, obwohl auch er groß und stattlich war. Doch seine eher schlanke Statur erinnerte Mary mehr an einen Gelehrten als an einen Draufgänger. Mit der hellen Haut und den Sommersprossen entsprach er genau dem klassischen Bild eines rothaarigen Menschen, obwohl seine Haare eher rotbraun waren. Aber am wichtigsten fand Mary den Ausdruck seiner hellbraunen Augen. Es war ein offener, freundlicher Blick wenn er sich umschaute und mit jemandem sprach. Wobei jetzt im Gespräch mit Elizabeth auch noch eindeutig Bewunderung darin lag.
Das könnte klappen. Mary musste Iain im Stillen Recht geben, es schien eine gute Verbindung zu sein. Trotzdem wollte sie später Elizabeth noch mal in Ruhe auf den Zahn fühlen. Leider hatte sich seit gestern keine Gelegenheit für sie ergeben, Adam selber genauer unter die Lupe zu nehmen und ein paar Fragen zu stellen. Was sie ganz offensichtlich Iain zu verdanken hatte, denn er hielt sie beide bewusst voneinander fern. Wahrscheinlich hatte er Angst, dass sie Adam ins Kreuzverhör und er daraufhin Abstand von dieser Hochzeit nahm. Dabei wollte sie doch nur das Beste für Elizabeth. Missmutig wurde ihr bewusst, wie Recht Iain mit seinem Hinweis hatte, sie würde wie eine Glucke auf Elizabeth hocken. Gedankenverloren nahm sich ein Stück Brot und kaute ohne echten Appetit darauf herum.
Schließlich gab Iain ihr ein Zeichen und sie ging zu Elizabeth.
„Zeit sich fertig zu machen" sagte sie und gab auch Mairi einen Wink, die nickte und davoneilte. Adam war aus Höflichkeit aufgestanden und Mary bedeutete ihm, sich wieder zu setzten. Elizabeths Kopf wurde hochrot während sie sich langsam erhob, Adam kurz zunickte und Mary in ihre Kammer folgte. Auf dem ganzen Weg war sie ungewöhnlich still und Mary fing schon an, sich Sorgen zu machen. Doch kaum hatten sie ihr Ziel erreicht und die Tür hinter sich geschlossen, explodierte Elizabeth.
„Ist er nicht ein wahrer Traum? So höflich und zuvorkommend! Er hat mir immer die besten Stücke Fleisch angeboten. Und wie gut er aussieht. Das hatte ich gar nicht mehr in Erinnerung."
Weil du vielleicht erst 10 Jahre alt warst? lag es Mary ironisch auf der Zunge, doch verkniff sie es sich. Sie war mehr als erleichtert,

dass dies allem Anschein nach eine gute Verbindung war. Und während Elizabeth sich über die Vorzüge ihres zukünftigen Mannes ausließ, halfen ihr Mary und Mairi, die zusammen mit dem Badezuber und Wasser gekommen war, erst aus ihrem Kleid, dann in die Wanne und schließlich in ihr Hochzeitskleid.
Es war Marys Hochzeitskleid sehr ähnlich und sie erfuhr, dass es auch Elizabeths Mutter gehört hatte und sie es nun deshalb unbedingt tragen wollte. Doch statt in grün war ihres in blau gehalten, so dass ihre Augen strahlten wie zwei polierte Saphire. Mit ihrer hellen Haut und ihrer geraden Haltung wirkte sie wahrlich königlich.
„Das wird Adam umhauen." Bewegt betrachtete Mary das wunderschöne Mädchen.
Auf Elizabeths irritierenden Blick erklärte sie hastig: „Ich meine, dass Adam vor Bewunderung der Mund offenstehen bleiben wird, du siehst traumhaft schön aus."
Elizabeth lachte glücklich.
„Das hoffe ich doch sehr" und strich versonnen über die schimmernden Falten des Kleides.
„Ich möchte auch so eine glückliche Ehe führen wie du und Iain, und da ihr in Mamas Kleid geheiratet habt, wird es mir hoffentlich auch Glück bringen."
Marys Herzschlag setzt bei diesen Worten kurz aus und sie musste schwer schlucken. Wenn sie nur wüsste!
„Zappelt nicht so herum, sonst bekomme ich euer Haar nicht gescheit hochgesteckt und ihr seht aus wie das Nest einer wild gewordenen Krähe" schimpfte Mairi mit der völlig aufgedrehten Braut. Nur die Aussicht, möglichst gut für ihren Bräutigam auszusehen, ließ sie schließlich ruhig verharren. Mary nutzte die Gelegenheit und setzte sich zu ihr und nahm ihre Hand.
„Bist du dir absolut sicher?" fragte sie ruhig und blickte aufmerksam in Elizabeths Augen, um ja keine Regung zu verpassen. Allein das Strahlen, das über ihr Gesicht zog und die freudige Erwartung in Elizabeths Augen, sagten ihr bereits mehr als genug.
„Oh ja" hauchte Elizabeth ergriffen.
„Und ich kann es gar nicht erwarten, all die sündigen Dinge auszuprobieren, von denen du mir erzählt hast" fügte sie verschmitzt grinsend hinzu, was Mary einen strafenden Blick von Mairi einbrachte.
„So, fertig." Mairi trat zurück und Elizabeth stellte sich hin, um ihr Kleid glatt zu streichen.
„Du siehst wunderschön aus." Ergriffen nahm Mary sie vorsichtig in die Arme. „Adam ist ein Glückspilz, dass er dich bekommen wird.

Und wehe, er behandelt dich nicht gut, dann bekommt er es mit mir zu tun“ fügte sie noch resolut hinzu, um ihre Rührung zu verbergen.
Elizabeth lacht laut auf. „Das traue ich dir auch ohne weiteres zu.“
„Ich sehe mal nach, wie weit alles in der Kapelle ist.“ Gerührt eilte Mairi davon, damit keiner ihre Tränen bemerken konnte. Elizabeth war wie eine Ersatztochter gewesen und sie war glücklich mitzuerleben, wie sie nun bald ihren eigenen Weg gehen würde. Und wie es den Anschein hatte, einen glücklichen noch dazu.
Plötzlich unsicher geworden griff Elizabeth nach Marys Hand. „Und was ist, wenn ich mich bei den McGregors nicht wohlfühle? Wir werden ja mit seinem Bruder Hamish und seiner Frau Fiona zusammenleben. Wenn sie mich nun nicht mögen?“
Mary rieb ihre eiskalte Hand beruhigend zwischen ihren warmen Fingern. „Ich habe beide beim Essen gesehen und hatte den Eindruck, dass sie auch sehr nett sind. Sie scheinen eine Familie zu sein, die viel Wert auf Zusammenhalt und Loyalität legen. Und dann passt du da hervorragend hinein. Das Wichtigste ist aber, dass du mit Adam auskommst, und das scheint mir ganz so zu sein.“
Der Gedanke an Adam ließ Elizabeths Kummerfalten verschwinden und wieder ein sehnsuchtsvolles Strahlen auf ihrem Gesicht erscheinen.
„Ach Adam“ seufzte sie verträumt und erinnerte damit Mary stark an einen liebeskranken Teenager, der einen Popstar anhimmelte.
Es klopfte kurz an die Tür bevor Mairi eintrat. „Es ist soweit, sie warten schon.“
Würdevoll streckte Elizabeth ihre Schultern und schritt zur Tür, dicht gefolgt von Mary. Unten an der Treppe erwartete sie Iain, der seine Schwester zur Kapelle und zum Altar führen würde. Gemäß dem festlichen Anlass hatte er seine beste Kleidung angelegt. Mary fand ihn einfach umwerfend in seinem Kilt mit dem passenden Sporran und dem weißen Hemd. Die weißen Kniestrümpfe mit den gebundenen Lederschuhen und dem kleinen Dolch vervollständigten sein Aussehen.
„Du siehst so wunderschön aus wie unsere Mutter.“ Tief bewegt war seine Stimme ganz kratzig vor Rührung. Sanft nahm er Elizabeths zittrige Hand, legte sie sich auf den Arm und führte sie hinaus.
Ein kleiner Trupp der engsten Familienmitglieder beider Clans folgte ihnen schweigend, wobei Mary bemerkte, dass der ganze Weg zur Kapelle von Wachen gesäumt war. Man konnte es als

Ehrerbietung ansehen, doch war sich Mary sicher, dass es eine Vorsichtsmaßnahme war.
Die Kapelle quoll trotz der verkleinerten Gästeliste über von Menschen. Unter Mairis Anweisung hatten mehrere Mägde Kissen auf die Holzbänke gelegt und die Wände mit den Tartan der beiden betroffenen Clans geschmückt. Wie um der Verbindung ihren Segen zu geben fielen die letzten Sonnenstrahlen durch die bunten Glasfenster und tauchten den kleinen Raum in warme Farben. Graham stand würdevoll in einem schlichten schwarzen Talar, aber mit einer festlich bestickten Stola am Altar und sah den Geschwistern ernst entgegen. Adam dagegen drehte sich beim Eintreffen des kleinen Zuges um und strahlte Elizabeth offen an. Ausgestattet in vollem Festtagsornat sah er sehr beeindruckend und schick aus. Bei ihm angekommen, gab Iain Elizabeth einen liebevollen Kuss auf die Stirn und legte ihre eiskalte Hand auf Adams Arm. Dabei blickte er Adam ernst an. „Hüte sie wie einen Schatz, sonst bist du tot."
Die Warnung war eindeutig und Adam nickte. „Mit meinem Leben."
Iain nickte kurz und ging zur ersten Bank, in der Mary schon auf ihn wartete. Die McGregors saßen alle auf der rechten Seite in den Bänken oder standen dicht gedrängt an der Seite, die McAllisters links. Marys Blick schweifte über die kleine Gästeschar und erblickte Adams Eltern, die beide ernst und würdevoll die Zeremonie verfolgten. Daneben saßen Adams Bruder und Schwägerin, die eindeutig schwanger war und froh schien, zu sitzen. Als würde diese ihren Blick spüren schaute sie auf und zeigte Mary ein kurzes verlegenes Lächeln, was diese verständnisvoll erwiderte.
Auf der linken Seite konnte Mary Mairi ausmachen, die sich verstohlen die Tränen aus den Augen wischte. Auch Callum saß hinter ihnen zusammen mit einer Frau, die Mary nicht kannte. Onkel Rory saß natürlich neben Iain in der ersten Reihe und brauchte Platz für zwei.
Wie unwirklich dass alles ist, ging es Mary durch den Kopf. Vor etwas mehr als zwei Wochen hatte sie an genau der gleichen Stelle gestanden und war nur von Ruinen umgeben gewesen. Die Menschen waren altertümlich verkleidet gewesen, statt wie jetzt es als ihre normale Kleidung zu empfinden. Die Unwirklichkeit der Situation schoss ihr wieder einmal mehr durch den Kopf und lenkte sie von dem Geschehen am Altar ab. Leichte Melancholie überspülte sie und zeigte sich deutlich auf ihrem Gesicht. Iain stupste sie leicht an und brachte sie in die Gegenwart zurück. Er hatte ihren nachdenklichen, leicht traurigen Ausdruck im Gesicht bemerkt

und deutete ihre Gemütsverfassung völlig falsch. Er bekam ein schlechtes Gewissen, denn Mary hatte keine schöne Hochzeitsfeier gehabt, um diese hatte er sie durch seine Vorgehensweise betrogen. Wenn alles geklärt war, würde er es nachholen, dass schwor er hier vor Gott. Sie hatte eine prunkvolle Hochzeit verdient und würde sie bekommen.
Beim obligatorischen Kuss der Eheleute brannte lauter Jubel auf und riss Iain aus seinen unschönen Gedanken. Er trat vor und beglückwünschte das Brautpaar und sprach kurz mit Adams Eltern. Dann machte sich der kleine Zug wieder auf zur Großen Halle, in der das Festbankett stattfinden sollte. Wieder gesäumt von zahlreichen Wachen gelangten sie sicher zurück, wo sofort eilige Mägde Essen und Trinken auftischen. Die Stirnseite der Tische war heute voll besetzt mit Iains Familie und den Ehrengästen. Obwohl morgen die richtig große Feier stattfinden sollte, hatte es sich die Küche nicht nehmen lassen, auch am Vortag ein opulentes Festmahl aufzutischen. Zu verschiedenen Fleischsorten wie Rind und Geflügel gab es auch noch leichte Fischgerichte. Da Mary nie der wahre Fischesser gewesen war, hielt sie sich eher an das Geflügel – welches Federvieh auch immer es mal gewesen war. Nach wie vor konnte sie nicht alle Speisen genau identifizieren, so entschied sie oftmals nach dem Äußeren und Geruch, was sie letztendlich aß. Entsprechend dem Anlass wurde neben Ale auch eine Menge Wein ausgeschenkt, natürlich den guten, starken. Doch allen war die Verantwortung für die nächsten Tage sehr wohl bewusst und so hielten sie sich zurück.
Mary blickte ausnahmslos in strahlende Gesichter um sich, und hörte nur wohlgemeinte Glückwünsche für die Zukunft des Brautpaares.
So sollte es sei,n dachte Mary verträumt und freute sich für Elizabeth über die gelungene Feier. Diese hatte ein Dauerlächeln im Gesicht und leicht gerötete Wangen, während sie von Adam den gemeinsamen Kelch nahm und trank oder vorsichtig das Fleisch, was Adam ihr hinhielt vom Messer zupfte. Iain unterhielt sich mit Adams Vater über noch offenen Fragen der Mitgift, was Mary völlig unpassend fand und es Iain mit einem gezielten Tritt auf den Fuß deutlich zu Verstehen gab. Lieblich lächelnd sah sie ihm ins verdutzte Gesicht.
„Könnte ich vielleicht noch etwas Fleisch haben?“ und klimperte mit den Wimpern, dass jeder Vamp neidisch geworden wäre. Irritiert schnitt Iain etwas ab und hielt es Mary hin. „Hast du etwas im Auge?“
Männer!

Im Hinblick auf den kommenden Tag und die nicht einzuschätzende Gefahr, löste sich die Tafel rechtzeitig auf. Mairi und Mary begleiteten Elizabeth vorab in ihre Kammer, die für die Hochzeitsnacht gemütlich hergerichtet worden war. Nervös kippte Elizabeth einen Becher Wein hinunter wie Wasser und wollte sich nachschenken, doch Mary entriss ihr den Becher gerade noch rechtzeitig und stellte ihn weg.

„Du tust dir keinen Gefallen, wenn du dich betrinkst."

„Aber es beruhigt mich. Ich weiß nicht, ob ich das durchstehe." Nervös trat sie von einem Fuß auf den anderen, während Mairi versuchte, ihre Bänder im Rücken zu lösen. „Halt still und spring hier nicht so rum wie ein überdrehtes Zicklein. Für Knoten brauche ich sonst noch länger."

Mary versuchte Elizabeth in ein Gespräch zu verwickeln, um sie abzulenken.

„Adam sieht seinem Bruder Hamish sehr ähnlich, findest du nicht?"

„Nein gar nicht" empörte sich Elizabeth. „Adam sieht viel besser aus. Er hat so schöne sanfte braune Augen, die mich an die Farbe eines jungen Rehs erinnern. Und sein Lächeln ist so süß, ich könnte immerzu nur auf seinen Mund starren."

Zufrieden über den Gedankenwechsel half sie Mairi schnell, Elizabeth bettfertig zu machen. Denn nach dem Ausdruck in Adams Augen würde er nicht mehr lange auf sich warten lassen. Und während sich beide Elizabeths Schwärmereien über Adams Aussehen und Charakter anhörten, zogen sie ihr das Kleid aus und das Nachthemd über und kämmten noch einmal kurz ihre Haare, so dass sie locker über ihre Schulter fielen. Kaum war der letzte Bürstenstrich getan, klopfte es an die Tür und Adam trat ein. Mairi ging sofort hinaus, doch Mary nahm die plötzlich verstummte Elizabeth noch einmal kurz in die Arme und flüsterte ihr ins Ohr: „Alles wird gut, sei einfach du selber!"

Mit einem kurzen Nicken in Adams Richtung folgte sie Mairi auf den Flur und schloss die Tür.

„Ich hoffe, er wird sanft mit ihr umgehen und sich um ihre Bedürfnisse kümmern."

Mairi, pragmatisch wie immer, gab nur trocken zurück:

„Ich glaube, dass es Zeit wird, dass du dich um die Bedürfnisse deines eigenen Ehemannes kümmerst" und deutete dabei verstohlen auf Iain, der ein Stück weiter den Flur hinunter an der Wand lehnte und scheinbar geduldig auf sie wartete. Allein sein feuriger Blick ließen seine Ungeduld und seine weiteren Pläne erkennen und ihr Wonneschauer über den Rücken laufen.

„Dieser Mann ist einfach unersättlich“ schimpfte sie leise möglichst glaubwürdig, so dass es nur Mairi hören konnte.
„Scheint aber nicht unwillkommen zu sein“ erwiderte Mairi lapidar und nickte ihr noch kurz zu bevor sie ging.
Nein, ganz und gar nicht, aber das war ja das Problem!

Die Nacht war kurz, denn alle standen früh auf, um an diesem Tag rechtzeitig auf ihrem Posten zu sein. Alleine im Bett aufgewacht, begnügte Mary sich diesmal mit einer Katzenwäsche, da sie wusste, dass sie Küche heute mehr als genug um die Ohren hatte, das Hochzeitsfest auszurichten. Diese Rücksichtnahme hatte ihr gestern bei der Köchin einen dankbaren Blick eingebracht, da sie schlecht auf ihre Hilfen in der Küche verzichten konnte, nur damit Mary ihr heißes Bad bekam.
Dafür muss ich mir auch noch eine andere Lösung einfallen lassen dachte sie, während sie sich eilig anzog. Sie wollte nicht, dass andere sich ständig für sie abrackern mussten, nur weil sie ein Bad wollte. Das ließ ihr schlechtes Gewissen einfach nicht zu.
Fertig angezogen stürmte sie nach unten, wo dem Lärmpegel nach schon Einiges los war. Iain war schon beim ersten Morgengrauen aufgestanden. Sie fragte sich, wo er nur immer diese unermüdliche Energie hernahm. Hatte er sich doch letzte Nacht genauso verausgabt wie sie und war trotzdem heute Morgen frisch und voller Energie aufgestanden, während sie sich kaum rühren konnte. Aber er hatte es sehr erfolgreich geschafft, sie von Elizabeth abzulenken. Doch nun war sie gespannt, sie zu sehen und -typisch Frau- alles über ihre Hochzeitsnacht zu erfahren. Als sie dies Iain gegenüber erwähnte, war er mehr als geschockt. Das Frauen über solche intimen Dinge miteinander redeten war ihm neu und er fühlte sich ganz und gar nicht wohl in seiner Haut. Sie konnte ihn erst wieder etwas beruhigen, nachdem sie ihm auf seine Frage zugesicherte hatte, niemandem etwas über ihre erste Nacht erzählt zu haben.
Auch dass hat sich im Laufe der Jahre nicht verändert dachte Mary amüsiert. Frauen reden natürlich über alles Mögliche, aber am liebsten über ihre Männer und deren Aussehen und Fertigkeiten. Frech grinste sie in sich hinein. Wenn Iain nur wüsste. Er hatte einfach nur Glück, dass sie hier keine beste Freundin hatte, denn Elizabeth als seine Schwester fand sie irgendwie unpassend als intime Gesprächspartnerin über seine Fähigkeiten im Bett.
In der großen Halle flitzten Mägde hin und her und brachten einigen bereits eingetroffenen Gästen etwas zu trinken. Ansonsten bereiteten sie den Tisch für das Essen nach der Messe vor. Mairi stand wie ein Feldwebel an der Küchentür und dirigierte alle mit klaren und knappen Anweisungen. Da wollte Mary bloß nicht stö-

ren und ging nach draußen. Der Innenhof glich mittlerweile einer Zeltstadt, in der kein Zentimeter Platz mehr frei war. Überall liefen beschäftigt Menschen hin und her, doch Iain konnte sie nicht entdecken. Sie raffte ihre Röcke und lief zur Kapelle, um nach dem Rechten zu sehen. Dort traf sie nur Graham an, der in ein Buch vertieft war und die Hektik um sich herum gar nicht zu spüren schien.
„Guten Morgen Onkel Graham“ grüßte sie ihn freundlich, worauf er aufblickte und ihren Gruß ruhig und freundlich erwiderte.
„Habt Ihr Iain gesehen?“
Bevor er ihr antwortete, blickte er sich unauffällig um und nickte.
„Er bespricht noch ein paar Einzelheiten für unvorhergesehene Eventualitäten mit den engsten Vertrauten.“
Sofort wurde Mary nervös und realisierte die Wichtigkeit dieses Tages. Hier ging es nicht nur mehr um eine Hochzeit, sondern die Existenz des gesamten Clans stand auf dem Spiel. Sie musste sofort zu ihm und helfen.
Beruhigt legte Graham ihr die Hand auf den Arm. „Ihr habt schon Euren Beitrag geleistet, indem Ihr uns gewarnt habt. Überlasst den Rest Iain. Wo er jetzt noch mehr zu verlieren hat, wird er kein Risiko eingehen und alles Genauestens überdenken.“
Warm und zuversichtlich blickte er Mary an.
„Geht und helft Mairi oder Elizabeth, und haltet die Augen offen. Es wird alles gut.“
Klar, entrüstet und nicht minder besorgt lief Mary zurück zur Burg. Was hatte sie auch erwartet? Dass sie als Frau mit in die Strategieplanung einbezogen werden würde? In diesem Jahrhundert? Eher unwahrscheinlich. Trotzdem verletzte es sie, dass Iain sie außen vor ließ.
Mittlerweile war fast kein Durchkommen mehr, so viele Gäste drängten sich im Innenhof und in der Halle. Gerade schoss sie um einen Pfeiler in der Halle, als sie abrupt auf eine harte Brust prallte und zum Stehen kam. Peinlich berührt löste sie sich aus den Armen, die sich automatisch um ihre Schultern gelegt hatten, um sie zu stützen. Das nächste Fettnäpfchen! Sie konnte sich schon vorstellen wie alle sich darüber amüsierten, dass Iains ungeschickte Frau die Gäste in Grund und Boden rannte.
„Entschuldigung, ich war unvorsichtig.....“ begann sie und blickte an der Brust hoch zum Gesicht des Mannes. Doch da stockte ihr der Atem und sie brach erschrocken ab. Sie griff sich entsetzt an die Kehle. *Oh mein Gott*, war das Letzte, was ihr durch den Kopf ging, bevor alles schwarz wurde.

Nur langsam drangen wieder Stimmen zu ihr durch und Mary hörte einen besorgten und wütenden Iain, der sich mit einer nicht minder aufgebrachten fremden männlichen Stimme stritt. Sie spürte ein sanftes Schütteln an ihrer Schulter und hörte Iain ihren Namen rufen. Benommen versuchte sie sich zu erinnern, was passiert war und als es wieder langsam in ihr Bewusstsein drang, riss sie die Augen auf und klammerte sich an Iains Hand.

„Iain, du glaubst nicht, was ich..." begann sie, doch einen Blick auf den Mann neben Iain ließ sie wieder abrupt verstummen. Sie zerquetschte Iains Hand und holte tief Luft, um ihrer Panik Herr zu werden und nicht schon wieder in das Reich des Vergessens zu sinken.

„Mary, darf ich dir Kyle McKinnon vorstellen, den Bruder deiner Mutter und somit dein Onkel."

Mary richtete sich zitternd auf und konnte den Mann vor ihr nur mit offenem Mund anstarren. Iain klappte ihn ihr mit einem Finger sanft zu, was sie jedoch nicht bemerkte. Den Mann vor ihr zu sehen war ein Schock, den sie noch nicht verdaut hatte. Er sah genau so aus wie ihre Mutter, die beiden hätten Zwillinge sein können. Die gleichen grauen Augen, die jetzt die Farbe eines drohenden Sturms angenommen hatten, die gleichen rot-braunen Haare, die sich in langen Wellen bis auf die Schulter lockten. Die gleiche helle Haut, die sich straff über den scharfen Wangenknochen spannte. Seine kantigen Konturen wurden durch seine mühsam unterdrückte Anspannung noch verstärkt. Er war nicht viel größer als Mary und trug zum feierlichen Anlass seinen roten, mit dicken schwarzen und einem feinen weißen Streifen durchzogenen Tartan, der ihn ganz klar als den Laird der McKinnons auszeichnete. Er sah durchtrainiert aus, hatte aber nicht die ausgeprägten Muskelpakete, wie Iains Körper auszeichneten. Mary Blick wanderte wieder höher und blieb am Gesicht hängen, das so vertraut, und doch wiederum so anders schien. Kein Wunder, dass Mary in der Halle gedacht hatte, den Geist ihrer Mutter zu sehen. Bei besserem Licht und genauerer Betrachtung war es natürlich offensichtlich, dass vor ihr ein Mann stand.

Auch Kyle schien sichtlich um Fassung zu ringen.

„Ich erwarte eine Erklärung McAllister" knurrte er, ohne auch nur einen Blick von Mary zu lassen.

Iain seufzte abgrundtief. Er hatte mit dieser Begegnung gerechnet, doch der Zeitpunkt hätte günstiger sein können.

„Kyle, dies ist Mary, die Tochter Eurer Schwester Megan und meine Frau" fügte er besitzergreifend hinzu.

„Das habe ich mir schon gedacht, die Ähnlichkeit ist unverkennbar, bis auf die Augen“ fuhr er Iain an. „Doch viel wichtiger ist, wieso sie hier bei Euch ist und ich als ihr Onkel nichts davon weiß.“
Iain richtete sich zu seiner vollen Größe auf.
„Ihr sollt Eure Erklärung haben, mit allen Details. Doch möchte ich Euch bitten, bis Morgen Geduld zu haben. Sie ist der Grund, warum ich letzte Woche noch bei Euch war, um mich Eurer Anwesenheit heute zu vergewissern. Leider gibt es heute nicht nur einen freudigen Anlass.“
Knapp berichtete Iain von dem bevorstehenden Verrat, ohne jedoch zu sehr ins Detail zu gehen und damit Marys Beteiligung zu verraten. Unglaube zeichnete sich zuerst auf Kyles Gesicht ab, doch je weiter Iain ruhig und sachlich berichtet, umso zorniger wurde er.
„Diese Bastarde! Nachdem das Bündnis mit Megan nicht zustande gekommen ist, gab es keine weiteren Möglichkeiten, ein Bündnis zwischen unseren Clans einzugehen. Sie hatten nur Söhne und wir keine weitere Tochter, die man hätte vermählen können. Trotzdem haben sie jahrelang versucht, an unser Land zu kommen. Glücklicherweise ist es ihnen nicht gelungen, da wir zu starke Verbündete haben, die sie bei einer Fehde dem Erdboden gleich gemacht hätten.“
Resolut strafft er die Schultern.
„Gut, ich warte bis Morgen. Was kann ich tun, um Euch gegen diese Hunde zu unterstützen?“
Erleichtert besprach Iain mit Kyle, auf was er achten sollte und wie er seine Leute instruieren konnte. Mary dagegen schienen beide vergessen zu haben und sie nutzte die Gelegenheit, ihren neuen Onkel ausführlich zu mustern. Auch von einem Bruder hatte ihre Mutter nie etwas erzählt.
Oh Ma, was kommt da denn sonst noch aus der schottischen Wundertüte fragte sich Mary beklommen.
„Ihr habt ihn also nun.“
Mary bemerkte erst, als Iain sie an stupste, dass sie gemeint war. Verwirrt blickte sie auf ihren Onkel und folgte seinem Blick auf ihre Hand. Der Clanring. Unsicher blickte sie auf. „Ma wollte unbedingt, dass ich ihn anziehe, wenn ich nach ihrem Tod hierherkomme.“
Vorsichtig hockte sich Kyle vor Marys Sessel, so dass sie auf gleicher Augenhöhe waren. Nachdem er sie aufgefangen hatte, waren sie in Iains Arbeitszimmer geführt worden, um sie abzulegen.
„Dann ist sie also tot.“ Es war eher eine Feststellung als eine Frage und eine unendliche Traurigkeit schwang in seiner Stimme mit.

„Irgendwie hatte ich immer die Hoffnung...", brach jedoch mitten im Satz ab.
„Erst vor ein paar Monaten" tröstete sie ihn, „davor hatte sie ein glückliches und erfülltes Leben."
Beide schauten sich bewegt in den Augen.
„Ich habe immer für sie gebetet."
Wut brannte auf einmal in Mary auf. Warum hatte er ihr damals denn nicht geholfen? Doch genauso schnell verschwand sie wieder, verstand sie nun die Zeit und deren Gesetze besser um zu verstehen, dass er ihr nicht hatte helfen können, auch wenn er gewollt hätte. Gedankenverloren blickte sie auf seine Hände, an denen sein schmaler Ehering zu sehen war. Ohne zu zögern zog sie sich impulsiv den Clanring der McKinnon vom Finger und hielt ihn Kyle hin.
„Ich glaube, der gehört jetzt dir" brachte sie nur krächzend heraus.
Überrascht und ungläubig schaute er sie an und schüttelte den Kopf.
„Doch, nimm ihn." Energisch nahm sie seine Hand und legte den Ring hinein.
„Er gehört dem jeweiligen Clanoberhaupt, und das bist du" und schloss entschieden seine Hand zur Faust.
„Aber..."
„Ich habe nun meinen eigenen Clanring" sagte sie mit belegter Stimme und deutete auf Iains Ehering, „und meinen eigenen Clan." Sie vermied es, Iain anzusehen. Zu stark innerlich aufgewühlt, erkannt sie, dass sie es genauso so meinte, wie sie sagte, sie gehörte hierher. Iain anzusehen, hätte ihrer Beherrschung nicht standgehalten.
Kyle räusperte sich.
„Darüber müssen wir später noch einmal ausführlich reden, ob das auch so bleiben soll" und funkelte Iain angriffslustig an. „Ich werde nicht den gleichen Fehler wie bei meiner Schwester machen und tatenlos zusehen."
Gott bewahre mich vor überfürsorglichen Verwandten stöhnte Iain innerlich genervt auf.
„Wir sollten uns erst mal um die allgemeine Zukunft unseres Clans kümmern bevor wir Einzelschicksale besprechen, sonst hat sich das eh erübrigt." Iain versuchte durch seine burschikose Art seine Gefühlswelt wieder in Ordnung zu bringen. Doch wenn sie diesen Tag und diese Nacht überleben würden, hatte er einiges mit Mary zu besprechen. Allein die Tatsache, dass sie den Ring ihrer Mutter, ihr einziges Erinnerungsstück an sie, abgab und sich zu seinem Clan bekannte, machte ihn mächtig stolz und ließ seine Brust wie

ein aufgeplusterter Gockel anschwellen. Er war sich nur nicht ganz genau über ihre Beweggründe im Klaren. Hatte sie sich für ihn und das Leben hier entschieden? Es konnte aber auch zu den Vorbereitungen ihrer Abreise gehören, und der Gedanke daran behagte ihm ganz und gar nicht.
Plötzlich wurde heftig an die Tür geklopft und fast zeitgleich weit aufgerissen.
„Die Fergussons sind da und toben wie eine marodierende Wildschweinherde“ keuchte Callum schwer atmend.
Iain ging sofort zur Tür, blieb jedoch nach ein paar Schritten unschlüssig stehen.
„Geht ihr beiden nur“ ermunterte Mary die beiden Männer, „ich brauche noch einen Moment, um mich wieder gesellschaftsfähig zu machen.“
Als Iain sich immer noch nicht bewegte, stand sie auf und schupste ihn sanft Richtung Tür.
„Los jetzt, dein Clan braucht dich, ich komme in ein paar Minuten nach.“
„Unser“ verbesserte Iain, zog sie abrupt in seine Arme und gab ihr einen kurzen aber heftigen Kuss, der ihre Beine sofort wieder schwach werden ließ. Dann stürmte er mit Kyle und Callum im Schlepptau hinaus und Mary ließ sich emotional völlig verausgabt wieder auf den Sessel fallen. Was für ein Tag!

8

Doch der Tag hielt noch mehr für Mary bereit.
Ich habe eine Familie, dachte sie ganz benommen und ein unglaubliches Gefühlschaos tobte durch ihren Kopf. Wie sehr hatte sie sich immer eine große Familie gewünscht, sei es Geschwister oder andere Verwandte. Doch waren sie immer nur zu dritt gewesen, die die üblichen Familien- und Feiertagen zusammen verbracht hatten. Nun hatte sie einen Onkel und wer weiß, vielleicht gab es ja noch mehr Angehörige. Sie konnte es kaum erwarten, sich mit ihrem Onkel Kyle in Ruhe zu unterhalten. Doch Iain hatte Recht, *wie immer* fügte sie leicht ironisch hinzu. Zuerst musste die Sache mit den vermaledeiten Fergussons geklärt werden.
Nachdem Mary sich wieder einigermaßen gefangen hatte, zupfte sie nervös ihr Kleid zurecht, holte tief Luft und ging langsam wieder zurück in die Große Halle, aus der schon von Weitem laute Stimmen und Getöse zu hören war. Hinter einem Vorsprung verborgen, lugte sie zuerst vorsichtig um die Ecke. *Feigling* beschimpfte sie sich selber, doch stand es mit ihrem Nervenkostüm gerade nicht zum Besten. Zu aufwühlend waren die neusten Ereignisse gewesen. Daher wollte sie in Ruhe zuerst unbeobachtet den Schauplatz überblicken, um sich einen ersten Eindruck zu verschaffen und sich innerlich zu wappnen.
Iain stand umgeben von Onkel Rory und Callum an der Stirnseite der Tafel, vor ihm ein feister, fast kahlköpfiger Mann mit ungesundem, hochrotem Gesicht. Neben ihm stand unzweifelhaft sein Sohn, denn sein Gesicht trug den gleichen gemeinen Ausdruck und die böse funkelnden Augen. Mary konnte von ihrem Platz aus nicht verstehen, was sie sagten oder eher gesagt brüllten, doch an Iains eisigem Gesichtsausdruck erkannte sie, dass es nichts Erfreuliches sein konnte. Das waren also die Fergussons. Erstaunlicherweise waren keine Frauen oder Kinder bei ihnen zu sehen.
Noch unschlüssig, ob es ratsam war, gerade jetzt zu Iain zu gehen, wurde sie unsanft von hinten umfasst und herumgedreht.
„Na, wen haben wir denn hier Hübsches?"
Ein Schwall schlechter Atem wehte ihr ins Gesicht und ließ sie angeekelt zurückweichen.
„Hände weg, aber sofort" fauchte sie angewidert.
Erbost über dieses ungebührliche Verhalten, versuchte sie sich aus dem stahlharten Griff zu entwinden, erreichte aber nur, dass sich ihre beiden Körper aneinander rieben, was ihrem Angreifer zu ihrem Entsetzen nur noch mehr zu gefallen schien. Wie eine

Krake waren seine Hände überall, grabschten grob an Mary herum, drückten schmerzhaft ihre Brüste und packten ihren Po, um ihn an seiner Erektion zu reiben. Gleichzeitig versuchte er sie mit seinen wulstigen Lippen zu küssen, doch Mary drehte den Kopf so weit wie möglich weg. Wütend und verzweifelt über diesen direkten Angriff wand sich Mary und versuchte diesen ekelhaften Kerl von sich zu stoßen.

„Ah, eine Wildkatze! Ich mag Weiber mit Feuer im Hintern, da wird es nicht langweilig“ freute sich ihr Peiniger, griff grob in ihre Haare und riss ihr den Kopf nach hinten, um sie zu küssen. Mary unterdrückte einen Schmerzensschrei. Aufsteigende Panik und Ekel verliehen ihr ungeahnte Kräfte. Endlich bekam sie einen Arm frei. Sie versetzte ihrem Peiniger einen Fausthieb mit solcher Wucht ins Gesicht, dass sein Kopf zur Seite geschleudert wurde und er sie nur noch mit einer Hand am Arm festhielt.

„Du kleines Miststück“ geiferte der Widerling und schlug brutal zurück, so dass Mary zu Boden geworfen wurde.

„Dir werde ich zeigen, wie du dich gebührlich zu verhalten hast“ höhnte der Mann, stützte dabei seine Fäuste auf seinen fetten Hüften und schaute schmierig lächelnd auf Mary hinunter.

Geschockt starrte Mary den fremden Mann an, der trotz festlicher Kleidung solche urwüchsige Brutalität ausstrahlte. Er war kleiner als Mary und seine fettigen braunen Haare waren hinten mit einem Band zusammengebunden. Seine schwammige Gestalt ließ vermuten, dass er kein hart trainierender Krieger war, sondern lieber den Speisen und Getränken zusprach. Doch am schlimmsten empfand sie seinen kalten abschätzenden Blick, der nun über ihren Körper glitt. Als wenn er ihr mit Blicken die Kleider vom Leib reißen würde, fühlte sie sich trotz Kleidung nackt und schutzlos.

Geladener Gast hin oder her, sie würde sich nicht so einfach von diesem Fiesling misshandeln lassen. Fassungslos fasste sie nach ihrer schmerzenden Wange und verharrte scheinbar ruhig am Boden. Ihr Herz klopfte panisch vor Angst, sie schluckte schwer und schmeckte ihr eigenes metallisches Blut im Mund, was heißen Zorn in ihr aufschäumen ließ. Mit zu schmalen Schlitzen zusammengekniffenen Augen verfolgte sie gebannt jede Regung ihres Gegners. Kräftemäßig war er ihr weit überlegen, doch nie würde sie sich kampflos ergeben!

Als dieser sich nun zu ihr herabbeugte, stieß sie einen markerschütterten Schrei aus, der ihn erstaunt innehalten ließ. Diese Pause nutzte Mary und trat mit voller Wucht in seine Weichteile, worauf er mit einem entsetzen Stöhnen zusammenklappte wie ein gefällter Baum. Mary bedauerte kurz, keine Absätze zu tragen und

sprang behände auf, drehte sich blitzschnell um und wollte wegrennen, wurde aber von einem harten Körper abrupt gebremst. Nicht noch einer! Panisch holte Mary aus, doch ihre Arme wurden ergriffen und festgehalten. Sie zielte gedanklich schon mit dem Knie in die nächsten Kronjuwelen, als Iains Stimme sie endlich erreichte.
„Ganz ruhig."
Gehetzt blickte sie in sein Gesicht und sackte erleichtert in seinen Armen zusammen. Dieser umfing sie schnell und stützte sie ab, damit sie nicht zu Boden glitt.
„Dieses verfluchte Miststück" fluchte hinter ihr der Mann, der sich langsam vom Boden aufrappelte und sich die schmerzende Stelle hielt.
„Sie hat mich fast entmannt, man sollte ihr Gehorsam einpeitschen."
Iains Griff wurde kurz fester, dann reichte er Mary an Onkel Rory weiter, der direkt neben ihnen stand. Erst jetzt bemerkte Mary den Menschenauflauf, der sich um sie herum gebildet hatte. Die McAllisters standen mit eisigen Mienen da und starrten den Mann feindselig an. Die beiden Fergussons, die sie vorhin bei Iain gesehen hatte, halfen dem Mann auf.
„Was soll der Aufruhr, Donald?" fuhr der Ältere den verletzten Mann an. „Ich denke, du hast die Frauen nach oben in ihre Gemächer begleitet."
„Hab ich auch, Vater, aber die haben so lange gebraucht, da bin ich schon vorgegangen. Und dann hat diese Hure mir hier aufgelauert und als ich zur Sache kommen wollte, hat sie mich getreten." Vor lauter Geifer flogen Speicheltropfen durch die Luft, während er keuchte und dabei auf Mary deutete.
Iain zog unvermittelt sein Schwert und hielt es erst kurz vor Donalds Hals an. Es wurde mucksmäuschenstill.
„McAllister, warum macht ihr so viel Ärger wegen einer Hure?" versuchte Lachlan, der alte Laird der Fergusson, Iain zu beruhigen. „Sie sollte sich geehrt fühlen, dass mein Sohn sich für sie interessierte, zumal sie ihm ja wohl zuerst schöne Augen gemacht hat."
Mary holte bereits empört Luft und machte Anstalten, diesem Fettwanst nicht nur verbal an die Kehl zu springen, als Onkel Rory sie warnend zurückhielt und ihr ins Ohr flüsterte: „Das ist Männersache, vertraut Iain."
Iains Gesichtsausdruck war mörderisch. Ohne eine Regung oder das Schwert nur einen Millimeter wegzubewegen starrte er in Donalds Augen.

„Diese Frau dort ist mein mir vor Gott angetrautes Eheweib." Eisig schnitten seine Worte durch die Stille, wobei er jedes einzelne Wort betonte.
„Ihr habt es gewagt, sie anzufassen, zu verletzen und zu beleidigen. In meinem Haus. Ihr seid ein toter Mann, Donald."
Diesem wich alle Farbe aus dem Gesicht und sein Blick flog gehetzt zwischen Iain und seinem Vater hin und her.
„McAllister, lasst uns in Ruhe darüber reden" versuchte sein Vater Iain zu beschwichtigen. „Vielleicht war alles nur ein dummes Missverständnis."
Iains Blick bohrte sich in die kleinen feisten Schweinchenaugen des Lairds.
„Ihr habt fünf Minuten Zeit, Eure Familie und Angehörige einzusammeln und meine Burg zu verlassen. Ihr habt meine Gastfreundschaft aufs Höchste verletzt und seid hier nicht mehr willkommen."
Weitere Befehle folgten wie die Salve aus einem Maschinengewehr.
„Mairi, bring Mary nach oben."
„Callum, hole weitere Soldaten und sorge dafür, dass kein Fergusson *versehentlich* hier vergessen wird und geleite sie bis zur Wiese hinter den Grat."
Dieser nickte und stob davon.
„Aber...." hob Donald an, verstummte aber abrupt, als das Schwert an seinem Hals sich tiefer in seine Haut bohrte.
„Wenn nur noch ein Ton über Eure Lippen kommt, beende ich es hier und jetzt auf der Stelle." Iains Stimme hätte Regentropfen schockfrosten können.

Mary wusste nicht mehr, wie sie in ihre Kammer gekommen war. Doch nachdem das Adrenalin in ihrem Blut wieder sank, setzten die Schocksymptome ein. Zitternd hockte sie auf der Kante des Sessels, hielt sich mit beiden Armen umfasst und rockte vor und zurück. Ihre Zähne klapperten unkontrolliert, als hätte sie einen fürchterlichen Schüttelfrost. Mairi wusch ihr vorsichtig mit einem kalten nassen Tuch das Blut aus dem Gesicht. Ihre Lippe war aufgeplatzt und ihr linkes Auge war bis auf einen kleinen Schlitz zugeschwollen. Sie zuckte leicht zusammen, als das kalte Tuch ihre brennende Wange berührte.
„Mistkerl, perverses Schwein, zum Primaten mutierter Bastard." Marys Liste der Schimpfwörter, mit denen sie Donald bedachte, war endlos und ließ Mairi so manches Mal erstaunt die Brauen heben. Zwar kannte sie nicht alle Wörter, verstand aber sehr wohl deren unschöne Bedeutung.

„Hier, versucht etwas Brühe zu trinken“ ermunterte sie Mary, doch diese schüttelte nur den Kopf.
„Schohoade“ klapperte Mary undeutlich, doch Mairi schaute sie nur verständnislos an.
Mary riss sich zusammen und versuchte es noch einmal.
„Schokolade.“
Mairi blieb ratlos.
„Zucker?“
Wieder ein ratloses Schulterzucken.
„Honig? Kuchen? Kekse?“ stammelte Mary in dem Versuch, etwas gegen ihren Schock zu tun, sie brauchte jetzt wirklich ganz dringend einen Zuckerschub!
Erleichtert eilte Mairi zur Tür und gab dort einem Wachmann Anweisungen. Kurze Zeit später erschien eine Magd mit einem Tablett voll Gebäck und süßen Sachen. Ohne auf irgendwelche Anstandsregeln zu achten schob sich Mary alles in den Mund, kaute kaum und schlang einen Honigkuchen nach dem anderen hinunter. Mairi strich ihr dabei beruhigen über den Rücken und legte die Decke noch fester um Marys Schultern. Es dauerte eine ganze Weile, bis Mary sich schließlich erschöpft in den Sessel zurücklehnte, die Füße anhob und sich wie eine Katze einrollte. Mairi breitete noch eine Decke über sie und betrachtete sie sorgenvoll. Mary war so müde, dass sie kaum die Augen aufhalten konnte.
„Wieso war Iain so schnell zur Stelle? Er hat doch mit den Fergussons vorne am Tisch gestanden.“
„Dein Schrei war nicht zu überhören und hätte Tote in der Halle aufwecken können. Iain ist sofort aufgesprungen und losgerannt.“
Plötzlich schossen ihr Tränen in die Augen und liefen unkontrolliert die Wangen hinunter.
„Es tut mir so leid, ich wollte Elizabeth nicht ihre Hochzeit verderben. Sie wird so enttäuscht sein“ schluchzte sie laut auf. „Das haben wir nur diesem Mistkerl zu verdanken, oh, wenn ich den das nächste Mal sehe, mache ich ihn fertig.“
Erleichtert registrierte Mairi, dass schon wieder Wut in ihrer Stimme mitschwang und wischte ihr sanft die Tränen fort.
„Mach dir keine Gedanken. Iain wir sich darum kümmern. Das Gute ist, dass der Hinterhalt der Fergussons nun nicht mehr ausgeführt werden kann und wir sicher sind.“
Doch statt sich getröstet zu fühlen, flossen die Tränen nun noch mehr.
„Das ist aber viel schlimmer. Bisher haben wir gewusst, was sie vorhatten. Doch nun tappen wir völlig im Dunkeln und sind unvorbereitet. Denn nach der heute Geschichte werden sie ihren

Plan bestimmt nicht aufgeben, sondern eher verstärken. Alleine um sich wegen der erneuten Schmach zu rächen. Oh, ich habe alles verdorben."
Verzweifelt schloss Mary die Augen. Sanft spürte sie Mairis Hand auf ihrem Kopf, die sie tröstend streichelte.
„Mach dir keine Sorgen, es wird alles gut."

Iain stand in seinem Arbeitszimmer und war außer sich. Ein unbändiger Zorn tobte in ihm und er konnte sich kaum zusammenreißen, sonst würde er wild um sich wüten. Der Drang, auf jemanden einzuschlagen war fast übermächtig. Die sonst immer mit Humor gespickte Miene seines Onkels war wie aus Granit gemeißelt.
„Wir werden sie schleifen, es wird kein Stein auf dem anderen stehen bleiben." Wie dunkles Grollen eines heftigen Gewitters dröhnte seine Stimme durch den kleinen Raum. „Diesmal kommen sie nicht so einfach davon." Krachend ließ er seine Faust auf den Tisch knallen.
In diesem Moment stürmte Callum außer Atem herein. „Sie sind weg. Eine Truppe verfolgt sie unbemerkt bis nach Hause und wird uns abwechselnd Bericht erstatten. Die Wachen am Grat und am Tor sind verdoppelt."
Iain nickte zustimmend und wandte sich an seinen Onkel.
„Wir müssen auf der Hut sein, deshalb schicke eine Nachricht an unsere Verbündeten, dass sie sich bereithalten sollen. Das ist noch nicht das Ende."
Iain seufzte tief und richtete sich dann zu seiner vollen Gestalt auf. „Nichtsdestotrotz haben wir heute noch eine Hochzeit zu feiern, und ich werde nicht zulassen, dass Elizabeth nur unschöne Gedanken an ihre Vermählung bin Erinnerung behalten wird."
Ungläubig blickten Callum und Rory ihm hinterher, nachdem er aus der Tür wieder zurück in die Halle verschwunden war.
„Teufel noch mal" stieß Rory aus und kratzte sich nachdenklich am Bart. „Der Junge ist viel zu kontrolliert und praktisch veranlagt."
„Hm." Callum blickte gedankenverloren zur Tür. „Vor ein paar Wochen hätte ich noch ohne nachzudenken zugestimmt. Aber in den letzten Tagen habe ich ihn schon das ein oder andere Mal lächeln gesehen."
Verschwörerisch blickte er den älteren Mann an und zwinkerte vergnügt. „Seine Mauer hat Risse bekommen und ich glaube, es gibt da jemanden, er sie ganz einreißen kann. Und dann wird sie ihn beschützen wie ein Löwenmutter ihr Junges."
Ein Lächeln flog über Rorys Gesicht. „Es wird auf jeden Fall interessant werden. Komm, lass uns mithelfen, der Kleinen eine schö-

ne Hochzeitsfeier zu bereiten" und schlug Callum kraftvoll auf die Schultern.

Mary erwachte und fühlte sich, als hätte sie mit dem Kopf den Schleudergang ihres Trockners getestet. Ihr linkes Augen konnte sie kaum öffnen und fühlte sich wie Quasimodo. Ihre Glieder schienen nur aus Gummi zu bestehen und machten keine Anstalten, ihren inneren Befehlen, sich zu bewegen, Folge zu leisten. Im Rücken spürte sie eine vertraute Wärme und kuschelte sich noch enger in Iains Arme. Ein leichtes Stöhnen ließ sie wider Willen die Mundwinkel zu einem leichten Lächeln verziehen, was ihre lädierte Wange ihr jedoch sofort übel nahm. Vorsichtig drehte sie sich zu Iain um, in dessen Augen sofort mordsmäßige Wut aufflammte, als er ihr malträtiertes Gesicht sah. Sanft fuhr er über ihre gesunde Wange. „Es tut mir so leid."
Irritiert blickte Mary ihn an. „Wieso dir? Wenn, dann tut es mir leid, dass ich gestern alles verdorben habe. Elizabeth ist bestimmt richtig sauer."
Iain rollte sich auf den Rücken und verschränkte beide Arme hinter den Kopf.
„Mach dir um Elizabeth keine Sorgen. Ich soll dir ausrichten, dass sie dir eine schnelle Genesung wünscht und dir in keinster Weise böse ist."
„Wieso ausrichten? Mag sie mich nicht mehr sehen?" Ein Kloß formte sich in ihrem Hals.
Schnell rollte Iain sich wieder auf die Seite und streichelte beruhigend ihre Haare. „Elizabeth ist gestern mit ihrem Mann und Familie nach Hause abgereist. Sie wollte sich gerne persönlich von dir verabschieden, aber du hast den ganzen Tag geschlafen und sie wollte dich nicht wecken."
„Einen ganzen Tag verschlafen?" Ungläubig suchte sie in seinen Augen nach der Bestätigung, dass er sie nur aufzog, doch sie sah nur Ernst und Sorge darin. Stumm kuschelte sie sich an seine Brust. Dies schien ihr der einzige Ort zu sein, an dem sie sich momentan aufgehoben und geborgen fühlte.
„Erzähle mir alles" forderte sie ihn leise auf.
Iain umschlang sie fest und berichtete kurz und knapp über die letzten beiden Tage. Nach dem Abzug der Fergussons hatte man trotzdem noch gefeiert und gegessen, obwohl die Stimmung nicht so ausgelassen wie üblich gewesen war. Umso erleichterter war man über die vorgezogene Trauung gewesen und hatte mehrfach die Klugheit seiner Frau über diesen Schachzug gelobt. Die meisten hatten sich früh zurückgezogen, um am nächsten Morgen zeitig die Heimreise anzutreten. Alle anwesenden Clans waren sich

einig, dass man die Fergussons nun besonders im Auge behalten musste. Deshalb wollten alle früh nach Hause, um entsprechende Vorkehrungen zu treffen. Iain war froh, Elizabeth nun sicher bei den McGregors zu wissen, sodass er sich keine Sorgen um ihre Sicherheit machen musste. Wohl überlegt erzählte er ihr nicht von dem bevorstehenden Krieg, der unausweichlich schien.
Mary hing ihren eigenen Gedanken nach. Dies war das erste Mal, dass ihr wirklich auch körperlich bewusst geworden ist, wie rau und gefährlich dieses Zeitalter war. Wie naiv sie bisher behütet durch Iains schützende Hand durch die Tage gekommen war, ohne das wirkliche Leben hier kennenzulernen. Sie hatte gedacht, sie könnte wie eine fremde Beobachterin alles Geschehen aus der Ferne studieren, aber nicht selber involviert werden. Ein großer Fehler mit schmerzhaften Folgen!
Allein die Vorstellung, dass sie Donald, diesem widerlichen Kerl, in die Hände gefallen wäre, ließ sie würgen und ihre Dankbarkeit gegenüber Iain wuchs ins Unermessliche.
„Was machen wir denn nun?“ Verzagt starrte sie an die Decke. Sie hasste es, sich so hilflos zu fühlen, gepaart damit, versagt zu haben.
„Wie wärs zuerst mit einem Guten Morgen Kuss und anschließend etwas zu essen?“ versuchte Iain ihre Stimmung aufzuheitern. „Meine Ehefrau hat mir beigebracht, dass man sich morgens zu küssen hat – unter anderem.“ Schon beugte er sich zu ihren Lippen, um sie zärtlich um ihre Verletzung herum mit dem Mund zu liebkosen. Eigentlich wollte Mary verärgert antworten, doch ihr Humor und vor allem ihr Körper ließen sie schamlos im Stich, sie reagierte sofort auf Iains Zärtlichkeiten. Als ihr Magen jedoch laut vernehmlich knurrte, zog Iain sich lächelnd zurück.
„Das war deutlich. Also Essen“ und sprang behände aus dem Bett. Mary fand es immer noch ungewohnt, dass sich Iain so ungezwungen nackt vor ihr bewegte. Bewundernd ließ sie ihren Blick über seinen durchtrainierten Körper wandern und fühlte eine wohl vertraute Wärme in sich aufsteigen. Er war aber auch einfach unglaublich attraktiv, nein richtig sexy, wie er gerade einen Teller mit Essen vom Tablett zusammenstellte. Sein Muskelspiel war deutlich bei jeder Bewegung zu sehen, als ob flüssiges Quecksilber über seine Haut perlte.
„Erwischt“ raunte Iain und heiße Röte stieg ihr ins Gesicht als sie bemerkte, dass Iain sie wissend ansah während sie noch auf seinen nackten Hintern starrte.
„Mal sehen, ob ich dir auch bei deinem anderen Hunger helfen kann“ surrte er leise, während er geschmeidig zum Bett zurückkehrte und sich vorsichtig neben ihr niederließ. Verführerisch

langsam schob er ihr ein heißersehntes kleines Stückchen Kuchen in den Mund. Und während Mary die süße Köstlichkeit langsam auf der Zunge zerging, schloss sie genüsslich die Augen und genoss sowohl die Süße in ihrem Mund als auch die von Iains Zärtlichkeiten. Sanft wie eine Feder zogen seine Hände ihre Bahnen über ihren nackten Körper und verursachten herrliche Wonneschauer. Als Iain langsam die Innenseite ihrer Schenkel entlangfuhr und sein Mund der Spur seiner Hände folgte, schluckte sie schwer und ein entrücktes Stöhnen entwich ihrem Mund.
Verschmitzt funkelte Iain sie von unten her an. In seinen Augen tanzten tausend Teufel als er sinnlich raunte. „Wie ich bemerke, ist dein Hunger doch größer als ich dachte. Wir müssen wohl umfangreicher auftafeln."
Genüsslich ließ er seinen Blick über ihren hellen schlanken Körper gleiten und blieb an den Brustspitzen hängen, die sich bereits zu kleinen dunklen Knospen zusammengezogen hatten. Diesmal musste er schwer schlucken, bevor er seine nächsten Worte mehr krächzte als sprach.
„Zuerst kommt die Vorspeise. Dann der Hauptgang und danach das Dessert" setzte er mit einem wölfischen Lächeln hinzu und begann mit unendlicher Zärtlichkeit, sein Drei-Gänge-Menü zu kosten.

Diesmal erwachte Iain später und fand Mary bei der Waschschüssel, in welcher sie emsig herumhantierte. Träge und zutiefst zufrieden kratzte er sich am Kopf. „Was machst du da?"
„Waschen" kam die kurze Antwort, ohne dass Mary ihre Tätigkeit unterbrach.
„Was denn ?"
Unwillig druckste Mary herum. Deshalb stand er auf und ging zu ihr.
„Was bei allen Heiligen ist das denn?"
Mit hochroten Wangen platzte es schließlich aus ihr heraus. „Meine Unterwäsche."
„Deine was?" Iains Augenbrauen verschwanden fast in seinem strubbeligen Haar.
„Meine Unterwäsche."
Trotzig wrang Mary das kleine Stück Stoff aus und legte es zwischen zwei Tüchern, um es einzuwickeln und zu verdrehen. Sie wollte ihren Slip so schnell wie möglich wieder trocken da spüren, wo er hingehörte.
Iain kannte diese Hose natürlich, hatte er sie ihr doch schon mehr als einmal eigenhändig ausgezogen.
„Warum wäschst du sie selber in der Waschschüssel?"

„Weil ich sie nun bereits seit zwei Tagen getragen habe." Entnervt drückte Mary an ihrer Tücherwurst, um möglichst viel Wasser herauszubekommen.
„Und?" Iains Gesicht war ein einziges Fragezeichen.
„Bisher habe ich sie jeden Abend ausgewaschen, damit sie über Nacht trocknen und ich sie morgens wieder sauber anziehen konnte. Ich habe nur die eine" verteidigte sie sich, „und ohne mag ich nicht herumlaufen" fügte sie trotzig hinzu.
„Hmm" war alles, was Iain daraufhin antwortete. Er kannte ja bereits Marys Sinn für Sauberkeit, badete sie doch nach wie vor jeden Morgen. Er hätte sich eigentlich denken können, dass das gleiche für ihre Kleidung galt. Mit einem Kuss auf ihre Stirn drehte Iain sich um und zog sich an.
„Wir treffen uns gleich unten in der Halle" und war verschwunden. Verdutzt blickte sie auf die geschlossene Tür. Eigentlich hatte sie noch einen dummen Kommentar von Iain erwartet, aber keine Flucht. Sie zuckte ratlos mit den Schultern und entrollte ihre Tücher. Leider war ihr Slip noch immer feucht und würde sich sehr unangenehm auf der Haut anfühlen. Sie überlegte kurz, dann band sie sich einfach eins der trockenen Tücher um ihre Beine. *Wie eine Windel* dachte sie spöttisch, *doch besser als sich so schutzlos ohne etwas untenherum aus der Kammer zu wagen*.
Sie war gerade dabei, sich fertig anzukleiden, als es an der Tür klopfte. Auf ihr Herein betraten Mairi und eine schüchterne Magd die Kammer. Letztere trug einen großen Korb, der bis zum Rand mit Stoff gefüllt war.
„Wie ich sehe, bist du schon wieder munter auf den Beinen, das ist gut so" meinte Mairi forsch, wobei sie jedoch Marys Gesicht genau betrachtete. Ironisch lächelnd betastete Mary ihr Gesicht.
„Wie gut, dass ich keinen Spiegel zur Hand habe, aber es fühlt sich nach einem ordentlichen Veilchen an."
Die verdutzten Mienen der Frauen zeigte Mary, dass sie sie nicht verstanden hatten. *Auch egal* dachte sie seufzend.
„Du sollst uns Anweisungen für ein besonderes Kleidungsstück geben und da Lindsay am Geschicktesten mit der Nadel umgehen kann, soll sie es nähen. Hier ist ein ganzer Korb voller Stoff, such dir aus, was dir gefällt."
„Aber ich habe doch schon genug Kleider" protestierte Mary.
„Keine Kleider, wohl eher so eine Art Hose" bemerkte Mairi trocken. „Iain hat sich nicht mit Einzelheiten aufgehalten, meinte aber, du würdest uns ein Muster zeigen können." Ein freches Grinsen überzog plötzlich das faltige Gesicht. „Und nach der hübschen Röte

in seinem Gesicht zu urteilen, dürfen wir gespannt sein, womit du uns diesmal überraschen wirst."
Mary prustete los. Der Gedanke an Iain, der über Unterhosen redete, löste bei ihr unweigerlich einen Lachreiz aus.
„Oh je, dabei wollte ich fertig sein, bevor er heute Morgen aufwachen würde. Leider hat er mich dabei erwischt und schien eher ratlos als peinlich berührt zu sein. Aber noch ein paar Slips wären wirklich nicht schlecht, sonst ist der einzige bald völlig durchgerubbelt."
Lachend machten sich die drei Frauen daran, die Stoffe hinsichtlich ihrer Tauglichkeit zu überprüfen und wie man den starren Stoff am besten zuschneiden und nähen musste, um ein akzeptables Ergebnis zu erhalten. Lindsay, die Mary schon öfters Essen gebracht hatte, taute nach der anfänglichen Schüchternheit auf und gab wertvolle Tipps. Nachdem beide sich wieder verabschiedet hatten, Mairi auf dem Weg zur Küche und Lindsay mit dem Versprechen, so bald wie möglich ein Set an Slips fertig zu stellen, setzte Mary sich auf ihren Lieblingsplatz am Fenster. Sie brauchte dringend ein paar Minuten Ruhe, um Ordnung in ihre Gedanken zu bringen. Die Ereignisse der letzten Tage hatten sich überschlagen und sie war noch nicht dazu gekommen, alles emotional zu verarbeiten.
Sie hatte einen Onkel, der sie näher kennenlernen wollte, Elizabeth war nun eine verheiratete Frau und sie würde sie nun leider viel seltener zu sehen bekommen. Sie würde ihre unbekümmerte und fröhliche Art sehr vermissen, genau wie ihre vertrauten Frauengespräche.
Der Hinterhalt der Fergussons war verhindert worden, aber leider anders als geplant. Es würde mit Sicherheit ein neuer Anschlag kommen. Doch am meisten bereiteten ihr ihre Gefühle für Iain Sorge. Ihr naiver Plan, hier für ein paar Wochen seine Frau zu spielen und dann zurück in ihre Zeit zu gehen, schien ihr immer verrückter. Was hatte sie nur geritten, sich so stark auf Iain einzulassen?
Gefühle kann man nicht bestellen wie im Katalog und bei Nichtgefallen wieder zurückschicken meinte sie ihre Mutter sanft mahnend zu hören. Wie wahr! Die Frage war nur, was sie nun daraus machen sollte. Resigniert starrte sie auf die trübe Landschaft aus ihrem Fenster. Das Wetter schien sich ihrer traurigen Stimmung angepasst zu haben, denn so weit das Auge reichte, sah sie nur trübes, graues nebelverhangenes Wetter.
Konnte sie sich ein Leben hier vorstellen? Mit Iain und seinem Clan, der ihr immer mehr ans Herz wuchs. Doch auch mit der Bru-

talität, die sie jüngst am eigenen Leibe zu spüren bekommen hatte? Ihr war klar, dass die McAllisters mit ihrer Lebensweise und dem Zusammenhalt eine positive Ausnahme hier bildeten, und die Fergussons mit ihrer Widerwärtigkeit eindeutig eine Negative. Denn viele der Hochzeitsgäste waren über das Verhalten Donalds mehr als empört gewesen. Mairi hatte ihr erzählt, dass viele sogar meinten, dass Iain Donald ruhig hätte töten sollen, dazu hätte er nach seinem Angriff auf sie jedes Recht gehabt. Aber konnte Mary auf Dauer mit dieser Art Gerechtigkeit leben? Sie wusste es nicht.
Nur, konnte sie auf der anderen Seite ihr altes Leben wieder so ohne weiteres aufnehmen? Weiterhin ihren Job machen und so tun, als hätte es Iain nie gegeben? Außerdem war da das Grab ihrer Eltern, welches sie täglich besucht hatte, um sie weiterhin an ihrem Leben teilhaben zu lassen. Was sollte daraus werden? Mary war hin und her gerissen. Ihre wie sie dachte eigentliche Mission, den Hinterhalt zu verhindern, war erfüllt, nun wusste sie auch nicht mehr wie es mit den Fergussons weitergehen sollte. Deshalb könnte sie eigentlich wieder nach Hause. *Und wenn das doch nicht der wahre Grund ihres Hierseins war*? spukte unvermittelt eine Stimme durch ihren Kopf.
Wenn sie genau wie ihre Mutter, durch ihre Reise ihren Seelengefährten finden sollte? Sofort erschien Iains Gesicht vor ihrem geistigen Auge und sie seufzte auf. Sie wusste, dass sie ihn liebte und wenn sie ehrlich zu sich selber war, verkörperte Iain diesen Gefährten mehr als jemals ein Mann zuvor. Seine ruhige Art, seine enorme Aufmerksamkeit, gerade wieder bestätigt durch die Näharbeiten, um die sie ihn nicht gebeten hatte, er aber von sich aus unaufgefordert angeordnet hatte. Zu ihrer Zeit hätte sie keinen einfühlsameren Mann finden können, der aber wenn es drauf ankommt, sie zu verteidigen wusste. Aber konnte sie sich wirklich ein Leben hier vorstellen und eventuell sogar Kinder großziehen? Unwillkürlich fuhr ihre Hand über ihren flachen Bauch. Durch ihre Dreimonatspritze war sie mit Sicherheit nicht schwanger. Aber konnte sie es riskieren, unter den mangelnden hygienischen und medizinischen Bedingungen ein Kind zu bekommen? Was, wenn etwas schief laufen würde? Kaiserschnitt und so manch andere Erkenntnisse waren noch nicht bekannt. Alles wichtige Punkte, über die sie sich im Klaren sein musste, wenn sie eine Entscheidung treffen wollte. Und ihr blieben nur noch ein paar Wochen Zeit.

„Kannst du deine Gier nach Frauen nicht endlich besser unter Kontrolle halten? Durch deine Unbeherrschtheit hast du unseren wichtigen Plan kaputtgemacht und wir müssen uns jetzt nicht nur

etwas Neues einfallen lassen, sondern uns auch noch überlegen, wie wir den McAllister besänftigen können." Lachlan Fergussons tobte und funkelte seinen jüngsten Sohn voller Zorn an. Dieser wand sich unbehaglich.
„Dafür habe ich interessante Neuigkeiten für dich, die ein Soldat von uns in Erfahrung gebracht hat" erwiderte er eilfertig. Den Zorn seines Vaters auf sich zu ziehen konnte gefährlich werden.
Lachlan ließ sich auf seinem imposanten Lairdstuhl nieder, die Hände auf seinen dicken Bauch, die Finger ineinander verschränkt, die Daumen kreisten umeinander.
„Sprich."
Aufmerksam hört er seinem jüngsten Sohn zu.
„Einer unserer Soldaten hat ein Gespräch zwischen zwei McAllister Kriegern aufgeschnappt. Sie haben so von der neuen Lady McAllister geschwärmt, dass sie ihn nicht bemerkt haben. Sie sei wie aus dem Nichts aufgetaucht und nach nur ein paar Tagen mit dem McAllister verheiratet worden. Man sagt, sie sei in England aufgewachsen, was ihre manchmal seltsame Ausdrucksweise erklärt. Aber das Beste ist, dass sie zwar einen englischen Vater hat, aber eine schottische Mutter."
Bedeutungsvoll legte Donald eine Pause ein.
„Megan McKinnon."
Ein gotteslästerlicher Fluch hallte durch den Saal.
„Schon wieder ein Weib der McKinnon, das uns zum Narren hält."
Sein ältester Sohn Ewan fluchte und starrte wütend in die Flammen des Kamins. Megan hatte ihn damals vor dem Altar stehen lassen und diese Schmach hatte er bis heute nicht verwunden.
Nachdenklich blickte Lachlan ihn an, man konnte förmlich seine Gehirnzellen arbeiten sehen.
„Das könnte in der Tat noch nützlich sein. Hm. Wenn der McAllister nicht mehr unter uns weilt, weil er leider einem tödlichen Unfall zum Opfer fiel, kann ich bei McKinnon vorstellig werden." Immer begeisterter über seinen neuen Plan zog ein zufriedener Ausdruck über sein verschlagenes Gesicht.
„Ich werde ihn zwingen, der Hochzeit von Mary und Donald zuzustimmen, um die alte Schmach zu begleichen. So kommen wir doch noch an das Land der McAllister, und zusätzlich an das der McKinnons. Denn wenn Kyle erst mal verstorben ist, fällt das Land automatisch an uns, da es bisher keine männlichen Erben gibt."
Lachlan rieb sich schadenfroh die dicken Hände.
„Das ist sogar noch besser ist als der ursprüngliche Plan."
Donald, der noch immer wütend war, weil das Weibsbild ihn zu Fall gebracht hatte, knurrte zufrieden: „Dann werde ich dem Mist-

stück schon noch zeigen, was Gehorsam ist." Seine gehässige Fratze zeugte von den widerwärtigen Ideen, die im dabei durch den Kopf schossen.
„Ewan, schicke ein paar gute Leute nach Drumrudha Castle. Sie sollen die Burg beobachten und uns jede Bewegung sofort melden."
Dieser nickte und verschwand Richtung Ställe.
„Werden doch mal sehen, ob wir nicht doch noch endlich zu unserem Recht kommen." Genüsslich lehnt sich Lachlan zurück und legte zufrieden seine Hände auf seinen feisten Bauch.
Der Schmied kratzte sich unsicher am Kopf. Mary schaute ihn erwartungsvoll an, doch wusste er nicht so recht, was er davon halten sollte. Sie war schon etwas anders als die Frauen, die er bisher kannte, doch mochte er sie sehr. Denn sie ließ seinen Laird wieder fröhlich lachen, etwas, was seit der Zeit nach dem Tod seiner Eltern nicht mehr zu hören gewesen war.
Außerdem hatte sie aus Rücksicht auf die Hausangestellten ihr morgendliches Bad in eine, wie sie es nannte, *Dusche* umgewandelt. Damit die Diener ihr nicht jeden Morgen heißes Wasser hoch schleppen mussten, hatte man einen Teil der Vorratskammer neben der Küche abgetrennt. Dort hatte sie einen Ledersack aufgehangen, der von oben mit Wasser befüllt werden konnte und unten bis auf einen kleinen Auslauf zugeschnürt war. Nun brauchte das Wasser nur noch in der Küche warmgemacht zu werden und konnte direkt nebenan in den Sack gefüllt werden, so dass sie sich darunter waschen konnte. Selbst Iain, der die Konstruktion zuerst skeptisch beäugt hatte, fand sie nach einer Probedusche äußerst praktisch und nutze sie nun selber immer häufiger. Zumal Mary ihm die sehr zufriedenstellende Möglichkeit gezeigt hatte, was man sonst noch zu zweit unter einer Dusche machen konnte.
Und nun stand sie vor dem Schmied und zeigte auf ein Blatt Papier, auf das sie etwas aufgezeichnet hatte und wollte, dass er es anfertigte.
„Also gut, ich werde es versuchen" brummelte er. Es war zwar eine seltsame Arbeit, aber auch interessanter als immer nur Hufeisen und Schwerter zu schmieden. Und wenn er der Frau des Lairds damit einen Gefallen und sie glücklich machen konnte, nun denn.
Mary klatschte vor Freude in die Hände. Sie war sich nicht sicher gewesen, ob der Schmied sich mit so etwas Profanem abgeben wollte und war erleichtert, als er zustimmte.
„Gebt mir bitte Bescheid, wenn ihr fertig seid, dann komme ich es holen" dankte sie ihm noch einmal, raffte ihre Röcke und lief im Zickzack zur Burg. Es standen noch ein paar Zelte im Innenhof, so

dass sie im Slalom um die Zelte und Menschen, die sie abbauten, herumlaufen musste.
Iain war für ein paar Tage weggeritten, um sich mit seinen Verbündeten zu treffen und eine Strategie gegen die Fergussons auszuarbeiten. Sie realisierte, wie stark sie ihre Konstante, Iain, vermisste und wünschte sich, dass er möglichst bald wiederkommen würde. Ihr Gesicht hatte schon fast wieder eine normale Färbung, nur noch ein paar leicht gelblich-lila Augenringe zeugten von Donalds Angriff. Da sie sich nun frei bewegen konnte, aber keine richtige Aufgabe hatte, fühlte sie sich ziemlich überflüssig. Verstärkt durch Iains Abwesenheit fühlte sie sich ziemlich einsam und deshalb half sie, wo sie konnte. Zwar waren alle am Anfang völlig entsetzt gewesen, dass sie als Iains Frau mit anpacken wollte. Doch hatte sie sich nicht beirren lassen und zu verstehen gegeben, dass sie noch nie nur herumgesessen hatte und jetzt bestimmt nicht damit anfangen würde. Zwar war sie mehr als froh, keine Handarbeiten erledigen zu müssen, was sowohl besser für ihre Finger als auch für die Stoffe war. Besonders nachdem Lindsay ihr ein gutes Dutzend Slips gebracht hatte, die alle mit sehr feinen Stichen genäht waren. Vor lauter Freude und Dankbarkeit hatte sie Lindsay kurz umarmt, was diese aber zur Salzsäure erstarren ließ. Doch von Mairi hatte sie später erfahren, dass Lindsay vor Rührung über diese unübliche Geste ganz ergriffen gewesen war.
Sie hatte sich mit Mairi geeinigt, ihr im Garten und etwas in der Küche zu helfen. Heute sollte Brot gebacken werden, da waren zwei kräftige Hände zum Kneten immer willkommen. Außerdem, wie sollte es anders sein, war die Küche schon immer der Ort für den neusten Klatsch und Tratsch, so auch hier. Und nach anfänglicher Zurückhaltung plauderten sie nun offen über die claninternen Ereignisse. Für Mary war das zusätzlich eine gute Gelegenheit, mehr über die Menschen, die hier lebten, zu erfahren.
Leicht außer Atem wischt sie sich mit dem Ärmel ein paar Haarsträhnen aus dem Gesicht und hinterließ prompt ein Spur Mehl auf ihrer Wange. Sie war verschwitzt, was zum einen von der Bearbeitung des Brotteiges herrührte, und zum anderen vom Herd, der heiß befeuert wurde und die Küche in eine Sauna verwandelte. Aber sie fühlte sich so wohl wie schon lange nicht mehr. Beim Anblick der fröhlichen Gesichter um sie herum wurde ihr warm ums Herz. Es war ein ungewohntes Gefühl, ständig Clanmitglieder um sich zu haben, und niemals wirklich alleine zu sein. Doch es fühlte sich großartig an, ein Teil einer großen Gemeinschaft zu sein, zu wissen und zu fühlen, dass man dazugehörte und selbstverständlich Hilfe bekam, wenn es nötig war.

Nie hätte sie gedacht, dass es so viel körperliche Arbeit bedeutete, Brot für die Bewohner zu backen, solche Unmengen an Mehl, das zuerst gemahlen werden musste bevor es nun verarbeitet werden konnte. Ihre Achtung vor den schwer arbeitenden Menschen stieg immer mehr und immer deutlicher wurde ihr der Luxus in ihrer Zeit bewusst, einfach in einen Supermarkt zu gehen und alles problemlos zur Verfügung zu haben. Dennoch gefiel ihr diese Situation hier besser. Denn zusätzlich zu dem geselligen Plausch war sie richtig stolz, als das frisch gebackene Brot schließlich herrlich duftend aus dem Ofen kam.
Plötzlich wurde die Tür aufgestoßen, ein Knabe stürmte herein und keuchte außer Atem. „Mairi, macht schnell und holt euren Korb und lauft zum Laird" und war sofort wieder verschwunden.
Der Junge hatte kaum zu sprechen begonnen, als Mairi schon alles von sich warf und aus der Tür lief. Mit einem Schlag herrschte Totenstille in der Küche. Mary stand verwirrt da und schaut die Frauen unsicher an. „Was hat das zu bedeuten?"
Rodina, eine Küchenmagd, kam auf sie zu und nahm ihr die Schüssel Mehl aus dem Arm. „Lauft nach oben, Mylady, Euer Laird braucht Euch" und schob sie zur Tür.
Unruhig säubert sie schnell ihre Hände und eilte mit klopfenden Herzen nach oben in ihr Schlafgemach. Eine bange Vorahnung ließ sie mehrere Stufen auf einmal nehmen. Die Wache vor der Tür sah sie kommen und öffnete sofort die Tür. Sein mitleidiger Blick ließ ihr das Blut in den Adern gefrieren.
Auf den ersten Blick sah sie nur eine Traube von Menschen um ihr Bett herumstehen und hörte Mairis Stimme, die Anordnungen gab. Ungeduldig bahnte sie sich einen Weg mit den Ellenbogen durch die Menge, bis sie vor dem Bett stand. Fast augenblicklich wäre sie in sich zusammengebrochen, hätten nicht geistesgegenwärtig zwei Männer zugegriffen und sie festgehalten.
Blut! Schoß es Mary durch den Kopf und das ihr bekannte Rauschen in den Ohren übertönte alle anderen Geräusche. Iain lag bewusstlos auf dem Bett und war blutüberströmt. Der Rest eines Pfeils ragte aus seiner linken Schulter, woran Mairi sich schon zu schaffen machte. Sie nahm wahr, dass Callum und Onkel Rory laut fluchten, konnte aber nichts verstehen, da das Getöse in ihren Ohren es nicht zuließ.
Blut, so viel Blut!
Die Umstehenden dachten, Mary wäre wegen der Verletzungen so erschrocken, was im gewissen Sinne auch stimmte. Doch allein beim Anblick von Blut setzte es bei Mary aus. Ihre beiden Helfer führten sie zum Bett, in der Annahme, ihr einen Gefallen zu tun,

damit sie näher bei ihrem Mann war. Doch Mary konnte nur hilflos auf das Blut an Iain starren und spürte, wie sie das vertraute Gefühl der sich nähernden Ohnmacht überkam.

Da spürte sie eine Hand an ihrem Kinn und wie ihr Kopf mit einem Ruck zur Seite gerissen wurde. Es dauerte einen Moment bis sie realisierte, dass sie nicht mehr auf Iains blutverschmierte Brust sondern in Callums besorgte Augen starrte.

Reiß dich zusammen ermahnte sie sich energisch und nickte ihm kurz zu. Sie holte tief Luft und versuchte ihre Angst zu bändigen. Sie hasste sich für ihre Schwäche, kein Blut sehen zu können ohne selber umzukippen. Mit wackeligen Beinen kniete sie sich ans Kopfende, wo Mairi sich schon im Iain kümmerte.

„Alle Mann raus hier, ich muss in Ruhe arbeiten. Callum, Rory, ihr könnt bleiben."

Wie ein Feldwebel gab Mairi einen Befehl nach dem anderen, die erstaunlicherweise sofort ohne zu murren befolgt wurden. Endlich wurde es ruhiger und leerer im Zimmer.

„Drücke fest auf seine Schulter, wenn ich den Pfeil herausziehe. Er darf sich nicht bewegen, sonst vergrößert sich die Wunde."

Mary presste die Lippen fest zusammen, dass sie nur noch eine weiße Linie bildeten und führte ihre Hände vorsichtig in die Nähe von Iains Schulter. Als diese in Mairis Blickfeld traten, blickte diese erstaunt auf und sah eine totenbleiche Mary, deren bebenden Hände flatterten wie die ungeschickten Flugversuche eines neugeschlüpften Vögelchens.

„Keine Sorge, er wird schon wieder."

Doch Mairis tröstende Worte und die falsche Annahme, sie sorge sich um Iains Leben, verstärkte das Zittern nur noch und zur Beruhigung ballt Mary ihre Hände zu Fäusten in der Hoffnung, ihr Beben unter Kontrolle zu bekommen.

Mary spürte Mairis fragenden Blick auf sich und schluckte schwer. Verzweifelt drückte sie ihre Fäuste auf die Oberschenkel.

„Blut" hauchte sie endlich und blickte beschämt zu Mairi auf.

Diese nickte verstehend und wandte sich wieder Iain zu.

„Rory, haltet ihr die Schulter fest, ich weiß nicht, ob er beim Herausziehen des Pfeils aufwacht und sich aufbäumt. Dann können wir Frauen ihn nicht halten. Mary, gehe bitte auf die andere Seite und halte seinen anderen Arm fest, damit er nicht um sich schlagen kann."

Unendlich dankbar, dass Mairi ihr unauffällig aus der peinlichen Patsche geholfen hatte, erhob sich Mary und kroch mit wackeligen Beinen auf die andere Bettseite. Dort setzte sie sich erleichtert aufs Bett und griff nach Iains gesunden Arm. So konnte sie helfen,

doch auch die Augen schließen und erspart sich hoffentlich die Scham, allen ohnmächtig vor die Füße zu fallen, nur weil sie kein Blut sehen konnte! Doch aus Sorge um Iain zwang sie sich, den Blick fest auf seinem Gesicht zu halten. Doch dieser rührte sich nicht, als der Pfeil schnell mit Rorys Hilfe entfernt und die Wunde versorgt wurde.
„Was ist passiert?“
Mary streichelte mit ihrem Daumen über Iains Handrücken und starrte auf ihre miteinander verschränkten Hände.
Statt einer Antwort folgte ein Schwall von Flüchen, die nicht für kleine Kinderohren bestimmt waren und selbst Mary rote Ohren bescherten.
Nachdem Onkel Rory sich einigermaßen ausgetobt hatte, erzählte Callum gefasster aber nicht minder wütend.
„Wir waren gerade auf dem Rückweg von den McKinnons als wir in einen Hinterhalt geraten sind. Ohne Vorwarnung ergoss sich plötzlich ein Pfeilregen auf uns, und bevor wir noch unsere Schwerter ziehen konnten, lagen schon die ersten Männer tot am Boden. Iain traf ein Pfeil an der Schulter, der für sein Herz bestimmt war. Durch die Wucht des Pfeils wurde er vom Pferd geworfen und traf hart mit dem Kopf auf dem Boden auf.“
Er zitterte vor unterdrückter Wut.
„So ein feiger Hinterhalt! Ohne sich zu zeigen und aus sicherer Deckung anzugreifen, das ist ehrlos! Aber typisch für die Fergussons!“
Erstaunt schaute Mary auf. „Habt ihr denn jemanden erkennen können?“
„Natürlich haben wir uns verteidigt und gekämpft, aber die Feiglinge flohen weiter in den Wald“ höhnte er. „Doch wir kennen hier jeden Strauch und jeden Grashalm, deshalb haben wir zwei Männer erwischt.“ Diesmal erschien ein unangenehmer Ausdruck auf Callums Gesicht, was sein schönes Puppengesicht zu einer eisigen harten Maske verwandelte und sie schaudern ließ.
„Und nach einer gepflegten Unterhaltung haben sie gestanden, von Lachlan Fergusson beauftragt worden zu sein, Iain umzubringen.“
„Aber warum denn?“
Callum zuckte bedauernd mit den Schultern. „Das konnten die beiden uns leider nicht sagen.“
„Oder wollten nicht.“
Ernst schaute Callum sie an. „Seid versichert, sie konnten nicht.“
Allein die Art und Weise wie Callum dies sagte und sie anschaute, ließ es Mary kalt den Rücken hinunterlaufen und ihre Zweifel ver-

gessen. Sie wollte auch lieber nicht weiter nachfragen, was sie sich genau unter einer „gepflegten Unterhaltung“ vorzustellen hatte. Denn eins war für sie so klar wie jeden Morgen die Sonne aufging: Callum würde alles für Iain tun und keine Gnade walten lassen. Besorgt betrachtete sie Iains blasses Gesicht. Mairi war so gut wie fertig und als Mary einen kurzen Blick auf die mit Blut getränkten Lappen warf, stieg wieder das vertraute Schwindelgefühl in ihr hoch. *Verdammt,* schnell schloss sie die Augen und versuchte regelmäßig und tief zu atmen. Sobald ihr Schwindel nachließ, öffnete sie ihre Augen wieder. Und als sie nirgendwo mehr Blut sah, entspannte sie sich noch mehr.

„Wie geht es ihm?“ flüsterte sie leise.

„Er hat viel Blut verloren, wir können nur abwarten und sehen, ob er Fieber bekommt.“

Mit Schrecken dachte Mary an die mangelnde Hygiene und jetzt erst wurde ihr wieder bewusst, wie schwer Iains Verletzungen wirklich waren. Durch ihre eigene Schwäche abgelenkt, hatte sie überhaupt nicht realisiert, dass sie sich nicht im 21. Jahrhundert befand, in dem Antibiotika eine Selbstverständlichkeit war, um gefährlichen Entzündungen vorzubeugen. Eine nie gekannte Verzweiflung stieg in Mary hoch, der Gedanke, Iain verlieren zu können, schnürte ihr regelrecht den Hals zu.

„Was kann ich tun?“ flüsterte sie ohne den Blick von Iains bleichem Gesicht zu lassen.

„Fühl seine Stirn und kühle ihn mit dem kalten Tuch, ich werde nach seinen anderen Wunden sehen. In ein paar Stunden wissen wir mehr.“

Mary wich nicht von Iains Seite. Sie saß neben ihm, kühlte sein Gesicht mit dem nassen Tuch und schaute ihn sonst einfach nur an. Sie fühlte sich so hilflos und wünschte sich, mehr tun zu können.

Mairi schaute zwischendurch immer wieder herein, kontrollierte seine Verbände und ermahnt Mary auch etwas zu essen. Doch die Sorge um Iain hatte ihr den Appetit verdorben. Das Fieber kam unausweichlich und nun versuchte Mary seinen Körper zu kühlen, indem sie ihn immer wieder kalt abwusch. Ihre Versuche, ihm Tee oder Brühe einzuflößen waren schweißtreibend, da Iain sich wehrte und stur den Mund wegdrehte. Nur zu zweit schaffte sie es, ihm etwas Flüssigkeit einzuverleiben, Mairi hielt seine Nase zu und Mary schüttete den Inhalt des Bechers so schnell wie möglich in seinen nach Luft schnappenden offenen Mund. Obwohl er sich dabei natürlich verschluckte, floss dennoch wenigstens etwas Flüssigkeit seine Kehle hinunter. Seine dabei ausgestoßenen derben Flüche standen Callums in Nichts nach und Mary lernt eine

Menge neuer Wörter hinzu, die mit Sicherheit in keinem Wörterbuch zu finden waren.
Iain warf sich unruhig im Bett umher und wollte aufstehen, so dass sie ihn oft niederdrücken musste. Unter normalen Umständen hätte sie das niemals geschafft, doch Iain war zu geschwächt, um sich wirklich gegen Mary durchzusetzen. Es rührte ihr Herz, wenn er im Fieberwahn nach ihr rief und sich sofort beruhigte, wenn sie ihm leise tröstende Worte ins Ohr flüsterte und ihn beruhigend streichelte. Es zeigte ihr mehr als alle Worte, wie sehr er an ihr hing, und es wurde ihr deutlich bewusst, dass sie ihn nicht länger im Unklaren lassen konnte, was ihrer beide Zukunft anging. Das war nicht fair. Siespürte, wie sehr es ihn belastete, dass sie einfach so gehen und für immer verschwinden könnte. Unter normalen Umständen hätte er ihr niemals seine Gefühle für sie gestanden. Wahrscheinlich um sie nicht unter Druck zu setzen und sie damit zu vertreiben. Ihre Augen brannten vor unterdrückten Tränen als ihr klar wurde, wie sehr sie ihn liebte und welche Qualen sie ihm dennoch bereitet hatte. Sobald es ihm besser ging, würde sie eine Entscheidung treffen – nahm sie sich jedenfalls fest vor.
Trotz mehrfacher Angebote wollte Mary sich nicht ablösen lassen. Irgendwie hatte sie die fixe Angst, wenn sie nicht bei ihm war, dass er sie für immer verlassen würde. Mairi schimpfte und drohte, aber Mary war nicht von seinem Bett wegzubewegen. Geduldig wusch sie regelmäßig seinen heißen Körper ab und versuchte weiterhin, ihm Wasser oder ein bisschen Brühe einzuflößen. Mairi wechselte regelmäßig die Verbände und trug Salben zur Linderung auf.
Erst nach drei Tagen, als das Fieber langsam sank und Mairi ihr bestätigte, dass Iain wieder gesund werden würde, überließ Mary ihr kurz die Wache am Bett.
Leicht benommen auf schwachen Beinen schlich Mary zum Wachturm hinauf. Sie hatte das Gefühl, unbedingt frische Luft zu brauchen und starrte gebannt aufs Meer. Heftiger Wind zerrte an ihren Haaren und fegte die Tränen vom Gesicht, die ihr vor lauter Erschöpfung und Erleichterung über das Gesicht liefen. Es war später Nachmittag, doch war es bereits durch die Regenwolken, die tief und schwer am Himmel hingen, sehr dunkel, was genau zu ihre Stimmung passte.
Mary war verzweifelt, sie erkannte sich selber nicht wieder. Sich immer ihrer Stärken aber auch Schwächen bewusst, war sie stets selbstbewusst und zielsicher durchs Leben gegangen. Doch hier kam sie sich so nutzlos vor, so überflüssig. Sie konnte nicht helfen

sondern musste nur tatenlos zusehen. Besonders als es um Iain ging. Der Gedanke, ihn fast verloren zu haben, war unerträglich. Nie war sie so voller Selbstzweifel gewesen.
Was soll ich hier in dieser Zeit ging es ihr resigniert durch den Kopf. *Ich habe keine Fähigkeiten, die ich hier sinnvoll einbringen kann. Bei all den Unruhen und Kämpfen, die leider immer wieder vorkommen werden, falle ich beim Anblick von Blut direkt auf die Nase und bin nur noch eine weitere Belastung statt eine Hilfe für die anderen.* Selbstmitleid war sonst nicht ihre Art, aber die Anstrengungen der letzten Tage und die Sorge um Iain waren einfach zu viel für sie. Die bisher unterdrückten Tränen bahnten sich ihren Weg und brachen mit aller Wucht aus. Von Schluchzern gerüttelt rutschte Mary mit dem Rücken die Wand herunter und kauerte wie ein Häufchen Elend am Boden und weint sich die Seele aus dem Leib. Erschöpft und mit einem lästigen Schluckauf, rollt sie sich zusammen wie ein Husky im Schnee.
„Ihr werdet krank, wenn Ihr nicht bald ins Trockene kommt, Mylady."
Ein kleiner schmächtiger Junge stand keine drei Schritte von ihr entfernt und blickte sie ernst an. Mit verquollenen Augen erwiderte Mary nur traurig seinen Blick, ohne den Kopf zu heben. Sie fühlte sich völlig ausgebrannt und wollte nur noch alleine sein und schlafen. Es vergingen einige Minuten, in denen nur das Pfeifen des Windes zu hören war.
„Ihr solltet wirklich wieder hereinkommen, es wird gleich regnen."
Mary reagiert nicht und blieb einfach still liegen, sie hatte keine Kraft mehr, noch nicht einmal um dem Knaben zu sagen, dass er verschwinden sollte.
Plötzlich spürte sie, wie jemand ihr ganz vorsichtig einige verklebte Haarsträhnen aus ihrem Gesicht schob. Diese fürsorgliche Geste ließen ihr wider Willen erneut Tränen in die Augen steigen, obwohl sie gedacht hatte, dass sie keine mehr übrig hatte. Auch diese wurden sanft mit einem etwas rauen Tuch fortgewischt.
Mühsam öffnete sie die Augen, setzte sich auf und lehnte mit dem Rücken an die Mauer, dessen eisige Kälte sie schon gar nicht mehr spürte, genau wie ihre gefühllosen, tauben Glieder.
Der Junge hockte direkt vor ihr und seine Augen blickten viel zu ernst für einen so jungen Knaben. Sie erkannte in ihm den Jungen, der in die Küche gestürmt und Mairi geholt hatte. Er war sehr schmächtig, eher grazil und seine Hände mit den schlanken Fingern erinnerten Mary an eine Künstlernatur. Sie würde ihn auf vielleicht 12 Jahre schätzen, aber sie hatte nie ein gutes Auge dafür gehabt, Menschen altersmäßig richtig einzuschätzen. Und in die-

sem Jahrhundert alterten die Menschen schneller als in ihrem, so dass sie auch völlig daneben liegen konnte.
„Wer bist du?“ Ihre Stimme klang ganz rau vom Weinen und war nur ein leises Krächzen.
„Simon.“
Mary betrachtete ihn genauer. Sie hatte schon einige Jungen im Laufe der letzten Tage gesehen, sei es im Stall oder im Hof, wo sie meistens mit Holzschwertern herumliefen und es den großen Kriegern nachmachten und zu kämpfen übten. Ihn hatte sie dabei aber nicht gesehen, da war sie sich ziemlich sicher.
„Was machst du hier oben?“
So etwas wie Unsicherheit erschien in seine Augen, doch blickte er sie weiterhin direkt an. „Hierher komme ich immer, wenn ich nachdenken will“ sagte er leise. „Hier ist selten jemand und ich habe meine Ruhe.“
Mary betrachtete ihn aufmerksam und irgendetwas an seiner Art und dem was er sagte, ließ sie aufhorchen. Es war dieser traurige, ja fast resignierte Blick in seinen Augen, der sie berührte und ihn sofort für sie einnehmen ließ.
„Worüber musst du denn nachdenken?“ fragte sie schließlich und war gespannt, ob er ihr überhaupt eine ehrliche Antwort geben würde.
Seine braunen Augen blickten sie abschätzend an und während er sich die dunklen Locken aus dem Gesicht strich, konnte Mary sehen, wie er überlegte, was er ihr sagen sollte.
„Wann Gott mir Antworten geben wird“ kam es schließlich ganz leise nach einer längeren Pause. Mary verstand den Sinn nicht und runzelte die Stirn.
„Wie meinst du das?“
Unsicher stand Simon auf und schaute über die Mauer, was er so gerade mit seiner schmächtigen Größe schaffte.
„Warum er mich nicht so stark und groß gemacht hat, wie die anderen Jungen, warum ich oft krank bin und wahrscheinlich nie ein mutiger Krieger sein werde, da ich viel zu schwach bin, um ein Schwert führen zu können. Warum er mich so tollpatschig gemacht hat, da ich immer etwas umstoße oder fallen lasse“ sprudelte es auf einmal aus ihm heraus, als hätte man einen Korken aus einer Sektflasche gezogen. „Und warum er mich überhaupt auf diese Erde geschickt hat, da ich doch zu nichts zu gebrauchen bin“ fügte er sehr leise zum Schluss hinzu.
Mary waren bei seinem Ausbruch wieder die Tränen in die Augen geschossen, doch diesmal aus Mitleid über den verletzten und verzweifelten Jungen, der sich nichts sehnlicher wünschte, so wie

alle anderen zu sein. Sie konnte seinen Schmerz fast körperlich spüren und überlegte fieberhaft, wie sie ihn trösten konnte. Ihr eigenes Problem war in den Hintergrund getreten, ihre Mattigkeit dem Bedürfnis gewichen, dem Jungen zu helfen.
Langsam zog sie sich an der Wand hoch und stellte sich neben den starr aufrecht stehenden Simon, der am ganzen Körper zitterte. Ob vor Kälte oder unterdrückten Emotionen konnte Mary nicht sagen. Sie überlegte lange und wählte ihre Worte sehr sorgfältig, denn sie wollte der zarten Seele nicht weiteren Schaden zufügen, indem sie sich falsch ausdrückte.
„Gott hat alle Menschen unterschiedlich gemacht, damit eine große Vielfalt seiner Schöpfung die Welt bevölkert. Und jeder einzelne hat wichtige Fähigkeiten, auch wenn sie auf den ersten Blick nicht sofort ersichtlich sind. Manchmal dauert es einfach eine Zeit, bis man seine Stärken erkannt hat. Manche finden sie bereits in der Kindheit heraus, manche erkenne sie erst, wenn sie älter sind. Aber sie sind auf jeden Fall da. Man darf nicht aufhören, an sich zu glauben und den Sinn, den man im Leben hat. Manchmal reicht es schon, alles aus einem anderen Blickwinkel zu sehen. Du bist nicht so groß und stark wie die anderen Jungen, die Krieger werden wollen. Daran ist schwer etwas zu ändern. Doch heißt das noch lange nicht, dass du nicht genauso mutig sein kannst, nur vielleicht auf eine ganz andere Art und Weise."
Auf seinen zweifelnden Blick hin zuckte sie kurz die Schultern. „Ich kann dir jetzt kein genaues Beispiel nennen, aber ich versichere dir, man kann seinen Mut und seine Stärke auf vielerlei Arten beweisen und nicht nur damit, jemandem den Kopf einzuschlagen. Außerdem" fügte sie hinzu, „können deine Fähigkeiten auch in einem ganz anderen Bereich liegen, der genauso wichtig ist."
Seine skeptisch hochgezogenen Augenbrauen ließen ihn wieder viel älter aussehen, als er eigentlich sein dürfte.
„Sag mir etwas, worin du gut bist, was dir leicht fällt, was du gerne machst" forderte sie ihn auf.
Nach einem zuerst verwunderten Blick auf Mary schaute er lange Zeit nachdenklich aufs Wasser vor ihm. Mary ermahnt sich Geduld zu haben, obwohl es mittlerweile wirklich angefangen hatte zu nieseln und ein Tropfenschleier sich bereits auf ihre Haare und ihr Kleid gelegt hatte. Doch dies war zu wichtig, und nasse Kleidung konnte wieder trocknen.
Schließlich dreht er sich um und blickte unsicher auf.
„Ich kann mir ganz gut Dinge merken."
„Wie meinst du das?"

„Gordon, der Stallmeister hat seinem Stalljungen mal eine Reihe von Anweisungen zu jedem Pferd gegeben. Das eine sollte zum Schmied neu beschlagen werden, das andere sollte nur Trockenfutter bekommen, das nächste aufgezäumt und gesattelt. Aber dieser hat alles durcheinandergebracht und Gordan war fuchsteufelswild. Ich wollte Alasdair ja helfen, aber er hat mir nicht geglaubt, obwohl ich alles genau wiedergeben konnte.“ Man konnte seiner traurigen Stimme entnehmen, wie verletzt er über die Zurückweisung gewesen war.
Sanft strich Mary ihm eine dunkle Locke aus den Augen.
„Und genau das meine ich. Du magst vielleicht nicht so viele Muskeln wie die anderen haben. Dafür bist du aber viel gescheiter was deinen Kopf angeht. Denk mal darüber nach, und dir werden bestimmt noch mehr Situationen einfallen, in denen dein Kopf besser funktioniert hat als bei den anderen.“
Resolut packte sie ihn bei den Schultern und drehte ihn zur Tür. „So, und nun geh dich trocknen und aufwärmen, in der Küche bekommst du bestimmt eine heiße Milch mit Honig. Du willst doch nicht krank werden.“
Simon nickte zustimmend. „Meine Mama arbeitet dort und versucht immer, alles Mögliche in mich hereinzustopfen, damit ich kräftiger werde.“
Mary musste sich in die Wange beißen, um bei den genervten Worten nicht loszuprosten. Simon sollte nicht den Eindruck bekommen, dass sie ihn nicht ernst nahm.
„Das ist typisch für alle Mütter, ihre Kinder zu mästen, Simon. Sie liebt dich halt so sehr und möchte, dass es dir gut geht. Mach dir nichts draus.“ Gleichzeitig überlegte sie, wer Simons Mutter wohl sein mochte.
„Nun aber los ins Trockene“. Entschieden schob sie ihn zur Tür.
„Aber Ihr seid genauso nass wie ich“ protestiert er.
„Ich komme auch gleich nach“ versprach sie ihm und schob ihn ungerührt weiter. Bevor er ganz im Treppenhaus verschwunden war, rief sie ihn noch kurz zurück. „Und Simon - du darfst jederzeit wieder herkommen, um nachzudenken.“
Der Junge hatte ihr mehr geholfen, als er ahnen konnte. Voller Mut und neuem Elan machte sie sich auf den Weg nach unten in ihr neues Leben.

9

Iain fühlte sich erbärmlich, als wäre er von einer Horde Rinder niedergetrampelt worden. Es gab keine Stelle am Körper, die ihm nicht weh tat. Am schlimmsten waren sein Kopf, in dem es wie verrückt pochte und die schmerzlich brennende linke Schulter. Auch auf seiner rechten Schulter fühlte er einen schweren Druck und drehte mühsam seinen Kopf, auch wenn er dabei das Gefühl hatte, dass er zwischen zwei Mühlsteinen lag. Seine Augen konnte er nur mit Mühe öffnen und durch einen kleinen Spalt sah er ein Wust aus kastanienroten Locken. *Mary*. Er verzog beruhigt seine trockenen Lippen zu einem leichten Lächeln, was eher einer Grimasse glich. Sein Mund war so ausgetrocknet, dass er glaubt, seine Zunge wäre um das Doppelte angeschwollen und kaum zu bewegen.
„Hier, trinkt das“ hörte er plötzlich leise an seinem Ohr und fühlte einen Becher, der an seinen Mund gehalten und sein Kopf angehoben wurde. Gierig trank er das kühle Wasser und sank nach ein paar Schlucken völlig erschöpft zurück ins Kissen. Mühsam bewegte er seinen gesunden Arm, schlang ihn um Mary und zog sie dicht an sich heran. Zufrieden sank er diesmal in einen tiefen erholsamen Schlaf.

Iain saß schwach aber aufrecht in seinem Bett, flankiert von seinem Onkel Rory und Callum. Beide waren zutiefst erleichtert, Iain wieder so weit wohlauf zu sehen und debattierten lebhaft über die würdige Antwort auf den feigen Angriff auf Iains Leben.
„Und ich sage euch, Auge um Auge! Stürmen wir die Burg und erlösen dieses schöne Fleckchen Erde von diesem stinkenden und heimtückischen Ungeziefer.“
Onkel Rory hatte sich so richtig in Rage geredet, sein hochroter Kopf war besorgniserregend. Seine Faust landete mit einem lauten Rums auf der Tischplatte und ließ die Becher mit Wasser und Ale hüpfen.
„Wenn wir dieser Brut den feigen Überfall durchgehen lassen, glauben sie noch, sie könnten alles mit uns machen. Beim nächsten Mal schneiden sie uns einfach im Schlaf die Kehlen durch. Sie sollen lernen uns zu meiden wie den Vorhof zur Hölle.“
„Wäre es nicht vernünftiger, gemeinsam mit unseren Verbündeten gegen sie vorzugehen?“ gab Callum zu bedenken „Ihr wisst genau, dass die Burg der Fergussons schwer einzunehmen ist. Sie haben sich im Laufe der Jahre zu viele Feinde gemacht und wissen, dass sie zu jeder Zeit vor Vergeltungsanschläge auf der Hut sein müs-

sen. Ohne eine Schwachstelle zu kennen wird es schwer. Und eine Belagerung könnte sich auch in die Länge ziehen."
Während die beiden sich über die bessere Möglichkeit stritten, starrte Iain wortlos vor sich hin.
Seine Genesung machte gute Fortschritte, sein Kopf schmerzte so gut wie gar nicht mehr. Nur noch seine Schulter behinderte ihn, und an Training mit dem Schwert war auch noch nicht zu denken. Mary war seit dem Morgen, als er endlich wieder zu sich gekommen war, nicht von seiner Seite gewichen. Fürsorglich hatte sie ihn gepflegt und darauf bestanden, dass er ein paar Tage im Bett blieb, weil er eine „Gehirnerschütterung" hätte. Klar, hatte sein Gehirn bei dem Sturz ordentlich was abbekommen, aber warum er deshalb ruhig im Bett bleiben sollte, wollte ihm nicht einleuchten. Natürlich gab es deshalb Streit. Sie bedachte ihn mit wenig schmeichelhaften Ausdrücken, wie sturer Highlander, dickköpfiger und leichtsinniger Barbar. Worauf er meinte, er wäre zu alt um bemuttert zu werden. Großer Fehler! Ihre Schimpftirade war schon bemerkenswert, auch wenn er nicht alles verstanden hatte, was sie in ihrer Wut so ausgespuckt hatte. Doch eins hatte er verstanden: es war ihre Sorge um ihn, die sie so reizbar gemacht hatte, was bedeutete, das ihr etwas an ihm lag. Und alleine diese Erkenntnis ließ ihn zwar murrend aber dennoch im Bett ausharren.
Mary huschte stets vielbeschäftigt hin und her und manchmal wurde ihm allein davon schwindelig, wenn er ihr mit den Blicken folgte. Sie versuchte ihn abzulenken und erzählte ihm jeden Tag, was gerade in seiner Burg so vorging. Wie seine Männer unter Aufsicht von Onkel Rory sich gegenseitig die Köpfe einschlugen – ihre Wortwahl! Oder die Schafe geschoren und dann die Wolle weiterverarbeitet wurde. Aber auch so Dinge wie kleine Streitigkeiten zwischen den Mägden und ebenso die besondere Vorliebe eines Knechtes für die Spülmagd. Sie brachte ihm das alltägliche Burgleben ans Bett und gab ihm das Gefühl, am Leben der Menschen teilzunehmen, obwohl er nicht aus seiner Kammer herauskam. Umso erstaunlicher war, dass er auf diese Art viel mehr erfuhr, als wenn er selber präsent wäre. Denn vor Mary schienen seine Leute keine Hemmungen mehr zu haben und vertrauten ihr Dinge an, die sie mit ihm nie besprechen würden. Mary sah und kümmerte sich um Dinge, die ihm vorher entgangen waren oder die er einfach nicht wahrgenommen hatte. So hatte sie eigenmächtig eine Hilfe für Mairi eingestellt, damit sie nicht mehr so viel und schwer arbeiten musste. Außerdem hatte sie zwei zusätzliche Mägde für die Halle abgestellt, die sich nun um die Sauberkeit dort kümmerten. Eigentlich sollte er ärgerlich sein, dass sie ihn nicht

wenigstens um Erlaubnis bat. Natürlich berichteten Onkel Rory und besonders Callum ihm von jeder einzelnen Veränderung, obwohl Mary selber nichts erzählte. Callum hatte Mary mal nach dem Grund gefragt und sie hatte nur geantwortet, dass es eine Überraschung für Iain sein sollte, wenn er zum ersten Mal wieder in die Halle kommen würde. Deshalb scheuchte sie alle um sich herum zur Eile an, arbeitete selber aber genauso hart mit. Allein aus diesem Grunde unterstützten sie die Frau des Lairds, auch wenn sie nicht immer die Notwendigkeit verstanden, dass alle zwei Tage die Binsen in der Halle gewechselt werden mussten.
Seid ihrem Gespräch im Turm hatte Mary neuerdings einen persönlichen Schatten. Simon folgte ihr, wann und wohin immer er konnte. Einige machten sich schon darüber lustig, doch Simon ignorierte die dummen Sprüche einfach. Mary nahm sich seiner an und spannte ihn in ihre Pläne und Aufgaben mit ein. Sie merkte schnell, welch ein cleveres Kerlchen er war und übertrug ihm immer wieder kleinere Aufgaben, die er selbständig erledigen sollte. Am Anfang war er noch sehr unsicher und übervorsichtig. Doch nach jeder geglückten Aufgabe gewann er im Laufe der Zeit immer mehr an Selbstvertrauen und war eine wichtige Hilfe für Mary.
Ian erkannte, dass alle ihre Bemühungen darauf ausgerichtet waren, eine Verbesserung herbeizuführen und sich bei ihm wohler zu fühlen. Hoffnung keimte in ihm auf, dass sie sich entschlossen hatte, bei ihm zu bleiben und sich nun versuchte häuslich einzurichten. So und nicht anders wollte er sich ihren Nestbautrieb erklären. Er betete jeden Tag zu Gott dafür, dass er Recht behielt. Doch auch er hatte viel zu erledigen und deshalb saß er nun nach vier Tagen mit Kissen im Rücken abgestützt im Bett und hielt Rat. Onkel Rory hatte Recht, er musste sich mit diesen feigen Fergussons auseinandersetzen und ihnen Einhalt gebieten.
„Kannst du mal aus deinen Wolkenträumen herausfallen oder funktioniert dein Kopf nach dem Sturz nicht mehr" riss Onkel Rory ihn aus seinen Gedanken.
Mit einem strengen Blick durchbohrte Iain ihn, was aber keinerlei Wirkung auf sein gegenüber zu haben schien. *So viel zu meiner Autorität* seufzte er innerlich resigniert.
„Es steht außer Frage, dass die Fergussons eine Antwort auf meinen Angriff erhalten werden. Doch was mich zur Zeit am Meisten beschäftigt, ist die Frage, warum. Warum haben sie versucht, mich umzubringen? Wegen Donalds Angriff auf Mary und meine geforderte Genugtuung? Unwahrscheinlich. Da steckt noch mehr dahinter und ich muss wissen was. Bevor das nicht geklärt ist, müssen unsere Wachen doppelt wachsam sein und keiner geht mehr jen-

seits des Grats. Bei wichtigen Angelegenheiten nur noch mit ausreichender Eskorte."
Nachdenklich trommelte er mit den Fingern auf die Bettdecke. Was heckten die feigen Hunde nun schon wieder aus? Ein ungutes Gefühl sagte ihm, dass es etwas mit Mary zu tun hatte, aber er wusste nicht was, und das machte ihn wahnsinnig.
„Onkel Rory, kennst du nicht den Schmied der Fergussons? Ist er nicht ein entfernter Verwandter deiner verstorbenen Frau?"
Rory strich sich mit bedächtigen Fingern durch seinen dicken Bart. „Hm. William. Hab ich erst letzte Woche beim Jagen getroffen. Hm. Gut, ich werde sehen, was ich machen kann. Er ist nicht unbedingt redselig, aber vielleicht kann ich etwas mit unserem besten Whisky nachhelfen. Das ist seine einzige, aber dafür größte Schwäche." Behäbig erhob er sich und machte sich auf zur Tür.
„Übrigens, solltest du deiner Frau die Füße küssen, statt sie anzuschnauzen. Deine miserable Laune hätte schon jeden normal geduldigen Menschen von deinem Krankenbett verscheucht und sie erträgt dich immer noch, Gott weiß warum! Vermassel es nicht mein Junge, so einen Engel trifft man nicht alle Tage" und verschwand mit einem letzten missbilligenden Blick durch die Tür.
Callum gluckste fröhlich vor sich hin und selbst Iains böser Blick konnte ihn nicht stoppen.
„Ihr habt eben beide recht laute Stimmen. Außerdem hat Onkel Rory Mary gestern Abend im Saal besorgt gefragt, ob alles mit ihr in Ordnung wäre."
„Wieso?"
„Weil sie denen Kopf in ihre Hände gestützt, sich immer wieder die Schläfen massiert und vor sich hingebrabbelt hat."
„Und?"
Callum schüttelte sich vor unterdrücktem Gelächter.
„Ihre Antwort hat für große Heiterkeit gesorgt."
„Nun sag schon." Langsam wurde Iain ungeduldig, aber auch neugierig.
„Sie meinte, dass das Einzige, was bei einem Streit mit einem Mitglied der Familie McAllister herauskommt, bohrende Kopfschmerzen und der Verlust jeglicher Vernunft wären" brach Callum prustend hervor.
Zwar sollte Iain beleidigt sein, doch musste er unwillkürlich schmunzelte. Er liebte ihre trockene und direkte Art, auch wenn sie auf andere vielleicht manchmal respektlos wirken mochte.
„Ja, sie nimmt kein Blatt vor den Mund."

Mary stand auf ihrem Lieblingsplatz oben auf dem Turm und ließ sich den sanften Wind ins Gesicht wehen. Iain hielt Rat an seinem

Bett und sie hatte das dringende Bedürfnis, frische Luft zu atmen. Nachdenklich blickte sie über die Weite des Meeres, deren Wellen sanft schaukelten und die späte Nachmittagssonne tausende tanzende Diamanten auf den Wellen leuchten ließ. Wie friedlich das Meer wirkte, konnte es doch genauso tödlich sein. *Genauso wie die verdammten Fergussons* dachte sie. Nein, bei denen hatte sie sofort ein ungutes Gefühl gehabt und wenn sie nur daran dachte, dass Iain nun hätte tot sein können, kamen ungewohnte heiße Rachegelüste in ihr hoch. Eine Hand auf ihrer Schulter ließ sie erschrocken zusammenfahren und sich umdrehen. Mairi stand leicht keuchend neben ihr.

„Die Ruhe hier oben ist wirklich erholsam" meinte sie in Anspielung auf Iains schlechte Laune und seine mauligen Beschwerden.

„Dafür ist er aber am Leben."

Mary nickte zustimmend und atmete lief die salzige Luft ein.

„Es wäre auch zu schade gewesen, wenn er seinen nächsten Geburtstag in ein paar Tagen nicht mehr erlebt hätte."

Mary horchte auf. Geburtstag?

„Wann denn genau?"

„In drei Tagen."

Mary rechnete kurz nach. „Ist das etwa der 10. Juni?" hakte sie mit seltsam belegter Stimme nach.

„Aber ja, Iain wird dann 30. Warum?"

Wenn das Wort „plötzlich" jemals eine Bedeutung gehabt hatte, dann jetzt. Bilder der Erinnerung schossen Mary durch den Kopf. Bilder von ihren eigenen Geburtstagsfeiern, Bilder mit glücklichen Gesichtern, die sie nie mehr sehen würde. Dies würde ihr erster Geburtstag ohne ihre geliebten Eltern sein und der Schmerz ihres Verlustes stieg unverhofft stark wieder in ihr hoch und schien sie schier zu zerreißen. Sie meinte den Duft des traditionellen Schokoladengeburtstagskuchens zu riechen, mit dem ihre Eltern sie morgens immer geweckt hatten. Und das dazugehörige Ständchen, bei dem ihr unmusikalischer Vater ihre Mutter regelmäßig aus dem Takt gebracht und Megan ihm mit einem Knebel gedroht hatte. Mary fühlte sich plötzlich so alleine auf der Welt, so einsam und ohne Familie. Nie wieder würde sie ihr Lachen und ihre Neckereien, ihre liebevollen Umarmungen spüren. Der dicke Kloß in ihrem Hals schien immer mehr anzuschwellen und sie versuchte verzweifelt, ihn hinunterzuschlucken.

„Was ist los?" Mairi schaute besorgt in Marys vor Gram verzogenes Gesicht.

Mary schüttelte nur leicht mit dem Kopf und ermahnte sich selber, sich zusammenzureißen.

„Was denn?“ fragte Mairi wiederholt und blickte sie ungeduldig mit echter Sorge an.
Marys traurige Augen schauten weiter gebannt auf das Meer, als sie schließlich krächzend nach kurzem Räuspern fast belustigt antwortete: „Es ist auch mein Geburtstag.“
Mairi starrte sie nur sprachlos an. Dann kniff sie leicht die Augen zusammen und murmelte: „Das kann kein Zufall sein.“
Mary wischte sich mit dem Ärmel über ihre feuchten Augen und betrachtete Mairi ironisch. „Hätte ich nicht selbst die Erfahrung gemacht, dass es mehr zwischen Himmel und Erde gibt als man denkt, würde ich sagen, du reimst dir da was zusammen. Unsere Astrologen würden unserer Beziehung aber sowieso keine Chance geben, da wir das gleiche Sternzeichen haben.“
Mairi warf ihr nur einen indignierten Blick zu. „Und was sagen deine hochmodernen Experten zu Zeitreisen?“
Mairis einfache Kritik kam manchmal mit so viel beißender Ironie daher, dass man Jod für die Wunden brauchte. Mary hob entschuldigend die Schultern.
Entschlossen schüttelte sie den letzten Rest von Kummer und Selbstmitleid ab. Vor ihr lag noch ihr ganzes Leben und sie wollte es nicht mit Jammern vergeuden. Belebende Energie füllte ihren Körper und voller Tatendrang fragte sie Mairi aus.
„Was habt ihr sonst an seinem Geburtstag gemacht? Wie habt ihr gefeiert?“
„Gefeiert? Nun, eigentlich gar nicht.“
Auf Marys verständnislosen Blick erklärte sie entschuldigend: „Bisher war Liam die Hauptperson als Erbe, da wurde Iain nicht so viel Aufmerksamkeit geschenkt. Zwar hat seine Mutter ihm immer gratuliert, aber sonst ist nichts Besonderes gemacht worden.“ Sie zuckte mit den Schultern. „Und nach dem Tod seiner Familie hat sich niemand wirklich darum gekümmert.“
„Aber dieses Mal wird auf jeden Fall etwas organisiert!“
Mary wurde wütend auf diese gefühllosen Eltern, die den jüngeren Sohn dermaßen vernachlässigt hatte, nur weil er das Pech hatte, als zweiter Sohn zur Welt gekommen zu sein. Resolut drehte sie sich zu Mairi an. „Er wird den Geburtstag seines Lebens bekommen. Zumal es noch ein runder ist.“
Mairis ratloser Blick machte ihr wieder mal deutlich, dass sie etwas Neuzeitliches gesagt hatte und sie erklärte ihr den Begriff der runden Geburtstage.
„Aber ich weiß nicht, ob ich der Küche schon wieder eine große Feier mit der vielen Arbeit zumuten kann. Gerade erst war Elizabeths Hochzeit und nun schon wieder die zusätzliche Arbeit.“

„Lass das mal meine Sorge sein“ beruhigte sie Mairi. „Wenn sie hören, dass es für den Laird ist, würden sie Tag und Nacht arbeiten, um ihm eine Freude zu machen. Ihr Leben ist so viel besser und friedlicher geworden, seid Iain sich um seinen Clan kümmert. Sein Vater war ein hochgeachteter Laird, aber auch hart, den einzelne Menschen nicht interessiert haben. Iain dagegen kümmert sich auch um den niedrigsten Knecht, das hat ihm viel Respekt und Zuneigung eingebracht.“

„Dann soll es ein Abendessen mit all seinen Lieblingsgerichten geben“ entschied Mary.

Mairi lächelte verschmitzt.

„Ich werde mich darum kümmern, dass er kugelrund vom Tisch rollen wird.“

„Und ich werde mir ein paar Spiele zur Unterhaltung ausdenken.“ Mary ging in Gedanken schon durch, was sie hier wohl organisieren könnte. Dabei bemerkte sie zuerst nicht Mairis seltsamen Blick.

„Was?“

„Spiele?“

„Aber ja, wie feiert ihr denn sonst Geburtstag?“

„Nun ja, es wird gut gegessen und getrunken. Und wenn ein Barde in der Burg ist, wird auch etwas vorgetragen und getanzt.“

„Dann werden wir eben etwas Neues einführen.“

Auf Mairis zweifelnden Blick fügte sie beruhigend hinzu: „Keine Sorge, ich werde Iain keine Schande machen. Es soll nur ein unterhaltsamer und lustiger Abend werden. Er hat es mehr als verdient, dass man ihm auch mal etwas Gutes tut.“

„Natürlich! Also, ich kümmere mich um die Verpflegung und ich weiß auch schon, was er auf jeden Fall bekommen wird.“

Mary zog nur fragend eine Augenbraue hoch.

Mairi lächelte ihr kurz zu. „Er liebt Honigkuchen. Leider hat er davon in letzter Zeit wenig abbekommen“ und zwinkerte Mary verschwörerisch zu, so dass Mary vor Verlegenheit rot anlief. Dann eilte sie die Treppe hinunter in die Küche, um sich auf die Vorbereitungen zu stürzen.

Die nächsten Tage waren angefüllt mit Planung und Arbeit. Besonders gute Nerven wurden bei Iain gebraucht, der sich wie erwartet gut erholte und aufstehen wollte. Mary hatte sowohl Callum als auch Onkel Rory in ihren Plan einer Überraschungsgeburtstagsfeier für Iain eingeweiht. Und so half besonders Onkel Rory, Iain im Bett oder zumindest in seiner Kammer zu halten. Teils durch Ablenkungen mit Brettspielen, aber auch mit Drohungen sich auf ihn zu setzten, falls er nicht

vernünftig war. Und Onkel Rorys Umfang war gewaltig, den man ungern auf sich lasten haben wollte. So blieb Iain nichts anderes übrig, als sich murrend im Bett von seinen Verletzungen zu erholen.
„Das ist die reinste Verschwörung“ beschwerte er sich bei Mary, als diese ihm etwas zu essen brachte. Verdrossen kaute er auf einem Stück Brot, und sein mürrischer Gesichtsausdruck ließ Mary innerlich lachen. Er war so niedlich wenn er so grummelig war.
„Ich bin doch kein Krüppel, dass ich hier so faul herumliegen muss. Mir geht es wieder gut und ich will hier raus“ nörgelte er weiter. Er wusste genau, dass bei Besuchen von Mary oder Mairi sein Onkel Rory vor der Tür Stellung bezog, damit er nicht entwischen konnte. Das hatte er bei seinem ersten Versuch, Mairi auszutricksen, leider feststellen müssen.
„Ich muss mich dringend um wichtige Dinge kümmern und kann hier nicht tatenlos kostbare Zeit vergeuden.“ Er war eindeutig auf Krawall gebürstet und Mary fand ihn unwiderstehlich.
„Nur noch einen Tag“ tröstete sie ihn. „Morgen Abend kannst du mich zum Essen in die große Halle begleiten.“ Innerlich musste sie sich zusammenreißen, weil sie so auf seine Reaktion gespannt war und sich nicht verraten wollte.
„Vielleicht kann ich dich ja bis dahin ein bisschen ablenken, um dich auf andere Gedanken zu bringen“ fragte sie ganz unschuldig, während sie das Tablett mit dem Geschirr auf den Tisch abräumte. Als keine Antwort kam, dreht sie sich langsam um und musste dann doch lachen, als sie Iain skeptisch mit seinen zerzausten Haaren im Bett sitzen sah. Zweifelnd kniff er die Augen zusammen und fixierte sie mit seinen braunen Augen.
„Soll es das sein was ich glaube das es ist oder missverstehe ich da gerade etwas?“
Verführerisch lächelnd, wie sie jedenfalls hoffte, ging sie langsam auf ihn zu.
„Was glaubst du denn, was es ist?“ fragte sie leise und warf ihm einen unschuldigen Blick zu.
Kaum in Reichweite angekommen griff er nach ihr und zog sie sanft zu sich heran.
„Und ich sag doch, die reinste Verschwörung“ hauchte er an ihren Lippen, bevor sie sich zu einem innigen Kuss trafen. Für längere Zeit beschwerte sich Iain ausnahmsweise mal nicht, an sein Bett gefesselt zu sein, ganz im Gegenteil.

Mary wirbelte in der Halle umher und brachte mit ihren Anweisungen Callum und ein paar andere Helfer fast zur Verzweiflung.

„So, die Tische dort noch etwas nach hinten und dann haben wir es geschafft“ wies sie die Männer an, die mit der Aussicht, bald entfliehen zu können schnell ihren Wünschen Folge leisteten. Zufrieden blickte sich Mary um. Die Halle war einer Geburtstagsfeier würdig. Die Tische standen rund um die Halle in einer U-Form, die Stirnseite bildete das Podest mit Iains Platz. So war genug Raum für ihr Spiel in der Mitte. Der Boden war frisch geschrubbt, die Wände mit farbenfrohen Wandteppichen behangen, eine Überraschung von Mairi, die diese bisher in einer Kiste im Schlafzimmer von Iains Mutter aufbewahrt hatte. Es sei einfach keine passende Gelegenheit gewesen, die schönen Teppiche aufzuhängen hatte sie auf Marys Frage geantwortet, warum sie sie nicht schon viel früher hervorgeholt hätte. Und die Krieger hätten sie sowieso nicht zu würdigen gewusst. Deshalb hatte sie diese lieber sorgsam aufgehoben. Strategisch gut platzierte Kerzen und Leuchter schufen ein gedämpftes aber ausreichendes Licht. Iains Platz hatte sie mit einer Blumengirlande und einer Extrakerze geschmückt. Es sollte sein Tag werden. Zwar war sie etwas melancholisch, weil sie selber heute auch Geburtstag hatte und selbst Mairi, die es als einzige wusste, hatte bisher nichts gesagt. Aber eine hoffentlich geglückte Feier für Iain wäre ihr Geschenk genug.
Ebenso auf Iains Platz lag in ein Tuch eingewickelt ihr Geschenk für ihn. Der Schmied hatte sich wirklich sehr viel Mühe gegeben und nach drei Versuchen hatten sie schließlich gewusst, was der eine vom andern wollte. Der Schmied hatte sogar die Idee eingebracht, das Wappen der McAllisters auf die Griffe zu gravieren, dem Mary begeistert zugestimmt hatte. Als sie das fertige Besteck dann zum ersten Mal gesehen hatte, war sie von der Kunstfertigkeit des Mannes überwältigt. Vor lauter Dankbarkeit hatte sie den Schmied spontan umarmt und herzhaft gedrückt. Dieser war zuerst starr wie ein Stock stehen geblieben. Doch dann hatte er ihr unbeholfen auf den Rücken geklopft und sie mit den barschen Worten fortgeschickt, dass er keine Zeit zum Rumtrödeln hätte. Mary hatte sich noch mal herzlich bedankt und war zur Burg geeilt, um sich um die weiteren Aufgaben für den Abend zu kümmern. Nun lag also ein Essbesteck bestehend aus Löffel, Gabel und Messer hübsch eingewickelt auf seinem Platz. Eilig lief sie noch einmal zur Küche, um nach dem Rechten zu sehen. Dort traf sie auf Mairi, die mit der Köchin die letzten Einzelheiten besprach.
„Wie sieht es aus?“ fragte sie angespannt in die Runde.
„Alles in Ordnung, Mylady“ beruhigte sie die Köchin. „Es fehlt nur noch Mylord, dann kann es losgehen.“

„Gut, dann gehe ich ihn jetzt holen. Er läuft in seinem Zimmer herum wie ein Tiger im Käfig mit der dazugehörigen gereizten Laune. Mairi, ist der Barde in der Halle? Erinnere ihn noch mal an das Stichwort für seinen Einsatz. Und wehe, die kriegen ihren Mund nicht auf, dann gerbe ich ihnen das Fell, das kannst du Callum noch mal sagen." Mary holte tief Luft. „So, nun kann es losgehen" drehte sich rum und lief zur Treppe hoch, um den Tiger aus seinem Käfig zu befreien.
Mairi und die Köchin sahen sich nur an und schüttelten die Köpfe.
„Was für ein Nervenbündel. Aber es ist schon bemerkenswert, was sie alles in so kurzer Zeit geschafft hat. Besonders das Ständchen von seinen Kriegern, das will ich mir auf keinen Fall entgehen lassen. Wie hat sie die harten Krieger nur überreden können, ein Geburtstagslied zu lernen und es auch noch vorzutragen?"
Mairi kicherte wie ein junges Mädchen.
„Mary hat da so ihre Art ...."
Sie konnte kaum sprechen vor unterdrücktem Gelächter.
„ .... und ihre Argumente ...."
Wieder unterbrach sie ein Prusten.
„ ... besonders bei ihrer eigenen mangelnden Musikalität! Der Barde war schlicht am Verzweifeln .... ."
Weiter kam sie einfach nicht vor Lachen.
Auch die Köchin ließ sich vom Lachen anstecken. „Egal wie, aber es wird ein historisches Ereignis, dass ich mir auf keinen Fall entgehen lassen will."
Währenddessen erstürmte Mary die Treppe und kam keuchend vor Iains Tür zum Stehen. Die Wache grinste verschwörerisch und nachdem Mary etwas zu Atem gekommen war, öffnete sie die Tür. Wie erwartet lief Iain ungeduldig hin und her. Seiner Miene nach zu urteilen, war seine Stimmung tiefer als das tiefste Loch der Highlands.
„Wenn du so weiterläufst, müssen die Zimmerleute die Bohlen austauschen, weil sie durchgelaufen sind" sprach sie Iain schließlich an und benutzte damit genau die gleichen Worte, die er ihr damals beim ersten Treffen gesagt hatte.
Was ihr nun aber nur einen bösen Blick mit seinen dunklen Augen einbrachte. Doch immerhin stoppte er und winkte sie mit einem Finger zu sich ran.
Oh oh, was kommt jetzt dachte Mary und näherte sich ihm langsam.
Iain legte ihr einen Arm um die Taille und führte sie zum Bett.
„Ich habe schon den ganzen Tag auf dich gewartet" beschwerte er sich und drückte sie auf die Matratze.

„Dafür haben wir jetzt keine Zeit“ beschwerte sich Mary und wollte wieder aufstehen, doch Iain hielte sie an der Schulter fest, so dass sie sitzenbleiben musste. Sie beobachtete, wie er unter das Kopfkissen griff und ein kleines Bündel hervorholte. Dann drehte er sich ihr wieder zu und schaute sie ernst an.
„Alles Gute zum Geburtstag“ und gab ihr einen innigen Kuss. Mary, völlig verdattert und überrumpelt, kam erst wieder zu sich, als Iain sich von ihr löste und ihr das Bündel in die Hände legte.
„Aber.....“ verwirrt brach sie ab.
„Woher....“ versuchte sie es noch einmal. Sie war völlig perplex.
Iain grinste wie ein kleiner Lausbub, dem ein guter Streich gelungen war.
„Ein kleines Vögelchen hat es mir gezwitschert. Pack schon aus.“ Ungeduldig deutete er auf das kleine in Tuch gewickelte Päckchen.
Kopfschüttelnd starrte sie auf ihre Hände.
„Na warte Mairi, wenn ich dich in die Finger bekomme“. Doch eine herzliche Wärme stieg in ihr auf, als sie an ihre beste Freundin dachte, die ihr in den letzten Tagen so selbstlos geholfen hatte und nun auch noch für eine Überraschung für Mary selber sorgte.
Langsam löste sie die dünne Lederschnur, mit der das Tuch umwickelt war und faltete das Tuch vorsichtig auseinander und schnappte nach Luft. In ihren Händen lag eine passende Brosche zu ihrem Ehering. Eine filigrane Distel war aus zarten Silberfäden geformt und mit Smaragden und kleinen Diamanten ausgefüllt. Dieses schmucke Kleinod war wunderschön und die Steine funkelten im Kerzenlicht. Mary war ganz ergriffen und konnte nur sprachlos auf diese Kostbarkeit in ihren zitternden Händen starren, es verschlug ihr glatt die Sprache.
„Gefällt es dir nicht?“
Unsicherheit schwang in Iains Stimme mit, da Mary bisher noch gar nichts gesagt hatte. Langsam hob sie den Kopf und blickte ihn ergriffen an.
„Es ist wunderschön“ hauchte sie, während sich ihre Augen vor Rührung mit Tränen füllten und sie hastig versuchte, sie wegzublinzeln. Erleichtert wischte Iain ihr sanft die Tränen von den Wangen.
„Eigentlich wollte ich dich nicht zum Weinen bringen sondern zum Strahlen.“
Mary hob eine Hand, legte sie in Iains Nacken und zog ihn zu sich heran.
„Vielen Dank für das kostbare Geschenk“ wisperte sie an seinen Lippen und küsste ihn so leidenschaftlich, dass Iain sofort hart

wurde. Genüsslich erwiderte er den Kuss und drückte sie zurück aufs Bett. Mary hielt ihn wie in einer Schraubzwinge fest umklammert, hob ein Bein und schlang es um seine Hüfte. Sie spürte seine Härte und presste sich begehrlich an ihm, was Iain ein lautes Stöhnen entlockte. Widerwillig löste Iain sich von ihr und schaute in ihre vor Leidenschaft dunklen Augen.
„Sagtest du eben nicht, dass wir dafür keine Zeit hätten?" und neckte sie leicht an ihrem Ohr.
„Mhm mhm."
Nach einem letzten Knabbern an ihrem entzückenden Hals erhob sich Iain langsam, setzte sich auf und machte Anstalten aufzustehen. Entrüstet stützte sich Mary mit beiden Ellbogen auf.
„Du kannst doch nicht einfach den Motor anschmeißen und dann ins Leere laufen lassen."
Iains Augenbraue fuhren hoch. Breit grinsend stand er auf.
„Ich weiß zwar nicht ganz genau, was das heißt, kann es mir aber denken."
Auf einen empörten Ausruf ihrerseits setzte er bittend hinzu.
„Bitte hab Verständnis, aber ich muss hier raus. Ich habe das Gefühl, das die Wände immer näher kommen und mich einquetschen."
Seufzend stand Mary auf und ordnete ihr Kleidung. Sie kannte das Gefühl und konnte ihn gut verstehen. Nur der Zeitpunkt hätte etwas besser gewählt sein können. Aber sie war ja selber Schuld, schließlich hatte sie ihn ja zuerst geküsst. Sanft drückte sie ihm noch einen Kuss auf die Lippen.
„Du hast Recht, es wird Zeit. Vielen Dank noch mal für die wunderschöne Brosche, ich werde sie in Ehren halten." Dann steckte sie ihr neues Geschenk an ihrem Kleid fest, nahm ihn bei der Hand und führte ihn aus der Tür zur Halle hinunter.
Iain fiel auf, dass es ungewöhnlich still war als sie die Treppe hinuntergingen. Aber er dachte sich nichts weiter dabei. In Gedanken war er noch bei dem vorherigen Geschehen und er nahm sich vor, Mary heute Nacht für das eben Entgangene ausführlichst zu entschädigen. Auf den letzten Stufen angekommen, ertönte auf einmal eine Flöte. Iain blickte aus den Gedanken gerissen auf, sah in die große Halle und war sprachlos. Festlich geschmückt, wie er sie noch nie gesehen hatte und bis auf den letzten Platz voll mit seinen Clanleuten, die – sangen! Ungläubig zwinkerte er mit den Augen und schüttelte den Kopf. Würde er es nicht mit eigenen Augen sehen und vor allem hören, würde er es nicht glauben. Seine gestandenen Krieger reihten sich um ihn. Die Meisten fühlten sich offensichtlich unwohl und wichen seinen Blicken aus, doch tapfer

hielten sie bis zum letzten Ton durch. Einige wischten sich nun sogar erleichtert den Schweiß vom Gesicht und sahen erschöpfter aus, als wenn sie gerade einen langen Kampftag hinter sich hätten. Männer!

Auch Mary neben ihm hatte mit eingestimmt, wenn auch etwas schräg aber dafür umso gefühlvoller, und blickte ihn mit strahlenden Augen an. „..happy birthday to you" endete sie leise.

„Alles, alles Gute zum Geburtstag auch dir, Mylord" und hauchte einen zarten Kuss auf seine verdutzten Lippen. Iain wusste nicht, wie ihm geschah und ließ sich betäubt von Mary zu seinem Platz führen. Auf dem Weg dahin gratulierten ihm seine Leute, schlugen ihm auf die Schulter und wünschten ihm alles Gute. Noch ganz benommen ließ er sich auf seinen Platz nieder und schaute in die fröhlichen Gesichter und strahlenden Augen um sich herum. Die Mägde trugen das Essen auf und Onkel Rory in seiner unnachahmlichen Art ließ Iain mit derben Sprüchen hochleben.

„Vielleicht solltest du es demnächst deiner Frau überlassen, Verhandlungen zu führen. Sie kann äußerst überzeugend sein" schlug er vor und prostete ihm ausgelassen zu.

„Wie in drei Teufels Namen hat sie sie nur dazu gebracht?"

Beiden war sofort klar, dass er seine singenden Krieger meinte ohne es explizit zu äußern. Onkel Rory legte den Kopf leicht schräg, als ob er angestrengt überlegen müsste.

„Da heute auch der Ehrentag deiner Frau ist, muss ich erst überlegen, wie ich es sage, ohne sie zu beleidigen." Iain zog angriffslustig die Augenbrauen zusammen. Doch Onkel Rory gluckste nur heiter in sich hinein.

„Nun, sagen wir es einmal so. Die Androhung, sie würde die Kampfübungen deiner Krieger demnächst mit ihrem lieblichen Gesang begleiten, ließ alle sehr bereitwillig das Liedchen lernen." Er schaffte es kaum, den Satz zu Ende zu bringen bevor sein gewaltiges Prusten durch die Halle tönte.

Wortlos blickte Iain Mary neben sich an, die nichts von diesem Wortwechsel mitbekommen hatte und sich bei Onkel Rorys Gelächter nun zu ihm umdrehte und ihn glücklich anstrahlte. Ihre Augen funkelten wie frisch polierte Smaragde und ihr lockiges Haar fiel in weichen Wellen über ihre Schultern. Auf ihren Wangen zeichnete sich eine leichte Röte ab, sie sprühte vor Lebensfreude pur. Nie hatte sie schöner ausgesehen und diese Schönheit war nicht nur äußerlich, sie strahlte von innen heraus. Abrupt zog er sie an sich und gab ihr einen dicken Kuss, der sie atemlos zurückließ. Die Menge applaudierte laut und weitere zotige Sprüche machten die Runde. Mary bediente Iain und als dieser wie gewohnt seinen Dolch ziehen wollte, hielt Mary ihn mit einer Hand zurück, schüttelte den Kopf und deutete auf das in Tuch gewickelte Päckchen. Vorsichtig nahm Iain es und wickelte es langsam aus. Fragend blickte er auf die Besteckteile, dann auf Mary. „Das ist ein Besteck zum Essen“ erklärte sie und zeigte ihm auch gleich, wie er es handhaben sollte. Skeptisch blickte Iain auf die kleine Gabel, die ihn stark an eine Miniaturausgabe einer Mistgabel in seinem Stall erinnerte. Und damit sollte er essen? Als er aber Marys erwartungsvollen Blick sah, wollte er sie nicht enttäuschen, raffte sich auf und pikste damit ein Stück Fleisch auf, dass Mary ihm abgeschnitten hatte. Vorsichtig steckte er es sich in den Mund und zog es wie gewohnt mit den Zähnen ab.

„Du kannst das Fleisch ruhig mit dem Mund von der Gabel abziehen, deshalb ist sie nicht so scharf wie das Messer. So kannst du dich nicht schneiden und jeder kann sein Essen mit dem eigenen Besteck essen.“

Marys Erklärungen riefen ihm wieder ihren Vortrag über Hygiene ins Gedächtnis, den er ehrlicherweise schon wieder vergessen hatte. Um sie nicht zu kränken, versuchte er weiterhin, mit der Gabel zu essen, was sich für ihn anfühlte, als ob er mit Kettenhandschuhen stricken sollte. Aber heute Abend wollte er sie nur glücklich sehen und bemühte sich tapfer.

„Wie ich vermute, hat dir das gleiche Vögelchen etwas zu gezwitschert“ bemerkte er zwischen zwei Bissen und Mary lächelte versonnen.

„Als ich per Zufall erfuhr, dass du bald Geburtstag hast, wollte ich ihn gerade nach den letzten Vorkommnissen unbedingt feiern. Mairi erzählte mir, dass das nicht unbedingt üblich sei.“

Trotzig sah sie ihn an.

„Aber ich finde, man kann auch mal eine Neuerung einführen, wenn es die Umstände erfordern.“

Sanft strich Iain ihr eine lose Strähne aus dem Gesicht. „Danke“ und seiner bewegten Stimme konnte Mary entnehmen, wie aufgewühlt er war.

Simon, der schon die ganze Zeit ungeduldig gezappelt hatte, kam von hinten an sie herangeschlichen und zupfte Mary am Ärmel.

„Jetzt?“ flüsterte er aufgeregt.

Mary hatte ihn stark in die Vorbereitungen einbezogen und es war eine pure Freude zu sehen, wie sich aus dem schüchternen und traurigen Jungen ein aufgewecktes Kerlchen entwickelt hatte. Sie hatte ihm die Verantwortung für ihr Spiel gegeben und entsprechend aufgeregt war er nun. Mary blickte in die Runde über die Tische und stellte fest, dass die meisten mit dem Essen fertig wa-

ren. Deshalb nickte sie ihm zu und wie der Blitz schoss er davon. Keine Minute später führte er einen Trupp junger Knaben an, die jeweils einen Stuhl trugen und sie nun in die Mitte der Halle aufreihten. Seine Position innerhalb der Jungen war stark gestiegen, nachdem sie festgestellt hatten, dass Simon selbstbewusster geworden war und sich nicht mehr von ihnen ärgern ließ, sondern sie mittlerweile verbal an die Wand argumentieren konnte. Sein gutes Verhältnis zur Lady des Burgherrn tat sein übriges. Nun dirigierte er seine Kumpels, wie sie die Stühle anzuordnen hatten. Es ging so schnell, dass ersichtlich war, dass er das mit ihnen im Vorfeld geübt hatte. Zum Schluss verbeugte er sich vor Iain und Mary und stellte sich an das Ende der Stühle. Alle Augen blickten fragend zum Podest, wo Mary aufgestanden war. Sie gab dem Barden ein Zeichen, der in die Mitte zu den Stühlen eilte. Mittlerweile war es still wie in einer Kirche, alle waren gespannt, was nun kam. Durch die Vorbereitungen der letzten Tage ahnten sie, dass es nur wieder Mylady sein konnte, die etwas Ungewöhnliches vorbereitet hatte.
Mary zitterten leicht die Knie, als sie da oben stand und in die erwartungsvollen Gesichter blickte.
Lieber Gott, lass alles gut gehen flehte sie innerlich. Sie räusperte sich kurz, blickte in Iains fragendes Gesicht und drehte sich wieder den Leuten zu.
„Bei uns zu Hause ist es Tradition, an Geburtstagen auch Spiele zu veranstalten. Deshalb habe ich eines vorbereitet und hoffe, dass ihr auch so viel Spaß daran findet, wie wir." Ihre Stimme wurde sicherer, je weiter sie sprach.
„Das Spiel heißt „Reise nach Edinburgh" und ich brauche elf Personen, die mitspielen wollen."
Fragend blickte sie in die Runde. Keiner meldete sich, jeder schaute nur ratlos den anderen an und wartete ab, was passierte. Die Krieger waren aufgrund ihrer Gesangserfahrung vorsichtig geworden, was die Ideen von Mylady betrafen.
„Wer weiß, was sie diesmal schon wieder ausgeheckt hat" murmelte einer in der hinteren Ecke seinem Nachbarn vorsichtig zu.
„Kein Wunder, wenn man bedenkt, dass sie bei den Sassenachs aufgewachsen ist. Da muss der Geist ja Schaden nehmen" entschuldigte er den seiner Meinung nach schrägen Verstand von Mylady.
„Lass das nicht den Laird hören, sonst wird es dein Kopf sein, der Schaden nimmt" raunte sein Tischnachbar warnend zurück. Marys Ideen waren für sie immer, nun ja, sehr ungewöhnlich und keiner

wollte sich schon wieder blamieren oder in die Ecke drängen lassen.
Marys Knie wurden weich, wenn nun keiner mitmachen wollte, war sie geliefert!
„Na los ihr Feiglinge, wohl Angst vor einem kleinen Spiel, was“ tönte es da von links und Callum trat in die Mitte. Breitbeinig blickte er herausfordernd in die Runde und zwinkerte Mary heimlich zu. Erleichtert schenkte sie ihm ein dankbares Lächeln. Iain wollte auch aufstehen, doch Mary drückte ihn an der Schulter zurück auf den Stuhl.
„Du bist das Geburtstagskind, außerdem verletzt, deshalb darfst du nur zuschauen.“
„Kind? Ich glaube, dir ist da was Entscheidendes gen“ grummelte Iain und setzte sich mit verschränkten Armen beleidigt zurück. Tröstend tätschelte sie seine gesunde Schulter.
„Setz dich zurück und genieße es. Beim nächsten Mal darfst du mitmachen.“
Mittlerweile hatten sich besagte elf Männer in der Mitte bei den Stühlen eingefunden. Um das Spiel besser erklären zu können, ging Mary zu ihnen.
„Also, stellt euch vor, ihr müsst nach Edinburgh reisen und die Stühle sind eure Pferde. Es gibt 10 Pferde, ihr seid aber 11 Leute. Deshalb müsst ihr um die Pferde kämpfen.“
Ein zustimmendes Murmeln brach los.
„Mit Fäusten oder Schwertern?“ fragte ein Mitspieler.
„Nein, nicht doch“ rief Mary laut, um sich bemerkbar zu machen, „weder noch. Sobald die Musik anfängt, geht ihr hintereinander um die Stühle herum, und wenn die Musik aufhört, setzt ihr euch so schnell wie möglich auf einen freien Stuhl. Derjenige, der keinen Stuhl ergattern konnte, muss ausscheiden. Simon wird dann für die nächste Runde einen Stuhl wegnehmen. So geht es immer weiter, bis nur noch ein Stuhl und zwei Personen übrig sind. Und wer den letzten Stuhl erwischt, hat das Spiel gewonnen. Soweit klar?“ Fragend blickte sie die Mitspieler an, die etwas ratlos die Schultern zuckten.
„Nun denn, lasst uns einfach anfangen, es ist ganz leicht“ ermunterte sie die Männer und gab dem Barden das Zeichen für die Musik. Die Flöte ertönte und etwas schwerfällig begannen die Männer, ungelenk um die Stühle herumzugehen. Sie hatte das Spiel zu Testzwecken mit ein paar Kindern geprobt, die ihr versprechen mussten, nichts zu verraten. Es war ein voller Erfolg gewesen und entsprechend ermutigt hoffte sie nun ebenfalls auf guten Anklang bei den Erwachsenen.

Die Musik brach ab und zuerst geschah gar nichts. Die Männer sahen sich nur etwas ratlos an, bis Callum sich als Erster einen Stuhl sicherte und sich setzte. Prompt folgten die Männer seinem Beispiel und es gab ein Gerangel um die restlichen Stühle. Es wurde geschubst und gestoßen, die Fäuste flogen, um bereits Sitzende wieder vom Stuhl zu fegen. Die wehrten sich natürlich und forderten ihren Stuhl handgreiflich zurück. Das Chaos war perfekt.
„Nein nein nein nein nein" schrie Mary die kämpfende Meute an, die von den übrigen Gästen lautstark angefeuert wurden.
„Doch nicht so" schimpfte sie lautstark und ging dazwischen, um sie wieder auseinanderzubringen, wobei sie gerade noch haarscharf einem Kinnhaken ausweichen konnte. Völlig undamenhaft stieß sie einen schrillen Pfiff mit ihren Fingern aus, der alle Anwesenden innehalten ließ. Mit beiden Händen in die Hüfte gestützt funkelte sie die Mitspieler an.
„Ich glaube, es fehlen noch ein paar Spielregeln, die ich genauer erklären muss." Mühsam beherrscht blickte sie die Männer strafend an, und während Simon die Stühle wieder ordentlich aufreihte, nahm sie die Männer ins Gebet und listete auf, was und was nicht erlaubt war. Einige grummelten und meinten, das würde dem Ganzen den Spaß nehmen, aber auf einen giftigen Blick von Mary hin verstummten sie schnell.
„Also, noch mal von Vorne" und erneut ertönte die Flötenmusik. Wieder gingen die Männer um die Stühle, doch diesmal aufmerksamer und sich gegenseitig im Vorfeld bereits wegschubsend. Mary ahnte nichts Gutes und als die Musik abbrach ging das Gerangel unter Anfeuerung der anderen Gäste wieder los. Verzweifelt blickte sie zu Iain, der sich bemühte, nicht offen zu lachen. Doch seine Gesichtsmuskeln zuckten zu verräterisch. Sie warf ihm einen bösen Blick zu und versuchte wieder Ordnung in das Spiel zu bringen. Vergeblich.
Ein Stuhl hatte das Geraufe mittlerweile nicht mehr überlebt und lag in Einzelteilen über dem Boden verstreut. Auf den andern saßen höchst zufrieden und feixend die Gewinner der Schlacht, während es im Saal tobte. Ergeben gab sie Simon das Zeichen, die Stühle neu zu ordnen und die Reste des zerbrochenen wegzuräumen. Nach nochmaligen Ermahnungen und Belehrungen an die Spieler setzte die Musik wieder ein und das Geschubse ging von vorne los. Sobald die Musik abbrach, kannten die Krieger kein Halten mehr. Auch diesmal ging ein Stuhl über dem Kopf eines Spielers zu Bruch und ließ Mary aufstöhnen.
Natürliche Auslese dachte sie nur resigniert und gab das Zeichen für die nächste Runde. Dann ging sie zurück zum Podest und über-

ließ Simon die weitere Moderation des Spiels. Je weniger Stühle zur Verfügung waren, umso heftiger wurden die Kämpfe, doch den Männern schien genau das Spaß zu machen. Eine Massenschlägerei statt Spiel! Mary hätte sich nie träumen lassen, dass ihr harmloses abgewandeltes Spiel Reise nach Jerusalem derart ausarten würde. Verzweifelt stützte sie den Kopf in die Hände und schaute zu den nur noch drei mittlerweile völlig ramponierten Männern. Callum, bei der letzten Runde ausgeschieden, kam an ihr vorbei, breit grinsend mit einer blutigen Nase.
„Ein tolles Spiel, kennt ihr noch mehr?“
Mary stöhnte nur verzweifelt auf und ließ resigniert den Kopf auf die Tischplatte sinken. Das laute Jubeln und Anfeuern sagte ihr, dass das Finale nicht mehr weit sein konnte.
„Ein klasse Spiel, schau nur, sie freuen sich wie die Kinder“ flüsterte Iain ihr mit erstickter Stimme vor unterdrücktem Lachen ins Ohr.
„Das ist auch eigentlich ein Kinderspiel, ich hätte nur nicht gedacht, dass es so ausarten könnte“ murmelte sie genervt.
„Ich verstehe nicht, warum du so wütend bist. Sie unterhalten sich prächtig, und ich auch. Ist das nicht das Ziel eines Spiels?“
Langsam hob sie ihren Kopf und blickte in Iains vor unterdrücktem Lachen gerötetes Gesicht. Böse funkelte sie ihn an.
„So habe ich das aber nicht geplant, die Regeln gehen anders, ihr Barbaren!“
Belustigt nahm er eine Strähne ihres Haares und zog sie zu sich heran.
„Und nur weil du es anders geplant hast, ist es nicht gut, obwohl sich alle prächtig amüsieren?“
Mary musste sich eingestehen, wie kindisch sie sich verhielt, nur weil ihre sorgfältige Planung durch die eigene Interpretation des Spiels der Highlander durcheinander gebracht worden war. Aber eingestehen wollte sie es auch nicht, jedenfalls nicht sofort!
Betont langsam befreite sie ihre Haarsträhne aus seinen Fingern und drehte sich stumm zu den letzten beiden Spielern um, die sich wie zwei Kampfhähne auf die letzte Runde vorbereiteten. Beide hatten einige Blessuren zu verzeichnen, die Kleidung war zerrissen und noch mehr kaputte Stühle zierten den Fußboden. Aber beide hatten ein fettes Grinsen im Gesicht, was von ihrer guten Laune zeugte. Die Halle tobte und feuerte ihren jeweiligen Favoriten lautstark an. Selbst die Frauen hatten ihre Zurückhaltung aufgegeben und riefen Anfeuerungsparolen in die Mitte.
Selbst dass hat sich in all den Jahren nicht geändert erkannte Mary verdrossen, die grölende Masse stand dem Publikum in einem

Rubgy Stadium in Nichts nach. Ein ungewolltes Kichern bahnte sich seinen Weg nach oben, was Mary vergeblich versuchte zu unterdrücken. „Du wirst neue Stühle beim Zimmermann in Auftrag geben müssen“ presste sie mühsam hervor.
Unsicher, wie ihre Stimmungslage war, betrachtete Iain sie aufmerksam und bemerkte das verräterische Zucken ihrer Schultern. Obwohl sie starr geradeaus auf das Finale schaute, konnte er ihre Lachfältchen und die mühsam beherrschten zuckenden Mundwinkel sehen. Ein kleiner sanfter Stups mit seinem Finger an der richtigen Stelle ließ die Beherrschung platzen und sie brach in lautes Prusten aus, genau passend zum Sieg des Spielers.
„Tut mir leid, du hattest Recht“ entschuldigte sie sich bei Iain und gab ihm noch immer lachend einen kleinen Kuss auf seinen Handrücken.
„Du bist süß, wenn du grantig bist“ war seine Antwort und erwiderte die Geste. Lächelnd streckte sie ihm leicht die Zunge heraus, was er mit einem spielerischen Knurren erwiderte. Ihre Plänkelei wurde von dem Sieger unterbrochen, der ans Podest trat. Es war Robert, ein Freund Callums, der sich zum Schluss hatte durchsetzen können. Simon huschte vor und fragte aufgeregt flüsternd: „Was bekommt eigentlich der Sieger, das haben wir vorher gar nicht festgelegt?“ und blickte Mary leicht nervös und gehetzt an.
Etwas ratlos und fragend schaute sie zu Iain, der nur die Schultern zuckte. Nach kurzer Zeit blickte sie ihn wieder um Verständnis bittend an.
„Nur einen?“
Zuerst ratlos, dann verstehend und zum Schluss unwillig erwiderte er ihren Blick.
„Brüderlich“ brachte er kurz und knapp über die Lippen. Dankbar nickte sie ihm zu und ging um den Tisch herum zu Robert.
„Der Gewinner erhält einen Siegerkuss“ verkündete sie lautstark und noch bevor es Robert sich versah hatte sie ihm rechts und links einen Kuss auf die bärtigen Wangen gehaucht. Die Menge johlte während Robert völlig verdattert und hochrot Mary anstarrte, die sich bereits wieder auf den Weg zu ihrem Stuhl gemacht hatte. Sie wollte Iains Großzügigkeit nicht überstrapazieren.
Am Tisch ergriff sie einen Becher und prostete Iain zu. „Auf deinen Geburtstag, auf dass ihm noch viele glückliche Jahre und fröhliche Feiern folgen mögen.“
„Auf unseren gemeinsamen Geburtstag“ korrigierte Iain sie bestimmt und stieß mit ihr an. Dann beugte er sich zu ihr und stoppte erst, als seine Lippen nur noch einen Hauch von ihren entfernt waren.

„Danke“ und gab ihr einen so zärtlichen Kuss, der ihre Beine schwach werden ließ. Dieses schlichte Wort sagte ihr mehr als tausend Worte. Liebevoll strich sie mit der Hand über seine Wange.

„Du hast es mehr als verdient.“

Worauf er ihre Hand nahm und sie innig an sein Herz drückte.

„Könnt ihr nicht mal für fünf Minuten die Finger voneinander lassen?“

Erschrocken fuhr Mary auf und wurde hochrot. Sie wurde sich wieder bewusst, dass sie mitten in der Großen Halle saßen und alle sie sehen konnten. Wie peinlich!

Onkel Rory stand amüsiert mit beiden Händen in den Hüften hinter ihnen.

„Da du ja nicht der Einzige bist der heute Geburtstag hat, haben wir auch etwas für das andere Geburtstagskind“ - er betonte besonders das „Kind“ – „vorbereitet.“

Er reichte Mary die Hand. „Komm mal mit.“

Überrascht blickte sie zu Iain, der jedoch nur ratlos mit den Schultern zuckte. Doch schon wurde sie von dem bulligen Mann energisch mit in die Mitte gezogen.

„Du hast deine Traditionen, wir die unseren, schau“ und deutete auf den Eingang. Plötzlich setzte Dudelsackmusik ein und eine Gruppe Frauen kam geordnet in den Saal. Mary entdeckte viele bekannte Gesichter, allen voran Mairi und Rodina.

Sie stellten sich vor Mary auf und begannen zu tanzen. Es war ein typischer Reigen, der durch seine schwungvolle Melodie mitreißend wirkte und Marys Fuß tappte sofort im Takt mit. Denn obwohl sie selber keine einzige Note richtig treffen konnte, hatte sie doch Rhythmusgefühl und konnte schöne Musik genießen.

Noch bevor es sich Mary versah, zog man sie mit in die Reihen. Plötzlich fand sie sich neben Mairi wieder, die ihr versuchte, die Schritte zu vermitteln. Durch weitere Drehungen stand sie dann der Köchin gegenüber, die sie fröhlich anlachte. Nie hätte sie dieser doch sehr umfangreichen Frau diese Grazie beim Tanzen zugetraut. Die anfängliche Unsicherheit und Angst, sich zu blamieren, wich der Freude an der Bewegung zu dieser fröhlichen und flotten Musik. Sie wirbelte durch die Reihen, hüpfte von einer Seite zur anderen und genoss die ausgelassene Stimmung. Als die Musik abbrach, blieb sie glücklich und völlig außer Atem stehen. Die Frauen umringten sie und gratulierten ihr noch mal zu ihrem Ehrentag. Mary war so gerührt und umarmte jede einzelne und bedankte sich für den schönen Tanz.

Iain war aufgestanden und in den inneren Kreis der Tische gekommen. Als Mary ihn erblickte, lief sie auf ihn zu und warf sich in seine Arme, schicklich hin oder her. Sie war so aufgedreht, dass es ihr egal war, was die Leute dachte. Iain ging es anscheinend ebenso, er nahm sie fest in seine Arme und wirbelte sie herum.
„Vorsicht, deine Schulter, lass mich runter“ rief Mary erschrocken. Doch Iain lachte nur.
„Keine Sorge, du Fliegengewicht machst mir gar nichts aus.“
Fliegengewicht? Bei einer Größe von fast 1,80 m? Dieser Mann war einfach herrlich für ihr Ego!
Es war spät, die Halle hatte sich schon beträchtlich gelehrt. Alle sprachen begeistert von der tollen Feier, die man zu Ehren des Lairds und seiner Lady abgehalten hatte. Ein paar Männer lagen schon friedlich ihren Rausch ausschlafend in den Ecken und Iain versuchte seine Frau zu überzeugen, dass es nun wirklich Zeit wäre, sich auch zurückzuziehen. Mary hatte mit so vielen Männern und Frauen angestoßen, dass sie nun völlig angeschickert in ihrem Stuhl saß, die Beine über die Armlehne baumelten und den Kopf an die Rückenlehne gelehnt. Iain hatte sich zurückgehalten, er trank nie sehr viel. Sein Vater hatte ihm nur zu deutlich vor Augen geführt, wie zu viel Alkohol einen freundlichen Menschen verändern und grausam werden lassen konnte.
„Komm, lass uns nach oben gehen, die Feier ist so gut wie vorbei“ versuchte er Mary zu überreden und zog sie vom Stuhl hoch.
Müde und wackelig auf den Beinen lehnte sie sich an Iain, der seinen gesunden Arm um sie schlang und abstützte.
„Schade“ seufzte Mary, „es war soooo schööön“ und hielt sich ihrerseits an seiner Hüfte fest.
Langsam dirigierte er sie zur Treppe und begann den Aufstieg, während Mary munter vor sich hinplapperte, von dem er nur die Hälfte verstand.
„Nicht wahr?“ wollte sie auf einmal lautstark seine Bestätigung. Da er keine Ahnung hatte, was sie meinte, antwortete er einfach: „Aber sicher“ und zog sie weiter die Treppe hoch. Wäre seine Schulter nur schon besser verheilt, würde er sie einfach hochheben und tragen. Doch ihre Größe ließ das einfach noch nicht zu – was er natürlich nie zugeben würde. Schon das Herumwirbeln nach dem Tanz hatte ihn ordentlich gezwiebelt, so dass er nun lieber vorsichtiger war.
Sie waren fast oben angekommen, als Mary sich auf einmal wie eine Schlange von ihm löste und sich auf die Treppe setzte, den Rücken an die Wand lehnte und die Knie bis an die Brust heranzog.
„Pause.“

Ratlos schaute Iain sich um. Der kalte Boden auf der Treppe war nicht wirklich der beste Platz für eine Rast. „Ich glaube ich habe zu viel getrunken“ nuschelte Mary wehleidig und schaute zu Iain hoch. Plötzlich kicherte sie albern. „Du aber auch, du schwankst ja mächtig. Dann haben wir morgen eben beide einen dicken Brummschädel.“
Genugtuung schwang in ihren Worten mit, worüber Iain amüsiert die Mundwinkel verzog und sich vor ihr niederhockte.
„Komm, hier ist es zu kalt, oben wartet ein warmes weiches Bett auf uns.“
Wieder ertönte nur albernes Kichern.
„War ja klar, dass du wieder nur daran denken kannst.“
Laut aufseufzend nahm sie Iains Gesicht in ihre Hände und schaute ihn treuherzig an. „Weiß du eigentlich, wie sehr ich dich liebe? Normalerweise würde ich dir das ja nicht so einfach sagen, aber da wir beide zu benebelt sind, kannst du dich morgen bestimmt nicht mehr daran erinnern. Aber ich musste dir das einfach mal sagen. Dein Geburtstag heute ist doch der perfekte Anlass.“
Iain stockte der Atem und sein Herz begann zu rasen. Er traute sich nicht zu bewegen, aus Angst, er könnte träumen und aufwachen.
„Du bist wie ein wahr gewordener Traum.“ Langsam fuhr sie mit den Händen fahrig über seinen Körper. „Dein durchtrainierter Körper mit den harten Muskeln, hmmm.“ Genüsslich ließ ihre Hände über seine Arme und den Brustkorb wandern.
„Und so einen knackigen Hintern.“
Frech stahlen sich ihre Hände unter seinen Kilt und zwickte ihn in seinen Allerwertesten. „Besser als jeder Chippendale.“
Er versuchte erst gar nicht, sie aufzuhalten, viel zu fasziniert war er von ihrer hemmungslosen offenen Art, ihre Bewunderung für ihn auszudrücken.
„Aber am meisten liebe ich das“ und mit diesen Worten legte sie ihre Hand auf sein Herz, das wie wild hämmerte und schaute mit ihren großen grünen Augen so liebevoll zu ihm auf, wie noch kein Mensch ihn betrachtet hatte. Er vergaß fast zu atmen.
„Dein Clan könnte keinen besseren Laird haben als dich, du liebst deine Leute und sorgst dich um sie. Und dafür lieben sie dich. So wie ich.“
Seufzend schloss sie die Augen und lehnt sich an ihn.
Iain rührte nicht einen Muskel, viel zu ergriffen war er von ihrem Geständnis und ihren liebevollen Worten. Das war alles, was ihm noch zum perfekten Glück gefehlt hatte. Und nun stand es unumstößlich fest: er würde sie nie gehen lassen. Niemals.

10

Die Spannung im überfüllten Arbeitszimmer war greifbar. Iain saß auf seinem Stuhl hinter dem Schreibtisch und lauschte mit unbeweglich starrer Miene Onkel Rorys Bericht. Sein Treffen mit William, Fergussons Schmied, war außerordentlich erfolgreich und informativ gewesen. Zwar hatte es eine Menge guten Whiskys gekostet und bei Onkel Rory heftige Kopfschmerzen verursacht, die ihn nach wie vor quälten, aber es hatte sich eindeutig gelohnt.

„Diese räudigen Hunde“ fluchte Callum, als Onkel Rory seinen Bericht beendet hatte. „Was für ein perfider Plan. Glauben die denn wirklich, dass McKinnon so ohne weiteres zustimmen wird, dass Mary und Donald heiraten sobald du tot bist?“

„Das wäre die Wiedergutmachung der Schmach, die ihre Mutter ihnen erteilt hat, als sie einfach verschwunden ist, statt Ewan zu heiraten. Und das könnten sie einfordern. Dadurch stände Kyle unter Druck und müsste nachgeben, um keinen Grenzkrieg auszulösen.“ Bar jeglicher Gefühlsregung nach außen hin erklärte Iain die Situation.

„Heißt das jetzt, dass sie von nun an versuchen werden, dich bei jeder sich bietenden Gelegenheit zu beseitigen? Und das so lange, bis sie Erfolg haben? Das können wir nicht zulassen.“ Callum tobte durch das Zimmer wie ein Orkan auf Vernichtungskurs. „Wie kannst du da so ruhig bleiben?“

„Wenn du deinen Laird nach all den Jahren gut genug kennen würdest, wüsstest du, dass er schon an einer Lösung arbeitet“ fuhr Onkel Rory ihn verärgert an. „Er trägt seine Gefühle nicht wie andere Leute zu Markte und lässt sich unkontrolliert gehen wie ein hysterisches Weib.“

„Lass das nicht meine Frau hören“ kam es warnend hinter dem Schreibtisch hervor. Iain griff zu Papier und Feder.

„Es ist wichtig, dass wir McKinnon über unser Wissen informieren. Da ich zur Zeit nicht reisefähig bin, werde ich ihn bitten, hierherzukommen.“

Schnell schrieb er eine kurze Notiz, die er versiegelte und Callum reichte. „Sorge dafür, dass er die Nachricht so schnell wie möglich erhält. Onkel Rory, kontrolliere unsere Wachen und verstärke die Schichten. Verschärfe die Zugangskontrollen. Ab sofort haben nur Clanmitglieder und vertraute Personen Zugang zur Burg.“

Nachdem sich beide auf den Weg gemacht hatten, blieb Iain noch gedankenverloren im Stuhl sitzen und starrte vor sich hin. Ruhig? Er war alles andere als ruhig. In ihm brodelte ein Feuer, das kaum

zu bändigen war. Niemand würde ihm Mary wegnehmen, niemand!
Mary erwachte nur langsam. Der Nebel in ihrem Kopf war so dick und zäh wie ihr morgendliches Porridge, daraus aufzutauchen schien schier unmöglich. Reglos blieb sie mit geschlossenen Augen liegen und versuchte sich zu orientieren, was bei dem Wirbelsturm in ihren Gehirnwindungen gar nicht so leicht war. Sie atmete bewusst ein und aus und spürte, wie ihre Lungen sich mit Luft füllten. Millimeterweise streckte sie eine Hand aus und tastete neben sich, nur um ein leeres Bett vorzufinden. Was in Gottes Namen war nur gestern noch passiert? Der Geschmack in ihrem Mund entsprach ihrer Vorstellung von zwei Wochen alten getragenen Sportsocken und ihre Zunge fühlte sich trocken und pelzig an, sie verzog angewidert das Gesicht. Aber am schlimmsten war der Schwindel in ihrem Kopf, der sie ganz ruhig verharren ließ. Pochende Kopfschmerzen vervollständigten ihre erste Analyse mit dem eindeutigen Ergebnis: klassische Symptome einer durchzechten Nacht!
Ich wusste schon immer, warum ich nie zuviel getrunken habe stöhnte sie leise und versuchte sich langsam auf die Seite zu drehen. Abrupt hielt sie inne, denn ihr Magen mochte diese Bewegungen gar nicht leiden!
Sie zwang sich, tief einzuatmen, ein und aus, ein und aus. Vergeblich! So schnell es ihre desolate Situation zuließ, sprang sie auf, schnappte sich die Waschschüssel und ließ sich alles noch einmal durch den Kopf gehen. Erschöpft kauerte sie sich auf den Boden und umarmte die Schüssel wie einen Rettungsanker.
In dieser jämmerlichen Position fand Iain sie und musste sich stark zusammenreißen, um nicht zu grinsen. Sie war so zauberhaft, wie sie ihm von unten böse Blicke zuwarf und dabei völlig ramponiert aussah mit ihrem blassen Gesicht und den zerzausten Haaren.
„Warum geht es dir so gut? Du hast doch auch gestern Abend zuviel getrunken?“ klagte sie vorwurfsvoll und atmete weiter tief ein und aus. Seine vor Energie strotzende Erscheinung war einfach unfair und unerträglich!
Behutsam nahm Iain ein Tuch, tauchte es in die Wasserkanne und kniete sich vor ihr hin. „Aber nicht so viel wie du. Ich habe nur am Anfang Wein getrunken, danach nur noch Ale.“ Vorsichtig wusch er ihr mit langsamen Bewegungen das Gesicht ab. Gequält schloss sie die Augen, doch das innere Karussell ließ sie sie ganz schnell wieder öffnen und einen Punkt oberhalb von Iains Schulter an der Wand fixieren.

„Ich sage Mairi Bescheid, sie soll dir etwas bringen, damit du dich wieder besser fühlst“ tröstete er sie und wollte sie hochziehen, um sie zurück ins Bett zu bringen. Doch Mary schüttelte panisch den Kopf, was ihr wiederum der Magen übelnahm.
„Nein, nicht. Lass mich hier einfach nur in Ruhe sitzen“ brach sie stockend hervor, bevor sie die Schüssel weiter füllte.
Ohne eine Miene zu verziehen wischte Iain ihr Gesicht wieder ab und entriss ihr die Schüssel nach einigem Ringen. „Ich hole dir eine neue“ versprach er und legte ihr noch eine Decke um. Mit dem Versprechen, sofort wiederzukommen, eilte er hinaus.
Auf dem Weg zur Küche traf er Mairi, die bedeutungsvoll die Nase rümpfte, als sie sich Iain näherte.
„Da braucht wohl jemand etwas Beruhigendes für den Magen“ bemerkte sie trocken und konnte sich ein Schmunzeln nicht verkneifen.
„Allerdings.“
Auch Iains Gesichtsmuskeln zuckten unkontrolliert, doch konnte er sich gerade noch beherrschen.
„Kümmere dich um sie, ich habe etwas Wichtiges zu erledigen.“
Sofort wurde Mairi ernst. „Ich habe gesehen, dass Rory zurück ist.“
Iain nickte nur und drückte ihr die Schüssel in die Hand. „Es gibt einiges zu besprechen“ und verschwand die Treppe hinunter.
Mary bekam vom Rest des Tages nicht mehr viel mit. Die meiste Zeit verbrachte sie schlafend im Bett. Mairi hatte es sich mit Flickarbeiten neben ihr gemütlich gemacht. Nur unterbrochen von ein paar plötzlichen Ausflügen Marys zur Waschschüssel, griff sie bei Bedarf zum Waschlappen und entleerte die Schüssel. Sie zwang Mary, irgendeine widerlich riechende und schmeckende Brühe zu trinken, die ihr angeblich helfen sollte. Zu schwach, um ihr verständliches Misstrauen gegenüber Mairis Tränken durchzusetzten, würgte sie das Gebräu hinunter. Wenigstens ließ der innere Brechreiz mit der Zeit nach, so dass Mary einige Zeit in Ruhe schlafen konnte.
Einmal und nie wieder schwor sich Mary am nächsten Tag, als sie vorsichtig an einem trockenen Stück Brot knabberte.
Ich weiß schon, warum ich mich sonst bei Alkohol immer zurückgehalten habe, der verlorene Tag danach ist es einfach nicht wert und die bohrenden Kopfschmerzen erst recht nicht fügte sie noch in Gedanken hinzu und massierte sich die noch immer pochenden Schläfen. Ein Königreich für ein Alka-Seltzer! *Wie soll ich hier bloß meinen Mineralhaushalt wieder in Ordnung bringen, ohne Multivitamintabletten, Kalzium- oder Magnesiumpräparate*? Sie seufzte matt.

Noch ganz in Gedanken und sich selber ein bisschen bemitleidend stürzte auf einmal Simon ins Zimmer und verkündete lautstark:
„Ihr sollt Euch frisch machen und sofort herunterkommen, da unten ist Besuch für Euch“ und verschwand genauso schnell wie er gekommen war. Mary hielt sich den Kopf fest. „Ich bin zwar alt, aber nicht taub!“ knurrte sie verstimmt hinter Simon her. „Und schnell geht heute schon mal gar nicht“ fügte sie noch pampig hinzu. Doch ihre Neugierde siegte und sie raffte sich schließlich auf. Nachdem sie sich im Zeitlupentempo zurechtgemacht hatte, ging sie langsam die Treppe hinunter und hörte schon aus der großen Halle das Gemurmel von Stimmen wie ein Bienenstock zur Hochsaison. Kaum trat sie durch die Tür, erkannte sie auch schon den Grund. Ihr Onkel Kyle war mit einer kleinen Gefolgschaft eingetroffen und führte ein hitziges Gespräch mit ihrem aufgebrachten Ehemann. Als die beiden Männer ihre Anwesenheit bemerkten, verstummten sie abrupt. Ihr Onkel eilte ihr entgegen und ergriff ihre dargebotene Hand.
„Meinen allerherzlichsten Glückwunsch zu Eurem Geburtstag, liebe Mary. Hätte ich das gewusst, hätte ich natürlich ein Präsent dabei, aber es wird auf jeden Fall nachgereicht.“
„Vielen Dank“ erwiderte Mary und versuchte gleichzeitig, ihre Hand aus seinem Griff zu befreien. Iains versteinerter Blick sagte ihr ohne Worte, dass ihm etwas nicht gefiel und sie wollte nicht noch Öl ins Feuer schütten. So schnell es ihre momentane Verfassung zuließ, eilte sie an seine Seite und stellte sich neben ihn, worauf er sofort ihre Hand nahm und ganz fest hielt. Kyle hob verwundert die Augenbrauen, Iains Leute dagegen gaben mit kurzem Grunzen ihr Wohlwollen kund. So eine öffentliche Darstellung seiner Gefühle war man von Iain in Anwesenheit von Fremden nicht gewohnt, begrüßte diese Verhaltensänderung aber sehr.
„Nun“ begann Kyle zögernd „was beabsichtigt Ihr denn zu unternehmen?“ und nahm somit wieder das heikle Thema auf.
Iain deutete auf einen Stuhl und alle nahmen am Tisch Platz. Mary, die dachte nun unerwünscht zu sein, wollte sich von Iain lösen und gehen, wurde jedoch durch seinen festen Griff an seiner Seite gehalten und neben ihn platziert. Ein voller Becher Tee erschien vor ihrem Platz, den sie zuerst giftig und verdrossen ansah. Dann aber nahm sie ihn dankbar hoch und trank in kleinen Schlucken. Iain wollte ihr ja nur helfen, sich besser zu fühlen und nicht sich über sie lustig machen. Solche Gehässigkeit passte einfach nicht zu ihm.
Plötzlich erkannte sie auch, warum Iain sie nicht weggeschickt hatte. Er wollte sie mit in die Überlegungen und Planung einbezie-

hen. Durch dieses Zeichen des Respekts und ihrer Wertschätzung wurde ihr ganz warm ums Herz. Sie wusste genau, wie ungewöhnlich es für diese Zeit war, dass eine Frau an solchen „Männergesprächen“ teilnehmen durfte und war zutiefst gerührt. Da sie ihren eigenen Gedanken nachhing, nahm sie den heftigen Schlagabtausch um sich herum gar nicht richtig wahr, bis Onkel Rory sie mit einem lauten Rums auf die Tischplatte wieder eindringlich ins Geschehen holte.

„Und ich sage euch, wir machen sie und ihre verdammte Burg platt wie Fladenbrot und tanzen auf ihren Gräbern.“ Allgemeine Zustimmung brauste auf, doch Iain ernüchterte sie sofort wieder.

„Ihr wisst genau, dass ihre Burg so gut wie uneinnehmbar ist. Da sie sich im Laufe der Zeit durch ihre Machenschaften so viele Feinde gemacht haben, haben sie vorgesorgt, sonst wären sie schon längst vernichtet.“

„Aber wir müssen etwas tun, mit diesem feigen Angriff dürfen sie nicht ungestraft davon kommen.“ Callum kochte vor Wut.

Die hitzige Diskussion ging weiter, ohne dass man sich irgendwie einigen konnte. Währenddessen formte sich in Marys Kopf ein Plan, von dem sie wusste, dass er Iain leider gar nicht gefallen würde. Doch sie würde alles tun, um ihn zu schützen und die beständige Gefahr zu beseitigen.

Um sich bemerkbar zu machen, stupste sie Iain kurz unter dem Tisch ans Bein und er reagierte sofort.

„Ich habe eine Idee“ wisperte sie ihm leise zu.

Einen Moment betrachtete er sie sorgfältig, dann nickte er kurz und brachte mit einer gebieterischen Bewegung alle Anwesenden zum Verstummen.

Mary wäre es lieber gewesen, wenn sie ihren Plan erst nur Iain hätte erzählen können, doch blickten sie nun alle erwartungsvoll an. Na ja, die McKinnons eher verwundert darüber, dass sie das Wort in einer so wichtigen Angelegenheit erhielt.

Sie räusperte ihren Kloß aus dem Hals, der sich vor Anspannung gebildet hatte.

„Wenn ich das richtig verstehe, ist ein direkter Angriff auf die Burg nur mit schweren Verlusten – wenn überhaupt – machbar.“

Nach zustimmendem Gemurmel fuhr sie langsam fort.

„Dann müssen wir sie aus der Burg herauslocken.“

„Nein! Auf keinen Fall“ fuhr Iain hoch, der sie sofort verstanden hatte.

Alle anderen schauten die beiden nur verständnislos an.

„Schickt sie wieder in die Küche oder sonst wohin, damit wir hier endlich an einem richtigen Plan arbeiten können.“ Kaum hatte ein

McKinnon den Satz beendet, traf ihn auch schon eine Faust und schickte ihn ohnmächtig zu Boden. Callum blickte vielsagend in die Runde.
„Nur Lady McAllister ist es zu verdanken, dass wir den ersten geheimen Angriff der Fergussons erfolgreich abwehren konnten. Deshalb sollten wir ihren Worten Gehör schenken und ernsthaft über ihren Plan nachdenken."
„Da gibt es nichts nachzudenken" fuhr Iain kategorisch dazwischen, „das ist viel zu gefährlich, das werde ich nicht zulassen." Er war aufgesprungen und hatte sich mit gespreizten Beinen und verschränkten Armen vor ihnen aufgebaut, um seine harten Worte und seinen unverrückbaren Standpunkt zu unterstreichen.
Gar nicht gefallen ist noch milde ausgedrückt dachte Mary, als sie in Iains blitzende Augen blickte und seufzte.
„Vielleicht sollte uns Lady McAllister ihren Plan genau erläutern, bevor wir ihn ablehnen" wagte Kyle zu fragen und ein Chor von Stimmen murmelte zustimmend.
„Was an meine Worten war für Euch nicht verständlich, McKinnon?" schnauzte Iain ihn eisig an, und ließ diesen unbehaglich beiseite blicken.
Eine Hand auf seiner Schulter ließ ihn ruckartig herumfahren und sich Nase an Nase mit seinem ungewöhnlich ernsten Onkel Rory wiederfinden. Verständnis lag auf seinem Gesicht.
„Lass uns den Plan hören, dann werden wir weitersehen."
Unterschiedliche Gefühle spiegelten sich auf Iains Gesicht, seine Wangenmuskeln arbeiten heftig, so dass Mary schon Angst um seine Backenzähne bekam. Wortlos dreht er sich zu Mary um, schickte ihr noch einen mörderischen Blick, nickte ihr dann aber knapp zu und ließ sich heftig auf seinen Stuhl fallen.
„Erzähle."
Absolute Stille lag über der Halle und Mary rutschte unbehaglich auf ihrem Sitz herum.
„Wie wir nun wissen, wollen die Fergussons Iain tot sehen, damit Donald mich heiraten kann, um an das Land zu kommen. Wir sollten dafür sorgen, dass sie bekommen was sie wollen, nämlich mich." Protestierendes Gemurmel erhob sich um sie herum. Unbeirrt fuhr Mary fort: „Wir müssen ihnen Gelegenheit geben, mich in ihre Gewalt zu bekommen, damit ihr sie auf frischer Tat überführen könnt. Ich vertraue fest darauf, dass Iain mich mit eurer Hilfe wieder unversehrt zurückholt. Damit es glaubhaft ist und sie aus ihrem sicheren Versteck kommen, sollten wir in Umlauf bringen, Iain sei seinen Verletzungen erlegen. Dass er ein plötzliches Fieber, verursacht durch die beigefügten Wunden, nicht überlebt hätte.

Damit wäre der erste Teil der Voraussetzung einer erneuten Heirat erfüllt und sie würden nicht mehr versuchen, Iain nach dem Leben zu trachten, sondern sich auf mich und meine Ergreifung konzentrieren. Außerdem..." und diesmal wandte sie sich direkt an Iain, „.. gibt es dir Gelegenheit, dich weiter zu erholen und diesem Mistkerl so richtig in den Hintern zu treten."
Ihren Worten folgte eine lange Stille. Jedem war die Gefahr bewusst, in der Mary sich bei diesem Plan bringen würde. Hin und hergerissen wagte keiner etwas zu sagen.
Kyle war wieder der Erste, der sich vorwagte.
„Vielleicht könnte Mary mich nach Hause auf meine Burg begleiten, damit sie hier erst einmal aus der Schusslinie ist."
Iain kniff argwöhnisch die Augen zusammen und fixierte seinen angeheirateten Onkel.
„Wir können doch verlauten lassen, dass ich sie nach Eurem Tod hier nicht schutzlos alleine lassen wollte und ich sie deshalb vorerst zu mir als nächsten Verwandten genommen habe."
Ungehaltene Ausrufe der McAllister ließen ihn innehalten.
„Mylady ist hier nicht schutzlos" polterte es erbost von allen Seiten. „Wir würden sie mit unserem Leben beschützen."
Iains Augen wurden immer schmaler.
„Außerdem" fügte Kyle hastig an Mary gewandt hinzu, „gäbe es Euch die Gelegenheit, mich und meine Familie besser kennenzulernen. Ich kann Euch viel über Eure Mutter erzählen, was sonst keiner weiß."
Mit diesem Köder hatte er Mary an der Angel und mit einem Blick in ihr Gesicht wusste Iain es. Er verfluchte seinen neuen Verwandten innerlich und wünschte ihm die Pest an den Hals.
So wurde entschieden, dass Mary noch am gleichen Tag mit Kyle zurück reiten und bis zur vollständigen Genesung Iains auf seiner Burg bleiben sollte. Bis dahin würde man die Verbündeten informieren und das weitere Vorgehen ausarbeiten.
Dann ging alles auf einmal sehr schnell. Kyle drängte zum Aufbruch. Mary schafft es noch so gerade, sich von Mairi zu verabschieden und bevor sie es sich versah, saß sie auf einem Pferd und ritt neben Kyle her. Das erste Stück nahm sie durch ihre tränenverschleierten Augen gar nicht wahr, so sehr schmerzte sie der Abschied von Iain. Nach einer heftigen Umarmung und einem fast schmerzhaften Kuss war er gegangen und war ohne sich noch einmal umzudrehen in der Halle verschwunden.
Selber Schuld, was denkst du dir auch so einen bescheuerten Plan aus haderte Mary mit sich selber. Ein Gefühl des Zweifels machte sich in ihr breit. Bisher war sie in dieser Zeit nur in Iains Burg

gewesen, geschützt, umsorgt und respektiert. Wie würde sie nun ohne seine und Mairis Hilfe zurechtkommen? Doch auch Neugierde blitzte ein klein wenig durch den Nebel der Unsicherheit. Sie hatte die Gelegenheit, noch mehr des alten Schottlands kennenzulernen, was die Historikerin in ihr geradezu vor Aufregung kribbeln ließ.
Mach das Beste draus versuchte sie sich selber zu ermutigen und wischte entschlossen die letzten Tränenspuren mit ihrem Ärmel weg. Ihr Onkel war bis dahin taktvoll schweigend neben ihr her geritten und reichte ihr nun ein kleines Tuch. Dankbar nahm sie es leicht lächelnd entgegen und trocknete ihr Gesicht. Dann setzte sie sich gerade hin, soweit es das schaukelnde Pferd zuließ, und sah sich erstmals bewusst um. Sie waren eine kleine Truppe von gut einem Dutzend Männer, wovon ein Teil vor und der Rest hinter ihnen ritt. Alle waren gut bewaffnet und blickten mit ernsten Gesichtern und wachen Augen ihre Umgebung ab. Unbehagen stieg in Mary auf.
„Ist es gefährlich hier zu reisen?“
Kyle zuckte die Schultern.
„Man sollte nie gedankenlos und unvorsichtig in der Gegend herumreiten. Es könnten überall Späher oder sogar Räuber lauern. Aber hier auf McAllister Land ist man im Allgemeinen sehr sicher und bis zu meiner Burg ist es nicht mehr weit.“
Hoffentlich dachte Mary, deren Allerwertester ihr bereits jetzt schon wegen der ungewohnten Beanspruchung zu schaffen machte. Zwar konnte Mary sich zuerst noch mit der außergewöhnlich schönen Landschaft ablenken, doch zum Schluss war ihr Schmerz am Ende des Rückens nicht mehr zu ignorieren. Unbeachtet ritten sie durch frische grüne Wälder, die nach Moos und Laub dufteten und vorbei an hügeligen Weiden, auf denen Schafe friedlich grasten. Als sie näher kamen, drängte sich eine Herde Schafe bereit zum Scheren am äußersten Ende der Wiese zusammen. Sie blökten wie eine in Aufruhr geratene Schar Gänse. Sie beruhigten sich erst wieder, als die Reitergruppe außer Sichtweite war.
Das Gelände wurde zunehmend bergiger, je weiter sie sich von der Küste entfernten. Obwohl es mittlerweile Frühsommer war, schaffte es die Sonne nicht, den kühlen Wind zu erwärmen und sie war froh über ihren Mantel, den Mairi ihr noch vorsorglich übergeworfen hatte. Dennoch dauerte es noch bis zum frühen Abend, bevor sie endlich durch das mittlerweile heißersehnte Burgtor ritten.
Die Burg der McKinnon war irgendwie enttäuschend. Viel kleiner und gedrungener als sie gedacht hatte. Vielleicht war sie aber auch

durch Drumrudha Castle einfach schon verwöhnt und hatte angenommen, dass das ehemalige Zuhause ihrer Mutter genauso groß und weitläufig war. Doch was Mary hier erblickte, war eher Drumrudha Castle light. Zwar hatte man auch die natürlichen Vorteile genutzt und in die Burgmauern die Felsen integriert, die eine uneinnehmbare Barriere bildeten, doch im Inneren war alles sehr gedrungen. Ein fast quadratisches Torhaus, über dem noch zwei weitere Etagen angebaut waren, führte in einen engen Innenhof. Über ein paar Stufen gelangte man zum Haupthaus und Mary wunderte sich, wo denn die Unterkünfte der anderen Burgbewohner waren. Doch sie war viel zu erschöpft, um sich darüber weiter Gedanken zu machen. Sie saß auf ihrem Pferd und wollte gar nicht absteigen aus Angst, dass ihre verkrampften Beine sie nicht tragen würden. Doch ihr Onkel eilte bereits herbei und hielt ihr den Arm hin, so dass sie keine andere Wahl hatte. Ächzend hob sie sich aus dem Sattel und blieb auf unsicheren Beinen an seinem Arm geklammert einen Moment stehen. Dadurch spürte sie die unterdrückte Ungeduld, die von ihrem Onkel ausging und löste sich deshalb rasch von ihm. Wahrscheinlich war er es nicht gewohnt, sich selber um schwächliche Frauen zu kümmern entschuldigte Mary ihn.
An eine Magd gerichtet, die wartend auf der Treppe stand, befahl er:
„Bring sie in ihr Zimmer und sorge dafür, dass sie alles hat was sie benötigt“ und war nach einem kurzen Nicken in ihre Richtung schon in einem schmalen Gang, der seitlich am Haupthaus entlang führte verschwunden. Männer!
Plötzlich kroch unvermittelt ein beunruhigendes Gefühl ihren Rücken hoch. Sie konnte es sich nicht erklären, doch etwas stimmte sie misstrauisch und sie schaute sich vorsichtig um. Doch es war nichts Auffälliges zu entdecken.
„Ceud mile fàilte, herzlich Willkommen, Mylady,“ knickste die Magd und bedeutete, ihr zu folgen.
Ach was! Resolut schüttelte sie ihr Unbehagen ab und folgte staksig der Magd durch die Halle eine enge steinerne Wendeltreppe hinauf. Ihre lange sportliche Abstinenz machte sich besonders an den Oberschenkelinnenseiten bemerkbar, so dass sie innerlich erleichtert aufstöhnte, als die Magd endlich vor einer Holztür stehenblieb.
„Hier entlang Mylady“ und öffnete damit eine Tür, bei der Mary beim Eintreten den Kopf einziehen musste. Auch im Innenausbau war die Burg ihrer Mutter ganz eindeutig nicht so großzügig und ausladend wie Drumrudha Castle. Alles war enger und kleiner.

Und niedriger fügte sie im Stillen mit einem Blick auf die Deckenhöhe in dem kleinen Zimmer hinzu. Dann spürte sie auf einmal wieder dieses seltsame Gefühl der Unruhe, und während die Magd um sie herumwuselte, versuchte sie zu ergründen, warum sie so fühlte. Plötzlich hielt sie abrupt inne und drehte sich um, so dass die Magd fast in sie hineingelaufen wäre.
„Ihr habt das Zimmer extra für mich vorbereitet?" hakte Mary vorsichtig bei der Magd nach.
Diese, noch ganz erschrocken wegen des Beinahezusammenstosses, konnte nur heftig nicken.
„Wann hast du denn die Order dafür erhalten?"
Nervös wrang die Magd mit ihren Händen am Stoff des Kleides. Sichtlich unwohl brach sie hervor: „Am gleichen Tag, als Mylord zu Euch aufgebrochen ist, kurz vor seiner Abreise."
Mary atmete tief durch, um sich zu fassen.
„Du kannst jetzt gehen, ich möchte mich etwas ausruhen, es war eine lange Reise" entließ sie die Magd, die sich das nicht zweimal sagen ließ und nach einem hastigen Knicks durch die Tür floh.
Mary versuchte sich selber zu beruhigen und setzte sich auf das Bettende. Ihr Onkel war heute Morgen erst auf Drumrudha Castle angekommen und hatte dort den Vorschlag, sie solle mit ihm reisen als plötzlichen Einfall dargestellt. Doch es war alles genauestens geplant gewesen. Und so weit sie wusste, hatte er auch keinen Boten vorausgeschickt, damit ihre Ankunft vorbereitet werden konnte. Also, was ging hier vor?
Diesmal spürte sie nicht nur Unbehagen, sondern richtige Angst, die ihr Herz wie wild schlagen ließ. Sie war ohne eine Kontaktperson aus Drumrudha Castle hergekommen, weil jeder verfügbare Mann für die geplante Schlacht gegen die Fergussons gebraucht wurde. Auch Mairi war bei den Vorbereitungen unverzichtbar. Angst schnürte ihr immer mehr den Hals zu. Sie hatte gedacht, bei ihrem Onkel sicher zu sein, doch hier stimmte etwas ganz und gar nicht, das spürte sie eindeutig.
Mein Gott, sie musste so schnell wie möglich wieder hier weg. Sie sprang vom Bett und lief zur Tür. Doch statt sie aufzureißen, knallte sie mit voller Wucht dagegen – sie war verschlossen! Fassungslos starrte sie auf die unbewegliche Tür. Ein weiteres Puzzlestück, das etwas ganz und gar nicht in Ordnung war, fügte sich zu den bisherigen. Verzweifelt rüttelte sie noch einmal an der Tür, doch vergeblich.
Denk nach befahl sie sich, *denk nach, irgendetwas musst dir doch einfallen*! Sie setzte sich wieder aufs Bett und atmete tief durch, um ihren jagenden Puls auf Normalmaß zu bringen.

Warum? Diese entscheidende bohrende Frage kreiste ihr immer wieder durch den Kopf. Sie ging den ganzen vergangenen Tag in Gedanken noch einmal durch, jedes Wort, jede Geste in der Hoffnung, dass ihr etwas auffallen würde. Nichts. Sie brauchte einen Plan, und zwar schnell.
Über ihr Grübeln überhörte sie fast das leise Klopfen an der Tür, die kurz darauf aufschwang. Ihr Onkel Kyle stand in der Tür und sah sie wortlos an. Sie erwiderte seinen Blick ausdruckslos. Die Dumme zu spielen war nicht ihre Art und wäre auch sinnlos, dafür waren die Fakten zu offensichtlich.
„Warum war meine Tür verriegelt?“ konnte sie sich doch nicht verkneifen zu fragen.
„Nur zu Eurer Sicherheit“ wiegelte Kyle achtlos ab. „Das Abendessen ist soweit, wenn Ihr mir folgen wollt“ und deutete auf die nun offene Tür.
Obwohl sie keinen Appetit verspürte wusste sie, dass sie ihm besser folgen sollte. Deshalb stand sie langsam auf und ging wortlos an ihm vorbei und die Treppe hinunter. Die Halle war auch kleiner als auf Drumrudha Castle, doch die Wände waren mit hübschen Wandteppichen behangen. Der offene Kamin und die zahlreichen Wandfackeln spendeten ausreichend Licht und Wärme. Es waren nur wenige Männer im Raum, doch alle verstummten sofort, als sie beide eintraten. Einige erkannte Mary von ihrer Reise hierher, doch die meisten starrten sie nur wortlos an. Ihr Onkel führte sie mit fester Hand am Ellenbogen zum Haupttisch und setzte sie direkt neben sich. Sofort eilten Mägde mit beladenen Tabletts herbei und stellten alles vor ihnen ab. Kerzengerade saß Mary auf der Kante ihres Stuhls, den Kopf stolz erhoben. Langsam blickte Mary sich um, doch die Männer wichen ihren Blicken aus und beschäftigten sich mit ihrem Essen, als wäre es ein Drei-Gänge-Gourmetmenu. Schließlich wandte sie sich ihrem Onkel zu.
„Ich dachte der Sinn meiner Begleitung hierher wäre unter anderem das Kennenlernen deiner Familie. Doch sehe ich nicht deine Frau Morgana, die uns Gesellschaft leistet.“
Treffer versenkt ging es ihr durch den Kopf, als sie sah, wie sein Gesicht zu einer Maske erstarrte und die Kaumuskeln zu Arbeiten begannen, während er heftig die Zähne zusammen biss.
„Sie musste plötzlich zu einer Cousine, deren Niederkunft kurz bevorsteht. Zur Unterstützung.“
In seinen Augen erkannte sie die Lüge und fragte sich wiederholt, was hier gespielt wurde. Sie nickte nur kurz und griff nach den Speisen. Kauend blickte sie zur Seite und beobachtete, wie ihr Onkel nach dem Becher Wein griff und hastig in großen Schlucken

trank. Fast blieb ihr das Brot im Hals stecken, als sie den Siegelring ihrer Mutter an seinem Finger entdeckte. Sie konnte ihn nur unverhohlen anstarren. Hatte sie sich derart in ihm getäuscht und das letzte Erinnerungsstück ihrer Mutter in einem Anflug von falscher Sentimentalität gedankenlos weggegeben? Mary musste hart schlucken und griff ohne den Blick vom Ring zu lassen ihren Becher und spülte den harten Kloß mit einem großen Schluck Wasser hinunter. Ihr Onkel schien ihren starren Blick zu spüren und verharrte in seinen Bewegungen. Mary blickte langsam von seiner Hand anklagend in seine Augen. Ein Anflug von Schuld huschte über sein Gesicht, verschwand aber genauso schnell, so dass Mary meinte, es sich vielleicht nur eingebildet zu haben. Wie konnte jemand, der sie alleine durch sein Äußeres so schmerzhaft an ihre geliebte Mutter erinnerte, sie so schändlich hintergehen? Hatte sie sich wie ein naives Kind alleine durch Äußerlichkeiten täuschen lassen, als sie automatisch auch auf den gleichen, ehrlichen Charakter geschlossen?

Ihr Appetit war völlig dahin, doch sie zwang sich, ihren rumorenden Magen zu ignorieren und ein Stück Käse zu essen. Äußerlich gelassen beendete sie ihr Mahl und stand auf, um sich zurückzuziehen. Da kaum am Tisch gesprochen worden war, wurde jede ihrer Bewegungen sofort registriert. Ihr Onkel gab einem Gefolgsmann ein Zeichen.

„David wird Euch zu Eurem Raum begleiten. Ich wünsche Euch eine erholsame Nacht."

Da er sie bei diesen Worten nicht einmal anblickte, wandte Mary sich ohne ein Wort zur Treppe. David folgte ihr in gebührendem Abstand und schloss die Tür wieder hinter ihr zu. Emotional und körperlich völlig erschöpft ließ sie sich auf das Bett sinken und verbarg ihr Gesicht in den Händen.

So ein Mist! Zu müde von der anstrengenden Reise legte sie sich angezogen aufs Bett. Ihre Gedanken kreisten um Iain, ihre vertrackte Situation und um ihre Flucht, worüber sie schließlich unruhig einschlief. Nicht ohne jedoch vorher noch den kleinen Dolch, den sie von Mairi bekommen hatte und seitdem immer um ihr Bein geschnallt trug, unter ihr Kopfkissen zu legen. Nur für alle Fälle.

Am nächsten Morgen stand sie schon fertig bereit, als David ihre Tür öffnete und die verschüchterte Magd von gestern ihr wieder das Frühstück auf einem Tablett brachte. Sie hatte in ihren Kleidern geschlafen, weil sie jederzeit bereit sein und im Notfall nicht durch überflüssiges Ankleiden Zeit verlieren wollte.

„Heute kein gemeinsames Frühstück in der Halle?“ wollte sie betont ruhig wissen.
David schaute sie ausdruckslos an und bevor er etwas sagen konnte, sprudelte es schon aus der Magd heraus. „Mylord ist heute morgen schon ganz früh fortgeritten“, was ihr einen missbilligenden Blick von David einbrachte, woraufhin sie den Kopf wie eine verschreckte Schildkröte einzog und aus der Tür huschte. David neigte kurz den Kopf und schloss die Tür. Mary brauchte nicht zu kontrollieren, ob sie verschlossen war, dessen war sie sich auch so völlig sicher.
Wieder alleine speicherte Mary die neue Information und zermarterte sich den Kopf, was hier vor sich ging. Misstrauisch beäugte sie das Essen, und beschloss, vorerst lieber nicht zu zugreifen, sie hatte auch keinen richtigen Appetit. Stattdessen nahm sie in ihrem Zimmer jeden Stein und jede Fuge genauestens unter die Lupe, konnte aber leider keine geheime Tür oder Gang entdecken. Das Fenster war auch keine Lösung, da es viel zu hoch lag und im Burginnenhof endete. Selbst wenn sie es schaffen sollte, ohne sich den Hals zu brechen, hinunterzuklettern, wäre sie immer noch innerhalb der Burgmauern und selbst von hier oben konnte sie die zahlreichen Wachen auf den Wehrgängen patrouillieren sehen. Eine Sackgasse also.
Aber Mary gab nicht auf, und versuchte so sachlich wie möglich an die Sache heranzugehen. Sie zwang ihre analytischen Fähigkeiten aus dem Dornröschenschlaf zu erwachen und ihre Lage zu klären. Was nicht gerade ermutigend war! Was braucht man zuerst, um dem Feind zu entkommen? Richtig, einen Lageplan. Also los, dann mal die Gegend erkunden. Mary eilte zur Tür und hämmerte mit voller Wucht dagegen.
„Ich muss mal zum Abort“ schrie sie durch die verschlossenen Tür, sich sehr sicher, dass davor eine Wache stand und sie hörte. Wie zur Bestätigung öffnete sich umgehend die Tür und David winkte sie kommentarlos heraus.
Er führte sie kurz über den Flur und dann eine enge steinerne Wendeltreppe hinunter. Mary war sich sicher, diesen Weg gestern nicht mit der Magd hinaufgekommen zu sein und speicherte jede Wegbiegung. Sie hatte das Gefühl, weiter in die Burg hineingeführt zu werden, was weniger hilfreich für einen Fluchtplan war. Vor einer kleinen Holztür hielten sie an und David trat einen Schritt zurück.
Hoch erhobenen Hauptes ging sie an ihm vorbei und verschwand hinter der Tür. Doch kaum hatte sie die Tür geschlossen, hielt sie sich entsetzt die Hand vor Mund und Nase. Hier stank es erbärm-

lich! Allein beim Anblick der Örtlichkeit fühlte sie ihre Herpesbläschen sprießen. Angewidert bemühte sie sich, nirgendwo anzustoßen und erledigte ihr Geschäft in Rekordzeit. Der kalte Luftzug an ihrer blanken Kehrseite bestätigte die Vermutung, dass unter dem schmalen Auslass kein Eimer oder ähnliches stand, sondern alles direkt ins Freie geleitet wurde. Mit hochrotem Kopf stürzte sie wieder auf den Flur, rang nach Atem und schüttelte sich vor Ekel. Jetzt wusste sie ihr Refugium auf Drumrudha Castle erst richtig zu schätzen!
David betrachtete sie überrascht, doch Mary enthielt sich jeden Kommentars. Auf dem Rückweg wurde ihr klar, dass sie ihre ursprüngliche Idee, die Wachen mit häufigen Toilettengängen mürbe zu machen, auf gar keinen Fall durchziehen konnte, sie musste eine andere Möglichkeit finden.
Am frühen Nachmittag erschien wieder die Magd mit einem Essenstablett und diesmal griff Mary zu. Ihr Magen knurrte schon erbärmlich, da sie das Frühstück nach dem Toilettengang unmöglich hatte anrühren können. Während sie eifrig den deftigen Eintopf aß, räumte die Magd eilig auf und machte ihr Bett.
„Wie heißt du?“ sprach Mary sie an. Es war immer besser, den Namen der Leute zu kennen, die einen umgaben.
Unsicher blickte die Magd von ihrer Arbeit auf.
„Moira, Mylady.“
„Gut, Moira. Bist du schon lange hier?“
Diese nickte verschüchtert. „Ich bin hier geboren. Meine Mutter hat hier schon in der Küche gearbeitet, sie kannte auch Eure Mutter. Deshalb habe ich auch ihr damaliges Zimmer für Euch vorbereitet.“
Mary nickte verstehend und biss von einem harten Stück Brot ab. Unvermittelt stockte sie und schluckte den Bissen hart hinunter. Ihr Herz schlug vor Aufregung plötzlich hart gegen ihre Rippen.
„Sagtest du gerade, dass dies die Kammer meiner Mutter war?“ Mary versuchte krampfhaft, ihre neu geschöpfte Hoffnung zu unterdrücken und möglichst neutral zu erscheinen.
Moira, die dachte Mary würde sich darüber freuen, plauderte munter drauflos. „Ja, dies hier war ihre Kammer und nebenan war ihre Cousine Mairi untergebracht.“
Mary zwang sich, ruhig sitzen zu bleiben statt dem inneren Impuls zu folgen und jubelnd aufzuspringen. Möglichst unbeteiligt blickte sie auf die Tür, die in den benachbarten Raum führte, von dem sie nun wusste, dass er ihrer Mutter zur Freiheit verholfen hatte. Sie konnte es kaum abwarten, bis Moira endlich wieder hinausgegangen war, um zu überprüfen, ob der geheime Mechanismus noch

funktionierte. Aber vielleicht war er ja im Laufe der Jahre entdeckt und entfernt worden? Mary trank entschlossen ihren Becher Wasser aus und erhob sich.
„Danke für das Essen. Ich glaube, ich bin etwas müde und lege mich eine Weile hin."
Ihr war es egal, ob Moira sich über den abrupten Themenwechsel wundern würde, sie sollte nur so schnell wie möglich verschwinden. Wahrscheinlich viel seltsameres Verhalten gewohnt, sammelte Moira ihr Tablett flink zusammen und verließ endlich die Kammer. Die Tür war kaum geschlossen, als Mary zur Verbindungstür stürzte und die seitliche Umgebung abtastet. Hätte sie doch Mairi genauer über den Mechanismus ausgefragt, als diese ihr davon erzählt hatte! Ungeduldig schob sie einen kleinen Wandvorhang beiseite und strich langsam über jeden Zentimeter der dahinterliegenden Wand. Sie spürte kalte raue Mauer, sonst nichts. Enttäuscht ließ sie ihre Hand sinken und zog sie zurück. Da! Etwa in Hüfthöhe machte sie plötzlich eine kleine Vertiefung im Mauerwerk aus. Sie ging in die Knie und beugte sich ganz nah zur Mauer. Fast nicht zu erkennen sah sie eine kleine Furche, die man auch für einen natürlichen Spalt halten konnte. Mit zittrigen Fingern tastete sie sich vorsichtig weiter vor und stieß auf einen kleinen Metallhebel. Sollte sie es jetzt ausprobieren? Was, wenn die offene Tür zu früh entdeckt wurde? Behutsam zog sie ihre Hand zurück und hockte sich aufgewühlt auf den kalten Boden. Nein, sie musste erst alles weitere genauer überlegen. Wenn sie nun überstürzt handelte, konnte sie alles ruinieren, und sie hatte nur diese eine Chance.
Am Abend wurde sie wieder in den großen Saal geleitet, ihr Onkel war anscheinen wieder zurück. Doch er beachtete sie so gut wir gar nicht und Mary verspürte nicht die geringste Lust auf Small Talk. Stattdessen hielt sie Augen und Ohren auf und hoffte auf irgendeinen hilfreichen Hinweis. Bis dahin leider vergebens. Die Mahlzeiten der weiteren Tage waren immer sehr ruhige, aber beklemmende Angelegenheiten, nur wenige Männer nahmen daran teil und sogar ihr Onkel ließ sich einige Male wieder nicht blicken. Auf ihre Frage wo er denn sei, bekam sie nur kurzangebunden „Geschäfte" zur Antwort. Für Mary war es offensichtlich, dass ihr Onkel sich in ihrer Gegenwart unwohl fühlte und sie deshalb mied. Sie überlegte schon, in ihrer Kammer zu essen. Doch das würde sie der Gelegenheit berauben, ihre Beine zu vertreten und die Gänge auszukundschaften. Außerdem wollte sie es ihrem Onkel so unangenehm wie möglich machen und ihm immer wieder

seinen treulosen Verrat vor Augen führen. Deshalb zwang sie sich, immer wieder mit in die Große Halle hinunter zu gehen.
Nach einer besonders frostigen Abendmahlzeit kehrte sie völlig deprimiert wieder in ihre Kammer zurück. Bisher war sie keinen Schritt weiter gekommen. Die Wachen verhinderten Ausflüge in andere Gänge als nur ihren direkten Weg zur Kammer, so dass sie ihr Plan, die Örtlichkeiten zu erkunden, nicht umsetzen konnte. Außerdem wechselten sich unterschiedliche Männer ab, sie zum Essen zu holen und nie sprachen sie ein Wort mit ihr, obwohl Mary sehr einfallsreich versuchte, sie in ein Gespräch zu verwickeln. Die McKinnons waren sture Leute, kein Wunder dass ihre Mutter von hier weggelaufen war!
Moira wartete schon in ihrer Kammer auf sie und bereitete das Bett vor. In den letzten Tagen war sie sehr aufgetaut und plauderte mittlerweile unbefangen mit Mary, als ob sie ein geschätzter Gast und keine Geisel wäre. Mary achtete nicht immer genau auf das, was sie erzählte, doch dann horchte sie auf.
„In den nächsten Tagen wird hier daher Einiges los sein."
„Entschuldigung, Moira, aber ich war gerade etwas abgelenkt. Wieso wird es hier viel zu tun geben?" Mary gab sich Mühe, ihre Stimme nicht zu aufgeregt klingen zu lassen.
„Na, wegen der zusätzlichen Besucher. Wir müssen die Kammern im Westflügel herrichten."
„Und wer genau kommt denn?" Mary wagte kaum zu atmen.
Doch als ob er es geahnt hätte, trat David unvermittelt in den Raum und schenkte Moira einen warnenden Blick. „Zeit zu gehen."
Moira zog wieder den Kopf ein und hastete durch die Tür hinaus in den Gang. Mary funkelte David genervt an, doch der schloss kommentarlos wieder die Tür.
Blödmann!
Eine innere Unruhe befiel Mary. War es Iain, der sich angekündigt hatte? Oder doch jemand anderer? Sie schwankte zwischen Hoffen und Bangen. Nach einigen Minuten der Unschlüssigkeit entschied sie, dass es nun wirklich Zeit wurde, hier zu verschwinden.
Eine Idee, die ihr durch den Kopf geschossen war, war zugegebenermaßen alles andere als originell. Doch sie hoffte, dass sie in diesem Jahrhundert noch unbekannt war, und so begann sie möglichst leise, ihre Decken und Bettlaken mit Hilfe ihres kleinen Dolches in Streifen zu schneiden und aneinanderzuknoten. Da sie abends keiner mehr stören würde, konnte sie bis spät in die Nacht an ihrem Werk arbeiten. Sie schaffte eine beträchtliche Länge, die ausreichen musste. Sie befestigte das eine Ende am Fuß ihres Bettes und legte den Rest aufgerollt auf das Fenstersims. Sie musste

den richtigen Zeitpunkt abwarten, wenn das Seil zu früh entdeckt wurde, war ihr schöner Plan dahin. Erschöpft kauerte sie sich auf einem Stuhl zusammen, nur kurz ausruhen, dann weiter vorbereiten.....

Die lauten Rufe der Wachablösung ließen Mary erschrocken hochfahren. Entsetzt stellt sie fest, dass sie tief und fest eingeschlafen war. Hastig sprang sie auf und erkannte am dämmernden Morgenlicht, dass Moira bald mit dem Frühstück kommen würde. Verdammt!

Eilig schaute sie sich um und raffte alles Notwendige zusammen. Mit bebenden Fingern tastete sie hinter das Wandbild, spürte die kleine Spalte und drückte mit dem Zeigefinger gegen den eisernen Hebel – nichts tat sich.

Mist Mist Mist Mist!

Kalter Schweiß brach ihr vor lauter Panik aus und verzweifelt versucht sie es noch einmal. Mit ganzer Kraft presste sie den Metallhebel nach hinten, doch der rührte sich nicht. Hatte man den Mechanismus doch entdeckt und beseitigt? Nur nicht aufgeben! Plötzlich kam ihr eine andere Idee. Beherzt griff sie wieder in die Spalte, doch diesmal zog sie den Hebel zu sich heran. Endlich! Durch die Mauer war ein kratzendes Schleifen von Holz auf Metall zu hören. Mary sprang mit zitternden Knien auf und legte behutsam eine Hand gegen die Tür und drückte leicht dagegen. Und sie bewegte sich! Mary hätte vor Erleichterung heulen können. Rasch eilte sie zum Fenster, warf die aneinandergeknoteten Stoffstreifen hinaus und öffnete die Fenster weit auf, so als ob sie dort hinaus geflohen wäre. Draußen vor der Tür vernahm sie bereits Moiras und Davids Stimmen und so floh sie geschwind durch die Verbindungstür und verriegelte die Tür hinter sich. Schnell kontrollierte sie auch noch die Tür zum Gang und legte auch dort den Riegel vor. Schon hörte sie Moira zaghaft ihren Namen rufen und sie stellte sich angespannt hinter die Verbindungstür. Nach den Geräuschen zu urteilen, die zu ihr durchdrangen, schaute Moira in ihrem Bett nach, dann darunter. Plötzlich wurde es nebenan laut. Moira rief erschrocken die Wache, diese brüllte die verängstigte Magd an, weitere Krieger kamen aufgrund des Lärms angelaufen und durchsuchten die Kammer. Marys Herzschlag setzte fast aus und sie presste sich gegen die Wand, als plötzlich an der Verbindungstür gerüttelt wurde, doch der Riegel hielt dem Versuch stand. Inmitten des Tumultes hörte sie auf einmal ihren Onkel brüllen.

„Was ist hier los?“

Mary konnte die Antwort nicht genau verstehen, aber vermutlich wurde er gerade über ihre angebliche Flucht informiert. Ihr Blut

rauschte in ihren Ohren und ihre Knie drohten einzuknicken. Sie ballte die Hände zu Fäusten und zwang sich möglichst leise zu atmen, obwohl sie in ihren eigenen Ohren wie eine Dampfwalze schnaubte.
Da vernahm sie die Stimme ihres Onkels ganz nah und deutlich, er musste direkt hinter der Verbindungstür stehen
„Sucht und findet sie. Geht sorgsam mit ihr um, ich will nicht, dass ihr etwas geschieht. Aber bringt sie her!“
Die Nachricht war klar. Die Krieger strömten aus der Kammer und suchten die Burg ab. Kyle blieb noch einen Moment still stehen und Mary schien es, als ob er sie hinter der Tür ausmachen konnte. Unwillkürlich hielt sie den Atem an. Es kam ihr vor wie unendliche Stunden, bis sie ihren Onkel aus der Kammer gehen hörte und seine Schritte schließlich im Gang verstummten. Mary blieb noch eine Weile regungslos stehen, bis ihr Atem sich wieder normalisiert und ihr Herzschlag ruhiger geworden war. Angespannt lauschte sie jedem noch so kleinen Geräusch. Als sie sicher war, niemanden mehr zu hören, öffnete sie rasch die Verbindungstür und spähte vorsichtig in ihre Kammer, leer. Ermutigt schlich sie geschwind auf den Flur, bog rechts ab und eilte möglichst geräuschlos den dunklen Gang entlang. Sie betete, sich für die richtigen Weg entschieden zu haben und hastete weiter. Kurz vor der nächsten Abzweigung blieb sie plötzlich wie gebannt stehen. Hastige Schritte kamen ihr entgegen geeilt, dem Lärm nach zu urteilen eine ganze Gruppe.
Mist Mist Mist!
Panisch blickte sie sich um. Zurücklaufen half nichts, sie würden sie sofort sehen, wenn sie erst einmal um die Ecke gebogen waren. Natürlich war auch keine Tür in Sicht, durch die man wie in den meisten Filmen als Rettung schlüpfen konnte.
Mist Mist Mist!
Skeptisch blickte sie den großen Wandteppich zu ihrer Rechten an und ein neuer Hoffnungsschimmer blitzte auf. Schnell schob sie ihn beiseite, doch die erhoffte Tür oder Nische blieb verschwunden. Stattdessen blickte sie auf kaltes hartes Mauerwerk. Die Schritte kamen immer näher und sie konnte schon die Stimmen vernehmen. Kurzentschlossen sprang sie hinter den Wandbehang und betete um ein Wunder.
Leider war sie keine zarte Elfe, die sich Flunder gleich an die Wand kleben konnte und nicht auffiel. Obwohl sie ihren Rücken fest gegen die Wand presste und auf Zehenspitzen stand, schauten ihre Fußspitzen dennoch unter dem Wandteppich hervor. Sie wagte kaum zu atmen und lauschte auf die hastigen Schritte und lau-

ten Rufe. Sie hoffte, dass der Flur dunkel genug war, ihre Silhouette und ihre verräterischen Zehen hinter dem Teppich zu verbergen und die Soldaten an ihr vorbeilaufen würden. Ihr Herz raste schmerzhaft in ihrer Brust und angespannt vernahm sie die näherkommenden Schritte und Stimmen. Mary atmete ganz kurz und flach und konzentrierte sich darauf, bewegungslos zu verharren. Ihre Waden beschwerten sich bereits aufgrund der langen Position auf Zehenspitzen und sie spürte einen Krampf nahen. Um die Lage noch weiter zu verschlimmern, krochen mit jedem Atemzug feine Staubpartikel in ihre Nase, die sie unangenehm kitzelten und hartnäckig zum Niesen bringen wollten. Einem Mantra gleich wiederholte sie im Kopf immer wieder: *„Es geht mir gut, es geht mir gut, es geht mir gut."*

Die ersten Krieger polterten den Flur entlang und Mary hörte praktisch auf zu atmen. Sie schöpfte Hoffnung, als ein Trupp an ihr vorbeilief und weiter die Treppe hinuntereilte, ohne sie zu bemerken. Eine weitere Gruppe folgte, und auch diese schien sie nicht zu entdecken. Leider verlor einer der letzten Krieger im Laufen sein Schwert, weil sich dieses beim Vordermann verfing und polternd zu Boden fiel. Als er sich bückte, um es aufzuheben, starrte er auf ein paar zitternde braune Lederspitzen, die knapp unter dem Wandteppichrand hervorlugten. Langsam und bedächtig hob er sein Schwert auf und ging übertrieben laut stampfend weiter. Hinter der nächsten Kurve gab er seinen Kameraden leise ein Zeichen und sie schlichen sich zurück zum Teppich und umstellten ihn. Bei genauerer Betrachtung sahen sie nun, wie der Hund auf dem Teppich verdächtig dick und rege geworden war.

„Kommt hervor Mylady, wir wollen Euch nicht unnötig verletzen."

Erschrocken rutschte Mary mit ihren Fersen von der Wand ab und landete wieder auf ihrem vollen Fuß. Ihre Waden seufzten erleichtert auf. Nicht so Mary.

Mist Mist Mist!

Missmutig schob sie den schweren Behang zur Seite und sah sich von sechs starken McKinnon Kriegern umzingelt. Mitten unter ihnen David. Bevor jedoch noch irgendjemand etwas sagen konnte, brach es aus Mary heraus.

„Haaatschiii!"

Die Krieger wichen unwillkürlich einen Schritt zurück.

„Ich brauche ein Bad." Vorwurfsvoll und anklagend starrte sie David an, während sie sich den Staub aus den Haaren schüttelte. Sie glaubte einen Anflug von Belustigung in seinem Gesicht erkannt zu haben, bevor er seine übliche ausdruckslose Miene wieder aufsetzte. „Wenn Ihr mir folgen wollt." Übertrieben höflich deutete er in die Richtung ihrer Gefängniszelle und Mary ging mit hocherhobenem Kopf voraus. Ein Versuch war es wert gewesen, auch wenn sie nicht entkommen war. Wieder in ihrer Kammer angekommen, wurde die Tür demonstrativ laut verschlossen. Die Verbindungstür überprüfte sie erst gar nicht, so dumm waren sie nun auch wieder nicht.

„Und was ist mit meinem Bad?“ rief sie trotzig laut durch die Tür.

„Darum wird sich gekümmert, Mylady“ hörte sie David beim Weggehen rufen.

Resigniert ließ sie sich auf einen Stuhl nieder. Leider verloren.

Nach ihrem Fluchtversuch wurde ihr nicht mehr gestattet, ihre Kammer zu verlassen. Wie erniedrigend war es, ihre Notdurft in den neu gebrachten Holzeimer zu verrichten, der bei Bedarf abgeholt und entleert wieder zurückgebracht wurde. Ihre Mahlzeiten erhielt sie nun ausschließlich in ihrer Kammer und das erinnerte sie schmerzhaft an ihre Anfangszeit hier in diesem Jahrhundert bei Iain. Im Vergleich dazu war Iains Behandlung das eines 5 Sterne Hotels gewesen. Bei ihrem Onkel kam sie sich vor wie in Einzelhaft. Was sie jedoch erkannt hatte war, dass man sie wohl nicht verletzten wollte, wie die Order ihres Onkels bewies, die Krieger hätten auch viel gröber mit ihr umgehen können. Das zumindest beruhigte sie ein wenig.

Nach drei weiteren schier endlosen Tagen mit dem gleichen eintönigen Ablauf und ohne eine neue Idee hinsichtlich eines funktionierenden Fluchtplans stieg Marys Ungeduld und Missmut. Sie hasste es, so hilflos herumsitzen zu müssen, nicht wissend was hier genau vor sich ging.

Gedankenverloren drehte sie an ihrem Ehering, dem Siegelring der McAllister, so wie sie es früher mit dem Clanring ihrer Mutter gemacht hatte, wenn sie angestrengt nachgedacht hatte. Doch im Gegensatz zu früher, als sie nur Trauer und Hilflosigkeit empfunden hatte, gab ihr Iains Ring nun Mut und Hoffnung. Sie glaubte fest an ihn. Mary spürte durch diesen Ring nicht nur die äußere, symbolische Zugehörigkeit zu Iain, es ging weit darüber hinaus. Das starke Gefühl der inneren Verbundenheit gab ihr die Kraft, nicht zu verzweifeln und auf Iains Rettung zu vertrauen. Obwohl sie sich viel lieber selber aus dieser misslichen Situation befreien würde!

Sie seufzte ermattet auf.

Tief bewegt und aufgewühlt über die Tatsache, dass sie nun die schon immer ersehnten Verwandten hatte, war sie achtlos geworden. Viel zu naiv und gutgläubig war sie davon ausgegangen, dass ihr Onkel sich auch über den Familienzuwachs freuen würde. Wie dumm sie doch gewesen war! Das Gefühl, dass ihre ehrliche Freude und Zuneigung ausgenutzt worden war, ließ sie innerlich vor Wut kochen. Aber sie machte sich selber die größten Vorwürfe. Durch die unkomplizierte Art, wie sie auf Drumrudha Castle von Iain und Mairi aufgenommen worden war, war sie fälschlicherweise davon ausgegangen, dass ihr Onkel ihr genauso wohlgesonnen sein würde. Zumal er zur direkten Familie gehörte. Viel zu glücklich darüber, hatte sie ihre Vorsicht außer Acht gelassen. Und schon wieder hatte sie eine schmerzhafte Lektion gelernt, dass man Blutsbanden nicht immer trauen durfte. Unruhig sprang sie hoch und lief wieder auf und ab. Verzweifelt ging sie in Gedanken immer wieder alle Fluchtmöglichkeiten durch, die zugegebenermaßen sehr limitiert waren, als die Tür sich hinter ihr öffnete. Es war zu früh fürs Mittagsmahl, sodass ihr Herz sofort heftig anfing zu klopfen. Neben der üblichen Wache erschienen zwei weitere Männer, die einen großen Bottich herein trugen, gefolgt von mehreren Knappen, die Wassereimer schleppten.

Ah, ihre Beschwerde wegen mangelnder Waschmöglichkeiten schien gewirkt zu haben. Sie fühlte sich unwohl, so verschwitzt und tagelang ohne ihr sonst übliches morgendliches Bad. Außerdem wollte sie nicht die gefügige Gefangene sein und machte es ihrem verschlossenen Verwandten durch entsprechende Beschwerden sehr deutlich, welchen Standard sie ansonsten gewohnt war. Als sie ihren Onkel nach der Flucht darauf hingewiesen hatte, war seine kurze Antwort gewesen, dass sie sich halt einschränken müsste, ein tägliches Bad wäre hier nicht möglich. Anscheinend hatte er seine Meinung geändert. Vielleicht wollte er aber auch nur sein nagendes schlechtes Gewissen beruhigen.

Ein Knappe goss nun einen dampfenden Eimer nach dem anderen in den Bottich und ein kleinerer, schmächtiger trug einen hohen Stapel Tücher vor seinem Gesicht, mit denen er auf sie zukam.

„Hier Mylady, für Euch“ und reichte ihr die Tücher. Verwundert, dass es der kleine Junge wagte, sie direkt anzusprechen und den Stapel nicht einfach auf einen Stuhl legte, schaute sie genauer hin. Ihr stockte der Atem.

Simon!

Ein Adrenalinstoß ging durch ihren Körper. Schnell schaute sie sich um, aber die Wache stand gelangweilt draußen vor der Tür und die anderen Knaben flitzten zwischen der Küche und ihrer Kammer hin und her. Niemand schien auf sie beide zu achten. Langsam, um nicht auf sich aufmerksam zu machen, nahm sie den Stapel. Ihre Hände zitterten vor Anspannung und Aufregung. Simon dagegen schien die Ruhe selbst zu sein.

„Ihr solltet euch beeilen, Mylady, niemand wartet gerne" und zwinkerte ihr frech zu.
Bevor sie reagieren konnte, war Simon auch schon wieder verschwunden. Möglichst unauffällig schaute sie sich um. Keiner schien etwas von Simons Worten mitbekommen zu haben.
Nachdem alle ihre Kammer verlassen hatten, erledigte sie ihre Wäsche so schnell sie konnte und zog sich rasch wieder an. Simons versteckter Hinweis ließ sie Hoffnung schöpfen, mahnt aber auch zur Eile. Da sie keine Ahnung hatte, wann genau etwas passieren würde, wollte sie so schnell wie möglich bereit sein.
Sie musste nicht lange warten, als sie hörte, wie eine Reitergruppe in den Hof geritten kam. Hoffnungsvoll trat sie ans Fenster. Sie konnte aus der Entfernung leider keine Person genau erkennen, doch sie erkannte den Tartan: die Fergussons!
Ihre Finger krallten sich in das Mauerwerk. Verrat! Ihr eigener Onkel hatte sie verraten und wollte sie an die Feinde ausliefern. Das zu kombinieren war jetzt nicht mehr schwer. Aber warum? Eine bisher ungekannte Welle der Wut stieg unvermittelt in ihr hoch und ließ sie am ganzen Körper zittern. Bastard! Sie bedachte ihn noch mit weiteren unschönen Ausdrücken, nur um ihre aufsteigende Panik in den Griff zu bekommen. Wie konnte er nur so falsch sein! Wie konnte er ihr so etwas antun?
Die Erinnerung an Donald ließ sie vor Grausen schwindelig werden und sie hielt sich am Mauerwerk fest. Nein! Sie würde sich nicht in ihre Angst hineinsteigern, diesmal würde sie vorbereitet sein!
Sie trat vom Fenster weg und hastete quer durch den Raum. Neue Energie durchströmte sie. Die würden sich noch wundern. Geschwind begann sie sich auf das Treffen vorzubereiten. Alle störenden Kleidungsstücke zog sie wieder aus, zerschnitt ihren Unterrock und knotete ihn so zusammen, dass er sie in ihrer Bewegungsfreiheit nicht einschränken würde. Ihre Schuhe schnürte sie so fest, dass sie damit ordentlich laufen konnte. Dann band sie sich den Tartanstoff so um, dass er mit einer einzigen Bewegung zu Boden fallen würde. Zum Schluss flocht sie sich die Haare zu einem strengen Zopf zurück und versteckte ihren kleinen Dolch in ihrem linken Ärmel.
Wollen doch mal sehen, wer hier wen überrascht! Mit einer gewissen Genugtuung zupfte sie sich die Kleider zu Recht und setzte sich aufs Bett. Sie schloss die Augen und versuchte ihren Puls zu beruhigen und sich auf das Kommende zu konzentrieren. Wie sie es hasste zu warten!

Es dauerte nicht lange, als auch schon die Tür aufgerissen wurde und zwei Wachen sie wortlos aufforderten, ihnen zu folgen. Würdevoll erhob sie sich und ging die schmale Treppe zwischen den beiden stummen Kriegern hinunter. Ihre Knie zitterten vor innerem Groll, aber sie wollte nicht, dass man ihr die Angst anmerkte.
In der Halle war der Teufel los. Die Krieger der Fergussons saßen an den Tischen und benahmen sich wie die Schweine. Die Mägde setzten nur hastig ihre Tabletts auf die Tische und flohen so schnell sie konnten wieder in die Küche, in der Hoffnung, unbeschadet und unbelästigt wieder wegzukommen. Marys Angst verwandelte sich in maßlose Wut, weil ihr Onkel dieses miese Verhalten einfach so zuließ. Sie blickte zum Haupttisch und stutzte. Dort stand ihr Onkle Kyle mit versteinertem Gesicht und hielt seine weinende Frau Morgana fest in den Armen. Plötzlich machte es klick in Marys Kopf. Natürlich!
Die Fergussons hatten Morgana entführt und damit ihren Onkel in der Hand gehabt! Doch bevor sie noch weiter darüber nachdenken konnte, wurde sie am Arm gepackt und herumgerissen. Vor ihr stand mit einem triumphierenden Ausdruck im Gesicht Donald Fergusson.
„So sieht man sich unverhofft wieder.“ Er entließ die beiden Wachen mit einer knappen Handbewegung und baute sich hämisch vor Mary auf.
Sein schmieriges Grinsen wurde breiter, als er Marys erschrockene Miene sah und musterte sie unverschämt von oben bis unten. Perverse Lust schimmerte in seinen Augen und ließ erahnen, welche Gedanken ihm durch den Kopf gingen.
Mary unterdrückte den Zwang zurückzuweichen, obwohl alleine seine ihn umgebende stinkende Wolke sie würgen ließ. Schweigend und mit voller Verachtung blickte sie ihn stumm an, der hatte kein Wort verdient. Aber gerade ihre ruhige und stolze Haltung schien Donald in Rage zu bringen. Gewohnt, dass Frauen Angst vor ihm hatten und krochen, sobald er sie nur ansah, holte er aus und schlug ihr mit voller Kraft ins Gesicht. Marys Kopf wurde zur Seite geschleudert und durch die Wucht des Schlages verlor sie ihr Gleichgewicht und landete schmerzhaft auf dem harten Steinboden.
Donalds hassverzogenes Grinsen verflog plötzlich und ein ungläubiger Ausdruck erschien auf seinem Gesicht. Fassungslos blickte er stockend an sich herab. Marys Dolch steckte bis zum Heft in seinem Bauch und ließ ihn langsam geschwächt zu Boden sinken.
Die lauten Aufschreie drangen nur von weitem zu Mary durch. Sie lag benommen auf dem Boden, ihr Gesicht brannte wie Feuer und

ihr Kopf dröhnte. Sie versuchte krampfhaft, sich selbst dazu zu bringen, wieder aufzustehen. Doch der Schwindel in ihrem Kopf und der Schock, gerade einen Menschen getötet zu haben, ließen sie kraftlos am Boden verharren. Plötzlich wurde sie unsanft unter den Armen gepackt und über den Boden weggeschleift. Panisch versuchte sie, sich zu wehren.

„Nicht, sonst schaffe ich es nicht" hörte sie keuchend eine leise Stimme, die ihr bekannt vorkam. Simon! Sie zwang sich die Augen zu öffnen und nahm endlich das Chaos um sich herum wahr. Die McKinnons kämpften gegen die Fergussons und Simon versuchte, sie heimlich aus dem Trubel zu ziehen, da niemand mehr auf sie achtete. Donalds Vater kämpfte gegen ihren Onkel Kyle, doch es war offensichtlich, dass es ein ungleicher Kampf war. Kyle war einfach zu gutmütig und besaß nicht die heimtückische Raffinesse, einen Kampf auf Leben und Tod zu beherrschen.

Mary kroch mit Simon unter einen Treppenabsatz und überlegte fieberhaft, wie sie helfen könnte.

„Simon, wir müssen die Tore öffnen, kannst du mich hinführen?"

„Aber Ihr sollt hier in Sicherheit warten, bis Mylord kommt."

„Sicherheit? Nennst du das Sicherheit? Wir haben keine Zeit, Simon. Wenn die Fergussons gewinnen, und dann gnade uns Gott."

Der Zwiespalt spiegelte sich auf seinem jungen Gesicht wieder und Mary legte ihm beschwörend die Hand auf die Schulter.

„Vertraue mir. Wir müssen etwas unternehmen."

Ein Ruck ging durch seinen kleinen Körper.

„Gut. Folgt mir."

Wie ein Wiesel sprang er auf und lief immer in Deckung von einem Schatten zum nächsten in Richtung Küche. Mary befreite sich schnell mit einem Ruck von ihrem lästigen Kleid und huschte nur im präparierten Unterkleid hinter Simon her. Sie musste sich stark konzentrieren, um auf den Beinen zu bleiben und ihr mittlerweile zu geschwollenes Auge war auch nicht gerade hilfreich. In letzter Minute wich sie zwei kämpfenden Männern aus und gelangte völlig außer Atem in den Küchentrakt. Orientierungslos blickte sie sich um, keine Menschenseele war mehr zu sehen, alle hatten vor dem Kampf die Flucht ergriffen und sich versteckt. „Weiter, hier entlang."

Simon nahm sie an der Hand und zog sie in den hinteren Teil der Küche, wo sie eine kleine Tür entdeckte. Kurz blieben sie horchend stehen, aber von draußen war kein Ton zu hören, nur das heftige Schlagen ihres eigenen Herzens dröhnte in ihren Ohren.

„Wenn wir nach draußen kommen, müssen wir uns rechts an der Wand entlang zu den Ställen schleichen. Von dort aus kommen wir

zum Wachtor. Aber wir müssen uns beeilen, damit die Wachen uns von oben nicht sehen."
Mary nickte hastig und wappnete sich für den Sprint. Vorsichtig öffnete Simon die Tür und schlich hinaus, Mary direkt hinterher. Wie aus dem Nichts, lag plötzlich eine kräftige Hand auf ihrem Mund und ein weiterer Arm schlang sich von hinten um ihre Taille und hob sie hoch. Verzweifelt strampelte sie und trat um sich, bis ihr Angreifer leise fluchte: „Gebt Ruhe, wir sind gleich in Sicherheit." Trotz ihrer Panik erkannte sie Callums Stimme und erschlaffte in seinen Armen, als hätte jemand die Luft aus einem Ballon gelassen. Wortlos hasteten sie weiter und hielten erst im Stall wieder an. Dort wartete bereits Simon mit Robert, einem weiteren Krieger der McAllisters.
„Was ist mit Eurem Gesicht passiert?" fluchte Robert, als er Mary erblickte. Callum schaute sich rasch nach Mary um und ließ einen gotteslästerlichen Fluch hören. Marys linke Gesichtshälfte war rot geschwollen, ihr Auge nur noch als kleiner Schlitz zu erkennen und ihre Nase war blutverschmiert. Donald hatte seine Kraft nicht gezügelt und seine Faust mit voller Wucht in ihr Gesicht gerammt.
„Donald hat sie geschlagen, ich hab es genau gesehen" erklärte Simon eifrig.
Ein wütendes Grollen entstieg Callums Kehle. „Der Hundesohn, dass wird er büßen."
„Hat er schon, Mylady hat ihm ihren Dolch in den fetten Wanst gerammt." Stolz und zufrieden blickte Simon die beiden Krieger an.
„Wo ist Iain?" Ungeduldig wechselte Mary das Thema und blickte von einem Krieger zum anderen.
„Drinnen."
Bevor irgendjemand regieren konnte stürmte Mary los. Callum erreichte sie gerade noch am Ende des Stalles und riss sie zurück.
„Seid Ihr narrisch? Wenn Euch etwas passiert, bin ich einen Kopf kürzer."
„Und wenn Iain etwas passiert, werdet Ihr Euch das wünschen." Mary riss vehement an ihrem Arm, um aus Callums stählernen Griff zu entfliehen.
„Er wäre durch Euch nur abgelenkt."
Verzweifelt schaute Mary in Callums unnachgiebiges Gesicht. Mit einer raschen Bewegung griff sie dem bulligen Krieger am Hemdkragen und zog ihn mit erstaunlicher Kraft zu sich heran, bis ihre Nasenspitzen sich fast berührten.
„Wenn Iain auch nur eine winzige Schramme abbekommt, werde ich Euch mit Vergnügen stundenlang aller Folter unterziehen, die

ich mir ausdenken kann und seid gewarnt, ich habe eine lebhafte Fantasie! Und jetzt geht da rein und helft ihm."
Ihre leise eindringlich drohende Stimme hatte einen größeren Effekt auf Callum, als wenn sie ihn angeschrien hätte.
„So war auch der Plan. Robert, du weißt was du zu tun hast" wandte er sich an den anderen Krieger, der zustimmend nickte. Beruhigend legte er seine Hand auf Marys Schulter.
„Ich werde ihn Euch in einem Stück zurückbringen, ich hänge noch an meinem armseligen Leben."
Nach einem kurzen Nicken lief er los.
In der Halle tobte ein erbitterter Kampf.
Die McKinnons waren zwar zahlenmäßig in der Überzahl, die Fergussons dafür aber kampferfahrener und hinterhältiger. Kyle hatte, nachdem Donald zusammengebrochen war, seine Chance der Vergeltung gesehen und das verabredete Zeichen zum Angriff gegeben. Obwohl das gar nicht mehr nötig gewesen war, denn seine Krieger sannen auf Rache für die Entführung ihrer Lady Morgana und hatten sich bereits auf die Fergussons gestürzt. Trotz aller Leidenschaft und Kampfgeist gingen immer mehr McKinnons zu Boden. Kyle wehrte sich verbissen gegen die Attacken von Lachlan Fergusson und nur die unbändige Wut, seine Frau zu rächen, ließ ihn gegen ihn standhalten. Trotz seiner beachtlichen Körperfülle war der Laird der Fergusson ein geschickter Kämpfer, der sich durch jahrelange Intrigen jeden unfairen Schwertstreich angeeignet hatte. Kraftvoll drehte er plötzlich sein Schwert und schon flog Kyles Schwert im hohen Bogen durch die Luft. Schwer atmend standen sich beide gegenüber und ein fieses Grinsen zog über Lachlans Gesicht.
„Gemäß unserem Clanmotto wird die Biene wieder zustechen und der Sieg wird diesmal süßer sein denn je."
Hämisch griff er seinen Schwertgriff fester und setzte zum letzten Schlag an. Ein ohrenbetäubendes Krachen ließ ihn in letzter Sekunde herumfahren. Entsetzt sah er Iain mit seinen Männern in die Halle stürmen und begriff sofort.
„Ein Hinterhalt! Der Bastard lebt noch" fluchte Lachlan erbost, „aber nicht mehr lange."
Schnell drehte er sich wieder zu Kyle um und erstarrte. Durch Iains plötzliches Auftauen einen Moment abgelenkt, hatte Kyle seine Chance genutzt und seinen versteckten Dolch gezogen und rammt ihn Lachlan nun mitten ins Herz.
Unglaube huschte als Letztes über Lachlans Gesicht, bevor er tot zu Boden brach.

„Diesmal waren die Stoßzähne des Wildschweins schneller als die Biene. Fahr zur Hölle, elendiger Bastard“ keuchte Kyle und griff schnell nach seinem Schwert. Doch nicht schnell genug, um sich die nächste Schwertspitze vom Hals zu halten.
Langsam folgte Kyle dem Schwertlauf hinauf bis zu seinem Träger und schluckte schwer. Iains Blick hätte nicht eisiger sein können und Kyle erschauderte. Betont langsam ließ Kyle sein Schwert fallen und stand nun unbewaffnet und mit hängenden Armen vor seinem Angreifer. Die Kampfgeräusche ringsum verstummten langsam. Iains Männer hatten die restlichen Fergussons überwältigt und alle starrten nun wie gebannt auf die beiden Lairds.
„Ihr habt es gewagt, mich zu hintergehen und mein Weib in Gefahr zu bringen. Ihr habt Verrat am eigenen Blut begangen, Ihr verdient es nicht mehr, zu leben.“ Iains Stimme war so frostig wie der kälteste Winterwind, der einem in den langen, dunklen Monaten um die Ohren pfiff. Schon sickerte Blut durch den ersten Hautritz an Kyles Hals.
Ein hoher Schrei gellte durch die Halle und Morgana stürzte hervor. Noch bevor irgendein Krieger sie aufhalten konnte, stellte sie sich vor ihren Mann.
„Wenn Ihr ihn töten wollt, müsst Ihr zuerst mich töten, denn ich war der Grund für seine Tat.“
Unerschrocken stand diese zierliche Frau vor dem großen Krieger und blickte ihn entschlossen an. Iains Schwertseite lag genau an ihrem Hals und es würde ihn nur eine kleine Bewegung mit der Hand kosten, ihren Hals vom Rumpf zu trennen.
„Macht es nicht noch schlimmer, Weib, und geht“ zischte Kyle ihr zu, doch Morgana blieb stur stehen.
„Lieber sterbe ich mit meinem Mann, der versucht hat mein Leben zu retten, als feige seiner Hinrichtung beizuwohnen. Jeder Mann, der Ehre im Leib hat, hätte das Gleiche getan, es blieb gar keine andere Wahl.“
„Natürlich hatte er eine Wahl“ schnauzte Iain sie an.
„Als Verbündeter hätte er mir vertrauen sollen um gemeinsam gegen die Feinde vorzugehen. Stattdessen hat er den Tod *meiner* Gattin billigend in Kauf genommen und mich hintergangen.“
„Ich wusste, Ihr würdet sie nicht alleine lassen. Es ist zu offensichtlich, wie sehr Ihr an Mary hängt. Warum habe ich wohl den kleinen Jungen nicht entlarvt?“ schaltete Kyle sich leise ein.
Mit unbeweglicher Miene starrte Iain das Paar vor sich an. Er konnte seinen unbändigen Zorn kaum unter Kontrolle halten. Nur mit Mühe schaffte er es, nicht einfach seinen Gefühlen nachzugeben und Kyle mit einem schnellen Schwertstreich für seinen Ver-

rat zu töten. Doch seine warnende Stimme der Vernunft bahnte sich erfolgreich einen Weg durch seine lodernde Wut. Morgana hatte Recht. Im umgekehrten Fall hätte er genauso gehandelt. Er hätte auch versucht, alles zu unternehmen, um Mary zu schützen. Langsam ließ Iain sein Schwert sinken. Ein allgemeines Aufatmen ging durch die Halle.

„Dafür steht Ihr in meiner Schuld."

Auf Kyles zustimmendes Nicken drehte er sich um und blickte sich suchend um. Callum eilte auf ihn zu und gab ihm die beruhigende Bestätigung, die er hören wollte. Nach einem kurzen, heftigen Schulterklopfen, fing Callum plötzlich an, Iain genauestens zu untersuchen und abzutasten. Iain stieß ihn verwirrt von sich.

„Was soll das?"

„Ich achte nur auf meine Gesundheit und muss wissen, ob ich in nächster Zeit deiner Frau aus dem Weg gehen muss."

„Hast du was an den Kopf bekommen?"

„Deine Frau hat eine sehr anschauliche Art, mir Konsequenzen vor Augen zu führen. Und zu meiner und ihrer Beruhigung solltest du dich schnellstens auf den Weg zum Stall machen. Ich kümmere mich hier um Alles." Mit diesen Worten und einem letzten kräftigen Schlag auf die Schulter schob er Iain grinsend Richtung Tür.

Der Anblick im Stall ließ Iain im Laufschritt innehalten. Mary stampfte vor Robert aufgebracht auf und ab und fluchte ohne Punkt und Komma eine Schimpftirade vor sich her. Der arme Kerl wusste gar nicht, wie er damit umgehen sollte, so benahm sich eigentlich keine Lady. Deshalb stand er nur ergeben aufrecht und wachsam vor ihr. Simon war im Stroh vor lauter Erschöpfung eingeschlafen und bekam Gott sei Dank nichts davon mit. Als Robert Iain erblickte huschte Erleichterung über sein Gesicht und Iain wagte zu behaupten, dass dies nicht seinem lebendigen und unversehrten Zustand zuzuschreiben war. Wortlos gab er Robert einige Zeichen, der daraufhin Simon hochhob und hinaustrug. Mary, in ihren Redestrom unterbrochen hatte, drehte sich zum Eingang um. Mit einem laufen Aufschrei der Erleichterung stürzte sie auf Iain, sprang an ihm hoch und umklammerte ihn mit Armen und Beinen fest wie eine Krake.

Schluchzend küsste sie immer wieder sein Gesicht und drückte ihn fest an sich. Seine Arme umfassten sie wie Schraubstöcke und nahmen ihr fast den Atem.

„Was ist mit deinem Gesicht passiert?"

Voller Zorn blickte er auf ihre lädierte Gesichtshälfte. „Ich bringe ihn um."

„Zu spät, Donald schmort schon in der Hölle.“ Die Erinnerung daran, dass sie einen Menschen umgebracht hatte, wenn auch in Notwehr, ließ sie unbehaglich erschaudern.
Iains Arme schlossen sich noch fester um sie.
„Ich bin fast wahnsinnig geworden vor Angst“ brach Iain zwischen Küssen hervor und ein merkliches Zittern durchlief seinen Körper. „Wenn ich das nächste Mal eine Idee habe, ignoriere mich einfach, versprichst du mir das? Knebel mich, halte mir den Mund zu oder stopf mir etwas in den Mund, damit nicht noch einmal etwas so Dummes dabei heraus kommt.“
Mary wollte schier in ihn hineinkriechen, so sehr brauchte sie seine Nähe und küsste ihn hemmungslos. Iain antwortete mit gleicher Heftigkeit und ließ seine Hände rastlos und suchend über ihren Körper gleiten. Mary drückte ihren Unterleib an seine spürbare Härte und rieb sich genüsslich an ihm. Lautes, hilfloses Stöhnen war die Antwort.
„Nicht, wir müssen aufhören.“
Mary nahm sein Gesicht in beiden Hände und blickte ihn ernst an. „Iain, ich brauche dich jetzt. Mehr als ich sagen kann. Ich muss dich fühlen, spüren, dass du wieder in meinem Leben bist. Dass wir beide noch am Leben sind und eine Zukunft haben.“
Iain wurde starr.
„Haben wir die denn?“
Mary wusste genau, dass es hier um mehr als nur ein Schäferstündchen ging. Langsam zog sie seinen Kopf zu sich heran.
„Ja, die haben wir“ flüsterte sie an seinen Lippen und legte all ihre Liebe in den Kuss. Mehr brauchte Iain nicht zu hören und er erwiderte den Kuss mit sengender Leidenschaft. Das waren für längere Zeit die letzten Worte, die gesprochen wurden.
Ein lautes Räuspern vor der Stalltür ließ beide hochfahren.
„Mylord, wir haben die Einladung, hier zu nächtigen und erst morgen abzureisen.“
Iain blickte Mary fragend an. Diese schüttelte sanft aber bestimmt den Kopf und hauchte einen Kuss auf seinen Hals.
„Ich möchte nach Hause.“
Iain musste erst den Kloß im Hals wegräuspern bevor er in der Lage war, die entsprechende Order zu geben. Gerührt zog er mit zitternden Fingern ihre Gesichtskonturen nach. Sie hatte Drumrudha Castle als ihr Zuhause bezeichnet. Hoffnungsvoll beugte er den Kopf.
„Wie Mylady befielt“ und küsste sie zärtlich auf die einladenden Lippen.

Die Pferde waren schon gesattelt und alle warteten nun auf sie, als Mary und Iain schließlich zu ihnen stießen. Iain hatte seine Frau fest in seinen warmen langen Mantel gehüllt,
Kyle und Morgana standen auf der Außentreppe zur Halle und beobachteten den Aufbruch. Morgana sah erschöpft und mitgenommen aus, was Mary nach einer Woche in den Händen der Fergussons gut nachvollziehen konnte. Trotzdem stand sie aufrecht neben ihrem Mann. Kyles Miene war ausdruckslos als sich Iain und Mary zum Abschied näherten.
„McKinnon“ nickte Iain ihm knapp zu und deutete eine leichte Verbeugung in Richtung Morgana an. Kyle erwiderte den Gruß, wandte sich dann aber direkt an Mary.
„Ich würde mir immer noch ehrlich wünschen, Euch besser kennenzulernen, schließlich sind wir eine Familie. Vielleicht könnt Ihr, wenn ein wenig Zeit vergangen ist, mir wieder vertrauen und ein Wiedersehen in Betracht ziehen.“
Mary war hin und her gerissen. Sein Verrat war noch zu frisch, doch ihre innere Stimme wünschte sich eine Aussöhnung, denn den Grund seiner Handlungsweise konnte sie nachvollziehen.
„Vertrauen muss man sich verdienen“ brachte sie schließlich hervor und nickte ihm und Morgana kurz zu, bevor sie sich zu den Pferden wandte und aufsaß. Sie wollte nur noch so schnell wie möglich nach Drumrudha Castle. Auf dem Ritt lernte sie dann, dass es entgegen ihrer Vorstellungskraft wohl möglich war, auf einem reitenden Pferd einzuschlafen. Bisher hatte sie solche Geschichten immer für übertrieben gehalten. Doch als sie sich plötzlich hochgerissen und auf Iains Pferd gezogen und in seinen Armen wiederfand, musste sie schwer Abbitte leisten. Ohne seine schnelle Reaktion wäre sie glatt vom Pferde gefallen. Iain versuchte so sanft wie möglich mit ihr umzugehen, als er sie auf seinen Schoß setzte, dann legte er einen Arm um sie und hielte sie fest. Gut eingewickelt gegen den kälter werdenden Abendwind betrachtete Iain das wieder mal zerschundene Gesicht. Doch trotz der Prellungen war sie ihm nie schöner vorgekommen. Kurz legte er seine Wange gegen ihr Haar und schloss erleichtert die Augen. Er dankte Gott, dass er sie unversehrt wieder in den Armen halten konnte und sie keine bleibenden Verletzungen davongetragen hatte.
Von der Anspannung der letzten Tage und den heutigen Ereignissen völlig erschöpft, schlief sie den ganzen Weg und wachte erst wieder auf, als Iain sie spät abends im Burghof vom Pferd hob.
„Gott sei Dank Ihr seid wohlauf.“
Mairi kam mit einer Gruppe Frauen aus der Halle gestürmt und begrüßte die Heimkehrer überschwänglich.

„Was ist mit ihr? Warum müsst Ihr sie tragen? Was ist mit ihrem Gesicht passiert?“ Besorgt musterte sie Mary in Iains Armen.
„Nur erschöpft und müde“ beruhigte Iain sie und lief zur Tür.
„Nicht doch, lass mich runter, deine Schulter.“ Besorgt versuchte Mary, sich aus Iains Armen zu befreien. Der festigte seinen Griff jedoch nur noch mehr und ging unberührt weiter. Amüsiert blickte er in Marys sorgenvolles Gesicht. „Vorhin hatte ich nicht den Eindruck, dass du dir wegen meiner Schulter Sorgen machst, im Stall warst du alles andere als zurückhaltend.“
Heiße Röte schoss Mary in die Wangen, als sie an ihr dortiges Verhalten dachte und wie sie Iain im wahrsten Sinne des Wortes angesprungen hatte.
„Es ist alles gut“ raunte er ihr zu und stieg, wie um seine Worte zu bestätigen, im Laufschritt die enge Treppe hoch.
Hinter ihnen erscholl ein spitzer Schrei und Rodina, die Küchenmagd, lief zu Simon um ihn abwechselnd in den Arm zu nehmen und auszuschimpfen. Sie hatte sich schon solche Sorgen gemacht, nachdem sie festgestellt hatte, dass ihr Sohn verschwunden war. Auch sein Zettel mit dem Hinweis, wo er war, konnte die Mutter nicht wirklich beruhigen. Nun war sie heilfroh, ihn wieder gesund in die Arme zu schließen. Das erinnerte Mary an Etwas.
„Wie kommt es eigentlich, dass Simon bei den McKinnons aufgetaucht ist?“
Verwundert und leicht beleidigt schaute er sie an.
„Glaubst du allen Ernstes ich lasse dich alleine und ungeschützt aus der Burg? Egal ob Verwandter oder nicht, dich vertraue ich keinem so ohne weiteres an. Ein Trupp meiner Leute ist euch die ganze Zeit gefolgt und hat vor Kyles Burg Posten bezogen. So haben wir auch die Botschaft abgefangen, die McKinnon an Lachlan sandte, indem er den Austausch festlegte. Da wussten wir dann genau, was vorgefallen war und wie wir handeln mussten. Und Simon“ jetzt flog ein belustigtes Lächeln über seine Lippen, „Simon ist dein glühendster Beschützer. Wir merkten erst, dass er uns folgte, als wir kurz vor McKinnons Burg waren. Und da die Wachen nie so richtig auf Kinder achten, konnte er sich unbehelligt einschmuggeln.“
„Er hat schon immer gesagt, dass keiner ihn so richtig wahrnimmt, weil er so klein und schmächtig ist.“
„Ein Glück für uns. Nun, das wird sich von nun an ändern, denn er hat sich tapfer geschlagen und uns sehr geholfen.“
Mary kuschelte sich zufrieden in seine Arme und ließ sich von Iain direkt in ihre Kammer tragen, wo er sie sanft aufs Bett legte. Nach einem kleinen Gute-Nacht-Kuss drehte Mary sich um und war

sofort eingeschlafen. Iain dagegen blieb noch eine Weile auf dem Bett sitzen und betrachtete die schlafende Frau vor sich.
Mein!
Und wenn er ihre Worte richtig verstanden hatte, für immer.
„Willkommen zu Hause“ flüsterte er leise und mit einem letzten Kuss auf die Wange verließ der die Kammer, er musste sich noch dringend um etwas Wichtiges zu kümmern.

Mary erwachte spät am nächsten Tag und streckte sofort die Hand nach Iain aus, doch das Laken war leer und kalt. Bedauernd seufzte sie, ein bisschen Kuscheln am Morgen wäre jetzt schön gewesen. Sie hatte noch keine richtige Lust aufzustehen und schob sich die beiden Kissen in den Rücken. Dabei entfernte sie so manchen piksenden Strohhalm sowohl aus ihrer Kleidung als auch aus den Haaren. Eine Nummer im Stroh wurde eindeutig überbewertet. So sehr sie Iains Berührungen gestern gebraucht und genossen hatte, zog sie eine bequeme und angenehme Unterlage doch entschieden vor. Vorsichtig tastete sie ihr Gesicht ab und seufzte ergeben. Gott sei Dank war ihre Nase nicht gebrochen. Doch schon wieder würde sie eine Woche mit dem Gesicht einer zerknautschten bunten Billardkugel herumlaufen!
Leise hörte sie die Brandung unten auf die Klippen treffen, was so beruhigend wirkte, dass sie fast wieder eindöste. Das beständige Rauschen des Meeres wirkte wie eine meditative Entspannungs-CD.
Ob Iain ihre Antwort gestern so gedeutet hatte, wie sie es gemeint hatte? Sie war sich nicht sicher, doch nahm sie sich vor, heute unbedingt ein klärendes Gespräch mit ihm zu führen. Sie wollte keine Ausflüchte, keine Vielleichts oder Hintertürchen mehr. Sie wusste nach den letzten Tagen klarer denn je, was sie wollte, und das war ein Leben mit Iain. Und wenn sie dafür hier in seiner Zeit leben musste, fein.
Meine Mutter wäre sehr glücklich dachte Mary versonnen, hatte sich doch ihr Wunsch, auch sie möge ihren Seelengefährten finden, erfüllt. Zwar war sie sich sicher, das Iain sie auch haben wollte, aber eine kleine Unsicherheit blieb dennoch.
Frauen brauchen einfach die gesprochenen Worte dachte Mary. Auch wenn die Taten des Mannes eigentlich für sich sprachen.
Das plötzliche Aufspringen der Tür riss sie aus ihren Gedanken und schnell zog sie instinktiv die Decke bis zum Hals.
Privatsphäre! Darüber müssen wir auch dringend reden und machte sich eine Notiz auf ihrer imaginären Liste im Kopf. Herein polterte Simon mit ein paar anderen Knaben, die ihr ein Bad vorbe-

reitet hatten. Breitbeinig und über alle Maßen zufrieden stand Simon an der Tür und beaufsichtigte alles.
„Mylord meinte, dass Ihr nach den Anstrengungen der letzten Tage lieber ein Bad nehmen wollt statt einer Dusche neben der Küche. Und Mairi schickt Euch eine besondere Seife, die Ihr benutzen sollt. Und Ihr müsst die Kleider hier anziehen, wenn Ihr fertig seid. Ich warte solange vor der Tür und bringe Euch dann nach unten."
Und so schnell wie alle reingeplatzt waren, waren auf einmal alle wieder fort. Ganz benommen fragte Mary sich, ob gerade ein Orkan durch ihre Kammer gefegt war. Doch das Bedürfnis nach Sauberkeit und die Entfernung der letzten lästigen Strohhalme ließ sie schnell aus ihrem Bett springen und in die wohlige Wärme des Wassers gleiten. Mairis Seife roch verführerisch nach Rosen und Mary seifte sich gründlich damit ein. Irgendwie wusch sie nicht nur den Schmutz der letzten Tage von sich ab und als sie schließlich aus der Wanne stieg, fühlte sie sich in mehrerer Hinsicht wie neu geboren.
Die Kleider waren eine weitere Überraschung. Viel zu edel für ein Alltagskleid schmiegte sich ein schwarzes Unterkleid eng um ihre schmale Figur und betonte ihre große schlanke Gestalt. Durch das einfache Essen und den erzwungenen Verzicht auf ihr Lieblingslaster Schokolade waren sogar noch ein paar Pfund gepurzelt und ließen Mary nun wirklich wie ein Model aussehen. Auch das dunkelrote Überkleid war wunderschön. Mit einem großen eckigen Ausschnitt, der mit einer goldfarbenen Bordüre umsäumt war, wurde es mit goldfarbenen Bändern an den Seiten geschnürt. Sie fühlte sich wie eine vornehme edle Dame.
Was ist hier los? fragte sie sich immer wieder, während sie sich anzog und ihre Haare passend zum Kleid hochsteckte. Das letzte Mal, als man sie in schicke Kleidung gesteckt hatte, war sie von Mairi betäubt und mit Iain heimlich verheiratet worden.
Was hecken die nun schon wieder aus argwöhnte sie und beäugte misstrauisch das Tablett mit dem Essen.
Lieber nicht entschied sie, *heute brauche ich einen klaren Kopf.*
Sie öffnete die Tür und fand Simon schon ungeduldig zappelnd davor stehen.
„Kommt, es wird Zeit." Er griff nach ihrer Hand und zog sie im Laufschritt mit sich fort.
„Zeit wofür?" hakte sie atemlos nach, doch ein verschwörerisches Grinsen war Simons einzige Antwort. Er führte sie durch die Große Halle nach draußen über den Hof und steuerte den Garten an. Die Leute schauten den beiden verwundert nach und schüttelten

nur verständnislos die Köpfe. Aber von Mylady war man ja mittlerweile Ungewöhnliches gewohnt.
„Warte" keuchte Mary, „lass mich bitte zu Atem kommen" und blieb einen Moment schwer atmend stehen. Simon dagegen schien noch genügend Energie für zwei zu haben und hüpfte zappelig von einem Bein aufs andere. Mary atmete ein paar Mal tief durch und versuchte ihren Herzschlag zu beruhigen, um wieder einigermaßen ruhig zu atmen.
„Simon, ich möchte mich noch bei dir bedanken. Ohne deine Hilfe wäre meine Rettungsaktion wesentlich schwieriger geworden. Du hast sehr viel Mut bewiesen, dich in die Burg einzuschleichen und mir den Weg aus der Burg zu zeigen. Du kannst sehr stolz auf dich sein, ich bin es auf jeden Fall." Und mit diesen Worten zog sie Simon in eine herzliche Umarmung und drückte ihn kurz an sich. Nach einem kurzen Überraschungsmoment fing Simon jedoch in ihren Armen an zu zappeln wie ein Fisch auf dem Trockenen.
„Ja, ja, aber jetzt müssen wir wirklich weiter" und Mary ließ ihn schmunzelnd los. Typisch Jungs, keine Zeit für Gefühlsduseleien!
„Nun gut, dann kann es weitergehen, aber bitte langsamer" und schon ergriff Simon wieder ihre Hand und zog sie in den Garten. In der hinteren Ecke neben dem Kräutergarten blieb er stehen und machte einen kleinen Diener.
„Von hier aus müsst Ihr alleine weitergehen, nur hier um die Ecke, dann seid Ihr da." Sprachs und verschwand wie ein Wiesel zwischen den Büschen. Kopfschüttelnd und doch mit klopfendem Herzen wandte sie sich um. Ihr war schon klar, dass Iain hinter der ganzen Sache steckte und die Neugierde ließ sie langsam um die Ecke spähen - und unvermittelt stehenbleiben.
Dies war der Bereich des Gartens, den Iains Mutter angelegt hatte. Sie liebte Rosen und hatte sie gerade hier angepflanzt, um die blanken Mauern im Inneren der Anlage zu verstecken und so einen schöneren Anblick zu bekommen, wenn sie in ihrem Kräutergarten war. Nun rankten sie sich dicht die karge Mauer empor und hielten ihre Knospen und Blüten in die Sonne. Das zarte gelb wechselte mit einem kräftigen rot und vermischte sich mit einem reinen Weiß. Der Duft dieser Mischung war betörend. Und genau vor dieser bezaubernden Kulisse stand Iain, herausgeputzt in seinen besten Kleidern. Sein Kilt ordentlich gefaltet und darüber ein sauberes weißes Hemd. Sein Sporran umgeschnallt, seine Beine mit den langen Strümpfen bedeckt in denen natürlich sein Sgian Dubh steckte. Seine glänzenden schwarzen Haare noch feucht zurückgekämmt, war er ein Traum von einem Mann, aber offensichtlich auch ein sehr nervöser!

Nach einer formvollendeten Verbeugung winkte er sie mit dem Zeigefinger zu sich heran und deutete auf die Bank neben sich. Mit wackeligen Knien und ohne den Blick von ihm zu wenden ließ Mary sich auf die Kante der Steinbank nieder. Das laute geschäftige Brummen der Bienen, die sich an den geöffneten Blüten gütlich taten, war nichts im Vergleich zu dem Dröhnen in ihren Ohren.
In einer geschmeidigen Bewegung nahm er ihre Hand und kniete vor ihr nieder. Mary schossen sofort die Tränen in die Augen und konnte Iain nur noch verschwommen durch einen Schleier wahrnehmen. Ihr Herz raste und sie musste hastig schlucken.
„Du weißt, ich bin kein Mann vieler Worte“ begann Iain und musste sich erst räuspern, bevor er weitersprechen konnte.
„Damals hattest du keine Wahl, du bist von uns überrumpelt worden. Das Wohl des Clans und taktische Überlegungen hatten an erster Stelle gestanden. Doch nun möchte ich so vorgehen, wie es sich gehört.“
Er führte ihre Hand zu seinem Mund und küsste sie zärtlich.
„Ich bitte dich, für immer an meiner Seite zu sein und dein Leben mit mir zu teilen. Ich weiß, dass ich mit den neuen Erfindungen in deiner Zeit hier nicht mithalten kann. Doch biete ich dir alles, was ich dir ermöglichen kann, mein Heim, meinen Clan, mein Leben. Ich möchte Kinder mit dir, die geliebt und umsorgt aufwachsen können. Und ich will jeden Morgen aufwachen, dich ansehen und feststellen, dass alles kein Traum war.“
Erwartungsvoll blickte er in Marys verweintes Gesicht. Zwar hatte sie genug gehört, um nicht an Iains Motiven zu zweifeln. Doch manchmal müssen Frauen einfach die ganz speziellen Worte hören!
„Und warum willst du das alles?“
Ihre Stimme war ein einziges raues Krächzen.
Seine Hand legte sich in ihren Nacken. Er drehte eine Locke ihres Haars, die sich aus dem Zopf gestohlen hatte, um seinen Finger und bog ihren Kopf zurück. Sein Gesicht war über ihrem, sein warmer Atem streifte ihr Gesicht, als er in ihre feuchten Augen sah.
„Weißt du wirklich nicht, was hier jeder andere bereits bemerkt hat? Wie viele spöttische Bemerkungen und Sticheleien ich zu hören bekommen habe, weil der unnahbare Laird sich verliebt und entsprechend närrisch verhalten hat?“
Mit seiner andern Hand hielt er Marys Hand umschlossen und zog sie an seine Brust.
„Dieses Herz schlägt nur noch für dich, Liebes. Ein Leben ohne dich ist für mich nicht mehr vorstellbar. Du bist meine fehlende zweite Hälfte, durch dich bin ich erst vollständig. Ich kann gar

nicht richtig in Worten ausdrücken, wie stark meine Liebe zu dir ist. Mary, ich brauche dich!“
Die letzten Worte klangen schon fast verzweifelt und Mary hatte genug gehört. Ihr Herz quoll über vor Glück, das sie unbedingt mit Iain teilen wollte.
„Unter einer Bedingung.“
Iain schluckte hart, nickte dann kurz.
Mary zog ihn zu sich auf die Bank und umfasste seine Hände, so dass ihrer beiden Hände fest umschlungen waren.
„Ich möchte eine richtige Hochzeitsfeier. Mit Essen, dass man das Gefühl hat zu platzen, mit Musik und Tanz, das einem davon schwindelig wird, mit Spielen, die ich euch gerne beibringen möchte.“ Ihre Stimme wurde rau.
„Und einer unvergesslichen Hochzeitsnacht, wie es sich gehört.“
Zärtlich küsste sie seine Lippen, während sich seine Arme wie Schraubstöcke um sie legten und hart an seinen Körper pressten.
„Einverstanden. Mit allen Punkten, Mylady.“

11

Welcher Tag wäre besser dazu geeignet, ihrer Hochzeit den würdigen Rahmen zu verleihen, als die Sommersonnenwende am 21. Juni? Der Tag, an dem Mary eigentlich wieder zurück in ihr eigene Zeit hatte reisen wollen. Instinktiv wusste sie mittlerweile, dass es nicht funktioniert hätte, da sie hier im alten Schottland ihren Seelengefährten gefunden und sich der Wunsch ihrer Mutter erfüllt hatte. Auch das schlechte Gewissen, nie mehr an das Grab ihrer Eltern zurückkehren zu können, war mittlerweile verstummt. Durch den Wunsch ihrer Mutter, diese Reise anzutreten, von der Megan gewusste hatte, wohin sie führen könnte, hatte sie das Gefühl, ihren Segen für diese Beziehung bekommen zu haben. Ohnehin würde sie die Erinnerung an ihre Eltern im Herzen bewahren, und so Gott wollte, durch Erzählungen an ihre Kinder am Leben erhalten und weitergeben.

Da das Wetter es zuließ, hatte man Marys wieder mal ungewöhnlichem Wunsch entsprochen und auf der Wiese gegenüber der Burg eine Festtafel aufgebaut. Die McAllisters wunderten sich schon gar nicht mehr über Myladys oft seltsame Bitten. Bisher waren immer Verbesserungen daraus hervorgegangen. Statt sich deshalb zu wundern, warteten sie stattdessen sogar gespannt darauf, was ihr als nächstes einfallen würde. Mary hatte sich in den Kopf gesetzt, die Festtafel unter freiem Himmel aufzustellen, damit sie an ihrem bedeutenden Tag von all dem umgeben war, das sie lieben gelernt hatte. Der Blick auf die nun tiefgrünen Wälder und Weiden der Highlands im Landesinneren, und das glänzende blaue weite Meer auf der anderen Seite. Und eingebettet in die Mitte ihr neues Zuhause, Drumrudha Castle, deren Bewohner sie mit als größtes Geschenk empfand. Allen voran natürlich der Laird der Burg, Iain. Diese Feier sollte die Krönung für den Start ihres neuen Lebensabschnittes werden.

Zwar mussten alle Dinge einzeln über den Grat transportiert werden, aber die Menschen verehrten ihre Mylady. Sie hatte nicht nur den Clan vor der Vernichtung bewahrt, sondern es auch geschafft, ihren Laird wieder zu einem glücklichen Mann zu machen. Wenn nun oftmals sein Lachen durch den Burghof schallte, lächelten viele zufrieden mit. Man durfte nur nicht den Fehler begehen, ihn nun als weichherzig zu betrachten, was ein Krieger im Trainingskampf schmerzhaft zu spüren bekommen hatte. Im Kampf und im Training verlangte er seinen Kriegern genauso viel ab wie früher. Irgendwie schien seine Lady bei ihm so viel überschüssige Energie

hervorzurufen, dass einige hofften, sie würde ihn anderweitig verausgaben.
Mary hatte einige Änderungen vorgenommen und bemüht sich, aus den oft kargen Räumen ein gemütliches Zuhause zu zaubern. Sie bekam zahlreiche Unterstützung, gerade in Bereichen, die ihr nicht so lagen wie nähen oder sticken. Es herrschte eine zufriedene und friedliche Stimmung auf der Burg und überall konnte man Marys Handschrift erkennen. Darüber waren die Menschen ihr so dankbar, dass sie gerne den weiteren Weg zum Festplatz ohne Murren in Kauf nahmen. Insbesondere durch ihre neue Tätigkeit als Lehrerin der Clankinder hatte sie sich die Zuneigung gerade der Mütter erworben. Denn zum Entsetzen aller männlicher Clanangehörige hatte Mary darauf bestanden, nicht nur wie sonst üblich die Knaben sondern auch die Mädchen zu unterrichten.
Mary hatte sich abends nach seinem offiziellen Antrag mit Iain beraten, wie sie ihre Zeit hier sinnvoll verbringen könnte. Denn nur tatenlos herumsitzen und die Hände in den Schoß legen, war keine Lösung, da waren sich beide einig. Von plötzlichen Zweifeln und Selbstmitleid übermannt, war sie aufgesprungen und unruhig umhergelaufen. Plötzlich sah sie nur noch die Fakten, die gegen einen Aufenthalt hier sprachen. Irgendwie schien nichts zu ihr zu passen.
„Was willst du nur mit so einem Weichei wie mir, ich kann noch nicht einmal Blut sehen, ohne dass ich umkippe" jammerte sie.
„Dann fange ich dich auf" war Iains lapidare Antwort. Er wusste, es würde Zeit brauchen, bis sie ihre Rolle hier gefunden hatte und er würde ihr helfen, sie zu finden und auszufüllen, egal wie lange es dauern würde. Alle Ideen, die sie gemeinsam durchgingen, schienen nicht wirklich zu Mary zu passen, so dass sie sich völlig überflüssig und inkompetent fühlte. Kein hoch dekorierter Universitätsabschluss half ihr hier weiter und sie hasste das Gefühl, nutzlos zu sein. Ärgerlich versucht sie ihr Selbstmitleid abzuschütteln.
„Hör auf die Stirn so zu runzeln, sonst wird sie noch zu faltig wie ein Schildkrötenhals" versuchte Iain sie mit Humor aufzuheitern, was ihm aber nur einen kräftigen Knuff ihres Ellenbogens einbrachte.
Zärtlich nahm er sie in die Arme. „Du wirst schon sehen, es wird sich alles finden."
Und das tat es dann schneller als erwartet. Ein Gespräch mit Rodina, Simons Mutter, hatte sie schließlich auf die Idee gebracht. Sie war nach Simons Verschwinden so verzweifelt gewesen, seinen

nach Gutdünken selbstgeschriebenen Zettel nicht selber lesen zu können, da war Marys Idee geboren.
„Wir müssen uns übrigens noch über einen Zeitplan unterhalten. Es kann nicht angehen, dass die Hälfte meiner Schüler fehlt, weil sie von dir in Kampftechniken unterwiesen werden oder bei anderen Arbeiten eingeplant sind. Die Mädchen werden ihnen sonst bald weit voraus sein. Und du weißt, was dann passiert." Bedeutungsvoll prostete sie Iain zu und nahm einen Schluck Wein.
Vergnügt und überglücklich saß sie an der großen Tafel und genoss die lebhafte Feier. Ein leichter Windhauch blies sanft über ihre erhitzten Wangen und ihre strahlenden Augen funkelten mit der Sonne um die Wette. Mairi hatte ihre Haar kunstvoll geflochten und mit einem Blütenkranz geschmückt, der herrlich nach verschiedenen Kräutern duftete. Sie trug wieder ihr schickes grünes Samtkleid, das sie schon bei ihrer unfreiwilligen Trauung angehabt hatte und Iains Schmuck zierte ihre Schulter. Die Brosche hielt einen dünnen, hauchzarten weißen Schal, den sie über ihre Schultern drapiert hatte. Und der dazugehörige Ring fühlte sich an, als ob er schon immer an ihrem Finger gewesen wäre. Iain neckte sie immer, wenn sie aus Gewohnheit daran drehte, wenn sie angestrengt über etwas nachdachte. Wer hätte am Anfang gedacht, welch subtiler Humor hinter der harten Maske versteckt war! Wobei der Humor ihm gerade irgendwie abhanden gekommen zu sein schien.
Iain grummelte etwas vor sich hin, was sich verdächtig nach „Ja, Frau Lehrerin, sofort Frau Lehrerin" anhörte. Erst ein zwingender Blick von Mary ließ ihn verstummen und resigniert seufzen.
„Es ist nicht so einfach, die Krieger davon zu überzeugen, dass ihre Knaben lesen und schreiben lernen sollen statt wie ein Mann zu kämpft." Iain fuhr sich verdrossen durch die Haare. Die hitzigen Debatten mit seinen Kriegern über den Schulunterricht lagen ihm immer noch deutlich in den Ohren. Allein durch die Unterstützung seiner beiden Onkel Rory und Graham, die hervorhoben, wie wertvoll diese Fähigkeiten in Zukunft sein würden, hatten die traditionell denkenden Männer dazu bewogen, einzulenken. Zwar mürrisch, aber immerhin.
„Soll ich mal mit deinen Männern reden?" flötete Mary süßlich und klimperte übertrieben unschuldig mit den Wimpern.
„Gott bewahre" stöhnte Iain. „Dann werden sie sich wahrscheinlich alle nach einem neuen Clan umsehen." Die Erinnerung an Mary letztes „Reden" stand ihm noch lebhaft vor Augen. Zuerst hatten die Knaben protestiert, dass auch die Mädchen lesen und schreiben lernen sollten. Dann sich geweigert, weil sie auch noch *zu-*

sammen unterrichtet werden sollten. Doch Mary hatte sich durchgesetzt und den teilweise Halbstarken ordentlich den Kopf gewaschen.
Natürlich waren die Jungs am Anfang voreingenommen und hatten so manche spitze Bemerkung abgegeben. Doch die verstummten schnell, als die Mädchen sich schneller beim Lernen zurechtfanden als ihre männlichen Mitschüler. Um sich keine Blöße zu geben, strengten sie sich mehr an und schaffte es sogar, auch mal für kurze Zeit still sitzen zu bleiben. Es ging doch nichts über eine gesunde Konkurrenz als Ansporn.
„Übertreibe mal nicht" dröhnte Onkel Rory von rechts. „Erst gestern habe ich mit dem Schmied gesprochen. Der war mehr als erfreut, dass sein Sohn mittlerweile alleine die Anzahl der Nägel, die er für die einzelnen Hufeisen benötigt, im Kopf zusammenrechen und bereitlegen konnte. Früher musste er sie ihm immer hinlegen, das erspart ihm jetzt Zeit."
„Und die Köchin hat sich bei mir erst gestern lobend geäußert, dass Rodina viel selbständiger geworden ist, seitdem sie besser mit den Mengen und Zutaten umgehen kann" fügte Mairi im Vorbeigehen hinzu.
Mary runzelte verdutzt die Stirn.
„Aber Rodina ist doch gar nicht bei mir im Unterricht."
Mairi schmunzelte.
„Die Mütter nutzen die Gelegenheit, und lassen sich alles von ihren Kindern erklären und beibringen. Schließlich wollen sie nicht hintenan stehen. Und Simon beweist sehr viel Geduld." Mit einem letzten Augenzwinkern stob sie davon.
Mary schlug sich vor die Stirn.
„Natürlich, das ich daran nicht gedacht habe. Ich muss auch den Erwachsenen die Gelegenheit geben, am Unterricht teilzunehmen. Iain, wir müssen unbedingt einen ordentlichen Stundenplan aufstellen, schließlich soll es gerecht zugehen." Mary war voller Eifer in ihrem Element.
Iain stöhnte gequält auf und ließ die Stirn auf die Tischplatte sinken. Hinter ihm schlug sein Freund Callum ihm mitfühlend auf die Schulter.
„Wenn sie erst einmal losgelassen ....", konnte sich dabei aber ein unterdrücktes Lachen nicht verkneifen. Mary war ein Segen für seinen Freund, er hatte ihn vorher schon lange nicht mehr so entspannt und glücklich gesehen.
„Gott steh mir bei" war nur als undeutliches Murmeln von der Tischplatte zu vernehmen.

„Das tat er schon, mein Sohn" meldete sich eine rügende Stimme von links.
Iain hob den Kopf und blickte in Grahams belustigt blickende Augen. Wenn Onkel Graham sich schon über ihn amüsieren konnte, war alles zu spät. In seinem Gesicht zuckten unkontrolliert ein paar Muskeln.
„Wie Recht du hast, Onkel Graham." Er richtete sich wieder zu seiner vollen Größe auf und blickte mahnend in die Runde. „Und nun bitte keine Streitthemen mehr, dies soll schließlich eine fröhliche Hochzeitsfeier sein."
Formvollendet legte er Mary ein Stück Fleisch und etwas Brot nach und aß selber perfekt mit seinem Besteck, an das er sich mittlerweile nicht nur gewöhnt, sondern als sehr praktisch befunden hatte.
„Herr Knigge wär sehr zufrieden mit dir und würde dich nach dem Bestehen des Anfängerkurs nun für den Fortgeschrittenenkurs empfehlen" raunte Mary ihm übermütig zu.
„Wer oder was ist Herr Knigge?" erwiderte Iain misstrauisch.
Nach Marys kurzer Erläuterung grummelte Iain nur lakonisch: „Der kann bleiben wo der Pfeffer wächst" und schob sich demonstrativ ein riesiges Stück Braten in den Mund, was ihm prompt im Hals stecken blieb und nur durch kräftiges Rückenklopfen und Husten mit begleitendem Gelächter der Umstehenden befreit werden konnte. Mit hochrotem Gesicht, Husten und Scham teilten sich die Farbe, trank Iain einen kräftigen Schluck Wein.
„Wer nicht hören will......" flüsterte Mary nur für Iain hörbar leise vor sich hin und musste sich stark zusammenreißen, nicht in das Lachen der Anderen miteinzustimmen.
„Hatte ich nicht eben gesagt, keine Streitereien mehr, sondern nur noch fröhliche Themen?" Verdrossen blickte Iain in die umstehenden lachenden Gesichter. Soviel zu ihm als Respektsperson!
„Jawohl Bruderherz" bestätigte Elizabeth frech, die mit ihrem Mann Adam und Gefolge auch zur Feier gekommen waren. „Du bist doch ein lustiges Thema, wir amüsieren uns köstlich", was das fröhliche Gelächter an ihrem Tisch zu bestätigen schien. Iain seufzte ergeben. Er hatte sich schon lange nicht mehr so entspannt und glücklich gefühlt und genoss die verbalen Kabbeleien. Zur Ablenkung hielt er Mary ein Stückchen Honigkuchen hin, das sie übermütig lächelnd von seinen Fingern nahm, wobei sie aufreizend langsam seine Finger mit abschleckte. Iain schluckte schwer. Die Zeiten, in denen Mary sich mit Honigkuchen vollgestopft hatte, um ihrer Sucht zu frönen, war vorbei. Sie hatte selber erkannt, dass, je

sicherer sie sich hier nun fühlte, umso weniger benötigte sie den Zuckerkick.
„Die Bienen brauchen nun keine Überstunden mehr zu machen“ neckte sie Iain in Anspielung auf seine Beschwerde, dass sie die Anzahl der Bienenstöcke wegen ihres hohen Konsums an Honigkuchen erhöhen müssten.
Woraufhin Iain nur hintergründig erwiderte: „Mir fällt auch so noch eine andere, genauso genussvolle Art und Weise ein, Honig zu schlecken. Lass sie nur fleißig Nektar sammeln, es wird schon nichts umkommen.“ Seiner heißer Blick ließ sie unruhig auf ihrem Platz hin und her rutschen und die Menschen um sie herum traten in den Hintergrund. Doch heute waren sie die Hauptpersonen, so dass an Privatsphäre gar nicht zu denken war.
Elizabeth lachte laut auf Mary schaute gespannt zu ihr hinüber. Nach Elizabeths blühendem Aussehen zu urteilen und wie das junge Paar sich verhielt, führten sie trotz einer durch Bündnisabsprache zustande gekommenen Heirat eine glückliche Beziehung. Elizabeth hatte sich kurz nach ihrer Ankunft mit Mary in ihre alte Kammer zurückgezogen. Dort musste Mary einem ausschweifenden Bericht über Elizabeths ach so wundervollen Ehemann lauschen. Kein Mann sah besser aus, hatte bessere Manieren, war talentierter - in allen Bereichen! -, war rücksichtsvoller und aufmerksamer als ihr süßer Adam. Mary schmunzelte innerlich und war sehr erleichtert über die guten Entwicklungen.
Überglücklich strahlte sie nun mit Adam um die Wette und blickte gespannt in die Runde.
„Wir werden Eltern“ brach sie plötzlich hervor.
„Aber das ist ja wunderbar“ freute sich Mary und sprang auf und schloss sie in ihre Arme.
„Wir wollten heute eigentlich noch nichts sagen, weil es doch eure Hochzeitsfeier ist. Doch ich hatte das Gefühl sonst zu platzen.“ Elizabeth schäumte über vor Freude.
„Eins von hoffentlich vielen kleinen Rackern in der nächsten Zeit“ sinnierte Mairi und blickte ganz unschuldig zu Iain und Mary.
Mit hochrotem Kopf zog Mary ihren belustigt blickenden Mann hoch. Bevor er eine taktlose Bemerkung machen konnte, zog sie ihn ein Stück von den anderen weg.
„Komm, lass uns tanzen, ich brauche ein wenig Bewegung.“
Irritiert ließ sich Iain weiterziehen.
„Ist dir das Thema Kinder etwa peinlich?“
Mary druckste ein wenig herum und zog ihn einfach weiter, was Iain immer mehr beunruhigte.

„Nein, ganz und gar nicht. Aber ich möchte nicht, dass mir in nächster Zeit alle eher auf meinen Bauch als in mein Gesicht starren. Denn es wird noch eine Weile dauern, bevor sich Nachwuchs einstellen wird.“
Abrupt blieb Iain stehen.
„Woher willst du das wissen? Vielleicht hast du ja bereits empfangen, untätig waren wir nun wirklich nicht.“
Marys Gesicht wurde noch eine Spur röter.
„Ich kann nicht schwanger sein, weil ich kurz bevor ich meine Reise nach Schottland angetreten habe, mir noch eine 3-Monats-Spritze habe geben lassen.“
„Eine was?“
Mary zog ihn hastig etwas Abseits, damit sie nicht im Weg standen und keiner mithören konnte.
„Eine 3-Monats-Spritze. Das ist ein Serum, das verhindert, dass man schwanger wird. Und wie der Name schon sagt, dauert die Wirkung 3 Monate.“ Auf Verständnis hoffend blickte sie in Iains ungläubiges Gesicht.
„Das ist wider die Natur.“ Iain war fassungslos.
Mary holte tief Luft und mahnte sich zu Geduld.
„Iain, lass uns bitte nicht darüber streiten. Das Thema ist auch in meiner Zeit nicht unumstritten. Fakt ist jedoch, es wird noch ein paar Wochen dauern, bis die Wirkung vorbei ist, dass kann ich jetzt nicht mehr ändern.“
Sie rückte näher an Iain heran und legte ihm eine Hand auf seine heftig arbeitende Brust. „Ich will unbedingt Kinder mit dir haben. Einen Jungen, der genauso bockig schaut wie du, wenn er seinen Willen nicht bekommt, eine Tochter, die dich um den Finger wickeln und dir vorzeitig graue Haare bescheren wird.“
Sie hob die Hand und legte sie um sein Gesicht.
„Eine Freundin hat mich kürzlich mal gefragt, warum ich noch keine Kinder habe. Meine Antwort damals war, dass man dafür notwendigerweise einen Mann bräuchte. Und bis dahin war mir kein Mann begegnet, der mich in meiner ablehnenden Haltung hinsichtlich Kinder schwanken ließ. Keiner, von dem ich den Eindruck hatte, dass er Kinder als Segen statt als Pflicht ansehen würde. Keiner, von dem ich überzeugt war, dass er sich tatsächlich um sie kümmern würde, und die Verantwortung der Erziehung mit mir teilen würde. Der sie lieben und mit ihnen spielen und toben würde, oder ihnen die lebensnotwendigen Dinge beibringen würde. Kurz: mir fehlte bisher einfach der passende Vater für meine Kinder. Sie meinte, es bräuchte einen starken Highlander,

um mich vom Gegenteil zu überzeugen, und ich denke, sie hatte Recht."
Liebevoll blickte sie in sein heftig arbeitendes Gesicht.
„Denn ich glaube, ich habe ihn nun gefunden."
Die widersprüchlichsten Gefühle zeichneten sich auf Iains Gesicht ab. Schließlich legte er fest seine Arme um sie und küsste sie heftig auf ihre leicht geöffneten Lippen. Erleichtert schmiegte sie sich an ihn und genoss das Spiel ihrer Zungen, was sie erwartungsvoll erbeben ließ.
„Hey ihr zwei, dafür ist später noch Zeit" riss sie ein offensichtlich angeheiterter Callum auseinander.
„Ein Tanz mit der Braut, wenn ich bitten darf, Mylord" wobei seine Verbeugung ihn fast kopfüber ins Gras purzeln ließ.
Iain runzelte unwillig die Stirn, doch Mary lächelte ihm beschwichtigend zu.
„Aber natürlich Callum, es wäre mir eine Ehre" und stützte ihn vorsorglich mit einem Griff in seiner Armbeuge und führte ihn zu den anderen Tanzenden.
Im Überschwang wirbelte Callum sie durch die Menge, so dass ihr ganz schwindelig wurde, doch war es auch ein Riesenspaß. Andere Tanzpaare wichen an den Rand zurück und klatschten im Rhythmus mit, so dass nur noch die beiden sich zur Musik bewegten. Mary war es völlig egal, dass sie wie gewohnt den Takt links liegen ließ und hüpfte übermütig mit ihrem Tanzpartner im Kreis herum. Dann wurde Callum auf einmal von einem anderen Krieger abgelöst, der es sich nicht nehmen lassen wollte, auch mit Mylady zu tanzen. Und so wurde Mary von einem Krieger zum anderen gereicht, bis Callum sie schließlich wieder erlöste.
„Ich brauche unbedingt etwas zu trinken" keuchte Mary und wischte sich die verschwitzten Haarsträhnen aus dem Gesicht.
„Sofort, Mylady" und schon zog Callum sie zum Tisch zurück. Seine Trinkfestigkeit war erstaunlich. Denn nach dem Tanzen merkte man auf einmal fast nichts mehr davon, dass er vorher noch so unsicher auf den Beinen gewesen war.
„Bitte nur Wasser, sonst liege ich gleich unter dem Tisch."
„Na, das wäre ja mal interessant" flüsterte ihr eine tiefe Stimme von hinten ins Ohr und küsste ihren Hals. „Mmh" schnurrte Mary und lehnte sich zufrieden und erschöpft an Iains Brust. Er umarmte sie und so standen sie eng umschlungen und wiegten sich im Takt der Musik. Sie konnte noch gar nicht fassen, wie glücklich sie war.
Traditionell wurde spät am Abend des Sommersonnenfestes große Feuer entzündet, um für die bisherige Ernte zu danken. Sie war

bisher üppig ausgefallen, viele Beeren konnten gesammelt und für den Wintervorrat getrocknet werden. Auch Haselnüsse gab es reichlich, was einige Ältere einen strengen Winter vorhersagen ließ.
Im Feuerschein sah man die Menschen fröhlich tanzen. Auch die Kinder tobten ausnahmsweise so spät noch herum und genossen die ausgelassene Feier. Zufrieden kuschelte Mary sich an Iains Brust. Sie blickte voller Zuversicht in ihre gemeinsame Zukunft, besonders da die Bedrohung der unliebsamen Nachbarn endgültig beseitigt war. Nachdem die Fergussons vernichtend geschlagen worden waren, hatte eine Abstimmung der Nachbarclans entschieden, dass Iain das Land zufallen sollte. Da er von den Fergussons fast getötet und ihm Schaden zugefügt worden war, hatte man es ihm zugesprochen, da keiner sonst es hatte übernehmen wollen. Iain hatte daraufhin Callum dort als Verwalter eingesetzt, der nun alle Hände voll zu tun hatte. Denn nach den ersten Besichtigungen zu urteilen war Hilfe bitter nötig. Die Fergussons hatten ihr Land und Leute nur ausgebeutet, so dass beides in erbärmlichen Zustand war. Mary wusste, dass Callum gut für sie sorgen würde, auch wenn es eine Weile dauern würde, bis alles wieder aufgebaut war. Sie würde ihn sehr vermissen, was sie zu Anfang nie gedacht hätte.
Sie träumte selig so vor sich hin, als eine Bemerkung von Callum sie unvermittelt aufhorchen ließ.
„Sag das noch mal."
Sie spürte, wie Iain an ihrem Rücken erstarrte. Callum blickte unsicher von einem zum andern und war auf einen Schlag stocknüchtern.
„Los, sag das noch mal" forderte Mary ihn entschieden auf.
Callum trat unbehaglich von einem Bein aufs andere.
„Ich habe gerade nur gesagt, dass die Wachen froh sind, wieder normalen Dienst schieben zu können."
„Ja, ja, aber wo haben sie gewacht?" bohrte Mary hartnäckig nach, noch immer in der Hoffnung, sich verhört zu haben.
Callum blickte hilfesuchend über ihren Kopf hinweg, aber Iain blieb stumm.
„Na, am Feenhügel" brach es schließlich hilflos aus ihm heraus und erklärte stockend Iains Anweisungen.
Iain hatte drei Wachen um den Feenhügel postieren lassen. Sollte Mary auftauchen, dann sollte einer ihn holen kommen und die anderen beiden Mary aufhalten, damit sie nicht einfach verschwinden konnte.

Mary drehte sich entrüstet um, stemmt die Hände in ihre Taille und schaute ungläubig in Iains Gesicht, das eine ungesunde rote Färbung angenommen hatte. Sie brauchte nicht nachzufragen, ob das eben Gehörte wirklich wahr war, sein Gesichtsausdruck sprach für sich.
„Wieso das denn?“ empörte sie sich. „Hattest du so wenig Vertrauen zu mir?“
Sie war wie vor den Kopf geschlagen. Hätte er sein Versprechen, ihr zu helfen wieder in ihre Zeit zu kommen, etwa nicht gehalten? Die Gedanken wirbelten haltlos in ihrem Kopf herum.
Iain riss sie aus ihren Überlegungen, indem er ganz nahe an sie herantrat, sie jedoch nicht berührte.
„Angst“ flüsterte er leise und seine Augen baten um Verständnis. „Und Verzweiflung“ fügte er hinzu.
Seine Hand zitterte merklich, als er eine Haarsträhne zärtlich aus ihrem Gesicht strich.
„Ich hatte Angst, dass du einfach so verschwinden würdest und ich dich für immer verlieren könnte. Dieser Gedanke ließ in mir die pure Verzweiflung hochkommen. Mary, mein Leben ist ohne dich einfach nicht mehr lebenswert. Ich würde verkümmern und die Sehnsucht nach dir würde mich innerlich vernichten. Ich hätte dich nie gezwungen, gegen deinen Willen hier zu bleiben. Doch wollte ich die Gelegenheit haben, wenigstens zu versuchen, dich notfalls umstimmen zu können.“
Ehrlichkeit blickte ihr aus Iains Augen entgegen und erleichtert atmete Mary durch. Also hatte auch er schon viel früher etwas für sie empfunden, es aber auch nicht eher sagen wollen. Nur seine Taten hatten von Anfang an für ihn gesprochen, wie Mairi ihr gesagt hatte. Wie hatte sie an ihm zweifeln können?
Iain nahm sie behutsam in die Arme.
„Weißt du denn nicht, wie sehr ich dich brauche? Dein Lachen, dein Gerechtigkeitssinn, deinen Mut. Ich liebe alles an dir und würde mein Leben für dich geben. Ich vertraue dir mehr als ich jemals gedacht hätte, einem anderen Menschen wieder Vertrauen schenken zu können. Doch bei dir weiß ich, dass du mich niemals enttäuschen und hintergehen würdest. Ich möchte den Rest meines Lebens neben dir aufwachen, dir den Schlaf aus den Augen küssen und dir die Welt zu Füßen legen. Und selbst diese Zeitspanne ist viel zu kurz um dir zu zeigen, wie sehr ich dich liebe.“
Die Tränen kannten kein Halten mehr und Mary schluckte schwer an Iains Brust. Ihr Herz quoll über vor Glück und Liebe zu ihm. Iain ruhte mit seinem Kinn auf ihrem Kopf und flüsterte immer wieder tröstende und liebevolle Worte. Als Mary wieder etwas ruhiger

wurde nahm er beide Hände, legte sie um ihre Wangen und blickte ihr tief in die Augen.
„Kannst du mir verdenken, dass ich aus Verzweiflung, die Liebe meines Lebens verlieren zu können, Vorsichtsmaßnahmen ergriffen habe?"
Mary blickte ihn aus rot geweinten Augen strahlend an und ihr übermütiges Funkeln warnte ihn schon vor.
„Trotzdem kannst du schon mal anfangen dir zu überlegen, wie du das wieder gut machen kannst. Eine verwundete Seele ist nicht so leicht zu heilen" schniefte sie.
Mit einem gespielt zerknirschten Gesicht blickte er sie bedeutungsvoll an.
„Ich habe da schon so eine Idee, von der ich dir vielleicht sofort etwas erzählten sollte" und nahm sie mit einem Schwung auf seine Arme und eilte Richtung Burg. Mary lachte lauthals auf und schlang ihre Arme um ihn und vergrub ihr Gesicht an seinem Hals. Neckisch fuhr sie leicht mit der Zunge über seine empfindliche Stelle am Ohr, woraufhin er seine Schritte noch beschleunigte.
„Du weißt hoffentlich, dass schwerwiegende Verletzungen nicht nur einer einmaligen Behandlung bedürfen."
Ians Augen glühten.
„Keine Sorge, mir schwebt eine sehr intensive und dauerhafte Versorgung vor."
Dass die gesamte angeheiterte Gästeschar grölte und ihnen zotige Sprüche hinterher rief, kümmerte beide wenig. Wobei die Frauen eher verträumt aufseufzten und dem davoneilenden Paar schmachtend hinterhersahen.
Callum seufzte. „Die sehen wir vor morgen Mittag nicht wieder."
„Pah, mach lieber morgen Abend draus" röhrte Onkel Rory und trank schwungvoll seinen Becher aus.
„Da sieht man mal wieder, wie wenig ihr Männer von der Liebe versteht" warf Mairi belustigt kopfschüttelnd ein.
„Wenn wir die beiden in drei Tagen zu Gesicht bekommen, können wir uns glücklich schätzen."
Lachend und eifrig Wetten abschließend stießen sie zusammen an und genossen den fröhlichen Abend.
Und wie immer, sollte das weibliche Geschlecht Recht behalten.

Epilog

Ergriffen hockte Iain vor Marys Bett und bestaunte das kleine Wunder in ihren Armen. Der neuste Zuwachs des McAllister Clans war nach einem Jungen und einem Mädchen wieder ein kleiner Junge.
„Als nächstes kommt wieder ein Mädchen, dann wieder ein Junge, hübsch der Reihe nach" sinnierte er, während er vorsichtig über die winzigen Fingerchen strich.
Mary, noch ganz erschöpft nach der anstrengenden Geburt, musste unwillkürlich lachen und gab ihrem kleinen Sohn einen zarten Kuss auf die Stirn.
„Unersättlich wie immer, dein Vater."
„Von wegen. Ich möchte nur, dass es gerecht zugeht und Klein Megan auch eine Schwester zum spielen bekommt wie ihr großer Bruder Iain."
„Du meinst wohl Klein John" konnte Mary sich nicht verkneifen, ihn zu necken.
Marys Beharren, dass sie ihren Kindern sowohl gälisch als auch englisch beibrachte, war bei ihrem Mann nicht auf große Begeisterung gestoßen. Und da Iain gälisch für das englisch John stand, war der Name ihres ersten Sohnes schon lange im Vorfeld klar. Denn Klein John, nun sowohl nach Marys Vater als auch nach seinem eigenen benannt, war das vollständige Abbild seines Vaters. Mit seinen mittlerweile 5 Jahren trat er genau in die Fußstapfen seines Vaters, auch was Streiche anging, wenn man Mairi glauben durfte. Iain dagegen fragte sich immer, wie dieser kleine Junge immer in solche Schwierigkeiten geraten konnte. Erst vorgestern wieder musste er ihn aus dem Bierbottich retten, weil dieser neugierige Knabe wissen wollte, ob man darin auch schwimmen konnte.
Seine zwei Jahre jüngere Schwester Megan dagegen war eine kleine Kopie ihrer Mutter. Iain betete sie an und verwöhnte sie fürchterlich.
„Du verdirbst sie für jeden Mann" warnte Mary ihn, was ihm anscheinend gar nicht so Unrecht war. Selbst als diese aus Wissensdurst sein Haushaltsbuch halb auseinandergenommen hatte um zu sehen, wie die Seiten zusammenhielten, war ihm nur ein gequältes Seufzen entwichen.
„Ich bin mal gespannt, was der Gencocktail diesmal zusammengestellt hat" murmelte Mary schläfrig und kuschelte sich in ihr Kissen. Iain, der sich mittlerweile daran gewöhnt hatte, dass ab und zu noch Worte aus Marys Mund kamen, die er nicht sofort ver-

stand, nahm den kleinen Jungen sanft hoch und schwang in übermütig im Kreis herum.
„Jamie wäre passend für ihn, meinst du nicht auch?“
„Nicht, sei vorsichtig, er hat doch eben erst.....“ doch Marys Warnung kam zu spät. Ein Schwall seiner letzten Mahlzeit ergoss sich ohne Vorwarnung über Iains Gesicht. Völlig zufrieden auf seinem kleinen Fäustchen schmatzend schaute der kleine Übeltäter seinem Papa unschuldig an.
„...getrunken.“
Mary nahm ihren kleinen Jungen hastig wieder in Empfang und unterdrückte ein amüsiertes Lachen, während Iain sich säuberte. Jamie blickte zufrieden wie ein Unschuldslamm mit großen blauen Augen um sich als wäre nichts passiert.
„Du wirst eine Schönheit werden“ flüsterte sie während sie ihn in den Armen hielt und sein flauschiges Köpfen streichelte, das ganz eindeutig ihre roten gelockten Haare hervorbrachte.
„Ja, und deswegen von seinen Kameraden verspottet und gehänselt werden“ kam es spöttisch aus der Waschschüssel.
„Und von den Mädchen angehimmelt und den Schwiegermüttern geliebt.“
„Und von den Brüdern herausgefordert und den Vätern verfolgt.“
Mary betrachtete die wachen und aufmerksamen Augen ihres kleinen Bündels.
„Ich glaube, dass er eine ganz subtile und raffinierte Art haben wird, sich für Gemeinheiten zu rächen“ und lächelte ihren mittlerweile wieder sauberen Ehemann an. „Und wenn er dann noch die Stärke seines Vaters und die Klugheit seiner Mutter mitbekommen hat, müssen wir uns auf einiges gefasst machen.“
Iain seufzte theatralisch und fasste sich ans Herz. Doch ein Blick auf seine geliebte Frau mit ihrem jüngsten Sohn in den Armen ließen ihm die Knie weich werden und er setzte sich vorsichtig aufs Bett.
„Danke.“ Zärtlich hauchte er ihr einen Kuss auf die Stirn und strich über das kleine Köpfchen seines Sohnes. Mary legte eine Hand um sein Gesicht und streichelte mit dem Daumen über seine Wange.
„Ich muss dir danken. Für so vieles. Für ein Zuhause und eine Familie, deine Liebe und so viel mehr.“
Iain drehte den Kopf und küsste innig ihre Handinnenfläche. „Dann sind wir quitt.“
Mehr denn je war sie sich ganz sicher, am Ende ihrer Tage auf ein erfülltes Leben statt auf totgeschlagene Zeit zurückblicken zu können. Und das erfüllte sie mit unbeschreiblicher Dankbarkeit.

Nachwort

Wie kommt man nur auf die Idee, ein Buch zu schreiben?
Nun, bei mir kamen mehrere Dinge zusammen. Zum einen meine Begeisterung für Schottland, ein Land mit traumhafter Natur mit bemerkenswert offenen, liebenswerten und gastfreundlichen Menschen, wie wir auf unseren Reisen immer wieder feststellen durften.
Des Weiteren bin ich eine verkappte Romantikerin und der betörenden Magie der Highlands kann man sich einfach nicht entziehen. So wurden aus gesammelten kleinen Notizen, Randbemerkungen auf Eintrittskarten und hastig notierten Begebenheiten ein voller Schuhkarton.
Die ausschlaggebende Situation war jedoch die schwere Erkrankung unserer Tochter. Voller Verzweiflung ging ich gedanklich einen Deal ein: sollte sie überleben, würde ich mich ernsthaft mit dem chaotischen Inhalt des Schuhkartons auseinandersetzen und in eine geordnete Form bringen. Sie halten nun das fertige Buch in den Händen, und ich habe mehr als nur einen Grund, sehr dankbar und glücklich zu sein.
Nur der Ordnung halber möchte ich noch erwähnen, dass ich keinen Anspruch auf eine historisch korrekte Geschichte erhebe, wobei ich bemüht war, kulturell-geschichtlich möglichst nahe an den Tatsachen zu bleiben. Inhaltlich ist es ein sehr persönliches Buch, eigene Erfahrungen und Erlebnisse eingebettet in einen fiktiven Roman.
Die Realisierung dieses Deals hat mir sehr viel Spaß gemacht, mich hart gefordert und oft bis an meine Grenzen gebracht. Doch um nichts in der Welt möchte ich diese Erfahrungen missen. Glücklicherweise erhielt ich zahlreiche Hilfe in unterschiedlichster Form, wofür ich mich nur ganz herzlich bedanken kann. Allen voran meine einmalige Familie, mit ihrer unmenschlichen Geduld und Aufmunterung – und hartnäckigen Hinterntritten! Aber auch meinen Freundinnen Eva und Steffi für ihre Zeit, sich durch meine Gedankenergüsse zu kämpfen und schonungslose Kommentare von sich zu geben. Manche Aufmunterung wird mir immer in Erinnerung bleiben, ich sage nur eins: Schokolade!